# 青春做伴

从常青藤到华尔街

程励箭——著

中国工人出版社

图书在版编目（CIP）数据

青春做伴：从常青藤到华尔街 / 程励箭著. —北京：中国工人出版社，2017.6
ISBN 978-7-5008-6676-3

Ⅰ. ①青… Ⅱ. ①程… Ⅲ. ①长篇小说—中国—当代 Ⅳ. ①I247.5

中国版本图书馆CIP数据核字（2017）第087937号

青春做伴：从常青藤到华尔街

| | |
|---|---|
| 出版人 | 芮宗金 |
| 责任编辑 | 杨博惠 |
| 责任校对 | 董春娜 |
| 责任印制 | 黄　丽 |
| 出版发行 | 中国工人出版社 |
| 地　址 | 北京市东城区鼓楼外大街45号　邮编：100120 |
| 网　址 | http://www.wp-china.com |
| 电　话 | （010）62005043（总编室）　（010）62005039（出版物流部）<br>（010）62379038（社科文艺分社） |
| 发行热线 | （010）62005049　（010）62005042（传真） |
| 经　销 | 各地书店 |
| 印　刷 | 三河市万龙印装有限公司 |
| 开　本 | 710毫米×1000毫米　1/16 |
| 印　张 | 19 |
| 字　数 | 341千字 |
| 版　次 | 2017年7月第1版　2017年7月第1次印刷 |
| 定　价 | 39.00元 |

# 序

想写一个中国式的阿甘正传，一个自由、爱情、生命的三部曲，第一部叫青苹果（高中篇·自由篇），写的是北京实验中学的自由自在，年少轻狂；第二部叫青春做伴（大学篇·爱情篇），写的是复旦的书香爱情；第三部叫未完的故事（美国篇·生命篇），则是从全奖出国留学写起，写生命中的各种经历与感悟：毕业后在华尔街工作；在“9·11恐怖袭击事件”中，在被炸的世贸大楼的办公室中，偶遇北大法学院的系花，两个人一起带着办公室里的人群冲出世贸大楼，体会到生命的脆弱；劫后余生，与北大法学院的系花携手，琴瑟和谐，有了生命的延续；在美国两次创业，与犹太大佬合作，赚到第一桶、第二桶金；遇到美国的互联网革命泡沫；在美国IBM做战略咨询，与世界顶级企业的老大们互动；回到国内，负责创建运营一家新媒体网站；担任央企高管，因为看不惯央企的垄断与奢靡而离开；负责一家民企创业板的上市，看穿中国的股市；自己再次创业，做互联网金融；后被收购；开始从事互联网+的投资及创业孵化工作……生命在延续，故事还未完……

一直想写一点儿什么。总觉得自己有一个故事要讲出来，不吐不快。开笔了，才真正懂得了什么是万事开头难。像柏拉图说的那样，开始是工作最重要的部分。别的不说，我花了很久的时间，也没有想好给这本书起什么名字。作为一个理工科的人，写一点儿文字实在是太难了。

最开始决定叫《普通人》。

因为，这个世界上，绝大多数的人都是普通人。自己当然也不例外。但是，年轻的时候，总不这么以为，总是觉得自己挺了不起的。浪费了这么多年的光阴，经过了这么多的事儿，才慢慢地明白自己不过是一个普通人，一个俗人。有的时候，不由得自己问自己：“为什么这么久才明白？”

后来，又觉得叫《没有出息的一代人》比较好。

想以此书献给我们这一代人，既不承前又不启后，至今一无所成的一代人。

因为，我们这一代人，曾经那么充满希望、令人注目，曾经什么都不放在眼里，什么都想尝试，什么都敢做。今天，却只剩下一群平庸的商人与职员，既没有出色的领导者，也没有伟大的科学家，更没有不朽的哲人，或者是传世的文学家和浪漫的诗人。应该说，这是一个没有英雄的时代。

我们是失落的一代人。

还想过一个名字，叫作《平淡从容流水账》。

因为，记得有一首老歌里的一句歌词，叫作“平平淡淡，从从容容，总是真”。

人生就像是一本流水账，你欠我的，我欠你的，永远也扯不平。人生也像是一壶白开水，沸腾过，热情过，慢慢地会平淡下来。在旁人看来，也许是再一般不过、再平淡不过的一些事，在当事人看来，却是那么的必不可少。

最后想到了叫《自由、爱情和生命》。

因为这首诗歌：“生命诚可贵，爱情价更高；若为自由故，两者皆可抛。”

其实，叫什么都可以。最好能用所有的名字，叫作《普通的一代人的自由、爱情和生命的平淡从容流水账》。

最后要说的是，不要拿这本书当纪实文学，也不要当纯小说。当然更不是自传，太多的人和事被安在了“我”的头上，拔高了“自我”，“我”好像真的成了个人物。有些地方，实在有些像是杂文或者是散文。其实就是“四不像”。有一哥们儿读了以后说：“你这简直就一成人童话啊！现在，有谁这么活着啊？累也累死了。”也许吧，不过，人的心里总该有些童话，有些美好的向往吧？

记得不少香港的电影、电视的片头都写着“本片纯属虚构，如有雷同，恕不负责”。

其实，我要说的是：本书不纯属虚构，如有雷同，恕不负责。因为生活中本来就有太多的雷同，我们只不过是一代又一代地重演着我们父辈、祖父辈和老一代人的故事。

就像《圣经旧约·传道书》一章九节中所说的那样“已有的事、后必再有；已行的事、后必再行；日光之下并无新事。”

好了，总算开头了。

# 一

Try to remember the kind of September.（回忆起那样的九月。）

不知道为什么，我总把这一句哼成“Try to remember the life in September”。

我第一眼看见复旦大学崭新的校门的时候，可以说是失望极了。

校门像极了我们高中的校门，当然更大一些，也更新一些，连一丝一毫历史的痕迹也找不到。门上挂着几个俗气的灯笼，拉着一条红彤彤的横幅，与这样一所有着将近九十年历史的中国顶尖的最高学府实在是太不相称了。往校门里面望过去，崭新的大橱窗里贴满了先进人物的大幅彩照，橱窗上面粘满了红艳艳的小纸花和五颜六色的彩条。

好在门楼上还缠着一些绿绿的常春藤。以后和大学同学聊起天来，大家都觉得常春藤太少了，门太新了。后来又听说，重建之前的大门就是我们所想象和期望的那样，旧旧的，缠满了几十年的常春藤。再后来，去美国留学，凡是好学校的建筑物，都是旧旧的，缠满了常春藤。尤其是美国著名的 Ivy League（常春藤盟校），校园内的建筑常常爬满了常春藤，大多给人以森森的感觉。在其中一所学校的公告栏里，还特别介绍了 architecture conservation（建筑保护）的努力，认为“常春藤也是历史的一部分”。我觉得蛮有道理的，有些东西，还是旧的好。常春藤与旧旧的感觉是靠几代人几十年、上百年才能培养出来的，不是暴发户用钱就能买来的。但愿过了这些年，学校的常春藤长密了。但愿所有的重建，不再是新建，而是保护性的重建。

高中的哥们儿李钢推了我一把，大声说：“你小子又发什么愣哪！快进！快进！”

我在高中的时候有两个哥们儿，一个叫谭志强，他念了人大，人特别老成持重，我们都叫他老谭。一个就是李钢，他也考上了复旦。

我点点头，深深地吸了一口气，和李钢一起走进了校门。

我们高中上一届的师兄唐红军答应了要来接我们。等了一会儿，闲得无聊，我们就站在大橱窗前，看起里面的照片，读起那些人的事迹和简介。

李钢忽然笑着说：“你看，一堆老教授中间，居然还有这么个小年轻。叫什么啊？张天海。成啊，国政系教授，系主任，看上去混得不错，这么年轻，居然混到了系主任。”

我也笑着说:“是啊，整个儿一个‘待到山花烂漫时，俺在丛中笑’那感觉啊。”

正说着，唐红军来了。他领着我们往校园里走。

一路走着，我被深深地吸引住了。校园里到处可以看见一些古树，一些古旧的建筑，一些铺在地上的青石板，一些残碑，一些前辈的遗迹，像一个书香门第的世家，不再像校园，像一个张狂的暴发户。九月了，北方的一些树已经开始黄了，而这里，柳树还是绿绿的，草还是茵茵的，柳下草地上，三三两两的学生很舒服地坐着、躺着，舒服地读着书，谈论着，争辩着，一股浓浓的书香气。

唐红军好奇地看着我问：“嗨，你小子犯什么愣呢?”

我一怔，忙收回神儿，笑笑说：“没什么。”

李钢笑着说：“别理他，他小子要是不犯愣才怪呢。老唐，侃侃复旦吧。”

“成啊。”唐红军一边应着，一边问我们，“还记得咱们实验的校长老是要咱们‘风声，雨声，读书声，声声入耳。国事，家事，天下事，事事关心’吗?”

我回答说：“当然。”知道他说的是我们高中时候的校长。

老唐笑着说：“以前的复旦，真的是什么人都有，主要有好好学习的，也有不少人整天想着入党提干什么的。现在，这些都是少数派了，取而代之的是三大主流派。”他接着说，“‘麻派’‘托派’和‘鸳鸯蝴蝶派’。”

“鸳鸯蝴蝶派好猜，自然是指谈恋爱的了。‘马派’和‘托派’难道是共产主义的两大派系，‘马克思派’和‘托洛斯基派’?”我好奇地问。

“不是，是‘麻将派’和‘托福派’。”他大笑着。

“绝了。”李钢大声说。

“你们喜不喜欢打麻将? 你们先歇一晚上，明晚上我带你们去瞻仰瞻仰麻派。”他问我们。

李钢极好此道，正中下怀，马上大叫：“去! 去!”

我无所谓，又没有其他的事，又有些好奇。一边心里想着：“打麻将有什么好看的?”一边点点头说：“我也去。”

第二天晚上，老唐带着我和李钢去见识了“麻派”。我一直觉得年轻人打麻将是一种颓废失望的宣泄，然而，这种集体的宣泄却实在是充满了感染力，李钢和唐红军都是此道高手，他们很快地加入了，连平时对此不太感兴趣的我也兴致勃勃地坐在一边观起战来。

记得高二的时候，和自己小时候的一个哥们儿周兴海一起去过一个道上的地下赌场。和那里相比，这里少了一些霸气和邪气，可是，气氛是一样的剑拔弩张，虽然没有那么大笔的输赢，却一样有一种令人喘不过气儿来的感觉，甚至有过之而无不及。也许是因为，这些名牌儿大学生都是天之骄子，从来没有输过，谁也不服谁，谁也不愿意输，输不起。

周围有几张空的牌桌，上面摆满了香烟和酒。唐红军顺手抄了一扎啤酒，递给我。我一边摇摇头说："戒了！"一边看了看李钢。我不由得想起我们高考之后的那次斗酒。在十几瓶啤酒下去之后，在去了四五次厕所之后，他先吐了，几秒钟之后，我也倒下了。从此以后，为了兑现自己的一个誓言，我是滴酒不沾，他却是越发能喝。他每次都激我说："你小子一定是怕还输给我，才不敢再喝酒了。"可是，无论他如何威逼利诱，我都岿然不动，他也只好徒呼奈何。

唐红军有点儿奇怪地看了我一眼："记得你以前挺能喝的啊?！该不是被女朋友管住了吧?"

"不是，不是。"我笑了笑说。

旁边的李钢灌了一口酒，先看了我一眼，然后拍了拍唐红军说："你就别逼他了，他酒是真的不沾了，烟倒是抽得冲多了。"

我又笑了笑，没有说话，接过唐红军递过来的烟，点上，深深地吸上几口。在浓浓的烟雾里，呼吸着酒精的味道，听着哗哗啦啦的麻将声，我的眼睛忽然迷糊起来，我有一点儿不确定眼前的景象是否真实。我突然觉得很困，有点儿想走。可是看着唐红军和李钢那兴致勃勃的劲儿，我实在不好意思说出来。我只好随便找了个角落，坐下来，很快地就睡过去了。

我应该是被洗牌声和和牌声吵醒的。我吃力地睁开眼睛，天还是黑乎乎的。再看看四周，打牌的人好像更多了，好像又加了好几桌。我爬起来，四周烟雾腾腾的，热得我汗津津的，好不容易才找到李钢和唐红军他们。两个人都赤膊上阵了，眼睛里布满了血丝，却又极其亢奋，真有一点儿杀红了眼的味道。

我犹豫了一下，还是挤到李钢后面，趁着他打完一副的时候，赶忙说了一句："李钢，我先撤了！"

他木木地回过头来，看了我一眼，挥挥手，然后又掉过头去，垒起牌来。

我从牌桌前抽出身，费尽九牛二虎之力才挤出人群。一出了学生活动中心的大门，一阵凉风吹来，我的头脑清醒了一点儿，浑身却觉得更乏了。我慢慢地向宿舍一步一步地挪回去。

路过宿舍边的小树林的时候，路灯下，传来了琅琅的读英语的声音。这个时候，天才有了一点点蒙蒙亮，我看了看手表，才五点钟。我看过去，树林里已经有了不少晨读的人。他们也许就是“托派”吧？我回过头看了看学生活动中心那里辉煌的灯火，又看了看树林边上昏黄的路灯，真的有恍如隔世的感觉。我苦笑了一下，摇了摇头，突然觉得困极了，困得连骨头都酸痛了。我急急忙忙地跑回宿舍，爬上了自己的上铺。可能是因为太累了，反而怎么也睡不着，耳朵里不停地回响着麻将的洗牌声，中间穿插着念英语的声音。我翻来覆去的，压得床铺呀呀地直响。

“干什么哪，这么早就折腾人，挺尸哪!”睡在下铺的舍友被吵醒了，大声抗议着。

我苦笑一下，不知道自己是早呢，还是晚呢，只好急忙道歉:“不好意思!”想起睡在下铺的这位仁兄，不禁有些好笑，此人从来没有住过校，听说在家里面，为了给他创造一个“良好的学习环境”，父母走路都蹑手蹑脚的，实在太安静了。上了大学，宿舍一律是八个人住一间屋子，四张上下铺的床，用他的话说是:“吵得我根本没法子睡觉!”搞得我们大家也苦不堪言。昨天第一个晚上，他老人家上了床以后，我们大家都得蹑手蹑脚，有一种战战兢兢、汗不敢出的感觉。当然，越怕出声，就越是东碰一下什么、西撞一下什么，连翻个身，床都显得格外的响。才一个晚上，他就眼圈黑黑的了。

不过，人真的是极能适应环境的。后来，没有过多久，也许是缺的觉实在太多了，这家伙一下子变得格外能睡，一沾枕头，就呼呼大睡，呼噜打得山响。怎么也搞不醒，常常误了早上的课。我们大家都相顾莞尔，如释重负。有的时候，反倒是他的呼噜搞得我们睡不着。真的是一报还一报了。

后来，去美国念研究生的时候，学校里最差、最便宜的宿舍都是一间屋子两个人住。一开始的时候，看着自己那点儿可怜的奖学金都“浪费”在宿舍的租金上，真是很有点儿心痛，很不适应。可是，到了第二个学期，入乡随俗，变得像老美一样，很注重个人隐私，连和别人合住两个卧室的公寓都不愿意了，只好搬出学校租私人的公寓去住了。

最近，和外甥聊自己在大学和美国的研究所的一些事情，聊起了住宿的条件，颇有些炫耀美国的味道。可是，外甥告诉我：“现在，有钱人也不住在学校的宿舍里了，也自己在学校附近租民房，还尽是小两口一起住的呢。”

我一惊，深深地感叹中国变化之大、进步之快。当然了，这些都是后话了。

“你小子，怎么还睡着哪！快醒醒!”不知道是谁在叫我。

我真的是困极了，气呼呼地把头扭向床里侧，没好气儿地嘟囔着：“困着哪，别烦我!”

“你小子够能睡的。得，咱们先走吧。”我清醒了点儿，听出是唐红军的声音，忙从床上爬起来，叫住他们：“唉，哥们儿，怎么着，牌打完了？”

一旁的李钢看了看唐红军，笑着说：“打了一天一夜，才完了第一轮儿，一会儿才开始下一轮儿。我们打完了，到处找你没找着，只好到这儿来找找你。我估计你一定在这儿挺尸呢，果然不出所料。你小子要撤也不跟哥儿几个说一声，太不够意思了吧？”

我有点儿哭笑不得地说：“我可是特地跟你说了，你小子打得晕晕的，肯定是没听见。”

“得了，别再浪费时间了。我们要去买点儿夜宵吃，来看看你去不去。”唐红军笑着说。

我这才觉得肚子咕咕地响得厉害，急忙跳下床，说：“去，去。”

走出宿舍，我这才注意到外面的天已经很黑了，看看表，已经九点多了。我伸伸舌头，问他们两个：“从昨晚上，一直打到现在？没吃，没喝，也没睡?!”

“这是小菜儿。”李钢又笑着说，“只要有牌打，几天几夜连轴转也没问题。”

“不过不吃可不行。”唐红军拖着我们两个就往外走，“别磨磨蹭蹭的了，行不行。再磨蹭，吃的都没了。”

“对呀，这么晚了，学校食堂还有卖吃的吗？”我一边快步跟上，一边问。

“学校食堂当然早就没了，当然是去吃个体户的了。”唐红军拉着我们一路小跑。

“那着什么急啊？”李钢嘟囔着，“总不至于个体户都这么早就收摊吧？现在正好刚下晚自习，大伙都要吃夜宵，谁会急着收摊呢？”

“你小子去了就知道了，哪儿这么多废话呢？”唐红军笑骂着，一个劲儿拉着我们一路小跑。

我们三个呼哧带喘地跑到了学校的东侧门外。

也许是太饿了，我觉得好香。茶叶蛋的卤香，煎饼果子的蛋香，和着重油炒面的油香，搞得我食指大动，恨不得扑上去，每样东西都来它一大碗。

可是唐红军却拉着我们排在最长的一队中，远远的，居然看不清是卖什么的。

排了一会儿，李钢实在忍不住了，问唐红军：“咱们换个地儿，成不成？我实在是饿得不行了。”

我也深有同感，大叫：“没错，虽说人多的摊儿肯定好吃，可现在还是先填饱肚子要紧。”

唐红军笑眯眯地压低嗓门儿，有点儿神秘地说：“这个摊子老板做的臭豆腐特别地道，这还不算什么，他的女儿更是有名的豆腐西施。不少人就是专门来看人的，吃还算其次。不过，老爷子脾气特别大，谁要是讲话大声了点儿，或者是多看了他女儿一眼，他马上收摊儿，闯祸的人每一次都成众矢之的。搞来搞去，搞得大家都战战兢兢、哆里哆嗦的。而且，他老人家一天就带一定量的料，卖完了就收摊，有钱也不赚了，每天晚上，都是他的摊儿收得最早。”

“还这么多讲究哪！”李钢感叹道。

“嘘！”我们前面的一个人怒气冲冲地转过头来，制止李钢。

我和李钢吐了吐舌头，没敢再出声儿。我远远地看过去，摊子前果然静悄悄的，和周围其他铺子熙熙攘攘的样子形成了鲜明的对比。

又走近了些，总算可以依稀看得见豆腐西施了，看不太清楚，清秀、白皙的小家碧玉的样子。

正挺着脖子想再看清楚一点儿，唐红军拉了拉我们，又用手把我们的头压低。于是，我们一路低着头、屏着息，向摊子前一步一步地挪过去。

好不容易熬到了，我学着唐红军的样子，使劲儿忍住没有抬头，一边低声地对豆腐西施说：“买十块儿。”一边递过钱去。豆腐西施用手接过钱去，我觉得她的手白白的，纤纤细细的，倒是挺好看的。

我拼命忍着不抬起头，学着唐红军的样子，挪到老头儿的面前，伸手接过盛着臭豆腐的纸盘子，然后倒退着走开。

到最后我实在是忍不住了，还是抬起头看了她一眼。紧张得出了一身汗。然后，又觉得挺不值得的，人是挺美的，“可也不值得费这么大的劲儿啊。”我心里想。

我们三个人挤出摊子，李钢才大舒了一口气，大声说：“也就是一般的漂亮人儿吧，不至于这么大张旗鼓的吧？”

我大表赞同：“没错，没值回票价。”

唐红军笑了笑，说：“我知道你们两个人都有了主儿了，当然不像我们这些孤家寡人。有几个漂亮女生能考上咱们学校的？只好矮子里拔将军了。”

我听了，心里一动，没有搭腔。

李钢笑嘻嘻地问：“老唐，你是不是看上了?!”

唐红军有点儿不自然地笑了笑，说：“得，别拿我开逗。快趁热吃吧。”

看着唐红军的样子，又看见李钢还想接着开玩笑，我急忙拉了拉李钢，说：“先尝尝吃的吧。”

“真的特地道。”唐红军又恢复了常态，笑着说，“冷了就没味道了。”

这是我第一次尝臭豆腐，说是要尝尝，可闻着那股恶臭，却怎么也咬不下去。犹豫了半天，才闭着眼睛咬了一口，几乎是囫囵吞枣。

睁开眼，看见唐红军正闭着眼，细细地嚼着，享受着。我这才学着样，小小地咬了一口，慢慢地咀嚼着，品着味道。这才觉得，浓臭的后面，一入口，是油炸的外皮的脆香，里面，嫩嫩的，豆腐的卤香，和着微辣的调料，真的是回味无穷。

我和李钢几乎是异口同声地大叫："值了！"

我们很快地吃完了，李钢看了看表说："牌局得过一会儿才开始。老唐，咱们干点儿什么？"

唐红军想了想，摇摇头："我也没什么节目，随便晃晃吧。"

于是，我们无所事事地在学校里乱逛起来。

走着走着，我忽然发现，绝大多数同学都下了晚自习，向宿舍走去，却有一些同学匆匆地向第三教学大楼赶去。

我好奇地问："老唐，这么晚了，他们去哪儿啊？"

"噢，尽是些托派的人，当然是去托派根据地了。"唐红军回答说。

"哪儿？"李钢问。

"地下听音室。"唐红军说。

我又一次被震惊了。这是一个庞大的那个年代留下来的防空洞，里面密密麻麻地摆满了一排又一排的桌椅，却没有一个空位子，不少的人正焦急地等待着空位。每一个小小的桌子上都摆着一个破旧的录音机，连着一个破破烂烂的大耳机。这么大的地方，这么多的人，却静得可怕。每一个人都聚精会神地戴着大耳机，屏着气，伏着身，听着，写着。偶尔，有几声录音机啪啪的开关声和吱吱的倒带声，显得格外的响亮、刺耳。

我们三个人几乎是一步一步蹑手蹑脚地倒退着出来的。突然，李钢碰了一下门把手，我可以感到无数双愤怒的眼睛射向我们，这种无声的谴责真的是太让人受不了了。我们简直是落荒而逃了。逃出来好远，我们才长舒了一口气。李钢大叫："好家伙，真受不了！"

我挺好奇地问："这年头，谁没有自己的袖珍录音机啊？干吗到这儿来听音呢？"

唐红军笑着说："原因还不少呢。第一，这儿有不少外语录音带子，要么一套特别贵，要么外面根本买不到，像全真托福听力试题，在这儿可以凭学生证借。第二，这儿特别安静，可谓难得一方净土。第三，这儿可以熬夜。"

"对呀，我还纳闷儿呢，怎么这么晚了，这一帮人干吗还往这儿赶呢。"李钢说。

“白天，这儿根本就没空位。听说，常有为抢位子打起来的。”唐红军说。

“至于的吗？”李钢问。

“当然。比如吧，有的人去食堂买个饭，留下书包想占着位子。也就十几分钟吧，回来位子就没了。后来，不少人索性带了干粮来，不走了。”唐红军说。

“那上厕所呢？”我也乐了，笑着问，“总不至于一直憋着吧？”

“所以，经常就几个哥们儿、姐们儿，或者一对情人一起来。互相看着位子，轮着上厕所。”唐红军笑着说。

我和李钢都笑了。

李钢问：“唉，你刚才说地下听音室里头难得安静。怎么着，自习教室和宿舍都不行吗？”

“你们俩怎么那么多问题呢？整个儿一‘十万个为什么’。得，我带你们去个地儿吧，去了你们就明白了。”唐红军诡异地笑笑，“反正就在咱们回‘赌场’的路上。”

这是一个挺别致的小园子，叫燕园。草丛里，小树林里，人影闪烁，男女的欢笑声、呢喃声，甚至是呻吟声，不绝于耳。

“明白了吧？”唐红军大笑，“鸳鸯蝴蝶派那真的是无所不在了。这个燕园，离宿舍挺近的，所以人气特旺。那边还有个曦园，远了点儿，人也不少。要说光占这两个园子吧，也就算了。可是现在，自习教室、大庭广众之下，他们这帮人也动不动就亲热。最糟的是，常常宿舍会被占用。比如说吧，我们宿舍有个哥们儿现在正在水深火热之中，搞得我们大家是有家不能回，整个儿白天、整个儿晚上地在外面飘着。还好，现在还没要求过夜呢。”

李钢笑着说：“这人也太不够意思了，一个人快活，搞得同宿舍六七个哥们儿没地方去。”

“嗨，人家也实在是可怜，情到浓处，总不至于真的在自习教室或者园子里更上一层楼吧？”唐红军笑着说。

“不能到女生宿舍去吗？”我问。

“所以说，如果男女方两个宿舍里只有一对谈恋爱的话，还算不错，起码两个宿舍可以轮着来，有一半的日子可以过。如果有两对，那真的就没法过了。”唐红军说，“话又说回来了，复旦这样的名校，女生紧俏，女生是全民皆谈恋爱，所以女生宿舍排期更难。”

“这么夸张？”我笑着问。

“绝无半点儿夸张。”唐红军还是笑着说。

## 二

If you could turn back time，what would you do？（如果你可以让时光倒流，那么你将做什么呢？）

馨儿的学校比我们学校晚开学一个星期。我到火车站去接她。

她叫汪馨。因为比我小，我开始的时候想叫她 Baby，她不同意，于是，叫她馨儿。

我们是实验中学的同学。在那样一所以玩得痛快、学得尽兴，以前卫出名的顶尖学校里，还是有不少人觉得我们够与众不同的。用李钢的话说，我们是很奇怪的一对。在学校里，她有过她的“男朋友”，我也有过我的“女朋友”（现在想起来，那时候的男女朋友，也只能笑年轻时的游戏了），可是，我们却更经常待在一起。

她应该算漂亮，但更吸引我的是那一份气质，与她在一起，好舒服，是一份愉悦。

周围的人都说我们是一对，所以唐红军才会说我有主儿了。

开始的时候，我还常常否认，后来，也懒得去否认了。只是常笑世人，男女缘何无谊？更常常自得能有此红颜知己。

我们真的是性情太投，最厌做作。刚认识她不久，我想骑自行车去泰山玩。敲了好几个电话，几个哥们儿却不是没钱，就是没车，或者是没有空。不知道为什么，给她敲了一个。当时我们还不是很熟，她却来了。我一笑说，快走，我拿了老爸的工资，偷偷出来的。她也一笑说，彼此彼此。

上了路，我们一共才有一百多块钱，冰棍都舍不得买。后来，买了一根，我递给她，她毫不做作，吃了半根，递还给我。

惊异于她的坚韧，与她的外表很不协调。第一天，下一个大坡的时候，我为了躲开一块大石头，撞倒了她的车，她的膝盖擦伤了一大块。可是她却咬着牙，从不叫苦叫痛，每一次都是我骑不动了，叫着要休息。

我去“拿”老乡的瓜，她没有大呼小叫，很镇静地为我“放哨”，令我改变了对女性的看法。

住农民的房子，睡通铺，她没有一丝的扭捏。

登泰山顶的时候，太冷了，还是因为钱不够，只租了一件大衣，拥着一起看日出，互相取暖。真的是天洁地杰，物我两忘。

那半个月，好开心，就像是脱离了尘世。可是，终究要回来。李钢和老谭告诉我，回来以后，她和她的男朋友吵了一架。我去找她，想劝劝她，她的第一句话竟是，做我的男朋友吧。于是，相对大哭大笑。不久，我和我的“女朋友”也吹了。

她的文科好，我的理科不错。于是，她给我补文科，我给她补理科，居然让我的成绩在那一所顶尖的名高中里一直名列前茅。

然后，我们结伴，一起去打工，卖报，卖书，端盘子，卖裤子。有了钱，就杀出去玩——想一想，我们在一起，也许是因为我们都爱玩儿。黑龙潭，华山，南方，东北，却最爱响沙湾。在那里，我们伏在无垠的沙漠上，没有旁的人、旁的声音，只有那亘古的原声荡在你的心头，用你的心灵去体会。

一起去看通宵的电影连场，听歌，听音乐会，看京戏，“跳舞”——一直惊异灵秀如她，为什么跳舞竟如我一般笨，曾问她是否迁就我，答否，信她。一起去赶时髦，读尼采、康德，我云不懂，她一笑弃书，从不需掩饰。我抽烟，后来肺抽出阴影，她却也吸 salon 烟的，很优雅。和她在一起，不需要改变自我，从来不需掩饰或表现，从来不累。也许，我从来没有把她当作女孩子，只当她是一个朋友，像李钢、谭志强、王宇翔和周兴海一样。

其实，我想上复旦，有一部分原因是因为她。她的功课不好，只能考外地的学校。她报了上海外国语学院，我不愿意离开她，于是，选了复旦。

今年夏天，我们去了北戴河。那是一个舒适温润的地方。我们像两个孩子，都不知道是怎么发生的。没有激情，没有欢乐，也没有痛苦，有的只是平淡。

然后，整整一个暑假，不知道是她避着我，还是我躲着她，我们一直都没有再见面。

“从现在起，我一定要好好待她!”我这么对自己说着，收回思绪，抬起头。

火车已经停下来了。

我远远地看见馨儿，一边又一遍地重复着：“我一定要好好待她!”一边快步迎上前去。

馨儿瘦了很多。她还是穿着那一袭她最喜欢的黄色的长裙。

我突然变得很紧张，很不自然，我真的不知道应该如何面对她，对待她。我自己想着，呆在当场：我该不该拥着她呢？该不该吻她呢？吻在哪里呢？唇上还是脸颊上呢？她会不会也觉得很别扭呢？她又会怎样待我呢？

“嗨，木头。又发什么呆呢？”她叫着我的外号，站在我的身旁。

我抬起头，看着她。她还是像以前那样淡淡地笑着。

不知道为什么，我却不能够再像以前和她在一起那样从从容容的。我变得更加惊慌失措，我觉得很怕，却又不知道自己怕的是什么。我呆呆地伸出自己的右手，想去握住她的手。

她一笑，很自然地翻开手，拍了拍我的手背，侧开身，轻轻地说："别愣着了，快帮我拿行李吧，重死我了。"

我这才注意到，她一直自己拖着两个大行李箱，下了火车，一路拖过来。

我拍了拍自己的脑袋，大叫："该死，该死。你怎么不早一点儿叫我过来帮你搬呢？"

她看了看四周转向我们的目光，脸红了红，这才小声说："从火车上我就在叫你，谁知道你在发什么呆？"

我不好意思地挠挠头，"噢"了一声，走过去，拖起行李。

这时候，我才注意到，我的手心里紧张得都是冷汗。

到了馨儿的学校，送馨儿找到了她的宿舍。

可以感觉得到她的舍友们的注视。我低下头，红着脸急急忙忙地把她的行李放下，然后落荒而逃般地跑到她的寝室门外。过了一会儿，她也出来了，我忙干咳了一声，掩饰了一下，轻轻地对她说："我就在这儿等你一会儿，你收拾收拾，我们一会儿去吃个饭。"

她点点头，走回寝室。

寝室的门关上了。里面几个女孩子开始叽叽喳喳地聊天和低笑。

我马上开始后悔在这里等她。周围的女同学走来走去的，不停地在看着我。最糟的是，明明知道里面在谈论我，却听不清楚，只能隐隐约约地听到几句大声一点儿的：

……

"是男朋友吧？"一个女孩的声音。

"不是啦。"是馨儿的声音。

"都送到这儿来了，还说不是？"另一个女孩的声音。

"嘻，嘻。"

……

好不容易熬到馨儿出来，我看见她的脸也有一点儿红。

一顿饭吃得很闷，我们都很少说话。我一直低着头，躲避着她的眼睛。偶而有几次，我鼓起勇气抬起头，看她一眼，发现她也在低着头，若有所思着。

吃完了饭，我送她回宿舍。

我们走在一条林间小路上，也许是馨儿的学校还有好几天才正式开学，路上并没有什么人，很静。不知道为什么，我突然想起几天前和李钢、唐红军他们“闯”复旦的“鸳鸯蝴蝶林”的样子，有点儿想笑，却又笑不出来。

然后，我就开始觉得很怕，莫名的怕。林子真的很静，静得可以听得见小虫子和我自己心跳的声音。我想说该说的话，却怎么也没有勇气说出来。

于是，我和馨儿就这么默默地走着，在我们的中间第一次有了一条小小的缝，我们的步调也不再像以前那样合拍。我偷偷看了馨儿一眼，努力想调整自己的步子，适应她的步子，却没有用。

迎面走来一对紧紧相拥的情侣，我们让在路边。我这才有机会仔仔细细地看馨儿。盈盈的月光映着她白皙的素脸，还是那般的姣好，只是少了往常的淡淡的浅笑，她紧蹙着眉，在想着什么心事。

馨儿抬起头，看见我正在看着她，微笑了一下，说：“我们回去吧。”

我点点头。

她侧过身，先迈出了步子。

我默默地跟在后面。

前面就是馨儿的宿舍了，我终于鼓足了勇气，叫她：“馨儿。”

她停下步子，扭过身，看着我应了一声：“嗯？”

像是怕说得太慢了，自己会失去勇气，我急急地、低低地说：“做我的女朋友吧。”

馨儿一愣，过了片刻才恢复了她平时的从容，她带着一种大姐姐对小弟弟般宽容的微笑，淡淡地说：“我们这样不是很好吗？”

我有一点儿反感，提高了我的声调，说：“馨儿，不要这样对我笑，我是认真的。”

馨儿又是一愣，她定定地看了我一会儿，然后扭过身去。

我后悔极了，呆呆地站在当场。

过了很久，我才走近她，扳过她的肩膀，低声说：“对不起。”

我一下子吓住了。这是我第一次看见馨儿噙着满眼的泪水。我一点儿也不知道该怎么办。

还是馨儿挂着泪，擦了擦眼睛，努力笑了笑，说：“我没事的。我一累，眼睛就会这样。今天真的好累。我明天再回答你好吗？”

她看见我还是愣在那里，推了推我，说：“木头，别发呆了。总不至于今天就一定要逼着人家表态吧？人家坐了一天火车，好累呢。我明天去你们学校找你。现在，你送我回宿舍，好吗？”

我点点头，低下头，跟在她后面。

到了宿舍楼，宿舍里已经一片漆黑，原来已经过了熄灯的时间。

管楼门的老太太大吼一声挡住我："已经熄灯了！男生不能上楼了！"然后又扭转头，对馨儿说，"怎么这么晚?!"

馨儿吐吐舌头，对老太太说："阿姨，真对不起。我下次再也不敢了。"然后，又掉转头，冲我做了一个鬼脸。

看着馨儿回复了平日俏皮的样子，不知道为什么，我的心中忽然一酸。

老太太点点头，又掉过头来，十分警惕地看着我。

我急忙点头哈腰地说："下不为例！下不为例！"

馨儿扑哧一声笑出声，然后，急忙止住笑，转过头，向我挥挥手，向楼上跑去。

我呆呆地立在当场，看着昏暗的楼梯灯，映着她纤细的身影，很快地跑上楼去。一直到她的身影消失很久，我还是痴痴地看着。

又过了很久，一阵夜风吹过来，我打了一个冷战，突然，我一下子明白了自己在怕什么。

我是怕会失去馨儿，失去我们现在已经拥有的。

整整一夜，我没有睡好。先是使劲儿闭着眼睛，可是，眼前就像是在放电影一样，一幕幕地闪过和馨儿在一起的一点一滴。然后，我索性睁开眼睛，想着馨儿会怎样回答我，想着我以后应该怎样对待她。一直到天快亮了，才迷迷糊糊地睡着了。

"嗨！吴剑，快醒醒！"同宿舍的舍友在叫我，"你女朋友来找你了。"

"谁?"我躺在床上，没有反应过来。

"是个女生，叫汪馨的。"

我腾的一下从床上弹起来。头一下子碰到蚊帐竿子上，也没有顾得揉，就跳下床。抓了件外衣，拖着拖鞋就往外跑。

"这么着急啊?!"一个舍友笑着说。

"那是，人家那么漂亮的女朋友，等久了，没准儿就飞了。"又一个舍友大笑着说。

我没答话，攥紧了拳头，向后面挥了挥，头也没回地冲出我们寝室的门。

我埋着头，噔噔地飞快地跑向楼道的一端，却没有馨儿。我回转头，才发现，馨儿在楼道的另一端。我摸摸自己的头，又向另一端跑过去。

跑到了，看见馨儿盈盈地浅笑着。

我假装生气地说："怎么也不叫我一声，害得我老长的楼道跑了个来回。"

馨儿忍不住笑地说："我本来是想喊来着，可是，又觉得，让你这根懒木头多运动运动也好。"

我也笑了。然后，我看了看表，已经中午十二点多了。我问："怎么这么晚才来？"

"昨天晚上没有睡好。"馨儿说到这儿，脸一红，马上扭转话题说，"一起来，就急急忙忙地跑过来，哪知道你这个懒家伙，睡到现在还不起。"

看着她微红的脸颊，我的心一动，急忙定了定心神，掩饰着说："肚子好饿，算罚我吧，我请客，我们去吃一顿。"

馨儿笑着说："不是吧！昨天晚上一顿，今儿中午又一顿，不怕我吃穷了你？"

我也笑了："快了。下一顿一定得你请了。"

我们找到一家还不错的饭馆。想到我和馨儿将要进行的谈话，我要了一间雅座。

一坐下来，我马上后悔了。偌大的一间屋子，空空荡荡的就我们两个人，安静极了。我们坐在大圆桌子的两端，我想移近些，又怕太露痕迹。

直到侍应生走进来，我们都没有说话。他看了看我们，笑了笑，把一本菜谱放在我们的中间，走了出去。

我们还是没有说话，同时探出身，去取菜谱。我的脸一下子红了，忙说："你来点。"

她也说："还是你来吧。"

让了半天，还是一人点了一个菜，又叫了一份汤。

侍应生拿着我们点的菜单走了。屋子里又恢复了令人尴尬的沉寂。

我觉得很累、很怕。

这样子过了很久，我终于忍不住了。我抬起头，看着馨儿，她低着头，脸上看不出有什么表情。我鼓足了勇气，叫她："馨儿？"

"嗯？"她抬起头，看着我。

"你想好了吗？"我豁出去了地问。

她的脸一下子红了，压低了头，轻轻地用我几乎听不清的声音说："嗯。"

"那你愿意吗？"我又追问她。

她更加垂低了头，微微地点了点头。

我跑到她那一边，蹲下来，想看清她的表情。我一边拉着她的手，一边笑着说："真的吗？"

她推开我的手，还是压低着头，低声说："我愿意。可是，你可以还像以前一样对我吗?”

“嗯。”我根本没有听明白她的话，随口应着，又去拉她的手。

她还是推开我，看着我的眼睛，又重复了一遍她的话：“你可以还像以前一样对我吗?”

我一愣，拉住她的手，还是没有明白，说：“我一定会对你更好的。”我也暗暗地又一次对自己发誓：“无论如何，我一定要对馨儿好，让她过得快乐!”

馨儿笑了笑，没有再说什么，任我拉着她的手。

正在这个时候，侍应生端着我们点的菜进来了。他看着蹲着的我，笑了。

馨儿的脸又红了，一下子推开我的手。有点儿太猛了，我差点儿没蹲住摔一跤。

我也有一点儿脸红，急忙走回自己的椅子，搬过来，坐近馨儿。

我不再像从前那样，有说有笑地和馨儿一起抢汤抢菜了。我不断地提醒着自己：“要对她好，要对她好。”我不停地给她夹菜、倒汤。我这个人本来就有一点儿 clumsy（笨手笨脚的），这回又有一点儿心事，又有一点儿紧张，汤一下子洒在了馨儿的衣服上。我一下子呆在当场，我不知道是应该道歉呢？还是去帮她擦？道歉吧，是不是太见外了？帮她擦吧，又不太好吧？我是越想越糊涂，越想越累，结果是什么也没有做。最后，只是愣愣地给她递着餐巾纸。

一顿饭吃下来，我们都觉得很累。

付完了账，我们走出饭馆。上海秋老虎的烈日刺得我睁不开眼睛，我用手遮住眼，感到浑身燥热，一身臭汗，黏黏的、湿湿的，心里烦躁不堪。我第一次觉得和馨儿在一起，不知道应该做些什么。以前，和她在一起，就像同李钢、谭志强、周兴海和王宇翔他们一样，是无间的朋友，不需要刻意地去做一些什么，去说一些什么，可以自自然然、从从容容、平平淡淡的。可是，那个时候我们是朋友，现在，她是我正式的女朋友了，我又应该如何待她呢?

我们站在饭馆的门口很久，我才强笑着说：“下午做什么，我还真的没有什么节目呢。”

馨儿诧异地看着我，问：“你们不是开学了吗？下午没有课吗?”

“哈，我逃课不是最出名的吗?”我开心地笑着说。

馨儿也抿着嘴笑了。

那一刻，我觉得我们两个人又都回复了从前，尽管只有那么短暂的一刻。

“我觉得你还是要注意一点儿。”馨儿还是像从前那样规劝我。

“没事儿。”我还是不经意地说。

“现在这个时候，没准儿复旦会管得严一些。”馨儿提醒我。

“好吧，下不为例。”我说，“行不行？”

“嗯。”馨儿点点头，“要不然，今天，你带我去看看你们学校？”

“好啊！”我答应着，“我们去取自行车。”

我们回到我的宿舍，蹬上自行车。

一路骑来，我有意地骑慢了一些，落在馨儿后面一点儿。我偷偷地侧着头望过去，馨儿专心致志地骑着车，微风吹着她的短发，飘扬着，在她的鬓边有几颗晶莹的汗珠。馨儿用手把头发拨到耳后，回过头来，大声地说：“木头，怎么这么慢？骑快一点儿！”

我的心一动，好像又回到了那一次一起骑车去泰山的时候。我摇摇头，让自己回到现实中来，使劲儿蹬了几下车，追上她。

“嗨，这儿有个园子！”馨儿指着燕园，“好像蛮不错的。”

“叫燕园。”我蹬快几下，赶到她前面，领着路，大叫，“来看看。”

快到了，我们一起跳下车，推着车子走进去。

我也是第一次白天来这里。园子不大，却给人以开阔的感觉，一汪小池水映着灿烂的阳光，明媚而活泼。可是，莫名的，我却不大喜欢。我没有说出来。

尽管是白天，又是上课期间，周围的林间小路上还是有好几对依偎着的情侣。不知道为什么，我觉得很尴尬，我不知道我们是不是也应该那样。我只是觉得现在这个样子和馨儿在一起，骑着车，或者是推着自行车走在一起，中间隔着自行车，会自然很多，会舒服很多。

我笑了笑，突然想起了唐红军的话题。一边走，一边问馨儿：“还记得咱们实验的校长老要求我们‘风声，雨声，读书声，声声入耳。国事，家事，天下事，事事关心’吗？”

馨儿看着我，目光中一下子充满了回忆。她顿了顿，才回答我说：“当然记得啦！”

我避开她的目光，笑着说：“唐红军前几天跟我和李钢说了一种改版的，来形容我们当今的复旦。”

“唐红军？是咱们实验上一届的师兄吗？”馨儿问，“好像和你们几个关系还挺不错的。我还不知道他去年上的是复旦呢。”

“就是他，”我回答说，“他告诉我们，现在的复旦有三大流派，‘麻派’‘托派’和‘鸳鸯蝴蝶派’。”

“怎么讲呢？”馨儿笑着问我。

我故弄玄虚，说：“怎么样，猜猜吧？”

“好了，别卖关子了，快说吧！”馨儿还是盈盈浅笑着说。

看着她的浅笑，我的心又一动。我急忙定了定心神，回答她：“‘麻派’，是指麻将派，自然是指牌声了。”

馨儿接着问我：“那另两派呢？”

“这儿就是鸳鸯蝴蝶派的据点儿。”我一边说着，一边向着林间的情侣们努努嘴。

馨儿的脸有一点儿红，她努力地掩饰着，急忙问：“那这一派，是鬼声呢，还是……”

她一下子意识到了，脸色通红，有点儿生气地说：“你们男生可是真够损的！”

我也有一点儿不好意思，急忙说：“我们再去瞻仰一下‘托派’的圣地吧？”说完，我跳上车。

“嗯。”馨儿也骑上车，跟着我。

我一边骑着车一边说：“最后一派是托福派。”

“那什么是鬼声呢？”馨儿问。

“到了你就明白了。”我领着馨儿来到地下听音室。

已经是第二次来这里了，我的心中还是肃然起敬。这个时候，里面自然是坐满了人，每一个人都头也不抬，聚精会神，有的还喃喃自语着。偌大的一片地方，除了录音机的开关声和倒带声，静得没有一点儿声音，像是中了魔咒似的。也许是气氛的严肃，也许是对于学子们苦读的敬佩，更也许是从烈日下一下子走到湿冷的地下室，我觉得浑身有一点儿起鸡皮疙瘩。

我回头看了看馨儿，她吐了吐舌头，向台阶努了努嘴，示意我们上去。我们蹑手蹑脚地走上楼梯，走出来很远，馨儿才长长地吐了一口气：“呼！真够劲儿的！”

过了一会儿，她才又笑着说：“我倒是觉得有一点点鬼气的味道，好像就是没有鬼声。”

我也笑着点点头，附和道：“没错。那几个自言自语的家伙，不知道的人，还以为他们中了邪呢！至于鬼声呢，用老唐的话说，他们整天念外文，所以是鬼话连篇、鬼声连连，也还不算太牵强吧。”

“嗯。”馨儿点点头。

我们从地下听音室所在的第三教学楼推着车子走出来，默默地走着。我一直试图再找一个什么话题，却不知道说些什么好。沉默得越久，就越不知道该说什么，每想起一个话题，就又觉得不够好，被我否定掉。

走着走着，我突然一惊，呆在当场。我一下子想起来，整整一个下午，我和馨儿所说的话，绝大部分是在转述唐红军的话！难道，我和馨儿在一起，已经无话可谈到了这种地步吗?!

馨儿停住车，转回身，看着我。也许是我的脸色实在太难看了，她马上关切地问："你没事儿吧？是不是累了？"

我急忙掩饰着，使劲儿摇摇头，脱口而出："没事儿。要不要去吃晚饭？"说完，我看了看表，自己也笑了，才四点多。

馨儿看着我，笑了笑，说："不再宰你了。我想回学校了，有点儿累。"

"馨儿……"我还想再说什么。

馨儿摇摇头，说："我真的有点儿累。"

"那好，我送你。"我说。

她点点头，没有再说话。

我们就这样一路无语地骑到校门口，在警卫面前下了车，走出大门，她回转头来，对我说："就送到这儿，好吗？"

我急忙说："那怎么行?！我得送你回学校。"

她摇摇头说："不用了。"

"还是我送……"

馨儿坚决地打断我的话，笑了笑说："真的不用了，我想一个人骑回去。"

馨儿从来没有这样固执过，我有些无所适从，只好说："那我周末再去找你？"

"好。"馨儿点点头，看了我一眼，转过身，蹬上车。

留下我一个人呆在当场。

馨儿远远地从车上回过头，向我挥了挥手。

我机械地也向她挥了挥手。

一直到她骑远，消失在学校前的那个大上坡的后面。

我一下子有了一种如释重负的感觉。然后，我一下子吓得出了一身冷汗。我慢慢地费力地骑回宿舍，一路上，我不停地对自己说："对馨儿你怎么可以有这种想法和感觉呢?！太不对了！"可是，这种想法和感觉又是这样的强烈而真实。

一进宿舍楼，好几个同学就凑上来，大叫："吴剑！你的女朋友？""真不错！""行啊，你小子真有两下子！"

我竭力在脸上挂着微笑，敷衍着，努力地回到自己的寝室，把自己扔上自己的床铺。

闭上眼，蒙上被子，才觉得自己很累。躺着躺着，我突然觉得馨儿这两天老说某一句话，我拼命要回忆起来，却怎么也想不起来。想着，想着，我就迷迷糊糊地睡过去了。

一直到深夜，我惊醒过来。我一下子想起来了：这两天，馨儿有好几次说，她累了。

# 三

No matter how hard you prepare for it, you are never ready.（不论你怎么准备，你永远准备不好。）

我从来没有这样怕一个约会过。

整整一周，我一直在做思想准备，我想着："一定要想好一切该做的行动，该说的话，该安排的节目，一切可能的意外，以及所有应对的措施。"

"应该送她一束玫瑰吧？"我接着想，"如果在复旦就事先买好了，带过去会不会坏了呢？嗯，记得馨儿学校那边有一家花店的，就在那儿买一束送给她。她喜欢黄玫瑰，不过，这次，应该是红的吧？好，就定下是红玫瑰了。然后，我该不该说"我爱你"呢？

我想着想着，不由得笑着摇摇头："'我爱你'，好像实在是太肉麻了！要不然，就用英文说 I love you 吧，好像自然一点儿。一进门，躲在玫瑰后面就说，应该是可以说得出口的。"

我点点头，接着想下去："然后，我们就去吃饭，可以去吃快餐，麦当劳或者是肯德基。吃完了，我们可以去看电影。当然，现在像以前和以后一样，不会有什么值得看的好电影，不过，可以两个人待在一起。我的手应该可以搭在她的椅子背上，然后去揽她的肩。黑暗中，我们不会太尴尬。电影看完了呢，我可以揽着她一起去黄浦江漫步，在江边，任清凉的秋风吹着我们……"

一直到前一天晚上，我都对自己充满信心，认为计划得很好。

可是，早上一醒来，我却又开始怕得不得了。我实在怕面对馨儿，怕同她相处得不好，不得体，更怕让她失望。

一直拖到下午四点多，连我自己都觉得不能再拖了，这才出发。

一路上，我骑得慢慢腾腾的，头也有点儿昏昏沉沉的。离馨儿的学校越近，我也骑得越慢。

咣当一声响，我的车子在一道小沟上颠了一下。我吓了一跳，头脑也一下子清醒了点儿，突然想起来："今天是周末，谈恋爱的学生那么多，人人都买花，一定会把整个花店堵得水泄不通的，我得赶紧去。"

我加快了速度，先骑往花店。快到了，远远望过去，没想到却是没有什么人。我暗暗高兴，快蹬了几步，冲过去，跳下车，冲进花店，兴冲冲地大叫一声："老板，来一打红玫瑰！"

一个年轻人在柜台后面像是看一个外星人似的上上下下地打量着我，一句话也不说，看得我直发毛。

我低下头，喘着气，压低了声音说："您给来一打红玫瑰。"

他还是没有说话。

我抬起头，看了看他。

他这才笑着说："第一次追女生吧？"

我有点儿着急，脱口而出："关你什么事儿？卖你的花儿不就得了。"说完了，我就后悔不已。惹了他，一怒之下，不卖我花儿了，我找谁去呀？

他倒是没生气，还是笑眯眯地说："别生气啊。我们这儿，大学生随便是个人就在谈恋爱，你知道玫瑰都得提前几天跟店里订吗？一般是这周约会完了，马上订下周的。就算是刚吵了架，想用玫瑰和好的，也得一开门就早早地来店里买啊。像你这么晚的，我上哪儿给你找花儿去呢？"

我顿时像泄了气的皮球，好声好气地说："大哥，您还真看得准。我这还真是第一次。您也知道第一次的重要性，您看看，能不能帮帮忙？"

"不是我不帮，我倒是想帮呢。有生意，又能帮人，谁不乐意呢？"他摇摇头说，"我是真的没有了，这个礼拜又偏偏是新学期刚开学，重逢的、新聚的，生意特好，我上午十一二点钟就卖光了。"

"真的没了？"我还存着一线希望，"哪怕就几枝呢？"

"我蒙你干吗？"他说。

我只好垂头丧气地掉转头，走出去。

"唉，等等。"他叫住我。

我充满希望地回转头看着他，问："是不是……"

"不是。"老板笑着摇摇头，"只是提醒你，要不要订下周末的花？"

我也笑了，一边说着，一边走回去："好吧。您可真会做生意。"

我在他的预订本上写下自己的名字，刚转过头要走，老板又叫住我："嗨，别急着走，还没付订金哪！"

我又忍不住笑了，说："我算是服了您的生意经了。要多少？"

"花价的一半，另一半取花的时候再付。"他说。

我一边取钱，一边笑着说："您是不是特盼着我下个礼拜不来？白收了我的订金，您又不愁卖不出去。"

他也笑了。

看着他在那本又脏又乱的预订本子上到处找我的名字，找了半天才找到，然后草草地写下“订金已付”，我突然心中一动，想起来以前在中学帮教育局管理网络的事儿，当时总想也做做软件，现在，似乎是个机会。我问他：“这么乱的预订本子，您会不会常出错？”

“当然，经常有。如果倒霉，碰到一个横的主儿，又要的是特别的花，我们忘了订；或者是我们自己店里的人写在不同的地方，订货订漏了，吵顿架是常有的事，弄不好，还能打起来。”他叹口气说。

我忙说：“我是学电脑的，要不要我帮你设计一个电脑系统？可以先把订花管起来，然后可以管账，管工资，管库存……”

“好是好。我也听说电脑挺厉害的。不过，好像电脑很贵吧？再说，你要收多少钱做系统呢？”他蛮感兴趣的。

我想起来我们系里正在淘汰一批旧的 IBM AT 的机器，就说：“没准儿我能搞到便宜的机器，是我们计算机系里换代下来的，几千块钱就可以了。在市面上，也不算太落后。”

没想到他马上说：“噢，我还以为得好几万块呢，这钱我投了。人工费呢？”

我犹豫了一下，心中也没谱儿。以前，管网络的时候是两块钱一小时。我想了想，编程应该累得多，加一倍多吧。于是，我抬起头，试探着说：“五块钱一小时。”

“大概多长时间可以搞完呢？”他又问。

“一星期我也就能工作二十个小时，可能得一两个月吧。”我比较有把握地说，“不过，这只是订花的部分，其他的部分，像管账之类的可复杂多了。”

他马上说：“那好，就这么说定了。”

看着他答应得那么爽快，我又有一点儿后悔要得太少了。我的商业头脑实在是太差了。

他看着我的样子，笑着说：“我再加你点儿，每个周末我再加送你一束免费的红玫瑰。”

我也笑了，说：“好吧。反正跟您这儿，我怎么着也得吃亏。”

然后，我看了一眼表，大叫：“都快六点了！我得走了！”

“你再等等。”他又叫住我，自己走进店后面。

我不耐烦地等着他，不停地看着表。

他匆匆地走出来，手里捧了一束美极了的红玫瑰。

我大叫：“不是没货了吗？”

他笑着说：“留给我女朋友的。便宜你小子了。今晚上我少不了要挨一顿骂。”

我一把夺过花，大叫一声："不好意思。谢了啊！"转身夺路而跑，生怕他改变了主意。

我飞快地骑到馨儿的宿舍，呼哧带喘地跑上楼。到了馨儿的寝室，还没有敲门，馨儿已经打开了门。

我递上玫瑰，说："不好意思，来晚了。"

馨儿欣喜地接过去，轻声说："谢谢你的花，真的好美。"

"那是。"我有点儿得意扬扬地说，"是最棒的。花店老板留给他女朋友的，让给我了。"

馨儿有些诧异地看着我问："怎么回事呢？"

我兴冲冲地说："我一直想着要买玫瑰送给你，谁知道下午冲到花店，老板说周末的玫瑰早就被买光了，气得我直吐血。老板还特别会做生意，一个劲儿地劝我预订下个周末的花，还要预收一半的订金。我一看他破破烂烂的预订本子，马上计上心来，劝他搞个电脑管理系统。我可以半工半读帮他编程。"

"他店里有电脑吗？"馨儿问。

"你说巧不巧，我们系里正好更新换代一批 IBM AT 的旧电脑，我可以帮他买一台。嗯，对了，还可以再赚一点儿差价。"我心里想着，这点儿差价可以补回一点儿编程要价低的损失，越发得意地说，"编程费，他一口答应一个小时五块钱，应该说低了点儿，不过，也还凑合了。另外，还有每个周末一束免费的玫瑰。这个周末，他还真的没货了，只好把给他女朋友的那一束送给我了。怎么样，干得漂亮吧？"

馨儿微笑着，点点头。

我得意得几乎都有点儿飘起来了。

馨儿一边小心翼翼地把花放在桌子上，一边对我说："你坐一下，等我一会儿。"然后，她就开始翻箱倒柜地找东西。

我忙说："找什么呢？我帮你。"

她手在身后挥了挥，一边接着找，一边说："不用了，你不知道在哪儿的。"

我只好四处找地方坐下。我还是第一次真正地进女生宿舍，和我们男生宿舍相比，真的是太整洁了，坐在哪儿都怕给搞脏了。

馨儿看见我局促不安的样子，笑着帮我搬了把椅子。

我也笑了，故意直直地坐在上面，把双手叠在膝盖上，头低着，目不斜视地看着脚尖。

馨儿大笑着，推了我一把，手里拿着一个什么东西，一边跑出门，一边对我说："再等我一下，马上回来。"

听着馨儿开心的笑声，我一怔，问自己，上一次让馨儿这样开心地笑，是多久以前的事了呢？

馨儿很快就回来了，手里捧着一个大的玻璃的果珍瓶子，里面盛满了水。她把瓶子放在窗台上，小心地把那束玫瑰插进去，又细心地把花一枝一枝地整好，然后，才把瓶子转了转，向窗台的里面推了推，让花向着太阳。

那一刻，阳光洒满了她的全身，柔和而温暖。我的心里感动极了，我感到我的眼中已经是潮潮的了，我很想冲过去，拥紧她，贴在她的耳边，轻声说“I love you”。

这个时候，馨儿转过身，她的眼睛里也是亮晶晶的。

不知道为什么，我想起了馨儿对我说的话：“你可以还像以前一样对我吗？”

我又挂起了像以前一样的笑脸，故意大笑着，大声说：“这么大张旗鼓的啊？”

馨儿一怔，也马上笑着说：“你也知道的，我喜欢花。可惜没有花瓶。明天再买吧。好吧，等得不耐烦了吧？我们出发吧。有什么节目？”

我不知道我是不是失去了一次绝好的机会，甚至是最好的机会。我只知道我很后悔，很难过。我使劲地摇摇头，努力笑着说：“本来要去看电影的，不过，花店老板一磨蹭，你一磨蹭，可能来不及了。先去吃饭吧，民以食为天，我还真的饿了。”

“嗯。”馨儿应着。

“去哪儿呢？”我一边走着，一边有点儿夸张地说，“可不能太贵的地方，我可是已经被吃穷了。打工的钱还没挣到，老爸给的钱已经花光。”

馨儿笑了笑说：“不是说好了吗，该我请了。”

我摇着头说：“那可不行，我可不能花女朋友的钱，太丢份儿。”

馨儿笑着说：“好了，好了。我们去吃学校的食堂。行了吧？”

我们一起跑到食堂。

一个大师傅正在收拾炊具，看见我们赶过来，很热心地说：“学生饭已经卖完了。不过，楼上有小炒卖。”

“要等多久？”我问。

“挺快的。”大师傅说。

我看了看馨儿，说：“既来之，则安之吧！”

馨儿点点头。

我们两个人爬上楼，这才暗暗叫苦。

楼上排满了人，大多是情侣。

我心里想："小炒是现叫现炒，那得等到什么时候啊?!"

没想到很快就到了我们，一抬头，发现刚才楼下的那位大师傅已经跑上来忙着收钱了。我和馨儿笑着对望了一眼。

"嗨，快点儿说，要什么菜。要是没想好，就先让到一边儿，让后面的人先点。"大师傅催着我们。

"想好了，想好了。"我急忙说，"一个鱼香肉丝，一个蒜茸豆苗。"

"好，下一位。"他飞快地记下来，马上抬起头来喊下一位。

我们让到一边。菜是出人意料地做得快。我们两个人坐下来，一尝第一口就明白了为什么这么快：菜和米都没洗干净，都是土和小石头，而且没怎么熟就起锅了。

我笑了笑说："难怪那位大师傅说小炒挺快的。这么做菜是快了，可怎么吃啊。"

馨儿也笑了："肉没熟，可真的不能吃。吃菜吧，没熟就当是吃沙拉吧。"

"也不知道是吃菜呢，还是吃观音土呢，不知道的人还以为我们跟这儿忆苦思甜呢。"我一本正经地说。

馨儿扑哧一声笑出声来。

旁边一个男生也笑着说："哈！你这话够损的。不过，食堂也真够宰人的。一到周末就早早地停卖学生饭，急着卖小炒。"

另外一个男生插进话来："总比外面的小饭馆好点儿，一到周末就涨价，宰我们这些穷学生。饭一样的难吃。这儿，难吃是难吃，起码便宜点儿。"

他的声音大了点儿，他的女朋友瞪了他一眼，他吐了吐舌头，不敢再说话了。

我和馨儿也笑着，随便吃了点儿饭，只吃了个半饱就实在咽不下去了。

我抬起头，可怜兮兮地看着馨儿说："不吃了，行吗?"

馨儿也忍住笑，说："不许浪费粮食，不许浪费人民的血汗。"

我笑着说："不是我们浪费，是做这菜的人浪费，求求你了。"

馨儿也忍不住了，笑出声来说："好吧。"

我们俩笑着，从食堂里跑出来。

食堂外面，天已经黑了。笑了一会儿，我又有一点儿犯愁，下一步该干什么呢？看电影，八点多了，八点场已经误了，午夜场又还太早。

我一拍脑袋，突然想起来我计划好的下一个节目不是去黄浦江吗？提前不就行了?!

我暗骂自己笨，忙问馨儿："嗯，对了。馨儿，我们到黄浦江边上去走一走吧。”

“你确定要去吗?”馨儿看着我，迟疑了一下，问我。

“去吧。江边漫步，多浪漫。”我坚持着说。

“好吧。”馨儿偷偷地笑了笑。

“What? Your laugh looks pretty dubious.(为什么，你怎么笑得那么怪?)”我说了句刚跟外教老师学到的洋文。

“没什么啦。走吧。”馨儿努力收起笑容，对我说。

我们骑上车。没想到那么短一段路，还真挺累人的。主要是一路上尽是圆圆的拱桥，上坡好陡，使尽了吃奶的力气才能骑上去，好几次，快到桥顶了，实在蹬不动了，只好跳下来，推着车爬上去。本来，下坡可以好好地享受享受，但是下面人和车子太多，而且坡也实在太陡，我们只好不停地刹车。

好不容易快到了，我好像闻到什么味道。好像是一股臭味，越来越浓。我捂了捂鼻子，真的是令人窒息。我侧头看了看馨儿，她的嘴鼓鼓的，憋着气，实在忍不住了，才用嘴呼吸一口气，然后又憋起来。

我长喘了一口气，才问她:“这什么味儿啊?”

馨儿摇摇头，指着自己正憋着气的鼓嘴，向前骑着。

又下了一座桥，前面是一条挺宽阔的江。

馨儿跳下车，向我招了招手，说了声:“到啦!”然后，马上用手捏住鼻子，拼命用嘴呼吸了几口，脸上却笑眯眯的。

“哈!臭味是江里来的。”我看了看笑得怪怪的馨儿，恍然大悟，“原来，你早就知道。”

“哈哈!还江边浪漫呢。”馨儿一边笑着，一边捂着鼻子说。

“好啊，你看我的笑话。反正你也在这儿，咱们就一起浪漫浪漫吧。”我也赶紧捂着鼻子说。

“好，啊。”馨儿捂着鼻子，一边用嘴呼吸着，一边断断续续地说，“看，谁，坚持，得久。”

我没说话，笑着点点头。一只手捏着鼻子，一只手推着车，沿着江边慢慢地艰难地“浪漫”着，馨儿也龇牙咧嘴地“痛苦”地跟着我。

没过多一会儿，我把车支起来，举起双手，刚要说:“我投降。”回头一看，突然发现馨儿也刚摇摇头，好像要放弃的样子，急忙咽下自己要说的话。

哪知道馨儿也止住自己的话。

我忍不住笑出声来，只好说:“我认输了。咱们甭这么自己折磨自己了。”

馨儿也大笑着说:“太谢谢你了。我也实在是不行了。要不，就算是平手吧。”

大笑声中，也许是我忘了憋气，或者是刚才憋得太久了，我的鼻子深深地吸了一口气，真的是可怕，那一股经年累月、浓浓的、发过酵、浓缩过、塞在你鼻孔处的、令人窒息的臭味。我大叫一声：“快撤！”跳上车和馨儿夺路而逃。

骑了好久，已经离江边远了。我还是觉得那股臭味一直不去，好像是一个有生命的活物，缠着你，追着你。

我一边喘着气骑着车，一边侧着头看了看馨儿说：“你有没有觉得，这味道好像是蛆似的，附在我们身上了。”

馨儿没好气地看了我一眼：“你就少说几句吧！恶心死了。都是你，要去什么黄浦江。”

“是啊，有人不是明明知道，可是非要看我的笑话，结果，自己也栽进去了。”我笑呵呵地说。

馨儿也忍不住了，笑着说：“唉，真的是害人之心不可有。不过，我也没想到，臭得这么吓人。”

这时候，我们上了一个大桥。我累得不行了，忙说：“歇一会儿吧。”

馨儿点点头，我们停下来。

回首望过去，黄浦江边灯火如昼，映着点点的星光，和着远远的、间歇的轮船的汽笛声，如果不是那不雅的味道，真的还是很美的。

我摇摇头，苦笑着说：“我还计划着江边漫步，欣赏夜景呢。真够劲儿的。”

馨儿顽皮地笑了笑，做了个鬼脸，没有说话。

我的心一动，急忙岔开话题，指点江山似的指着江边密密麻麻的、破烂的小平房，笑着说：“住在那儿，可真够劲儿的。不过，我也明白为什么上海人都这么厉害了。天将降大任于斯人，必先苦其心志。住在这种味道里，真的是苦了心志了。”

馨儿笑着，拉着我说：“你别损了，小心有人听见了，揍你一顿。”

我也笑了，说：“这我可听说了，上海的男生，骂人骂得凶，可是，从来就君子动口不动手。”

馨儿也笑着说：“嗯，有此一说。可我又听说，上海的女生可是又打又骂的。”

我一愣。

馨儿看着我发愣的样子，一笑转身，骑上车，说：“我们还是快点儿回去吧。我还想早一点儿冲个热水澡呢。”

不知道为什么，我的心又一动。我急忙正了正自己的心神，骑车追上馨儿。

到了馨儿的学校，正好是快要熄灯的时候，女生宿舍楼前，站满了依依不舍的恋人，说着最后的、绵绵的情话，久久地吻别着。

我和馨儿压低了头，默默地走在他们的中间，两个人都没有说话。我觉得脸有一点儿火辣辣的，尴尬极了。我微微抬起头，偷看了馨儿一眼，她的脸也红红的。

把车子停在宿舍楼前的车棚里，我鼓起勇气，拉了拉她的手说："我下周再来找你。"

她的脸更红了，点点头。试了试，却没有抽回她的手。

我们的手轻轻地牵着，走到宿舍楼的门前。在灯光下和人前，我不由自主地松了松手。

馨儿马上抽回手，轻声对我说："再见。"

我点点头，目送着她走进楼门。

她还是像上次一样回转身，向我挥了挥手。

我也挥了挥手。

很久，我没有离开。

我在想，我们在一起，如果周围有什么好笑的事，我们可以一起很开心地笑。可是，我们实在不像一对恋人，倒更像以前一样，还是朋友。

也许，下一次见她，我们应该待在宿舍里，哪里也不去，只有我们两个人，像恋人一样，我应该吻住她，拥着她不放……

我的心一震，想起了馨儿姣好的身子。我拼命地捶了捶自己的头，努力地摆脱了那一丝邪念。我又回头看了一眼宿舍楼，灯刚刚熄灭了。我轻轻地说着："馨儿，Good night。"

回转过身，慢慢地走回车棚，慢慢地骑上车，慢慢地离开。

在接下来的一周里，我帮着花店的老板买了一台系里淘汰下来的IBM AT。系里卖五千，我赚了五百的差价。然后，我又忙着帮他安装、调试。又教了老板怎么开机、关机和一些初步的使用常识。天天就在馨儿学校的附近，我却没有去找她。

我决定周末用那五百块钱和馨儿一起去一家外滩边上的好西餐馆去吃一顿。我自己对自己说，我不去找她是要给她一个惊喜。其实，我很清楚地知道，这不是真的，起码不完全是真的。

这一次，也许是负疚感吧，我早早地来到馨儿的宿舍。她不在。我站在门口等着她，不知道为什么，能够这么等着她，我的心里好受了一点儿。

她和两个舍友嘻嘻哈哈地端着脸盆从楼梯口走向寝室。她的头发还湿湿的，她们刚洗了澡回来。看着她潮红的面颊，黑湿的头发，纤细的身子，我的身体一热。我急忙站直了身体，看着她。

她看见是我，也是一愣，然后又回复平静。

她的两个舍友夹着她，促狭着她："还不快点儿？人家可都等急了。"

"可不是。不过啊，我看汪馨她更急。"

馨儿本来想加快脚步，现在也不行了。她低着头，任她们说笑着。

她们一路慢慢地走过来。馨儿早早地掏出钥匙。到了门边，她没有看我，低着头，一只胳膊夹着脸盆，一只手去开门。

我看见她白皙的脖子，心中又是一荡。

也许是她夹着脸盆，或者是别的什么原因，她就是打不开门。

她的舍友笑着说："喂，你还不帮帮汪馨？"

我犹豫了一下，于是红着脸，接过了她的脸盆。

馨儿的脸也有一点儿红，她还是没有看我。幸好门一下子就打开了。

她的舍友拥着她走进去。

我手足无措地站在门边，端着她的脸盆。

她的舍友倒是很热情，招呼着我："快请进。"

我挪进了门，还是端着脸盆，站在门边。

她的两个舍友忙着放脸盆，收拾东西。

馨儿向我使了使眼色，我没有明白。

她只好说："那边上面那个是我的脸盆架子，帮我放一下好吗？"

我转过头，帮她去放脸盆。

一个舍友开着玩笑："哈，汪馨，现在已经开始使唤人家了？"

我的脸又一红。我忙放好脸盆，转过身，我看见馨儿也有些不自然。

另一个舍友马上打岔说："汪馨，介绍一下吧？"

馨儿站起来，指着她的舍友们说："这是范彤，比我们都大几个月，我们叫她大姐，老照顾我们这些小妹妹。这是杨梅，我们都叫她扬眉剑出鞘，嘴特别的尖。"

杨梅笑骂着说："有这么介绍人的吗？"

馨儿也笑了："我还没说完呢！你是典型的刀子嘴，豆腐心。"

然后，她停了停，止住笑，看着我说："他叫吴剑。我高中的同学。"

杨梅笑着说："不仅仅是同学那么简单吧？上周末，我可是见你们拉过手的……"

范彤看见我和馨儿都有一点儿窘，忙插嘴说：“小杨梅，你就省两句吧。”

杨梅笑着说：“好，好，我不说了，还不行吗？”

范彤给我拿了张椅子坐下，看着我局促的样子，可能是想缓解一下气氛，笑着说：“我们这儿，馨妹妹是最好、最有人缘的了。你可不许对她不好。”

我却更尴尬了，低下头，看着脚慢慢地划着地板。

杨梅接着说：“我们寝室的人商量好了，如果有哪个男的对我们姐妹不好，我们就共讨之、共诛之。”

杨梅讲话有一些南方口音，我不确定地问：“共逐之？”

她笑着说：“诛之，杀之。”

大家都笑了。

馨儿笑着走过来，对范彤和杨梅说：“你们就饶了他吧。”

然后，她把我推出寝室，说：“你先出去一下吧。我换一下衣服我们就走。”

杨梅笑着说：“呵，现在就护上了。”

寝室的门在我的身后关上，门内是小女生的嬉笑打闹声。我拼命制止住自己去想里面的旖旎风光。

过了一会儿，馨儿笑着从宿舍里跑出来，她大叫着：“我怕了你们还不成？”把门关上。

门内传来范彤和杨梅咯咯的笑声。

馨儿又穿了她那一件最喜欢的黄色的连衣裙，衬着她白皙的肤色，显得格外的娇媚。她还在笑着，微微地娇喘着。我定定地看着她。

过了一会儿，她止住笑，看见我在目不转睛地盯着她。她探询地看着我。

我急忙掩饰自己说：“你要不要去加一件衣服？晚上可能会冷的。”

她一边摇摇头，一边向前走，说：“不会吧？我可不愿意再回寝室拿衣服了。我受不了她们的玩笑了。”

她说着，又微微地笑了。

我跟着她，问：“她们都开什么玩笑了？”

她笑着说：“还不是些女孩子间的玩笑。”她说着，止了止笑，脸有一点儿红。

我也有一点儿脸红。

我们就这样一前一后地下了楼梯，出了她们的宿舍楼。

站在宿舍门口，她看了我一眼，问我：“今天我们去哪里？”

我说：“外滩的一个西餐馆，我订了位。”

她开玩笑说：“哇，每次都请我吃馆子，是不是要像填鸭似的填肥我啊？”

我脱口而出：“不是的，馨儿，你瘦了。”

我后悔地看着她。

馨儿一愣，慢慢地收住笑。

她低下头，过了一会儿才抬起头，又挂着淡淡的微笑说：“好啊，不吃白不吃。你是不是发财了？需要订位的馆子都应该不便宜的。”

我得意地说：“还记得我上周跟你说的那个花店老板要买电脑的事儿吗？”

馨儿点点头。

我继续说：“系里卖五千，我一转手给他加了五百的帽子。”

馨儿关心地问：“你不是说那个老板挺精明的吗？他没有看你系里的发票吗？”

我回答说：“我随便用电脑打印了一页报价单，把他唬得一愣一愣的。”

馨儿还是关切地说：“你小心点儿。还不如跟他挑明了是加收手续费的呢。”

我有点儿不耐烦地说：“好吧，下次吧。走不走啊，我可是饿了。”

馨儿有点儿歉疚地说：“不好意思，快走吧。”

我也不好意思了，笑着说：“我逗你的，说实在的，我现在也觉得还不如明说要收手续费或是介绍费之类的呢。好了，不说了，管他的，先享受一番再说吧。啊哟，这么一说，我才想起来，这个礼拜的免费玫瑰还没拿呢！”

“算了吧。先去吃吧，可不能把您老人家给饿着了！要不然，生起气来，可真吓人。”馨儿笑着说，说完就先跑向公共汽车站。

我也追上去，大叫：“哪儿跑！”

餐馆很别致古朴，是昔日上海租界留下来的哥特式的建筑。青苔和墙上修补的痕迹默默地诉说着它自己的历史。人并不多，我们订到了楼上临窗的位子。

一进大门，一层镂空的大厅中间放着一架乳白色的三角钢琴。木制的地板虽然有些陈旧，却很干净。圆圆的小桌子，洁白的桌布，幽幽的烛光，虽然稍微显得挤了一些，却也给人一种亲密的感觉。侍应小姐引着我和馨儿拾级而上。红红的、软软的地毯，给人一种温暖的感觉。

我们临窗坐下来。我鼓励馨儿点了一杯红酒，自己点了一杯矿泉水。我们执着高脚杯，轻轻地晃着酒杯，看着窗外。

黄浦江难闻的味道被室内洒的香精的味道给压住了。在傍晚的余晖下，海鸥飞翔着，几艘小艇漂泊着，浓浓的江水荡漾着，映着日落和外滩边初上的霓虹灯。江边还依偎着一对对恋人，晚风轻轻地吹拂着他们。

“黄浦江如果没有那股味道，也还不太丑。”我说。

馨儿啜了一口酒，点点头。

这个时候，楼下的钢琴声起，我们侧过头，有一个年轻的女孩在弹琴，音乐从她的指尖流畅地洋溢开来。看着她，我不由得想起我的第一任女朋友单颖，如果那算是女朋友的话。她也是学钢琴的，充满了对钢琴和音乐的热爱。我想，她是有天赋的，但不是有天才的那一种。她练得很勤奋，因此被提前一年录取进中央音乐学院。我还记得，有一次我请她去北京音乐厅边上的咖啡厅喝咖啡，有一位她崇拜的中年女钢琴家去咖啡厅弹琴赚钱，被一群暴发户给搅和了，她为此而哭了。这个女孩子也应该是在上海音乐学院之类的学校念书吧？可惜，我听不出她弹得好还是不好。

我努力收回自己的目光和思绪。我看见馨儿把自己埋在菜单后面，我也急忙拿起我的菜单。我有点儿想掩饰，笑着问她："你点什么啊？可别替我省。"

她笑了笑，念着菜单上的英文说："Chicken pasta.（鸡肉通心粉。）你呢？"

我念着英文说："Surf and Turf.（牛排和虾。）"

她笑着说："Steak again?（又吃牛排？）忘了我们上次在马克西姆吃的时候，你出的洋相了？"

我也笑着说："哪能忘了呢？我不过是不轻言放弃，屡败屡战而已。"

她笑了，然后，似乎陷入了回忆中。我也静静地回想着那一次温馨的画面。

"Excuse me, we could not help but overhead you. You can speak English pretty well.（对不起，我们不小心听见了你们的谈话。你们的英语很棒啊。）"邻桌坐着一对美国老头儿和老太太。

我和馨儿从沉思中惊醒过来。馨儿看了看他们，微笑着说："Oh, thank you.（谢谢你们。）"

太太问我们："College students?（上大学呢？）"

我回答说："Yes, we just started our freshmen year.（是的，我们刚上一年级。）"

先生问："Which school?（哪个学校的？）"

我回答道："I go to Fudan. She goes to Shanghai Foreign Language Institute.（我上复旦，她上上海外国语学院。）"

太太赞叹道："No wonder your English is so good. Both are top schools.（怪不得你们的英语这么好，两所学校都很棒）。"

先生又调皮地看了我们一眼，笑着问："Are you couples?（你们是一对儿吗？）"

我们两个人都脸红了，低下头。我点了点头。

先生大笑起来："Do not be shy. Been there, done that. When we were young, we used to be like you, we could just sit there, doing nothing, just watching each other in the eyes for hours.（别害羞。我们也这样过。我们年轻的时候，也像你们一样，坐在那里，什么也不做，什么也不说，只是互相看着。）”

我们更害羞了，把头压得更低。

老先生笑得更欢畅了。这个时候，我们的菜来了。太太止住老先生，自己也笑着对我们说：“Do not pay attention to what he said. I do not. Well, enjoy your meal, and enjoy yourself.（别理他胡说八道的，我就懒得理他。好吧，好好享受你们的晚餐，享受你们自己。）”

“Sure, you too.（好的，你们也是如此。）”我回答她。

我们急忙开始用餐。

我一边吃着，一边凑到馨儿面前，笑着说：“还记得我们以前看京戏的时候认识的那对外国夫妇吗？跟他们一样逗。”

馨儿压低了声音说：“你轻点儿，没准儿他们也像上次那对夫妇似的，会讲中文，就是不说，听我们用中文讲了一大堆他们的坏话，最后才告诉我们。”

我点点头。

馨儿又用更低的声音说：“现在这对儿，更损。”

我们都笑了。有的时候，我觉得我和馨儿有太多的过去可以回忆，不知道我们是不是因此而过多地沉溺于过去，而不能重新开始。

外面有一声汽笛，一艘轮船缓缓地从江面上驶过。

馨儿转过头，定定地看着那艘轮船，过了一会儿，她幽幽地感叹道：“不知道人生是不是也像这船和这江水，永远不会再一样，再重复，永远也不能再重新来过。也许，这轮船可能不久以后又会从这里经过，可是不要说轮船本身会变，会变旧，就是江水也永远不可能再一样了。”

我紧张地看着馨儿，猜测着她话里的意思。我小心翼翼地问她：“馨儿，你想说什么呢？”

馨儿转过脸，她的眼睛里噙着泪，她大声对我说：“木头，我不要这样！我不要你这样小心谨慎地刻意地对我好，我不要你这样每次都字斟句酌地和我讲话，揣摩我话里的意思。我知道你想要我开心，可是你这样，我不开心。你不开心，我怎么能开心呢！”

这是馨儿第一次也是最后一次对我发脾气。我有点儿呆住了，周围的人也都看着我们。

馨儿伏在桌子上，哭起来。看着她瘦弱的肩膀随着啜泣耸动着，我的心好酸。我轻轻地抓起她放在桌子上的左手，紧紧地捏着。我实在不知道该说些什么，只好说：“对不起，我不是故意的。”

馨儿又哭了一会儿，抬起头，她把手翻过来，压住我的手，也紧紧地捏住，说：“木头，该我说对不起的。不好意思，这些天我好累，脾气大了些。你等等我，我去一下洗手间。”

我呆呆地看着馨儿离开，心乱如麻。

“Hi，we are leaving now. Is everything Ok over there？（我们要走了，你们没什么事儿吧？）”那位外国老先生问我。

我出于礼貌回答他说：“We are fine. （我们没事。）”

“This is my business card. Hopefully，we can see each other sometimes. （这是我的名片，希望我们以后还可以见面。）”老先生递给我他的名片。

我接过来，看了一眼，“HP CHINA Vice President. （惠普公司中国分公司副总裁。）”我忙说：“谢谢。”

他的太太走过来，对我说：“Cherish each other. Cherish what you have got.（珍惜彼此，珍惜你们所拥有的。）”

我看着他们诚挚的目光，点点头。

馨儿走回来，她洗了脸，已经恢复了常态。她看了一眼邻桌，问：“他们走了？”

“是的。老先生还是中国惠普的副总裁，给了我一张名片。”我回答她。

“噢。”馨儿应了一声，没有再说话。

一直到我们吃完饭，走出餐馆，我们都没有再说话。

一出大门，江边的夜风吹来，馨儿打了个寒战。我脱下我的外套，给她披上。她看了我一眼，没有说话。

我问她：“馨儿，我们在江边坐一会儿，好吗？”

她微笑着问我：“你不嫌黄浦江的味道了？”

我笑着说：“好像天凉了，味道也没有那么重了。”

她答应着：“好吧。”

我犹豫了一下，还是揽过她。我们一起过马路的时候，我发现我们的脚步还是怎么也不合拍，不是我慢就是她慢。我觉得，她也在像我一样，想调整自己的步伐来适应我。而这也正是我们的问题。

好不容易到了江边，我们找了一个椅子坐下。馨儿把外套也披在我身上。那一刻，仿佛又回到了我们在泰山上，一起披着那件旧军大衣的时候。我的心中一阵温馨，我微微地侧过身来，她温顺地把头靠在我的怀里。我们很久都没有说话。不知道为什么，在那个时候，我并没有拥着她，但我却觉得那个时候，离得她更近。

过了一会儿，她抬起头，我低下头，我们几乎是同时要说话："木头……""馨儿。"

我赶紧说："你先说。"

她勉强笑了笑，说："我只是想说，我想起了我们在泰山顶时候的情景。你呢？"

我很高兴地说："我也是。"

我揽过她，馨儿把她的头又靠回我的怀里，充满了憧憬地说："我真的好怀念我们以前在一起的时候。那个时候，我真的好快乐。"

她顿了一顿，犹豫了一下，然后，她抬起头，紧紧地看着我说："木头，我们还像以前那样好吗？"

我想我明白她的意思，我着急地说："馨儿，再给我一次机会好吗？"

她看了看我，苦涩地笑了笑，点了点头。

我变得更加紧张和不自然。我很后悔自己刚才为什么不说："再给我几次机会吧？"如果我又搞砸了怎么办，浪费了这最后的机会怎么办？

内心的不安让我觉得外面的一切都很别扭。我觉得我的外套太小了，我比馨儿高，我必须把自己滑下一点儿才能和她一起披着我的外套。待久了，我觉得腰好痛好酸。我尽力地把衣服移向馨儿，自己却也有一点儿冷了。我的右手用一个固定的很不自然的姿势揽着馨儿，早就酸了、累了。

可是，我不敢动，不敢说什么，也不敢说要走。

过了一会儿，还是馨儿看了我一眼，说："我们走吧，天晚了，风更冷了。我们也都累了。"

我们站起来，馨儿非要把外套让给我，我不管三七二十一把外套给她裹上，自己在前面跑起来，我回过头来，大叫："你也跑一跑吧，跑一跑就不冷了。"

馨儿也慢慢地跑起来。

正好我们要坐的公共汽车来了，我快跑几步，喘着气，扒住车门，等着馨儿。

馨儿加快了脚步跑过来。

我们两个人呼哧带喘地上了车。

馨儿买票的时候还不忘谢谢售票员："阿姨，谢谢您让司机等我们。"

售票员笑眯眯地看着我们，说："不用谢。"

车子开了，我们摇摇晃晃地坐回我们的座位。很久没有在身体上这么累了。出了一身汗，却觉得挺痛快的。也许身体累了，头脑就不再费劲地去想东想西了，心也不再那么累了。

我们一路上坐着，好不容易才喘过气儿来，车就到站了。

下了车，我笑着问她："还跑吗？"

馨儿点点头。

我们两个人一起向她的宿舍跑去。在她的宿舍楼前，我们停下来。

看着她娇小的身子包在我的外套里，我突然一阵冲动，把她揽过来。我真的想就这么揽着她，什么也不做。可是，我想起了我最后的机会，我吻上她的唇。她的唇是冰凉的，我的也是。我们努力了一会儿，馨儿慢慢离开我，她又挂上了那种淡淡的、苦涩的微笑，她说："太晚了，我们还是先回去吧。"

我害怕极了，急忙问她："我下周末还可以来找你吗？"

她看着我，点点头。

我高兴得跳起来。

她也笑了，把外套递还给我，大声说："我得先跑回去了，太冷了。快成冰棍儿了，下周六再见。"

我一边看着她跑回宿舍，一边心里想着："下一周，我又该怎样做才能不让她失望呢？"

## 四

A true friendship will last forever, a true love may not.（真正的友谊是永远的，而真正的爱则未必）。

整整一周，我都在担心中度过。我夜里会很晚睡不着，闭上眼睛，满目都是馨儿那种苦涩的微笑。即使睡着了，我也是半梦半醒的，睡眠质量很差。我每一次都觉得那些梦很清晰，触手可及。可是一醒来，却怎么也想不起来梦见了什么。白天，我总是昏昏沉沉的，一有空就拼命地想回忆起这些梦。除了一些要点名的课，我几乎整天都躺在宿舍里，连饭都托宿舍里的人打。

舍友刘浩打趣我说："是不是失恋了？那么飒的女朋友可得看紧点儿。"

我没好气地说："没的事儿。"

他又开玩笑说："有没有什么想不开的事儿？跟党和人民交交心。"

我不耐烦地冲着他大声嚷："别跟我这儿瞎贫，烦着呢。"

他的笑容还挂在脸上，一时间收不回来。他面子上挂不住了，也大声嚷道："你小子凶什么凶，我又没欠你钱，问问还不成?"

可以打一架发泄一下对我的诱惑实在太大了。我一下子从床头坐起来，大骂道："关你屁事儿，问什么问?"

他是个矮小的南方人，可能有点儿怵我，身子缩了缩说："你怎么骂人啊?"

我一下子跳下床，大叫道："骂你怎么了？我还要打你呢!"

周围的同学急忙把我们隔开。我看着在另一头的刘浩和隔在中间劝架的人群，真想和每一个人都打上一架，把别人、把自己都打个稀巴烂。

我没敢。

这个时候，正好李钢来找我，按照我们的惯例，他过去"劝架"，偷偷地给了刘浩好几拳。然后，他跑回来，把我拉到他的宿舍。

"怎么回事儿?"他问我。

我还是没好气儿地说："没事儿，想打一架。"

他笑笑说："这可不像你，平时多理智一小老头儿啊。整个儿一小老谭。得，你等我一会儿，我得去你宿舍把我借你的那套武打小说拿回来。我也是借一哥们儿的，他急等着书要还租书铺呢，你把书放哪儿了?"

"我枕头底下，我给你去取得了。"我消了点儿气儿说。

“别价了，您老再给我打起来。我看您今天气儿不顺，人家是找碴儿打架，您这是找人打架呢。我本来就想拿回书来再跟你好好聊聊呢。老实在这儿等着！”

我无所谓地点点头。

李钢出去了，过了一会儿又急匆匆地回来。

他喘着气，上上下下地打量着我。

我被他看毛了，问：“怎么回事儿？”

他说：“我还问你呢。我回你们宿舍的时候，听见你们那儿的人都说是你莫名其妙，故意找碴儿。我就觉得怪啊，这人根本就不像我认识的那人哪。我在想，是不是被一外星人披上了你的人皮？”

我也有点儿乐了：“知道吗，什么叫知人知面不知心？这才是真实的我。”

李钢说：“得，今儿个，你就干脆把一颗真实的心交给人民群众吧。说说，到底怎么回事儿？”

我犹豫着刚要说。

李钢止住我，说：“先别讲，让我猜猜，是和汪馨有关吧？”

我有点儿吃惊地看着他：“你怎么知道的？汪馨告诉你的？”

“嗨！我也算是个过来人了。你们那点儿小儿科的事儿，我还能不知道？”李钢侃侃而谈，“你小子在中学里还琵琶半遮面的呢。那时候，我就老揭发你小子。你小子不承认，还整天跟我急。怎么样，这会子隐藏不住了吧？狐狸尾巴露出来了吧？人民群众的眼睛是雪亮的。说吧，有什么难处。”

我吞吞吐吐地不知道该怎么说。

李钢一拍我：“你小子怎么变得这么磨叽呢？是不是不知道怎么向她表白？”

我摇摇头：“不是，我们已经说好了在一起了。”

“Wow, major news（大新闻）！”李钢一把揪住我，大叫，“什么时候的事儿？你小子也太不地道了吧？对哥们儿还这么保密？保密工作做得不赖啊。”

我赶紧说：“来了上海才说的，没几个星期。这几周都不知道是怎么过的，一直想告诉你和写信告诉老谭。一直没空，更没心情。”

李钢拍了拍我，打趣着说：“这几周都不知道怎么过的，让我告诉你吧，在爱情的甜蜜中过的。这我真的是过来人，那真的是跟蜜里调油似的，整天想腻着。什么叫没心情告诉我们，别找借口，这是典型的重色轻友。”

我没理会他的调侃，问他：“你说你当时和白雪特别想腻在一起是吗？还有什么感觉？”

李钢看了看我，有点儿奇怪：“还有什么感觉？你不是现在进行时吗？问我干吗？”

我有点儿着急地说：“不就是闲聊聊嘛。”

李钢又看了我一眼，想了想才说：“还有什么感觉？就是每天都特别 high（高兴），都觉得在云端里走似的，晕晕乎乎的。我琢磨着，吃了毒品可能就是这感觉。”

我苦笑了一下：“我现在倒也整天晕晕乎乎的，不过是睡不好觉闹的。”

李钢乐了：“不是吧？白天黑夜地想？一日不见如隔三秋？要是你们在一地儿的都这样，我们这两地分居的怎么活啊。”

我又苦笑着摇摇头：“不是的，我现在是怕她。”

李钢像是看怪物似的看着我，然后，一拍大腿，说：“明白了！你是怕老婆型的。现在就开始了？这以后的日子可怎么过啊？路漫漫，您就得上上下下地求索一辈子啦。”

我摇摇头，说：“那样就好了，我是怕见她。我不知道我应该怎么对她，应该怎么对她好。我不知道应该对她说什么，不应该说什么，应该做什么，不应该做什么……”

“得，得！打住！”李钢打断我，“你们知识分子就是爱把事情弄复杂。什么这应该那不应该的，听得我直犯晕。”

我笑了，骂他：“你小子就不是知识分子了？”

他也笑了：“我应该说是文人，你小子虽说是学理的，但文人气质太重。我记得当年你选文理班的时候，犹豫了半天，语文老师挺想让你选文科的。对不对？”

我笑着说：“得！越扯越远。你也别嫌我文人气质，别嫌我说话绕得慌，你说我问题出哪儿了吧？”

“这还不容易？”李钢大声说，“这么着，如果我说对了，你得跟我去喝酒。”

我还是笑了笑说：“还是老规矩，我可以陪你，看着你喝。那你猜不对呢？”

他也笑了笑：“也是老规矩，我陪你，看着我喝酒。那我猜了啊。”

我推了他一把说：“有话就快说吧！”

他故意点上烟，慢悠悠地吸了一口，这才说：“说破天，你们不就是做了太久的朋友，一时找不着情人的感觉吗？这也怪你们两个大活宝，一男的，一女的，情投意合的，当什么朋友啊？”

我一拍自己的头，又拍拍李钢的头：“哥们儿，我服了。这姜还是老的辣。您看问题这准，这犀利。我自个儿云山雾罩了半天，怎么也想不明白。您老这真的是一语点醒梦中人。”

李钢得意扬扬地说：“没那么高。咱也得谦虚点儿，咱也就是一旁观者清吧。”

我笑着说：“没见你这么谦虚过。送佛咱们得送上西天，怎么着，教教有什么破解的招儿吧？到时候，我凑一块堆儿谢你吧。”

他也笑着说：“谢倒也不必了，咱哥儿俩谁跟谁呢！到时候真的跟我喝把酒就成了。”

我笑着说：“成了再说吧。讲吧。”

李钢又深深地吸了一口烟，笑眯眯地看着我说：“是不是没太好意思和她太亲热？”

我的脸一红，想起了和馨儿在北戴河的第一次。

我想李钢理解错了，他笑着说：“瞧你，特纯洁的脸红。我特向往那种纯真的年代。我跟你说，什么叫床头吵架床尾和？你对她亲热点儿，就什么都结了。”

我想了想，也许我真的应该调整我的做法，真的应该吻得馨儿深一些，抱得她紧一些。我看了一眼李钢，有点儿想问他和他的女朋友白雪到了哪一步。当然，我没问。

李钢可能又会错意了，他又笑着问：“怎么样，要不要做哥哥的教你两招儿？”

我也笑着说：“不必了，我自己摸索吧。”

李钢大笑着：“走，喝酒去。”

我们坐在学校边的小酒馆里，李钢闷闷地喝了几杯酒。

我看着他，突然想起来，他本来是找我来聊天的，我忙问他：“噢，对了，你说你找我想聊聊天，有什么事儿吗？”

李钢拍拍头，说：“得，我光顾着给你排忧解难了，自己和白雪的事儿倒忘了。”

我心里一惊，他们两个是从高一就开始的，两年多、快三年的感情，难道才分开这么几周就出现危机了吗？我低声问他：“你和白雪飘飘？”

他看了我一眼，笑了：“不是你想象的那么严重。我只是有点儿特想她，特别想上南开去找她，想跟你聊聊而已。”

我长吁了一口气，说：“想去就找去吧。”

他看了我一眼，笑了笑：“我一直没明白，你小子别的胆子没有，怎么逃课的胆子那么大？我还真不太敢。现在这风头上，又是大一。可话又说回来了，去了又能怎么样？还不是要分开。我送她上火车去天津的时候，两人哭得都残了。什么叫相见争如不见，我算是明白了。”

我问他：“当时你们非得一个上复旦，一个上南开。我和老谭劝你们不要闹两地分居，还记得你们当时的理由吗？”

李钢灌了口酒，喷了口烟，叹了口气说：“当然记得我们的理由，是她先说的，她爸妈就是两地分居的，她觉得挺浪漫的，还能考验我们之间的爱情。然后，我也觉得距离产生美，就同意了。现在，美是美了，爱情也考验了，可就是一点儿也不浪漫。我都这么想她，我想，她一个女孩子，肯定更不容易吧？”

我点点头：“要不这样，你去南开一趟，去总比不去好。你们那儿有什么课上课要点名报到的，我去给你报个到。反正才开学没几周，教授们还不认识学生呢。不过，如果有什么课教授点名要回答问题，我要是不会，你只好抓瞎。还有，你们那儿的同学你也要先打好招呼。”

李钢一下子从桌子后边跳起来，带起了桌布，差点儿把桌子上的酒菜都卷起来，大叫着：“我怎么就没想到这招儿呢？你小子鬼点子就是多。这么着，捡日子不如撞日子，我就坐今晚上的夜车上路了。咱哥儿俩也先别聊了，咱回来再聊。”

我打趣他说：“想成这样？咱俩谁重色轻友？”

他笑笑，拍了拍我，拱了拱手，说了声：“大恩不言谢。”转身夺门而走。

我笑着，看着桌子上的酒，突然有想喝一口的感觉。我咽了一口唾沫，忍住了。结了账，我先去了趟李钢的宿舍。他的同学告诉我说他已经去了火车站。我笑了笑，拿了他的课程表，问清楚了哪几门课会点名。倒霉的是，尽是早上的，我只好让他们上课前来叫我一趟，他们答应了。

办好了事儿，我心情挺愉快的。一路吹着口哨，小跑着回了宿舍。

一进宿舍，正在聊天的舍友们一下子静下来，都看着我。刘浩下意识地往他的床位里坐了坐。

我真的挺不好意思的，尽管我这人特别好面子。可是今天，确实都是我的错，我犹豫了半天，还是道了歉：“刘浩，对不起。我今天心情不好，我真的不是故意的。”

他看了看我，说：“没事儿，我能理解。”

我看了看他，看不出他是否有诚意。我还想说什么，犹豫了一下，爬上了自己的床，没有说。从此以后，我和刘浩一直是一般同学的关系。有的时候，我挺后悔的，几句气话，就失去了一个可能的朋友。如果我当时再多解释几句，也许他会真正地原谅我。

那一晚，也许我是太累了，也许是对李钢的亲热招术有一点儿信心，我睡得棒极了。

第二天是星期六。我一早起来，就又开始犯愁了。我开始计划着，亲热的限度应该是什么呢？应该做什么，不应该做什么呢？想着想着，我有一点儿想笑："真的像李钢说的，这么想下去，头真的是晕。"可惜我的笑是苦的。

到了下午五点多的时候，我才无可奈何地骑向馨儿的学校。这回，我倒没忘了去取免费玫瑰。去那儿一看，花店已经休息了。我骂着娘，骑向馨儿的宿舍。

她开了门，舍友们都不在。她轻轻地把门关上，转过头。

我大吃一惊，才一个星期不见，她怎么憔悴成这个样子！

她对着我，笑了笑，说："坐啊。"

我木木讷讷地坐下来，过了半天才没话找话地说："我刚才去了花店，他们居然关门了。又少了我一次免费玫瑰。"

馨儿努力咧嘴笑了笑。

我又说："李钢昨晚上跟我说，他想死了白雪飘飘，又不敢旷课去看她。我就跟他说，我代他去点名的课报到。这小子，话也不跟我多说一句了，立马坐夜车去了天津，多长情。"

馨儿还是那样苦涩地笑了笑：" 真的挺羡慕他们两个人的。"

我的心一动，想问没敢问，想说没敢说。看着她尖瘦的脸颊和那令人心痛的笑，我的心一酸，我终于问了出来："馨儿，你怎么瘦成这个样子？"

她看了看我，摇摇头。

我凑近她，重复着："为什么呢？说呀！"

她抬起了头，看着我，然后一字一句地说："木头，我们还是像以前那样，做朋友吧。"

我呆呆地望着她，一句话也没有说。很久很久。

她走近我，摇摇我，轻轻地说："木头，你听我说，我想了很久……"

我一把拉住她，摇着她，自相矛盾地叫着："我不要听！为什么？"

她抬头看着我，想继续说下去。我一点儿也听不进去。我看见她仰着的唇，想起了李钢的话，吻了下去。

馨儿一愣，身子一颤，想推开我。

我没有理会她，我疯狂地把她推倒在她的床上，压着她，解着她的上衣。她不再拒绝，我慢慢停下来，看着她。我看见她的眼睛紧闭着，眼角上挂着两滴晶莹的泪珠。

我吓坏了，跳下床，跪下来，哭着说：“对不起，馨儿，对不起。”我一边说，一边笨拙地想把她半解的上衣系回去。她扣住我的手，拉着，慢慢地拉我起来。

然后，她松开我的手，自己系着扣子，慢慢地说：“木头，永远不要对我说对不起，你不需要的。”

我又跪下来，把头埋进手里，哭着说：“不，是我对不起你。我发过誓要对你好的。”

她要拉我起来，我不肯。她问我：“那你要我也跪下来吗？”

我摇摇头，拉着她的手，站起来。

她坐在床上，拉着我的手，看着我，努力想缓和一下气氛：“你坐下好吗？你那么高，我仰着脖子和你说话，好累呢。”

我也努力咧嘴笑了笑，坐在她的身边。

她拉紧了我的手，摇了摇，说：“我问你一个问题，你一定要好好地回答我。”

我点点头，说：“当然。”

她摇了摇头，又摇了摇我的手，说：“真的，你一定要告诉我真话。不要骗我，也不要骗你自己。”

我摇了摇她的手，着急地说：“馨儿，你知道，我不会故意骗你的……”

馨儿摇摇头，打断我的话，问我：“木头，你爱我吗？”

然后，她不放心，又加了一句：“像李钢和白雪那样子的爱。”

我没有想到她会问我这个问题。我知道我应该怎么回答，可是，我真的是不知道。我甚至不知道什么样子是爱。我知道，在馨儿面前，我说谎是没有用的。

我低下头，老老实实地说：“我不知道。”

我抬起头，看见馨儿没有表情的、憔悴的脸，我急忙补充说：“我不知道我们之间的感情是不是就是爱。我以前没有爱过。”

馨儿看着我，慢慢地说：“你以后会知道的。现在，我们分开一段时间好吗？”

我坚决地打断她的话：“不。”

她拉住我说：“你听我说完。我只是想，我们两个人分开一段时间，冷静地想一想。像你说的，我也要好好地想一想我们之间的是不是爱，你也是。”

我刚要插话，她嘘了一声，止住我，接着说：“我们还是朋友，无话不谈的朋友。有什么事儿，我一定会去找你，我希望你也是如此。无论如何，我不愿意失去我们的友谊。你觉得，这样子，好吗？”

我看着馨儿，不知道说什么。

她抱过我，把下巴架在我的肩上，在我的耳边轻轻地说：“木头，再这样下去，你的心很累，我的也是。就听我一次，好吗？”

我抱紧馨儿，感受着她弱小的身躯。听到她说她也很累的时候，我的心一酸，犹豫了一下，只能点了点头。

我们告了别，我看着馨儿的指尖从我的手掌上滑开，就像是告别了我人生的一段旅程一样，有一种别离的撕心裂肺的感觉。

馨儿的寝室的门在我的身后关上。一直到走下来，我都有无数的冲动要跑回去，大声地对馨儿说：“我爱你！”我终究没有做出来。我站在她的寝室窗户底下，待了很久。在最后，在就要熄灯前，我努力地想对着她的窗口喊“我爱你”，但我发现，我的嗓子已经哑了，我的声音连我自己都听不见。

一连好几天，我又把自己关在宿舍里，除了给自己和李钢个别的课去报个到。

这一天，没有要点名的课，舍友们都去上课了，我又自己一个人待在宿舍里。我突然很想喝酒。

我跳起来，冲到楼下，在楼下的小卖部里买了一瓶啤酒，又冲上楼。我打开酒瓶，慢慢地把酒倒在玻璃杯里，我侧过头，看着酒和白白的泡沫注满杯子，看着泡沫一点一点地平息下来。我把杯子放在鼻子的前面，深深地吸着。我想着我的誓言，想着馨儿。我晃了晃杯子，犹豫了一下，还是淡淡地吸了一口，含在嘴里。也许是太久没喝了，我突然觉得这酒很难喝，很苦。我一恶心，吐了好几口。

我苦笑着，望着酒和地上的狼藉。我觉得很累，斜靠在下铺同学的床上。我强迫着自己，又一次端起酒杯，凑到自己的嘴边，一闻到酒的味道，我就肚子一翻，我随手把杯子扔开，“哗啦”一声，杯子碎在地上。

我有些自暴自弃，东翻西找了个同学的杯子，拿起酒瓶，拼命地倒进去。一直到酒溢出来，才停下来。满屋子的酒味和我吐出来的味道，让我又有一点儿想吐。我冲到窗口，打开窗，狠狠地呼吸了几口新鲜空气，才好了一点儿。

我恶狠狠地看着酒瓶子，冲过去，抓起来，我还是理智地看了看楼下，没有人，我才扔了下去。瓶子清脆的破裂声，让我有一种痛快的感觉。

“是谁干的?!”宿舍管理员老头儿大叫着。

我急忙缩回头。想了想，把地上的狼藉稍微收了收，悄悄地锁上门，溜向厕所。

幸好我的寝室在四层。老头儿还真的一层一层地爬上来，打开门来看。我在厕所里看着他，他用他的钥匙打开我们的寝室，看了一眼。我的心里咯噔一下，他如果闻出酒味儿怎么办？幸好他只看了一眼，就又关上了门。我想，也许是他老人家人老了，嗅觉什么的都不太灵了。不过话又说回来，这年头，哪间男生寝室不是烟酒味儿重重的呢。

我躲在厕所里，看着老头儿离去。想起自己高中的时候，经常躲在火车的厕所里逃票的事情。我微笑着，心情也好了些。

看到老头儿下楼了，我才摸回宿舍。打开门，我才发现，桌子上还放着我刚才倒的那杯酒，也许老头儿老眼昏花，也许他光顾着看床上床下有没有藏着人了，也许最明显的地儿反倒最不容易被发现。

我暗自庆幸着，爬上床，找了包香烟。我坐在桌边上，掏出了一根，点着了。常常听说，香烟也可以麻醉人，我就闭上眼睛，一根接一根地深深地吸着。渐渐地，我真的有了一点儿晕晕乎乎的感觉。

不知道是有意还是无意的，有一根烟头被我扔进了杯子里，火苗噌的一下子蹿起来，蓝幽幽的。我下意识地腾的一下站起来，人也一下子清醒过来。我随手从自己的床上抓了个东西，一看，是个枕头。我抓住它就朝杯子扑过去。

就在这个时候，杯子裂了。幸好枕头正好挡在我的脸前。我只是感到我的手和手臂上有几处刺痛和灼痛。火苗顺着洒在桌子上的酒蔓延开来。我一时也顾不上疼了，拿着枕头拼命地盖上去。幸亏那杯子不大，装的酒不多，如果是被我摔碎了的那个大杯子装满了酒，或者是我刚才没把那瓶酒给扔楼底下，也点着了的话，这娄子可就捅得大了。

我坐在黑了一大片的桌子边上，看着烟熏火燎的屋子，有一点儿想哭，又有一点儿想笑。我只是木木地坐着，一动也不动。

过了好一会儿，寝室的门被嗵的一声踢开了。

李钢没进门就大叫："看我带谁来了。哎，不对，你这儿怎么跟火灾现场似的？"

我抬头一看，是李钢，后面跟着谭志强！

我真的很想过去迎一下，可是，我觉得好累，我只好挥挥手，苦笑着说："不是像，就是火灾现场，一烟头搞的。"

李钢摇摇头："怎么烟头烧成这样啊？你小子是不是睡着了？"

谭志强拉住李钢说："别说了。咱哥儿俩先帮着收拾吧，别让学校里知道了，多一事儿不如少一事儿。"

他看了看我说：“我看你好像特累的劲儿，你就先歇着吧。”

我感激地点点头。

他们又擦桌子、又收拾、又放风的，忙活了好一阵子。看着他们，我的心里感动极了。

李钢架起了电风扇，吹着风。他看了看，闻了闻说：“还不够劲儿，我再回我们宿舍取一个电扇来。”

没等我们回答，他就跑出去了。

屋子里静下来，我也放下心来，这才倒吸一口气，“哎哟”叫了一声，我才觉得我的手和手臂伤处的疼。

谭志强忙着帮我把碎玻璃从伤处取下来，有一处还挺深的。我们涂了酒精，贴上了创可贴。

谭志强说：“可能得去看看医生，那深的地儿，没准儿得打一针破伤风。”

我摇摇头说：“算了吧，懒得跟学校医务室那帮人打交道。”

谭志强说：“别价！破伤风或者感染，都挺麻烦的，还是去吧。以防万一。”

我想了想说：“我爸的一同学，在这儿附近一医院上班，可以去找他看看。”

谭志强说：“行，那咱们等李钢一回来，就过去。”

李钢呼哧带喘地抱着电扇跑回来，一进门就大叫：“等我干什么？”

谭志强说：“吴剑有点儿伤，我想让他去看大夫。他爸有个同学在这儿附近的医院工作，咱哥几个一起去。”

李钢忙说：“行啊！等我拉上电扇就走。”

谭志强又想起什么来，问我：“你要不要留张条子给你们寝室的人，要不然，他们回来了，没准儿要报火警。”

李钢笑着说：“没准儿匪警，不过没少什么东西，多了个电扇，在对空乱吹着风。”

我苦笑着说：“写什么呢？烟头点着了火？”

李钢说：“我听说前一阵子，女生宿舍有人用电炉子，着了点儿小火。”

我笑着说：“我？一个大男生用电炉子，别开玩笑了。再说了，我的炉子在哪儿呢？我还是实话实说吧。”

李钢也笑了：“我出的真是典型的馊主意。”

我随便写了条子，笑着说：“我跟宿舍的人关系还都不错，就一个人不太对付，他可别把我卖了。”

谭志强也笑了："是你上礼拜得罪的那小子吧？"

李钢笑着说："谅他也不敢。他要是敢叫板，我们就真的揍他一顿。"

我笑着对谭志强说："你也知道了？"

谭志强笑着说："我和李钢一路上尽聊你和汪馨的事儿了。"然后，他一边和李钢扶起我来，一边说，"咱们还是先去医院，回来了，咱哥几个再好好聊聊。"

我们去了医院，打开创可贴，李钢大叫："这么点儿伤还来看病？你们哥儿俩也太娘娘腔了吧？"

这时候，医生过来，给我重新上了药，还真打了一针破伤风的针。

李钢笑着说："看来，我以后得常来打这针了，我打架受的伤，可比这口子深多了。"

我笑着说："打住吧你，知道你小子打架狠，是一顽主，成了吧？"

我们笑着，一起回了宿舍。正好碰见我的舍友们，大家聊了聊天。到了晚饭的时间，我和他们两个一起去一家饭馆吃饭。

谭志强一口酒下肚，就问："怎么回事儿？"

我笑笑说："没睡好，一不小心，烟头扔进酒杯里，就着了，炸了。"

他看了我一眼，说："你知道，我问的是你和汪馨怎么了。"

我眯缝着眼睛，深深地吸了一口烟，问他："李钢和你说了我和她最近的事儿？"

他点点头，说："他说了。但是，你能再说一遍吗？"

我点点头，苦笑着说："其实也很简单。我们决定在一起，然后，我们在一起。然后，觉得很别扭、很累。上周，汪馨对我说，我们分开一段时间。"

李钢凑过来说："你没试我教你的那招亲热法？"

我觉得又可气又可笑地说："你就别哪壶不开提哪壶了，尽跟我这儿裹乱。我差点儿想找你算账呢。"

李钢挠挠脑袋，说："不是吧？怎么就不灵了呢？我是屡试不爽啊。看来真的是不能照搬，得走有自己特色的道路。"

谭志强拍拍我，问我："要不要一起去找汪馨谈一谈？这方面，我还不如你和李钢熟，不过，咱哥儿仨，没准能凑成个小诸葛。"

我看了看他，本来想说不的，我又看了他一眼，转念一想："以老谭待人接物和办事儿的能力，没准儿还真能帮我和馨儿。"

我点点头说："行啊。不过，可别一上来就谈我们的事儿。大家都是朋友，先讲讲同学们的近况过渡过渡。"

谭志强拍拍我说："这你放心。"

李钢大叫："咱们现在就走吧!"

我急忙说："你们饭还没吃几口呢。"

谭志强马上说："找了她一起去吃吧。"

李钢笑着说："该不是怕我们把她吃穷了吧?"

看着他们热心的样子，我的心里面暖暖的。

# 五

To lose friends, is to lose air.（朋友像空气一样必不可少。）

我们到了馨儿的宿舍。我敲了敲门，她的舍友打开门，我看见她正坐在窗边，双手支颐，望着远方。

我故作惊喜地大叫着："汪馨，看谁来了？"

她回转头，看见谭志强，努力笑了笑，说："哟，你怎么来了？"

李钢也笑眯眯地钻出来："我也来了，欢迎吗？"

她笑着说："你虽然是邻居，可也是稀客，当然欢迎。"

李钢说："我平时是想来啊，又怕破坏你和……"

谭志强拉住了李钢，李钢尴尬地笑笑，没再说下去。

谭志强赶紧说："你吃饭了吗？我们下了火车可还没吃什么呢。一起去吃个饭？"

馨儿说："好啊，我也没吃呢。"她看了我一眼才又接着说，"我们学校附近也没什么好馆子，听说有一家还可以，我们一起去吧。"

李钢大叫着："带路吧。"

馨儿点点头，站起来，走出寝室，走在最前面。我犹豫了一下，落在她的身后一点点，跟着她。

谭志强为了不让我太尴尬，拉着李钢追上来，我们的手搭在彼此的肩上，一起向前走。

馨儿一直没有回头，我们三个人也没有讲话。一直到了餐馆，她才回过头，看着我们笑了笑说："三剑客，到了。"

我们也笑了。我拉开门，让他们先进，当馨儿走过我的时候，我低下头，没敢看她。

饭馆的装潢还挺西式的，要么是吧台，要么是火车式的椅子。我们选了一个靠窗的火车椅，馨儿先坐在了里面，我犹豫了一下，坐在了她的对面。

李钢看着我们两个人，笑了笑，坐在了馨儿的旁边。谭志强也坐下来。

我们都举起菜单，我心不在焉地看了几眼，悄悄地拿低一点儿菜单，看了看馨儿，又看了看李钢和谭志强。他们似乎都在很专注地看着菜单，我只好又拿起菜单看起来。

过了一会儿，我们点完菜，放下菜单。我低下了头，还是不敢看馨儿。

谭志强打破了沉默，说："李钢，讲讲你探亲的经过吧。怎么样，感觉好不好?"

李钢笑嘻嘻地说："好!"

谭志强又问："甜不甜蜜?"

李钢接着说："甜！蜜!"

谭志强又说："就是……"

李钢接着大叫："太短了!"

馨儿扑哧一声乐了："你们怎么跟说三句半似的?"

谭志强笑着说："向毛主席保证，我们没彩排过。不过这一路上，李钢这家伙翻来覆去就是这么三句话：真好、真甜蜜、就是太短了。我的耳朵都快出茧子了。"

我们都笑了。

"哎，你们两个家伙怎么勾结到一起的?"我问他们。

谭志强说："他和白雪飘飘可能最后一天分手的时候太难分难舍的了，结果误了火车。他就坐了趟车，回了北京。临出发前，他在天津给我敲了个电话。我到了火车站，就一起杀过来了。"

我问谭志强："你平时胆子可不大啊，怎么这次敢逃课了?"

他笑着说："你小子的招儿福泽无数人啊。李钢告诉了我你的代报名招儿，我觉得可行，就杀出来了。不过我没你和李钢胆子大，我后天就往回折。"

我笑着又问李钢："你怎么这么快就回来了？该不是被赶回来的吧?"

李钢假装哭丧着个脸说："差不多了，她整天劝我不要多旷课，要注意学习、纪律。非逼着我早点儿回来，整个儿一'气管严'。"

我随口说："有人管着也不错啊。"说完了，我心里一惊，看了一眼馨儿。

她的表情没有什么变化，还是看着谭志强和李钢两个，淡淡地笑着。

谭志强看了我一眼，笑着说："李钢和白雪飘飘是老花老树了，都快结果子了，没什么新闻价值了。咱们高中其他同学的爱情花骨朵儿可是一个劲儿地往外冒。小刘和孙贞梅刚公开了他们俩的地下活动，王志军和田晓蕾是另一对浮上水面的，听说章铭和肖尚在追钱悦。"

馨儿很关心地问："真的呀？小刘和孙贞梅？孙贞梅也算是我的死党了吧？怎么上周来信也没提到呢？瞒得够紧的，真可气，你见了她面，一定要替我骂她一顿!"

李钢笑着说："那是，我们党的保密工作是有优良传统的。"

他和谭志强互相看了一眼，两个人点点头，李钢接着说：“你们两个也瞒得不错啊。”

我的心一紧，我们四个人一下子静下来。

还是谭志强打破了沉默说：“汪馨，我们大家都是同学、朋友。我们男生，有的时候，有话就讲了，讲错了，你不要见怪好吗?”

汪馨没有说话，点点头。

谭志强接着说：“我想，在中学的时候，大家都觉得你和吴剑是一对儿，你们不承认。尤其是吴剑这家伙，我们跟他开玩笑，他还跟我们急，老说我们俗，说什么男女缘何无谊。别的不说，我觉得吴剑这人在这上面是木了点儿。听说，你老管他叫木头。”

馨儿笑了，李钢和谭志强也笑了，我也跟着笑了笑。气氛似乎缓和了点儿。

谭志强又说：“这次火车上，李钢跟我聊了一路，说是你们俩走到一起了。我们真的特高兴。说实在的，我们大家一直都觉得你们俩特别的般配。看你们俩中学时候那劲儿，特别替你们着急。我还心里说话儿，来了要再逗逗吴剑，问问他什么叫男女缘何无谊。没想到，他老人家……”

他看了一眼李钢，李钢接着说：“没想到，他老人家，把自己关在宿舍里，也不知道是有意还是无意的，差点儿把自己烧死。”

我狠狠地瞪了他们两个一眼，知道他们商量好了要把我说得惨一点儿来帮我。我赶忙说：“别听他们糟蹋我，没那么惨不忍睹，一个小酒杯子烧着了，炸了而已。”

馨儿没有说什么，看着我。

不知道为什么，我第一次有了在馨儿面前无处遁形的感觉。

我默默地把手臂上的伤处拉出来，接着说：“没什么，被小玻璃屑划伤了，去了医院，也打了破伤风的针。我们这位李钢老兄还怪我和谭志强大惊小怪呢。”

馨儿还是看着我，以我们的默契，我可以读出她的关心和要说的话。我回答她：“早就不疼了。开始的时候，一点儿都没觉着疼，可能吓傻了。救完火，我就傻坐在那儿，不知道该怎么办，特怕被学校当放火的给揪出来。幸亏老谭和李钢来了，他们帮着我把罪证都给消灭了，我心里一踏实，才觉着了疼。去了医院，上了药以后，就一点儿也不疼了。”

她看着我，抿了抿嘴唇，点了点头，我也点点头。

李钢笑眯眯地说：“是不是你们小两口儿有什么话要说，要不要我们回避一下?”

谭志强笑着止住李钢说："得了，你就别跟汪馨贫了。"

他转向馨儿，收起笑容，变得很严肃地说："真的，汪馨，大家都特别希望你们好。如果方便的话，能告诉我们为什么吗？"

汪馨低着头想了一会儿，才抬起头，很诚恳地说："谢谢你们。我也说不清楚自己的感觉，他也一样。可是，我们都觉得以前我们两个人在一起，是朋友，很舒服也很快乐。现在，是男女朋友了，在一起，反倒觉得好累、好别扭。"

她转向我说："吴剑，还记得你那天是怎么回答我的问题的吗？你说，'我不知道我们之间的感情是不是就是爱'。其实，我也不知道。"

她又转向谭志强，说："我只是想分开来一段时间，大家都冷静地想一想。最起码，我不愿意失去他这样一个朋友。也许，我们真的应该像以前一样，只做朋友，好朋友，无话不谈的好朋友。"

谭志强看了看她，又看了看我，说："有的时候，感情上的事儿，是旁观者清。有的时候，又只有当事的两个人才能体会得到。这种事儿，朋友也帮不上什么忙。但我们还是觉得你们应该在一起的。"

馨儿还是很诚恳地说："真的谢谢你们。我想，我们做最后决定的时候，会考虑你们的意见的。"

"好吧。"谭志强本来还想说什么，他犹豫了一下，没有说。大家都没有再说什么。

过了一会儿，菜上来了。可能都饿了，我们开始埋头吃饭，一席间，大家都很少说话。

吃完了，馨儿抬起头，看了看大家，犹豫了一下才说："我想先回去了。我有点儿累了。"

我马上说："我们送你回去吧。"

她说："不用了，你们也累了，他们两个刚下了火车，你又有伤。"

我坚持着说："我们没事儿。"

馨儿很坚决地说："真的不用了。"

她转头对谭志强说："明天要不要我们大家一起出去玩儿？"

谭志强想了想说："不用了，有他们两个足够了。"

馨儿带着她以前常有的淡淡的微笑说："对呀，你们男生，有女生在，干什么都不能尽兴。"

谭志强也笑了："说对了，那咱们北京再见吧！"

馨儿还是微笑着，向我们挥挥手，说了声："再见。"然后，她慢慢地转过身去，走开了。

我看着她的微笑，看着她的背影，不禁有些痴了。

谭志强和李钢一起拍了拍我。谭志强问我："汪馨问你什么问题了？"

我吐了一口气，才说："你爱我吗？"我看了一眼李钢，不知道为什么，没有说出后面的一句"像李钢和白雪那样子的爱"。

谭志强叹了口气。

李钢不可置信地看着我问："你真的那么回答的？"

我点点头。

他又问我："真的这么觉得的？"

我点点头。

他又问："一直这么觉得的？现在也是？"

我又点点头。

他也叹了一口气，说："还记得我说过，你们两个是很奇怪的一对儿吗？那个'很'字，得换成'最'字，我算是服了你们了。"

我也长长地叹了一口气。

那一夜，我们在学校附近一个小旅馆租了一间房，我们买了很多的酒和烟。他们两个人不停地在喝。很浓的酒味儿，我没有觉得恶心，也没有想去喝。我只是一根接一根地抽烟。我特别小心地把我自己和他们抽剩下的烟头弄灭，一个一个地整整齐齐地放在烟灰缸里。

李钢醉了，连平时最理智的谭志强也醉了，这是我第一次看见他这样。我把他和李钢又拖又抱地搞到两个下铺，伤口被撞了好几下。然后，我勉强地爬上上铺，感到浑身上下都又累又酸又痛。可是那一夜，我睡得格外得好。

第二天，我们睡到十一点多才爬起来。

谭志强看了看我说："今天，你们哥儿俩带我去疯玩一把吧！咱们今儿个约法一章，不谈正事。我明儿个一早的车，咱们今天得来一把最后的疯狂。"

我和李钢一口答应："成！"

谭志强又问："上海有什么好玩儿的？"

我和李钢对望了一眼，像拨浪鼓似的摇着头，李钢说："没有，还真没有。"

我也说："女生们可能还喜欢逛逛街，咱们男的可还真没什么地儿去。"

李钢笑着说："要不，咱们也上南京路逛街吧，听说那的漂亮女生特多，特别的养眼。"

谭志强笑眯眯地说："特想去吧？平时没个借口，今儿个可逮着个由头。"

李钢笑着说："咱哥们儿谁跟谁啊，心里可不明镜似的。"

谭志强还是笑哈哈地说："现在知道单身的好处了吧，特后悔是吧？得，有乐同享，有饭大家一起吃，我就带上你们俩吧。"

我真的是有点儿累，犹豫了一下，还是说了："我就算了吧，有点儿累。"

谭志强肯定是误会了，他拍拍我说："哥几个一起乐乐，散散心也好啊。"

我急忙解释："不是，我真的有点儿累了。"

李钢也有点儿急："老谭大老远的从北京过来，就这么一天，你小子也这德行。"

谭志强忙说："都是哥们儿，急什么呀急。吴剑，你要是真的不想去……"

我也觉得特别不好意思，忙打断他说："我真的是有点儿累，要不这样，我们打的来回，到了那儿，少走点儿路。"

李钢拍了拍我说："这才算上路。走，咱们开拔吧。"

一路上，也许是累了，或者是刚睡醒，或者是不开心，我还是没精打采的。过苏州河的桥的时候，我的眼前又浮现出我和馨儿骑着车过桥的情景。我摇下车窗，外面还是那么臭。我又想起馨儿捂着鼻子、笑着的样子。

谭志强拍拍我，有点儿夸张地说："这什么味儿啊，快关窗！"

李钢坐在前座儿，冲着谭志强嘘了一声。

司机边开车边笑着说："说吧，没事儿。你们是外地来的大学生吧？"

李钢说："是。"

司机接着说："这臭味儿要算是上海最有名的几样东西了，年年嚷嚷着要治理，年年都没钱。"

一路上，司机发着牢骚，我们恭恭敬敬地听着，没敢说什么，怕他一生气，把我们撂在路上。

好不容易到了南京路，我们下了车，才大喘了一口气。谭志强笑着问我们："上海人都这样吗？忧国忧民的？"

我笑着说："都这样。不过是只忧上海。"

谭志强摇摇头说："我同情你们，还要在这儿混四年呢。"

我们笑着，在街上转着，"浏览"着女生们。

过了一会儿，谭志强宣布："上海的女生言过其实。衣服是挺潮的，长得还不如咱们北京姑娘呢。"

他声音大了点儿，在众位女同胞的横眉冷对中，我和李钢把他架走了。

走远了，我才对他小声说："你知不知道，上海阴盛阳衰，女生特厉害，特能骂人。你这不是找碴儿呢吗？"

他吐了吐舌头问："有那么厉害吗？"

李钢接过话来说：“真的。而且骂得特有水平，骂得你一愣一愣的，明明错不在你，你也特别 guilty（负疚），特别想道歉。有的时候，漂亮的女生骂人，还特别好听，特别好看呢。”

谭志强笑着说：“这我得和白雪飘飘说说，说你爱被漂亮女生骂。得，这么一说，我可不愿意被那帮女人骂，没一个漂亮的。我也饿了，咱们找个地儿吃饭，也就势躲一躲吧。”

我们笑着，找着餐馆。

然后，我们三个人都傻住了。在一家比较好的餐馆门口，站着一位引领小姐。

她绝对是我见过的最美丽的女生。

单颖是像白雪公主般的纯洁的美，馨儿是温柔的淡淡的气质美，白雪是女强人的美。

从外表看，这个人没有任何的缺陷。白皙的皮肤，没有一丝的瑕疵。淡红的腮，长长的睫毛，绾着别致的发髻。一身白底儿碎粉花的旗袍，衬着她身体优美的曲线。

她一动不动地站在那里，没有任何表情。

我觉得有一点儿奇怪，可就是想不明白怪在哪儿。

李钢突然压低了声音问我们：“她是真人呢，还是个人体模型？”

我这才明白她怪在哪儿，低声说：“她实在是长得太完美了，没一点儿毛病。太像假的了。”

谭志强说：“不对，应该是太像真的了。”

李钢笑着说：“得，你们俩一个说是真的，一个说是假的，就剩我神圣的一票了，怎么投呢？”

我也摇摇头，笑着说：“我也没说她就一定是真人啊？太像假的，也可能就是假的呀。”

李钢更乐了：“怎么着，老谭，你是不是也像吴剑那样要反悔啊？”

谭志强摇摇头说：“我不了，是个假的。”

正在这时，一阵风吹过来，我闻到一阵淡淡的女人香水的味道从那个女孩子那里传过来。馨儿也用这个牌子，在年轻的女孩子中间很流行的。我笑了笑说：“我也不改了，她是真人。”

李钢又反反复复、仔仔细细地看了看那个女孩子，然后高举双手，笑着说：“我投降，我看不出来，我弃权了！要不这样吧，我做中间人，你们俩赌一把，一条三五烟怎么样？”

“成!”我和谭志强大声说。

正在这时，也许是我们讲话的声音太大了，那个女孩子微微侧了侧头，向我们的方向看了看。

我们哈哈大笑起来。

李钢笑着说：“吴剑，还是你行。怎么看出来的?”

我笑了笑，说：“蒙的吧。”

李钢捅了我一把，笑着说：“别蒙我了。咱哥几个在一起这么久了，如果没把握，你从来不会这么爽快地答应打赌。”

谭志强也笑着说：“没错，我一看你那么爽快地答应，就知道我没戏了。咱哥几个还藏着盖着的?”

我有点儿脸红，吞吞吐吐地说：“也没什么了。刚才刮了一阵风过来我这儿，我好像闻到了女孩子的香水的味道。”

李钢大叫一声：“哇塞！整个儿一闻香识女人啊!”

我也乐了：“看见没有，除了耳垂大，我就鼻孔大，鼻子从小特灵，派上用场了吧。”

李钢乐着，转向谭志强说：“我知道你输得特别不服气，不过输了就是输了，愿赌服输嘛。有个机会可以扳回来，只有你能做，敢不敢吧?”

谭志强笑着说：“我已经猜到了，不过还是你说吧。”

李钢接着说：“我也知道你猜到了。我和吴剑都算是有主的人了。让你立马就泡上这妞儿难度大点儿，怎么样，把她的通信地址搞到吧?”

谭志强笑着说：“这难度也不小啊。”

我马上说：“赌三条三五怎么样?”

谭志强笑着说：“这还差不多。”他挽挽袖子，走过去。

我和李钢笑眯眯地看着他的笑话。李钢笑着对我低声说：“这一定是最好看的骂人。”

我笑着点点头。

出乎我们的预料，谭志强掏出个什么东西给那个女孩子看了看，然后和女孩子交谈了几句。然后，他掏出一个小本和一支笔，女孩子真的在本子上面写了点儿什么。

我和李钢面面相觑地看着。

谭志强得意扬扬地走回来。

李钢上上下下地打量着他，笑着说：“没想到，你老人家还有这么一手。”

我挥挥手，笑着说：“慢着，把本子拿来让我看看，没准儿你只不过问问人家路怎么走，让人家画了个地图什么的。”

谭志强得意地把本子递给我们，我们一看，还真的是地址和一个女孩子的名字，章晓珊。

我们两个人开始对谭志强做顶礼膜拜状。边拜，我边问：“这招儿你可得教教哥儿俩。”

谭志强笑着说：“这哪儿能教？教了，我不是对白雪和汪馨同志不负责任吗？汪馨还好，白雪飘飘，那么凶，还不得把我给灭喽？”

李钢笑着说：“你不讲，我和吴剑现在就把你给灭了。这么好的招儿失传了多不好。”

谭志强笑着说：“好好好，我说。其实说白了，也没什么。我只不过给她看了看我的学生证。大学学生证，尤其是好大学的，还挺唬人的。我跟她说，我们学校正在搞关于年轻人择业的社会调查。我忘了带问卷了，问她能不能把地址给我，我把问卷寄给她。”

我笑着摇摇头：“绝是绝，可要是她根本不想做这个调查怎么办？”

谭志强笑着回答：“我吹了半天她，说这么年轻，在这么好的餐馆做引领小姐，特别具有代表性，请她务必参加之类的话。人都不经夸，她就同意了。”

李钢又问：“要是她还不同意呢？”

谭志强看了我们两个人一眼，笑着说：“那只有实话实说了。估计肯定如了你们俩的意，让她骂一顿。不过，据你们俩讲，那也是一种享受。”

李钢笑着说：“什么都逃不过您老的法眼。”

我也笑着说：“我是服了。平时，没怎么看您老出手，一出手就不凡。”

谭志强笑着说：“那是，这叫厚积薄发，知道吗？”

我接着说：“搞明白了。我这三条烟输着也痛快，这么着，我和李钢就破点儿血，就在这馆子请你了怎么样？”

李钢大声说：“成。”拉着谭志强就往里走。

走过那位女孩子的时候，我看到谭志强看了她一眼。

那位女孩子轻轻地鞠了个躬，说：“欢迎光临。”

声音也挺好听的。

进了餐馆，也许是那个女孩子太美丽了，我们觉得里面的一切，装修、饭菜和服务小姐都弱爆了。

李钢一边吃，一边说笑着：“什么叫秀色可餐，没有秀色，还真吃不下饭。”

我看了谭志强一眼，他一直默默地吃着饭。

我忙岔开话题：“李钢，听说天津好吃的东西特别多，南开的伙食又是出了名的好，又好吃又便宜。这几天，又胖了几斤吧？”

李钢笑着说：“一直没敢靠近磅秤。咱们复旦的食堂没法儿比，整个儿跟一忆苦思甜饭似的。也不是馋你，我给你报一报菜名儿吧……”

李钢一提起吃的来，就侃起来没完没了的。

我和谭志强都吃好了，他还在那儿边吃边侃。我和谭志强两个人笑笑，连话也插不进去。

李钢总算是吃完了，我们付了账，慢慢往外走。

在门口，我看见换了一个引领小姐。我特意看了看谭志强，看到他有点儿失望的样子，我更确定了。

我问新的引领小姐：“请问刚才那位章小姐去哪儿了？”

她回答我：“噢，她今天下午不上班，回家去了吧。”

我看见谭志强在蛮注意地听。

我们一起离开。我拍拍谭志强，问他：“怎么样，要不要去找她？”

谭志强不好意思地说：“没什么理由，不太好意思去吧？”

李钢看了看谭志强，拍了拍自己的脑袋，笑着说：“哟，没看出来，一不小心，还爱上了？”

我笑着拉了一把李钢：“先别开他的玩笑了，以后有的是时间开呢。现在，他就剩半天了，咱们得好好帮他想想辙，见人家一面。”

我一拍脑袋接着说：“对了，老谭你不是说忘了带调查表吗？咱们就说路过她家，咱给她送过去。”

李钢问：“咱们哪儿找调查表呢？”

我笑着说：“电脑上做个表格，打印出来还不容易？回邮地址就写老谭的人大信箱，收信人当然是老谭。”

李钢笑着拉着我们说：“Cool, what are we waiting for? Let’s go!（好主意。我们还在等什么呢？快走吧。）”

她家在徐家汇附近，其实一点儿也不顺路。我们先回了趟学校，打印完了，又赶到徐家汇，已经快五点了。

谭志强非叫我们一起上去，他说：“咱们三个人一起上去，才像是大学生搞社会调查的呢。”

李钢刚想开他的玩笑，我拉住他，笑着说：“好，咱们就舍命陪君子吧。”

她家在六层，没电梯。我们几乎累残了才爬上去。

李钢笑着说：“真的是缺乏锻炼了。中学里还天天有课间操什么的，现在，整个儿放羊了，不，成了放猪了。”

我看了看谭志强，他面目挺严肃的。我急忙拉了一把李钢，两个人站在谭志强的身后，不再说话。谭志强摁响了门铃。

是她的母亲来开的门，她充满警惕地问：“你们找谁？”

“阿姨，我们找章晓珊。”谭志强毕恭毕敬地回答说。我从来没有见谭志强这么紧张过。

“你们是谁，找她干什么呢？”她母亲更紧张了。看来，做一个漂亮女生的家长真的不容易。

谭志强恢复了一点儿平时的自信，说：“噢，我是人大的学生。我们正在搞一个关于年轻人择业的社会调查。章晓珊答应参加我们的调查。我们正好路过这儿，就把调查表给她送来了。您看，这是我的学生证。”

她母亲看了看他的学生证，狐疑地问：“人大怎么跑到上海搞调查来了？”

谭志强有点儿着急，看了我们一眼，我忙拿出我的学生证，一边拉着李钢走上前去，一边说：“阿姨，您看，我和这位同学是复旦的。这调查是全国性的。不信，您看我们的学生证。”

李钢也赶紧掏出自己的学生证，递上去。

她拿过我们三个人的学生证，仔仔细细地一张一张地对着我们看了看，这才缓和了紧张的表情，说：“不好意思。现在这社会上的小混混特别多。小珊又刚上班，我们做家长的就得多操点儿心。她不在，你们要不要进来坐坐等她？”

谭志强急忙问：“那您知道她干什么去了吗？”

她犹豫了一下才说：“她爸单位的领导，刚给她介绍了个对象，今天去见见面。”

她看了谭志强一眼，又说：“像小珊这样的，还是介绍的好，知根知底的。”

看见谭志强呆在当场，我忙说：“那阿姨，我们就先走了，不等了。反正我们也没什么事儿，麻烦您把这张调查表给她。”

她一愣：“噢，还真的有调查表啊？”

我拍了拍谭志强，他才把调查表递给章晓珊的母亲。

我们告辞出来。

谭志强一直默默地走着，一句话也不说。李钢和我看了一眼，追上去，拍拍他的肩膀。

李钢说：“天涯何处没有小芳草呢。”

我也说：“事情还没绝望，她不是今儿个才第一次相亲吗。”

谭志强抬起头，看了我们一眼，然后把目光移开，说："我也就看上她特漂亮了，想试一把，不行就算了。"

李钢笑着说："就是，漂亮了不见得好，太漂亮了更不好。女人嘛，一到晚上，关了灯，都……"

看见谭志强有一点儿言不由衷，拉了李钢一把，我笑笑说："得，咱们大老远地来了趟徐家汇，听说这儿有几家酒吧挺火的。去散散心吧？"

"好主意。"谭志强说，"别白来一趟吧。"

一到了酒吧那一带，感觉顿时就不一样。这一带的姑娘都特别漂亮。

我远远看见一家雪茄酒吧，笑着说："就那儿吧，要不然，我光看着你们喝酒，我也无聊得慌。"

谭志强问我："你不喝酒还是那个理由吗？觉得没味道？"

我笑着说："又多了一条。你们昨天来的时候，大火灾之前，我想喝来着，一含在嘴里就吐，后来一闻也吐。"我一下子又想起昨天的事和馨儿。我的心一痛，急忙掩饰过去。

李钢笑着说："你说说，不喝酒，你少了多少生活的乐趣？好吧，看你怪可怜见儿的，整个儿一苦菜花儿似的。今儿个的雪茄，我请你。"

我也笑着说："行啊，今儿个，我就是把自己抽残了，也要把你抽穷了。"

我们笑着走进门，侍应小姐领我们坐下来。

我笑着问她："您这儿有无烟区吗？"

她莫名奇妙地看着我，我们三个人哈哈大笑。

她也笑了，把价目表给我们。我们不乐了，起码是李钢不乐了。

看着他的样子，我又乐了说："怎么样，带够钱了吗？要不要哥几个垫点儿？"

他苦着脸说："我还不知道你们俩的财政赤字情况？你们哪来的钱。"

我笑着说："那倒是，要不这样，我和谭志强抽足了，过足了瘾，把你押在这儿，我们回你宿舍，拿了你的家什来卖喽，赎你回去。"

谭志强笑着说："过足了瘾，不知道的人，还以为我们跟这儿抽鸦片呢。言归正传，咱们还是随便要一点儿，一会儿出去溜达溜达，吧里面估计都是这个价儿，咱们一穷二白的还真的消费不起。"

我们每人要了一支雪茄，他们两个人各要了一杯酒。

点上雪茄，谭志强凑近我们，笑着说："敢情上海的靓妞儿全跑这儿来集合了。就这么些个妞儿就能把全上海的水平都拉上去。"

李钢笑笑说："没蒙你吧？比北京怎么样？"

谭志强也笑着说：“漂亮的水平高些，不漂亮的也多些。平均起来，差不多吧。话说回来，可真的是比咱们北京姑娘会打扮。”

我看了看窗外，华灯已经初上。外面一对对的情人走过，我饶有兴致地看着。

李钢拍了拍我，说：“看什么看哪！小心看眼睛里拔不出来了。”

我笑了笑说：“不是，你们注没注意外面走的姑娘们有什么特点？”

李钢也看了看说：“有什么特点？漂亮啊。一水儿的模特级。”

我笑了笑又说：“再探再报！”

谭志强也看了一眼，想了一下说：“她们都傍着个老外。”

我笑着点点头。

李钢说道：“整个儿一个肥水流了外人田嘛！”

我笑着说：“我们寝室的上海人整天抱怨上海最美的人力资源都出口了。今个儿算是见识到了。”

李钢笑着说：“出口就出口吧。别到时候来个出口转内销。”

我们哈哈大笑。

周围的人望向我们，我们忙吸了最后的几口雪茄。雪茄还不错，又甜又香的。可惜没钱继续下去了，我们站起来，笑着走出酒吧。

一路上，看见满街的女孩子傍着洋人，有点儿明白了为什么有些上海男生那么酸酸的了。一般上海人是不爱和外地人谈婚论嫁的，这样的漂亮女生是走一个少一个啊。

我们一路上走着，侃着。渐渐地，我们发现洋人少了，漂亮的女孩子也少了。一些打扮比较开放的女人开始出现。有年纪很轻的，也有中年的。大多是看不太出年纪的。有长得还不错的，有“青面獠牙”的，绝大多数是搔首弄姿的。

她们或站在路边，或倚着门。

我们停在一个路口等红灯，一个瘦小的中年人走过来，低声问我们：“要不要？”

我们三个人都有点儿慌，急忙说：“不要，不要！”夺路而逃。

正好前面有我们要坐的公共汽车，我们拼命地赶上。上了车，我们才喘着气，哈哈大笑。

我们回了学校，取了谭志强的包，又杀到上海火车站，在附近找了个旅馆住下。

我们刚躺下，正准备好好聊一聊。电话铃响了，李钢离得最近，拿起话筒，他听着，脸上怪怪的。

过了一会儿，他捂住话筒，笑着说：“又是问我们要不要的。”

我笑着说：“挂了吧，多脏啊。”

谭志强也点点头：“是啊，尽是些面目可憎的。”

李钢故意问我们：“你们确定？多可惜啊。”

我也笑着说：“想要你要，我们可以出去，把房间让给你。”

李钢笑了笑，对着话筒说了声：“对不起，不要。”赶紧挂了。

我笑着说：“挂就挂了，说什么对不起呢？”

李钢也笑了：“有点儿紧张。”

我笑着说：“不至于吧？”

正在这时，电话铃又响了。李钢笑着，向我努努嘴。

我只好走过去，拿起电话，说：“喂。”

“请问要不要啊？”电话里的声音出人意外的娇媚。

我的心不由自主地一动，慌慌张张地说：“不要，不要！”然后，赶紧把电话挂了。

李钢笑眯眯地看着我，我也笑了，说：“咱们还是把电话线拔了吧。要不然真的别想睡觉了。”

李钢和谭志强都点点头。李钢一边拔，一边问我们：“你们刚才一个说怕脏，一个嫌不漂亮，如果是又干净又漂亮的你们上不上？”

李钢说：“咱们假设一下，咱们穿越时空隧道往回走个几百年，也就是那书生、秀才、举人什么的。碰上一穷人家的女孩子卖身救父，心灵特美丽，脸蛋也特美丽。你上不上？”

谭志强故意一本正经地说：“我可得是有爱才上。”

李钢笑着说：“别跟这儿逗了。吴剑，你呢？”

我乐呵呵地说：“那咱得先把人家从苦海里救出来。然后，我教她识字，她给我纺衣服。然后，就快乐地养儿育女。Then, we lived happily ever after.（再往后，我们就永远地快乐地生活在一起。）死了以后呢，就化成两只小蝶子，一起飞啊飞的。”

李钢笑着说：“真俗。以为你能有点儿什么绝的呢。”

我也开玩笑地说：“噢，忘了说了。救之前，咱得亲自验收一把，原装的咱就救，破鞋咱可不要。”

李钢笑着说：“哇塞，这么封建？

谭志强接着问：“唉，对了，这次也没空见唐红军，他怎么样？”

我说："我瞅着他爱上了我们那儿卖臭豆腐的一豆腐西施。"

谭志强说："是吗？没看出来，他能这么长情。"

李钢说："可不，整天一股臭豆腐味儿。"

我笑着说："以后再聊唐红军的可怜劲儿吧。突然想起另一个问题，现在，遇到严打，警察还是要抓这种事儿的吧？"

李钢说："我可是尽听说黄赌毒都是黑社会罩着的，可能警察是睁一只眼闭一只眼。"

我笑着说："这我也听说了。不就是怕碰上严打的枪口吗。"

谭志强说："说起严打，我跟你说一我哥的真事儿。"

我和李钢腾的一下子从床上坐起来。我心里说，不是吧。

谭志强大笑着说："不是我哥自己，是我哥代理的一案子。他不是今年刚从北大法律系毕业吗？去了最棒的律师事务所，这算是他的第一个案子吧，特别雄心勃勃的。其实，案子特别简单。一外地农村来的小孩儿，才十六，自己来城里打工，住的地儿离工地特远，他就偷了一辆破自行车，好骑车上下班。初犯，又只有十六岁，连抓他的警察都说缓刑就得了。我哥特别高兴，能帮一弱者，多好啊。判的那天，正赶上要严打，愣判了三年。一个孩子的一辈子，就这么毁了。"

我们的心都沉重下来。

过了老半天，谭志强才努力缓和气氛说："所以说，你们哥儿俩得小心点儿，平时是没事儿，别撞到严打的枪口上。"

我努力想笑笑，没笑出来。我说："你小子，老讲这种悲惨世界的事儿。实在是没兴致再聊下去了，一下子觉得特困。怎么着，咱们打住，且听下回分解？"

李钢也说："我也觉得心里怪不舒服的。老谭，以后咱们报喜不报忧，成吗？"

谭志强忙说："成。我也是觉得心里不得劲儿，可能是困了，咱们寒假北京见了再聊个通宵。"

"成！"我和李钢答应着。我拉黑了灯。

那一夜，我一直睡不踏实。清晨，我梦见在公审会上，法官宣布罪犯偷自行车的事实成立，依法判处三年徒刑。被告人先是一个十六岁小孩儿的面孔，最后，突然转换成我的面孔。我吓醒了。

## 六

**有梦总比无梦好吧。**

送走了谭志强，李钢忙着补他落下的课，我一连好几天都无所事事。

我突然想起来馨儿学校旁边那家花店还要我帮他们编个订花的程序。

“应该是个打发时间的好办法。”我自言自语着。

然后，我又问自己：“要不要去见馨儿呢？”

我想了想，决定还是不去见她。

花店的老板一见我就问：“你答应了来编程的，怎么这么久也不露个面？”

我拱拱手说：“不好意思，有点儿事儿耽误了，我一定抓紧。说实在的，订花的程序不难，我几个礼拜就给您搞定。”

他拍拍我说：“好吧，越快越好。对了，怎么也没见你来拿玫瑰呢？”

我摇摇头说：“和她闹了点儿别扭。”

程序编得挺顺的，可是老板一直也没提付我工资的事儿，我也一直不大好意思问。

编了三个礼拜，告一段落了，我教会了他怎么操作，犹豫了半天，才问他：“老板，什么时候发我编程的工资啊？”

他莫名其妙地看着我：“发什么工资啊？”

我有些生气地说：“编程的工资啊。这么些天难道白给你干了吗？”

他也有点儿生气：“咱们不是说好了吗？”

我说：“是啊，说好了的，五块钱一小时的。”

他真的生气了：“不对，后来不是改成了编程的钱算在你卖我电脑的转手费里了吗？你卖这么个电脑怎么也得赚个一半的钱吧。”

我是有苦说不出，有气生不起来。我是真的赚了五百块的帽子费，但比他暗示的几千块可少多了。可是原来学校的收据我早扔了，再说给他看了，我以前用电脑乱打印的报价单又怎么解释呢？

我摇摇头说：“得，我就吃这哑巴亏了。反正，程序也能用了，咱们以后也没法再合作了。”

他还是很生气地说：“那就这样吧。”

看着他生气的样子，我真的有点儿怀疑是不是自己记错了。

我走出了花店，仔细地把前前后后的事想了一遍，还是觉得自己没有记错。

我越想越生气，又想了想，馨儿说过，我们起码还是无话不谈的朋友。在这种时候，馨儿是最能安慰我的朋友了。

我决定去找她。

到了她的宿舍，她的舍友说她去了教学楼自习。我问了大概的位置，找过去。

在灯火通明的教学楼里，我一间教室一间教室地找过去。幸亏她们学校的教学楼不是很大，我在二楼的一间教室找到她。

屋子里坐满了人，很安静。她静静地坐在最后一排，明亮的日光灯，在她的身上洒上一层银辉，显得很和谐静谧。她正在写着什么。

我从后门，伏下身子，蹑手蹑脚地走过去。我静静地蹲在她的侧后边，听着她沙沙的笔声，极轻极淡的呼吸声，有一种很温馨的感觉。那一刻，我仿佛又回到了从前，有了和她在一起的时候那一种愉悦的感觉。

我尽量地不出声，想延长这一刻。

她不知道为什么侧了一下头，看见了我，她长抽了一口气。不少同学都看着我们，她急忙把东西塞进书包，我看见那是一个日记本。

她拉着我，低着身子，走出后门。

我们一起走下楼梯，走在教学楼通往宿舍的小道儿上。

她没有看我，问我："来很久了吗？"

我笑着说："挺久的了，蹲得腿都麻了。"

她还是没有看我，问："为什么不叫我呢？"

我笑眯眯地说："先开始，想看看你用功的样子，后来才发现你在写日记，所以偷偷看了个够。"

她猛地转过头，有些紧张地看着我，看了好一会儿，才努力笑了笑说："你又骗人。我刚才一直在看书，才开始写日记的。你怎么可能看了半天呢？"

我笑着说："我承认我没看着。那你现在让我看看吧？我还不知道你有记日记的习惯呢。"

她很坚决地摇摇头说："那哪儿行？日记是很隐私的。我是只写给我自己看的。"

我有点儿失望地说："连我也不行吗？"

她还是很坚决地摇摇头："连你也不行。"

我强词夺理地说："你不是说过吗？我们是无话不谈的朋友，那你说给自己的话，为什么不能说给我听呢？"

馨儿笑了："木头，有的时候，我觉得你说歪理的时候，特别可爱。你的歪理每次我都辩不过，所以我早就放弃和你辩论了。不过日记，我还是不能给你看。"

我故意做出生气的样子："别老做出特成熟那劲儿，跟大姐姐对付小弟弟似的，我可比你大。"

馨儿很开心地笑着说："木头小弟弟，姐姐的日记讲的是大人的事儿，你太小了，还不能看。"

我心中一荡，呆呆地看着她。过了一会儿，我才说："馨儿，你有好久没有这么笑了，你这么笑起来，真好看。"

她一愣，收敛了笑容，看了我一眼，把脸侧向一边。

我有点儿后悔，忙说："日记你不给，我还不看了呢。以后，你一定会求着让我看的。"

她用一种很奇怪的表情又看了我一眼，还是没有说话。

我们两个人静静地待了很久，我才想起来我来的目的。我忙说："本来找你来是诉苦的，搅和了半天，倒忘了。"

馨儿忙转过头，问我："怎么了？出什么事儿了吗？"

我说："还记得我要给花店编订花程序的事儿吗？"

她点点头。

我问她："你有没有记得我跟你说过，是五块钱一小时？"

她又点点头。

我接着说："我说我也不会记错。他非说编程的钱已经打进卖电脑的手续费里了，非说我肯定拿了几千块的手续费。我原来学校的收据又早扔了，再说给他看了，我用电脑乱打印的报价单又怎么解释？当初要是听你的就好了。现在吃了这么个哑巴亏，气死我了。"

馨儿点点头说："要是把条件写成合同就好了。"

我继续气呼呼地说："他还特别信誓旦旦的，搞得我一度特怀疑自己是不是搞错了。这样的商人真可怕。"

馨儿接着说："对呀，塞翁失马，焉知非福。要是以后你一直和他合作，吃的亏还更大。不过话又说回来，也没准儿人家记得对。因为我也不在场，是你把你的版本告诉我的，没准儿你们两个人互相误会了，所以说，以后最好要有书面的合同。"

我的气消得差不多了，笑着说："我觉得损失是他的。我一直想着要帮他做个网络型的订花程序。这样他可以开几个分店，订单汇总到总店，然后到苗圃一起去批发。这个订花程序再和会计系统连在一起，花的价格可以随着成本和供需情况自动调整。然后，还可以进行报表，看出购花的趋势，让苗圃早点儿种。没准儿再把苗圃买下来，这样好控制产品和产量。对了，为什么要限制在本市呢？这种订花可以全国联网，像李钢，可以在这儿订花，让天津的分店送给白雪飘飘。全世界推广好像困难了一点儿。不过，这套系统可以改一改，再用到其他的产品管理上。”

我发现馨儿很久没有说话，我看了看她，她正目不转睛地看着我，眼睛里闪着晶莹的光。

我问她：“怎么了？”

她看着我说：“我好喜欢听你谈你的主意的样子，充满了希望，意气风发的，很冲、很酷的样子。”

我自我解嘲地说：“你最知道我啦，主意一堆，从来没实现过什么。”

她笑着说：“有梦总比无梦好吧。”

看着她脸上挂着从前常有的浅笑，我的心又一动，我真心地说：“有你这样一个朋友真好。每一次，尽管我很生气，很失败，可是只要和你聊聊，我就会很快地忘记自己的烦恼，甚至忘记自己为什么烦恼。”

她笑了笑说：“我怎么听着觉得自己跟酒似的。”

我也笑着说：“我说我怎么不能喝酒了呢。原来，我有一个杜康朋友。先打好招呼，我可是会常来烦你的。”

她看着我，这回没有笑，她很认真地说：“任何时候都行。”

我不知道我和馨儿为什么不能在一起，是不是因为我们都是第一次真正地谈恋爱？也许就像李钢所说的，因为我们做朋友太久了，太好了，不能够再做恋人，还是因为我们根本就不适合，根本就不相爱？

# 七

When you find the right one, you will know. (**当你找到你的那一位的时候，你会马上知道。**)

不知道为什么，我那一天会去地下听音室，那应该是我第三次去。第一次是唐红军带我们去，第二次是我带馨儿去。

我正在往下走，她沿着台阶走上来。

她有着如星的双眸，如烟的长发。

我永远也不会忘记那一刻，因为就在那一刻，我的头嗡的一晕，我知道我自己完了。

只记得她穿着一身清丽脱俗的黑衣，大大的眼睛好奇地看着呆呆的我。我无礼地盯着她走过我，又下意识地转过身，木木地跟了她一段，直到她骑上自行车走远了，我还是呆呆地望着她远去的背影。

也许真的是缘吧？只是那一瞬间的感觉，就决定了一切。只是觉得，似曾相识，我一直在等她，一直在找她，是在梦里，还是在前生呢？

“可是，馨儿呢？我和馨儿怎么办？”我呆呆地立了很久，努力告诉自己说，“吴剑，你没有资格开始，起码，不是现在。你绝对不能再见她。”

我开始避开地下听音室和地下听音室所在的第三教学楼，连在那里的课也常常不去上。我开始参加一些学校的活动，尽量让自己忙起来。

那个时候，复旦刚刚拿回了亚洲大专辩论比赛的冠军，整个校园里掀起了一股辩论的热潮。有的时候，为一个小小的话题，同班或者是同宿舍的人也会正方反方地辩论起来。

这天，大家都上了床，一个舍友说：“我来上学前，回了趟老家，我爷爷高兴得不得了，他对我说，考上了复旦，就像是古时候考上了进士，如果是以前，在老家，该立块进士及第的牌坊的，是光宗耀祖的事儿。”

另一个人说：“差不多。一年能有多少人上北大、清华和复旦啊？尤其是像我们这样的好系。”

我问大家：“如果我们在古代，真的是中了进士，你们最想做什么？”

“当然是讨他几房漂亮的小妾。”

“才几房，你小子的胃口也太小了。”

“那也太多了点儿吧？吵架吃醋也能把你给烦死了。”

“我自有控制的办法。”

“我看，累也累死你。”

大家大笑着。

……

听着他们在辩论几个女人才最合适，我一下子想起了馨儿和那个女孩子。我没有再加入他们，那一夜，我做了一个梦。一切都非常鲜明，是我结婚的典礼，父母、小妹和朋友们都没有去，但是有很多我不认识的人在祝福我。是在一个教堂，不大，不是那种富丽堂皇的天主教堂，倒更像是一家普通的、比较大的民宅，周围有高高的树，有挺大的草地，绿绿的，有很美的日本插花，是兰花，有一个很大的蛋糕，是香芋的，很好吃。有很多的小孩子在院子里面玩儿，外面的天气很好，阳光照着他们，鸟在很欢快地唱着。一切都像极了真的，就在我的眼前，新娘姣好的身子就在我的身边，我还可以听见她的娇笑声，可是，我就是看不清她的面孔。我一下子急醒了。

学校应同学们的要求举办了首届系际辩论比赛。

看了几天比赛，我们这些理科生心都凉了，平时自以为挺能说会道的，但同文科的法律、哲学、新闻和国际金融系比起来，可以说是惨不忍睹。所有的理科系几乎都被文科系辩得哑口无言、体无完肤。

我们系排在最后一天，在此之前，只有一个生物系打败了历史系而出线，算是个理科系。我们的对手是公认实力很强的经济系。可是一直到比赛前几分钟，我们还没有商量好谁上场！

最后，我拉了几个同学，硬着头皮上了场。

抽到的题目是：计划生育对中国利大于弊。

我们是反方。

我听到不少的议论声，觉得反方不太容易。

我却不以为然，对于正方来说，计划生育对中国的好处都是老生常谈，引不起人们的注意力，我看见在他们一辩立论的时候，评委老师们有的在打呵欠，有的在想别的事，有的在看礼堂里的女学生。相比之下，我们的观点应该比较容易出奇制胜，而且，既然大家都觉得反方比较难，我们也就比较能捞到点儿同情分。

果然如此。我站起来，开始立论：“我们认为，计划生育对中国弊大于利。我们主要认为这是一个人口素质的问题。现在的实际情况是，城市里的计划生育搞得很好，而农村里几乎是零。这样，从优生学的角度，人口素质高的城市下一代将越来越少，这样，造成了整个民族的整体素质下降。另外，我们也认为，强行限制相爱的人违背自己的意愿只生一个孩子，是不自然的，不人道的。”

在一阵笑声与掌声之中，我看到几个评委点了点头。

我特意留了一点儿破绽，对方果然开始纠缠这一点：“你们怎么能认为农村人生的小孩就不如城市人生的聪明呢？这似乎有些歧视的嫌疑吧？”

看着他们的二辩、三辩同我们的人在这个问题上不停地争执，我暗暗高兴。

“我想，反方不能否认，古今中外，无数的伟人都是出生在穷苦的乡村的。”对方的四辩这样结束了他的总结发言。

自由辩论的时间。

我站起来，说：“我们是在说整体的比例，请问，整体而言，如果我们做一个抽样测试，是农村父母的平均素质高呢，还是城市的高？抛开这个遗传问题不谈，就算两个孩子的遗传是一样的，从怀孕那一天起，一个城市孩子有音乐胎教，有定期检查，有营养保健，母亲有产假，有财力请保姆照顾，吃好的，有幼儿园，有小学，有参考书，有补习老师，有中学，可以上大学。而农村的小孩，母亲也许在产前还要在地里干活儿，没有人照顾，很难吃饱，不一定能上完小学。请问正方同学，哪一个孩子成功的可能性大一些呢？”

应该说，这不是一场很高水平的辩论，正方应该很容易地攻击我的论点：“你所讲的，并不是计划生育政策本身的问题和弊端，而是实行中的问题，我们只要加强农村的实行而适当放宽城市的政策，如我们可以像新加坡那样，鼓励有大学学历的夫妇多生孩子，来提高人口素质。”赛后，我想到这一点，有点儿后怕，有点儿庆幸。

可是，我们赢了。可以说，这是一个大冷门。“电脑系辩倒经济系”，校报的头版这样登着。

下一轮，我们输给了法律系，他们最后拿了冠军。用同学们的话说：“我们是虽败犹荣。”

我在系里成了个小名人，应该挺得意的才是。可是，我却觉得心里空空的。我很久没有去找馨儿，没有敢。我很忙，系里又要我去参加演讲比赛。这一次，似乎大家都觉得我能拿个什么名次。只有我才知道，自己是多么怕在大庭广众之下演讲。我知道自己一定要好好地写一份稿子，好好地准备很久，背熟稿子，然后才敢上场。可是，要命的是，我却不知道写些什么，讲些什么。

我决定出去走一走，散散心。我突然想起了在高中的时候，在火车上遇到的那位奇人，我决定去他念念不忘的西北农村，看一看他生活过的地方，看一看他口中的真正的中国是什么样子。我还是用他教我的一些法子，逃票坐着火车去。

我能看到的只有一个“穷”字。走着走着，火车没有了，坐汽车，然后，是拖拉机，是马车，最后是牛车。一路上，是一种越来越干枯的穷，冻得发硬的土地，满是干裂的裂缝，满是白花花的盐碱，越往里走，裂缝越大，盐碱几乎像薄薄的一层雪。几乎没有任何的植物、动物，几乎没有任何的生命。只有一些老农像枯枝一样立在村口路头，脸上的皱纹像沟一样深，又像是榕树的根一样盘根错节，每一个人的脸上都没有任何的表情。我想，当一个人的一辈子已经没有了希望，又知道自己的下一代、第三代也会这样生活的时候，那种没有欢乐，没有痛苦，没有未来，没有过去，没有现在，甚至没有绝望的表情就是这样子的吧。拉着车的老牛瘦得已经没有一丁点儿的肉，甚至很少有一块完整的皮，也许，它还活着，本身就是生命的奇迹吧？我感到它的大得不成比例的眼睛在悲伤地看着我。我忙跳下车，费了很多的唇舌，才让牵着车的讲着方言的老乡相信，我不坐车了，还会给他钱的。我在老乡和牛的身边，默默地走着，心里有一种悲怆的感觉。

到了他的村子，我给了他两元钱，他很激动地讲了很多。我过了很久才搞明白，他非说太多了，这些钱，吃饭住宿都足够了。他一定要我去他家吃饭住宿，我只好跟着他。

“还有多远？”我发现，他虽然很没精打采地走路，似乎很慢，走久了，我却跟不上。

“不远了。”他指着他们家的方向。

是窑洞！我的心情稍稍兴奋了一下，终于可以体会一下这种“冬暖夏凉”的传奇式的建筑了。

到了。

在窑洞口，我看见八个小孩，排成一个斜斜的队，由最大的领着，在远远地望着我们。

我心里一动：“是不是他们家开的托儿所呢？他似乎是一个很会做生意的人。”

远远地孩子们冲过来，叫着爹。

从窑门里，他的妻子闻声出来，我看见，她怀着孕。

我突然觉得，我们在象牙塔里面进行着的辩论比赛很荒唐可笑。这才是中国的现实。

在寒冷的、漆黑无比的窑洞里，他们只有两岁的小女儿紧紧地盯着我手里的面碗，是我的两元钱所包括的白面面条，我再也吃不下去，推给她。看着她不敢的样子，看着她的哥哥姐姐们盯着那碗面的样子，听着她母亲的斥责，我的心里面难受极了，忙说："我本来就是来体验生活的，我想尝一尝你们吃的粗粮。"

他们奇怪地看着我，过了好一会儿，那位母亲才递给我一块黑黑硬硬的东西。

我没有问这是什么，接过来，尝了一口。

味道像是土，又像是石头。出于对他们的尊重，我拼命地塞下去。那一夜，我拉肚子，拉得很厉害。可是拉完了，肚子里面还是坠坠的。好几天都是这样子。从那以后，我开始懂得珍惜粮食。

夜里，他们用一块破布隔开我和他们全家。

睡不着的时候，我听见窸窸窣窣的声音，是他们夫妻俩在行房事吗？在这个没有电、煤油又这么贵的地方，天黑了，他们还能做什么呢？

第二天，我问那丈夫："里面还有路吗？"

他说："牛车不行了，只能走。那山里头，我也只进去过一趟，有的地方真的全家连一条像样的裤子都没有。"

他又问我："你还往里头去吗？"

我说："不去了。"

回来的路上，我一直在想："那个奇人，他下放的地方应该在哪里呢？"

回到学校，我很容易地就准备了我的演讲稿，就叫"真实的中国"。我只是把我的所见所闻尽量地写了下来。在最后，我想起了那个奇人从前对我说的话，写了下来：

> 要了解真实的中国，就要先了解农村；要了解农村，就要先了解西北农村。有不少农村是真的富了，尤其是江南的一些地方。可是西北的一些地方，那是真穷。不了解那里，你就不了解中国。

应该说，我的稿子的内容是最好的，可是，我的演讲糟透了。我红着脸，很差地好几次结巴着念完我的稿子。最后，我还是得了第三名。

校报登了我的稿子，学校的广播也播了。

我仿佛成了个名人，在学校里还能遇到不少不认识的同学问我去西北的路。可是，夜深了，我还是总想起那个女孩子和馨儿。

快新年了，我去看馨儿。

我敲开了她寝室的门。馨儿更憔悴了，我又一次徒然地发誓不再害人害己，不再伤害她，永远不再让她痛苦，我决定轻易不再去找她。

# 八

Maybe we are meant for each other?（也许我们真的是缘定前生?）

李钢知道我新年决定了不去找馨儿，就好意要拉我去学生活动中心的新年舞会。我本来是不想去的，可是，想着独自一个人度过新年夜的凄凉，还是决定去凑凑热闹。

李钢很快地就钻到门边临时搭起来的吧台前，他拉着我坐下，问我："为什么没叫汪馨来?"

我叹口气："还记得你不久前说过的话吗？相见争如不见吧。"

他也叹口气："白雪飘飘也好久没来信了。"

我问他："那你为什么不给她写呢?"

他笑着说："我可没那么酸，一看见信纸我就没词儿。"

我问他："那一直就是她给你写信，你从来也不回?"

李钢笑着点点头。

我又问："电话呢？常打吗?"

他回答说："上个月打过。也挺不方便的，公用电话，老占线不说，打通了，叫半天人，人又老不在。就算打通了，后面都站满了人，没准儿都有急事儿，聊几句就觉得心里特别过意不去，赶紧挂了让后面的人打。"

我对李钢说："还记得那次老谭、咱们和汪馨一起聊天吗？汪馨谈起她问过我一个问题，我的回答是'我不知道我们之间的感情是不是就是爱'。"

李钢想了想，点点头。

我接着说："她的问题是，'你爱我吗？像李钢和白雪那样子的爱'。上次，我没提后面一句。"

我顿了一下，拍了拍李钢的肩膀说："珍惜你们现有的。"

李钢愣了一下，才笑着说："那是，我们这面红旗不能倒。"

我也笑了，又拍了拍他，说："你先喝着，我进里面溜达溜达。"

他点点头。

我下了吧椅，扭转身。

在众多的人中，我一眼就看见了她。那一刻的感觉，就好像是周围忙碌着的人都一个一个地让开去，周围喧嚣的声音也一点儿一点儿地静下来。好像就剩下我远远地望着她。

整个晚上，我的目光都一直在追随着她。

我知道我不应该这样做，更不应该真的去接近她，可我就是控制不住自己。

新年的钟声敲响，辉煌的灯火一下子熄灭，DJ 故意大声宣布：“Guys，you can kiss the bride now. Oops，sorry，should be your partner.（男士们，你们可以亲吻你们的新娘了。噢，对不起，应该是你们的舞伴。）”

大家都笑了。

灯很快亮了。我的心里一下子慌了，我找不到她了！她已经不在灯熄前的那个地方了！我急急地走进舞圈，拨开人群，我可以想象得到，人们在用奇怪的目光看着我。我不在乎了，我挤着，撞着，找着。

我真的很怕她就这样从我的眼前永远地消失掉。

我跌跌撞撞地跑了一圈，回到原来的位置，才发现，她一直就在离我很近的位置，比刚才还近。

不知不觉，夜已经深了。DJ 大声地宣布：“Ladies and gentlemen，our last dance tonight. Pick your partner，get ready.（女士们，先生们，最后一支舞了，请选好你们的舞伴，准备好。）”

我忽然觉得如果我不走过去，也许，我会后悔一辈子的。

从来面对女孩子都是蛮自信的，这一次，我却能感到我的声音在颤抖：“能请你跳这一支吗？”

她抬起头，仔细地看着我。

我感到我的心跳在加剧。

“好吧。”她的声音清清的，像清冽的泉水，很甜很美。

我拥着她，那一份欣喜若狂的感觉，和馨儿、和单颖都从未有过。

我的很蹩脚的舞步更乱了。

一曲既终，我鼓足了勇气才问她：“可以送你回去吗？”

她又看了看我，才说：“好吧。”

走到门边吧台，我找到李钢，跟他说：“我要先走了。”

那一次，破天荒的，他还挺清醒的，他先是看了看我，又看了看我身后不远处站着的女孩子，然后又看了看我。摇摇头，挥挥手，没有说话。

一路上，我不知道说什么，像以往一样，我永远不知道应该如何开始一个话题，尤其是在陌生人面前。

很久，我才莫名其妙地冒出了一句：“我注意你很久了。”

她好奇地看了看我，低下头，脚尖在地上捻着，轻轻地说：“我知道。”

然后，我们又默默地走着，很久没有说话。

她的宿舍到了。

我很恨自己不会讲话，我抓住最后的机会，问她："我可以再见你吗？"

她低下头，犹豫了很长一段时间，才说："告诉我你的信箱号和名字，我可以给你写一封信。"

我满怀希望地写下了我的信箱号和名字，递给她。

看着她进了楼门，我才兴高采烈地回到我的宿舍。躺上床，才突然懊丧地想起来忘了问她是哪个系的，叫什么名字。

第二天，李钢来找我，一见面，他就问："昨晚上怎么回事儿？"

我不知道怎么回答他，低下头，没有说话。

他接着追问道："你是不是认真的？"

我点点头。

他变得特别严肃地说："你是我的好朋友。汪馨只是我的一般朋友，而且还是通过你才认识的。可是，这件事儿，谁对谁错，我得就事儿论事儿。该怎么做，不用我说了吧？"

我争辩说："可是，我和汪馨已经分开了。"

他嗵的给我当胸一拳。

我揉着胸，莫名其妙地看着他。

他生气地说："你们这样算分手吗？"

我想了想，固执地点点头说："算啊。"

他有点儿哭笑不得地说："就算分手了，这也太快了点儿吧？好，我也懒得说你了，那你先跟汪馨坦白去。"

我点点头说："我会的。其实，我也没做什么。我连她叫什么、哪个系的都不知道呢。"

不知道为什么，我没有告诉他我在等她的信。

李钢拍了拍我胸口挨打的地方，笑着说："噢，敢情还没犯事儿呢。不过，也别觉着我打你打得冤。有那贼心就不成，知道什么叫防患于未然吗？我这是关心爱护你。"

我挥了挥拳头，也笑着说："成啊，要不要我也关心爱护你一把？"

他笑了笑，赶紧告辞："得，先记在账上吧，没准儿什么时候就两清了。我得去复习了。你小子也别整天神魂颠倒的，整个儿一多情种子，一个汪馨还不够。那个女孩子我也没看清楚，但我的感觉不好。你就好好看看书吧，大学里有的基础课还是挺难的，有好几门我都担心会当掉。"

“得，得。”我推他出门。我没有听李钢的话，整整两天的新年假期，我什么也没有做，一直在等她的信，可以说是心急如焚。

到后来，我索性到信件收发室去，我希望她投信的时候，可以遇到她。

我们系里义务送信的魏强看见了，笑着说：“等什么信呢？这么着急。”

我笑笑没回答。

他笑着说：“要不你帮我取两天信吧。反正你也天天来，省得我白跑一趟。”

我求之不得地点点头说：“成，没问题。”

几天过去了，一直没有她的信。

随着新年的过去，我的希望也一天天地淡下去。

我把信箱的钥匙还给魏强。他问我：“信收到了？”

我不置可否地点点头。

这天，我正无所事事地在寝室里躺着，魏强递给我一封校内来的信。我随手扔在一边，过了好一会儿，我才想起来，慌慌张张地找到信，一把撕开，读了起来：

吴剑同学：

你好。

我想，我是明白你的意思的。

可是，新年夜那一天，我不忍心告诉你，这毕竟是我们离开家的第一个新年。我们大家都挺难的，都会有一种孤独和想家的感觉。我想，还是过了新年再写信告诉你好了。

我应该算是有男朋友的了。他应该算是我的老乡，他是成都人，我是重庆人。他上大学前来重庆玩儿。我们是在从重庆来上海的火车上认识的，他对我有很多的照顾。我们又正好同校同系，只是不同专业。新年夜前不久，我们吵了一架，所以，我一个人赌气去了舞会。

如果，我做错了什么，对不起。也许，我应该当面告诉你的。

聂兵

PS：

我的信早就写好了，可是我希望新年过些天再寄给你。希望你能过一个好年。再过些天，就是寒假了，就要回家了。你想家了吗？想爸爸妈妈了吗？我好想。

再见。

通常，我不是一个能持之以恒的人，往往一遇到挫折或者是不顺利，就彻底放弃。这一次，我却读到了希望，我劝慰自己说：“她说，‘我应该算是有男朋友的了’，嗯，不是很确定，她还说了‘再见’，我应该还有希望的。”

我马上从床上爬起来，溜到系里的电脑室。费了九牛二虎之力，总算在电脑里查出了她的情况和家庭住址。

我马上写了一封短信给她，告诉她我不会放弃。我还告诉她，寒假，我会到她的家里去找她。

我对自己说：“寒假过完了，我一定要和她一起坐火车回学校，不让那个老乡有机可乘！”

她没有给我回信。

期末考试前，我又去看了馨儿。她们学校比我们早，已经考完试了。

我们默默地走在熟悉的小道上，很久没有说话。

我非常想告诉她聂兵的事儿，尤其是想到李钢说的那些话时，可是，我实在是不知道从何说起。好几次，我欲言又止。

我想了半天，才想起一个话题：“哎，你考得怎么样？”

馨儿摇摇头没有说话。

我努力笑着说：“现在，没有我给你补课了，你可得努力着点儿。”

她若有若无地笑了笑，然后问我：“你，准备得怎么样了？”

我也摇摇头说：“大学有的课还真挺难的，有几门基础课我还没摸着门儿，特别怕当掉。”

馨儿关心地说：“你应该不至于当掉吧？是不是又逃课太多了？”

我笑了笑说：“你也知道我，不逃才怪了呢。”

馨儿看了看我，又看了看表，然后说：“好啦，不早了，你赶紧回去临时抱抱佛脚吧。”

我点点头，然后又想起来一件事儿，我忙问馨儿：“你能等我几天，等我考完了，一起回北京吗？李钢要先回天津去找白雪飘飘，再一起回北京。唐红军要留在上海泡他的豆腐西施。”

馨儿想了一下说：“我学校里已经订好了票，我去退或者换换看。”

我忙说：“要是麻烦的话就算了。”

她点点头问我说：“你要哪天走呢？”

我说：“就我考完那天吧，我们系有一门课考得比别的系晚两天，学校可能都走空了，再晚了都该春节了。”

“行，那我去买票吧，你好好临阵磨你的枪吧。”馨儿说，“考完了，我去找你。”

“好。”我答应着。

我们终于考完了，我考得挺不好的。我还真的有点儿担心有两门要当掉。也许是我的逃课和分心太过头了。

上海的同学早早地就回家去了。外地的舍友买到票的也早早地就跑了。有几个像我一样没有在学校提前订票的、想“灵活”一点儿的同学在抱怨票难买，到处都是票贩子卖黄牛票。

我心一动，心想：“馨儿会不会也买不到票呢？”我又安慰自己：“大不了买两张站台票，上了车再补票罢了。”

正想着，馨儿来了，背着大包小包的，我忙让她进来歇一会儿。舍友们哄笑着跑开了。

我开玩笑地问她：“您这是搬家呢，还是回家呢？早知道你有这么多家当，我去你那儿多好，离火车站也近。”

她也笑了，说：“你也知道我们家亲戚多，第一次从上海回去，又是春节，总得带齐了东西吧。”

我笑着摇摇头，然后说：“你等我一下，我还没收拾好东西呢。”

她笑着说：“快点儿吧。我记得你不是这样的 Procrastinator（做事拖到最后一分钟的人）呀！”

我笑着问：“这么长的英文词，什么意思？”

她笑着说：“就是做事拖到最后一分钟的人。”

我笑着说：“不愧是外语学院的人，这么大的词儿都知道。”

她笑着推了推我说：“你就别贫了，快点儿吧！”

我看了一眼表，还真的得快点儿了。

好不容易收拾完，我随口问了馨儿一句：“听说现在票特别难买，都在票贩子的手里面。你怎么买到的？”

馨儿笑着说：“我也没办法，去车站转了好几天，都没票，学校也订不到，只好让票贩子赚钱了。”

也许是我考得不好，心情不太好，或者是累了，或者是李钢的话，或者是聂兵的事儿，我没好气地说：“干吗让他们赚这钱，我最烦他们了。实在不行，买站台票上车，到时候再补票，不就行了。我们以前出去，不是常这么干吗？你说你不会办事这劲儿。”

说完了，我也愣了，不明白自己为什么会说出这些莫名其妙的话。

馨儿呆呆地看着我，然后毫无表情地说：“收拾好了吗？要是好了，我们得走了。”说着，她拖着自己的大包小包就往门外走。我拎上自己的包，和舍友打了声招呼，就赶紧追上她，去抢她手里的包。

她和我抢了几下，放弃了，拿过了几个轻的小包。我扛着大包。

一路上，我好几次盯着她的眼睛看，她都避开了。我从来没有见她这么生气过。我尽量找了好几次话题，她都没有接过去。

到了火车站，我听见车站的广播一遍又一遍地说：“为了加强春运工作，在春运期间，一律凭车票购买站台票，以杜绝无票上车的现象。”

我吐了吐舌头，做了个鬼脸，笑着对馨儿说：“原来咱们人民政府已经先咱们一步，把咱们的后路都绝了。”

馨儿扑哧一声笑了，说：“我天天来买票，知道站台票的老办法这次行不通的。”

我听着，细细地体味着她在寒风里天天来买票的艰难，心中一酸，急忙收敛起笑脸，很严肃地道歉：“实在对不起，其实，一开始就怪我，应该早点儿计划好，和你一起从学校里订好票，害得你大冷天的来车站买票，最不应该的是最后乱发脾气。”

馨儿笑眯眯地说：“知错就改就是好孩子。”

我也笑了，突然脑筋一转：“嗨，话又说回来了。你买两张短程的便宜的票，进了站台，再上去北京的车，补票的钱也肯定比黄牛票便宜。”

馨儿想了想，也笑了：“你的鬼点子真多。整天不按牌理出牌。记得高中毕业的时候，我们好几个女生凑在一起谈起男生来，都说拿你真的没办法，都说一物降一物，不知道谁能治你。”

我想起聂兵，心中一动。我赶紧掩饰着，说：“哇，你们女生也有这种聚会，快老实交代，都谈到谁了，谈了些什么。”

馨儿抿着嘴笑着说：“这是绝密。我刚才已经说漏了嘴了，不能再出卖姐妹了。再说了，你刚才说女生也有这种聚会，那说明男生也有了。你告诉我男生的，我就说女生的。”

我笑着说：“得，我也像你，不能出卖同志。就让这些秘密永远地埋藏在我们的心窝子里吧。”

馨儿推了我一把，笑着说：“行了，别贫了，快进站吧，别误了车。”

我和馨儿一起坐过很多次火车，那一次是最难熬的。一部分原因是太挤了，大家都急着回家过年。我们坐在靠窗的座位上，面对着面，中间只隔着一张桌子，我却不知道怎么去跨过这个坎儿。我觉得我无法面对馨儿，面对面地对她说出来。好几次我欲言又止，又拿话岔开。我自己骗自己说：“这里人太多，不方便谈。”可是，我连自己都骗不了，周围的人又怎么会管我们的事儿。好几次，大站下车休息，我们两个人独自在一起的时候，我完全可以说，我也完全可以用英语跟她谈。

快到北京的时候，夜已经深了，我决定到车厢的连接处去吸支烟散散心。

我告诉了馨儿，她说：“你去吧，小心点儿，我有点儿困了，先睡一会儿。”

我说：“好的。你先睡吧，我一会儿就回来。”

她点点头。

那里挺冷的，寒冷的夜风从车厢的连接处吹进来，呼呼的。我紧了紧身上的皮夹克，拿出烟，点上了。一连吸了两根烟，我突然把自己的脸凑到夹缝的风口处，任冷风吹着我的脸，那种刺痛的冰冷的感觉一下子让我清醒了很多。我对自己说：“你不能再这样下去了，现在就回去，告诉馨儿你心里的感受。”

我熄灭了烟，慢慢走回了车厢。

馨儿已经睡着了。在摇曳的昏黄的灯下，馨儿消瘦而憔悴的脸是那么的疲惫，那么的令人心痛。我刚刚鼓起的勇气一下子就烟消云散了。我不敢坐回自己的座位，我怕会吵醒她。我走回车厢的连接处，任冷风吹着我。

过了很久，我觉得有一点儿不舒服。我回到车厢，馨儿还在睡着。我找了个过道，靠着椅子坐在地上。车子的摇晃让我很快地也睡着了。

是馨儿把我摇醒的，她紧紧地看着我。

我赶紧站起来，身上还盖着她的外套，我笑着说：“回来的时候，周围的人都睡得很熟，没好意思吵醒他们。”

馨儿看着我，突然扭转头，看着窗外说：“我们快到了。”

我听见了她的话里有着一点点的哭音，我没敢去看，过了好一会儿才说：“好，我去往下拿行李。”

# 九

If you are very hesitate about something, you should just do it. Otherwise, you may regret for the rest of your life.（如果你对一件事情很犹豫不决的话，你就应该做。否则，你可能会为此而后悔一辈子。）

到了北京站，我们走出来。馨儿看着我，问我：“送送我，好吗?”

我很奇怪地说：“当然啦，你有这么多的东西。”

她又要求说：“我们打的回去吧？有这么多的东西，我不想你搬上车搬下车的。”

我本来想说我能行的，却突然觉得很累，我点点头说：“好。”

在出租车里，我们都没有讲话。

快到的时候，我才突然想起来，说：“我忘了告诉我爸妈我今天回来了。”

馨儿说：“我也是，你一会儿要不要在我们家给他们打个电话?”

我想了想说：“不用了，还是给他们个惊喜吧。”

然后我们又没有说话。到了馨儿家，我抢着付了出租车的钱，扛着馨儿的包就先上了楼。

馨儿打开门，叫了叫爸妈，没人应，应该是上班去了。我把包放在门里，自己站在门外，犹豫着。

馨儿看了看我，说：“进来坐坐吧。我知道你有话要说。”

我的心一紧，硬着头皮走了进去。

馨儿请我坐在桌边，问我：“喝点儿什么吗?”

我说：“白开水就好。”

馨儿给我倒了水，自己打开酒柜，调了一杯粉红色的鸡尾酒。

我惊讶地看着她：“你喝酒了?”

馨儿摇着酒杯，把自己的眼睛躲在了酒杯的后面，嘴角上又浮起了那种令人心酸的淡淡的苦涩的微笑，她说：“我只是喜欢它的色彩和感觉。这酒叫pink lady（红粉佳人）。”

我不知道再说什么。

她从酒杯后抬起头，看着我说：“木头，说吧。”

我实在不知道该怎么说，我又一动脑筋，忙说：“忘了问了，你付了多少钱买黄牛票，还没有给你钱呢。”

馨儿愣了一下，然后说：“也就是两倍的吧。我还特别不放心，特地拿了票到售票处去问是不是真的，挺便宜的。”

我把钱拿出来，推给她。馨儿收起来。

我默默地喝着水。

馨儿啜了一口酒。她再一次抬起头，说：“木头，还记得我说过的话吗？我们应该是无话不说的朋友。无论如何，我不愿意失去这个。”

我咬了咬牙，垂下头，用低得不能再低的声音说：“馨儿，我遇到一个女孩子。”

讲完了，我像是放下了一个沉重的包袱。我抬起头，紧紧地盯着馨儿。

她已经低下了头，眼睛被酒杯遮挡着。

过了很久，她才抬起头，脸上没有任何的表情，从她的眼睛里我也读不出任何的东西。她问我：“你爱她吗？”

我摇摇头说：“我不知道，我不知道这是不是就是爱。我会很想见她，见了她，我会很紧张，有的时候，我的心里面真的会像是有一头小鹿，在撞，在跳。”

馨儿没有说话。

我接着说：“我只见过她两次面。第一次见她，是在地下听音室。那天，我不知道我为什么会去那里。那是我第三次去那里。第一次和唐红军，第二次是带你去。我往下走，她走上来，我的心跳得特别得厉害。第二次见她，是在新年晚会上，我请她跳了最后的一支舞。我送了她回去。后来，她给我写了一封信，应该是拒绝了我。因为她有一个老乡，又是同系的男朋友。”

馨儿又低下头，问：“你打算怎么做呢？”

我犹豫着，还是说了实话：“我想，这个寒假去她老家找她。新年晚会那天，我和李钢一起去的，他也看见那个女孩子了。李钢第二天来找我，他觉得我们两个人还没有分手，我说，我们已经只是朋友了，他还是让我先问你。”

馨儿很快地抬起头说：“我们真的只是朋友了。这一次，我希望你照着你的心去做，照着你自己的感情去做。你有的时候太理智了，用脑子想得太多了。你的朋友们，包括谭志强、李钢和我，都只会祝福你，希望你得到幸福。”

我紧紧地盯着馨儿，问她：“你真的是这样想的吗？”

她点点头。

我又问她：“那以后，我们还能这样无所不谈吗？”

她又点点头。

我的眼睛有一点儿湿润，我埋下头，假装喝水，把自己的眼镜片儿上弄满了水汽。

馨儿又啜了一口酒。

我抬起头，擦着眼镜片儿，对她说："那我先走了。"

她说："我送送你？"

我说："不用了，都挺累的了。"

馨儿没有坚持。

我提着自己的包，下了楼。在楼下，我回头看了看馨儿家，在那窗边，这一次，没有她熟悉的身影。

我回到家后发了几天烧。也许是那天夜里在火车上吹了夜风，也许是身心上都太累了。看着父母和小妹那么细心地照顾着我，突然又很不想离开家。高中的时候，虽然也是住校，但因为可以随便回家，所以特别不愿意回家，常常一两个月不回家。寒暑假，更是拼命往外跑。可是现在，真的身在异乡了，又好想家！到了家，几个家常菜，和小妹吵吵嘴，听着父母的唠叨，都让我的心里暖洋洋的。

谭志强和李钢听说我病了，来看我。

李钢显然已经告诉了谭志强聂兵的事儿。老谭看见我好得差不多了，一上来就问："你和汪馨怎么了？"

我说："我们真的分手了。"

李钢质问说："谁说的？"

我低下头说："我说的，汪馨也这么说的。"

谭志强又问："是你先告诉她另一个女孩子的事儿，还是她先说分手的？"

我抬起头，有点儿生气地问："这有什么区别吗？"

谭志强的语气从来没有这么生硬过："当然有。"

我也生气了，大声说："你们怎么这么看我呢？如果，我不是觉得我和汪馨已经结束了，我会重新开始吗？"

李钢大声说："你重新开始得也太快了。"

我生气地大声嚷嚷："你说什么？说什么？"

我父母闻声进来我的屋子。

谭志强忙说："叔叔阿姨，您们别着急，我们就是声大了点儿。"

我也赶紧说："爸妈，你们出去吧，我们没事儿。"

看着他们出去了，谭志强才压低了声音说："我想再确定一下，这个女孩子的事儿，你告诉汪馨了吧？"

我又有一点儿急，说："当然。"

谭志强拍了拍我，嘘了一声，又低低地问："她怎么说？"

我还是气呼呼地说："她说：'你的朋友们，包括谭志强、李钢和我，都只会祝福你，希望你得到幸福。'"

李钢大声说："我不会祝福你的，没见过你这样的。"

我腾的一下从床上跳起来，大声说："你说什么？"

谭志强拉住我们，先是对李钢低声说："吴剑的爸妈都在，吴剑也病刚好，先别吵了。"

他又转向我说："吴剑，你平时挺理智的。这次怎么这么急呢？我也觉得你做得不对，我不会支持你的。"

我没有想到谭志强也会反对我，我呆在当场。

谭志强问我："你下一步想怎么做呢？"

我没有注意他的问题。

他又问了一遍："吴剑，你下一步想怎么做呢？"

我噢了一声，才回答说："我和汪馨也说了，我要去那个女孩子家找她。"

"她说什么？"谭志强问。

我想了想，木木地回答说："她说：'这一次，我希望你照着你的心去做，照着你自己的感情去做。你有的时候太理智了，用脑子想得太多了。'"

谭志强叹了口气，拍了拍我说："这一次，我知道你不会听我们的劝了。可我还是希望你不要去。"

临走，谭志强问我："那个女孩子家住在哪儿？"

我回答说："重庆。"

李钢又插了一句："我还是那句话，我对她的感觉不好。"

谭志强又拍了我一下，摇了摇头，拉着李钢走了。

看着他们走了，我又有一点儿犹豫了，我没有想到他们两个会这么坚决地反对我。

父母走进来问我怎么了。我烦躁透了，可是看着他们关心的样子，我又不敢发火。我只好说："爸，妈，没什么，这些天憋坏了，想去找王宇翔和周兴海聊聊。"

王宇翔和周兴海是我小时候一起玩儿大的朋友，他们不太认识我高中的朋友，我想，他们可能会中立一点儿吧。

我母亲马上说："你病刚好，不要出去了。让他们来吧。这两天，他们打了好几个电话，要来看你，我们觉得你的身体还没好利落，没让他们来。"

我抬高了声音说：“爸妈，我得出去遛遛，家里的暖气又热又闷，真的憋死了。”

说完了，我又很后悔这么大声地和父母说话，我忙说：“爸，妈，对不起。”

父亲看了看我，又和母亲交换了一下目光说：“没关系。你要出去走走也好。和他们先打电话约好了，别扑个空。”

母亲走开去，拿了我的大衣，说：“多穿点儿衣服。外面冷，早点儿回来。”

我的心里面热热的，使劲地点了点头。

与王宇翔和周兴海约好了在周兴海家里面聚。一进他家，他们两个已经摆好了热气腾腾的涮羊肉的火锅。

王宇翔笑着说：“本来要请你在外面的馆子撮的，又觉得外面聊天不方便。这两天，我大姐和姐夫正准备要出国，整天在家里收拾东西。我和周兴海都觉得他家没人，好点儿。”

周兴海笑着说：“怎么样，还是好这口吧？王宇翔特地从东来顺买的。”

我笑着说：“东来顺的涮羊肉，没的比了。”

王宇翔笑着说：“今儿个我去买的时候，一小伙计就跟我吹牛，说他们的羊肉都是祖传的赶羊师傅一路上从内蒙古赶到北京的。每天走多少路，在哪儿歇，在哪片草地上吃草，都是传男不传女的绝活。”

我笑着问：“吃什么草，可能有讲究，每天走多少路，有什么讲究呢？是不是为了赶草场？”

王宇翔笑着说：“不全是。他说，路走得多了，羊的肉太老；走得少了，肉又太死。每天走的路也得不一样。快到北京了，就得少走点儿，不能让肉太瘦了。听得我一愣一愣的。”

我也笑了：“以前没准儿有这么干的，现在，谁还这么着？成本太高了。不过，东来顺的涮羊肉还就是不一样，比别的地儿好吃。”

“得，好吃咱就赶紧吃上，聊上，喝上。”周兴海说。

我们开始边吃边聊，王宇翔和周兴海喝着酒。

王宇翔问我：“复旦怎么样啊？”

我说：“复旦现在有三大流派，‘麻派’‘托派’和‘鸳鸯派’。”

“指的是什么呢？”他们两个人像我和李钢当初一样莫名其妙。

我解释说：“‘麻派’就是‘麻将派’，牌声是指打麻将的声音。‘托派’就是‘托福派’，整天想出国，整天念外文。‘鸳鸯蝴蝶派’最好猜，是指谈恋爱的。”

“复旦这样的顶尖学校也有这种情况啊？”王宇翔问。

我笑了笑说："可能有点儿夸张，不过现在有些大学里的学生真的挺颓废的。"

周兴海也问："大哥，我们还真的想问你件事儿。你也知道我和王宇翔的学习都一般，别说好大学了，一般的大学可能都悬。我们俩想干脆就不考大学了。你也知道，我一直在倒腾点儿小买卖，我想拉上王宇翔一起彻底下海得了。"

我连忙摇头，大声说："这可不行。我上了大学，颓废归颓废，还是觉得不上不行。大学好像一个很浓很棒的环境，能起到不少潜移默化的作用。绝对利大于弊。怎么说呢，这么说吧，大学就好像是古时候书香气特浓的书院，你得进去，让那里面的书香好好把你熏一熏、陶一陶，浸到你的骨子里。一辈子都受益无穷。"

周兴海点点头说："那行，大哥，我们听你的！"

王宇翔也点点头，端起酒说："大哥，你还是以茶代酒，我和周兴海敬你这杯，我们干了，算是给你接风。"

我笑着说："也算是送行吧？"

他们俩看着我，王宇翔忙问："怎么，就要走？"

我说："对，我一过春节就走，也不知道咱们还有空见没有。"

"怎么这么着急走呢？"王宇翔问，"我和周兴海还想多请你几把，多聊聊呢。"

我想了想说："是这么回事儿。我原来在高中有一个挺要好的女同学。"

周兴海问："是叫汪馨的吧？你老提起她。是不是要做我们的嫂子了？"

我摇摇头，苦笑着说："是她。她考了上外，到了上海，我们决定处男女朋友。可是，怎么也觉得别扭，我们大概一个月前决定分开，还是做像以前那样的好朋友。不久前，我认识了另一个女孩子，我想到她的家乡重庆去找她。"

王宇翔看了看我，犹豫了一下，还是说："大哥，我有句话，不知当讲不当讲。"

我马上说："咱哥们儿有什么话不能讲，我本来就是想听听你们的意见的。"

他又看了我一眼才说："我觉得，你快了一点儿。"

我苦笑着说："我高中的那帮哥们儿也这么说。我还觉得他们也认识汪馨，算是朋友吧，所以不支持我。倒是汪馨希望我能做我心里想做的事情。现在，既然你也这么说，我看，我就真的算了吧。"

周兴海倒了口酒在嘴里，点上烟，很久没有说话。然后，他从抽屉里拿出来一个镜框，说：“还记得当年，我在衣服摊上练摊，喜欢上摊子的女老板的事儿吗？她当时写了封信给我，拒绝我。我给你们看过这封信的。我把这封信放在这个镜框里，一直保存着。”

我取过信来，重读了一遍：

周兴海：

我想，我知道你今天晚上想说什么。原谅我制止了你，不让你讲出来，因为我不知道，我该如何当面回答你。

我没有想到，我这辈子还会像一个小女生似的写这样的信。可是，有一些话，我真的不知道该怎么对你说。我更没有想到，我还会这样，还会害羞，还会脸红心跳，还会不好意思。

我曾经同你讲过我的经历。我们这一代上山下乡的女生，“文革”以后，少数的人，家里有权，或者是有钱，很容易地就回了城。有一些人，不幸响应了号召，不小心在乡下和农民成了家，生儿育女，永远地扎根在了农村，再也回不来了。剩下的绝大多数的人，都像我一样用身体回了城。

回城的那一天，我对我自己说：“这辈子，不论碰上什么事儿，遇到什么人，多苦多难，我是永远不会再哭的了。”

可是，周兴海，你的年轻，你的热情，你的真心，真的是让我难以面对，让我落泪，让我又恢复了一份对真情的渴望与信任。

可是，哭过以后，我让自己理智下来，我问自己：你的父母会同意吗？我的家人又会同意吗？你的朋友们呢？我的朋友们呢？社会又会怎么看我们呢？

我可以想象得出你的回答，你会扬着你可爱的脸，坚定地说：“只要我们两个人相爱就够了，管别人怎么说。”

是的，现在，我们可以相爱，不管别人怎么说，难道我们真的就一辈子生活在真空中，远离社会，远离所有的亲朋好友吗？

我想，你一定会说，我们大不了去隐居。是的，我可以做得到，你也可以做得到。

但那只是一段时间，五年，十年。那以后，如果，我老了，丑了，你还会这样爱我吗？

你现在一定会说，爱！可是你想过没有，我比你大那么多。你三十岁的时候，我已经四十多岁了。你还正当年，而我已经老得没有办法再陪你去玩，去疯，去享受人生了。

你会说，你不在乎。可是，我在乎。我再讲一个我们这一代人的故事。

有一位男生，在那个年代，响应了号召，扎根边疆，和一个农村的女孩子结婚了，她只比他大三岁。那个女孩子把他照顾得无微不至，尽量不让他下地干活儿，让他好好地在家里读书，好东西都省下来给他吃，宁可自己饿着，养得他白白胖胖的。我们这些人，住在知青的宿舍里，干着重活儿，面黄肌瘦的，羡慕得不行。几年下来，那个女孩子老得像所有村里的农妇。

后来，那位男生考上了大学。他还算是有情有义的，带着女孩子进城。在火车上，那女孩子还是体贴地照顾着男生，坐在旁边座位的人看着，感动极了，对他和他的女人说："后生啊，以后，你可要好好地报答你妈，好好地照顾她啊！"

我想，这就是我对你的回答。我们这一代人，早已经学会了自私。正是因为如此，让我无法面对和接受你无私的爱。

请原谅我。请忘记我。

读这一遍的时候，我的内心还是和第一次一样的震动。我把镜框交给王宇翔。

周兴海还是像第一次那样放起了崔健的那首歌：

……

要说的话太多，还不如相对沉默！

……

我问周兴海："你还在爱她？"

他点点头。

我问他："你为什么不去找她呢？"

他抬起头，眼睛里已经有泪，他慢慢地说："她走了，嫁给了一个年纪可以做她父亲的华侨。又是一个老掉牙的故事。她在机场，临上飞机前给我打了个电话，说她要走了，去美国。我挂了电话，疯了一样赶到机场，飞机在一个多小时前就飞走了。后来，她给我寄了一张他们的结婚照，上面没有寄信的地址，邮戳是 Washington DC（华盛顿特区）一带的。我再也没有办法找到她。我现在天天后悔，当初为什么收到她的信就放弃了呢？我总在想，如果我努力去争取，我们是有可能在一起的。大哥，现在不做，你可能会像我一样后悔一辈子的。”

我真的很想把酒瓶子拿过来，好好地喝上几口。我没有，我把自己的手搭在周兴海的手上，说：“谢谢你。”

王宇翔也走过来，把手搭上来说：“大哥，去吧。我也支持你。”

我们抬起手，一起晃了晃。

我告诉父母，我要去重庆，我又用了谭志强社会调查的理由。

他们没有说什么，整个春节都默默地为我准备着行装。

走的那天，看着父母和小妹，我很想哭。

# 十

You are my sunshine, my only sunshine.

You make me happy when skies are gray.

You' ll never know dear, how much I love you.

Please don' t take my sunshine away.

（你是我的阳光，唯一的阳光。当天空灰暗的时候，你令我高兴。亲爱的，你不知道我有多爱你，请不要把我的阳光拿走。）

她的家在重庆附近的江阴县。那里真的是山清水秀的一个好地方。我坐在轮渡上，看着青青的山倒映在碧绿的水上，北方已经是严冬，这里，却到处是嫩绿的草和叶子，黑黑的土地肥沃得出油的样子，清脆的乡音格外得好听，每一个人的脸上都带着温暖的满足的微笑。我不由得想，真的是一方水土养一方人啊。只有在这里，才会有清秀如斯的她。

在当地，她一定是很好的学生，或者是因为她考上了复旦这样的名校，她在这个小小的镇子里很出名。轮渡一上岸，我一问她的名字，就有好几个人说："你找聂兵啊？她就住在那边的小山上。"一个人还很热情地说："我带你去！"

走了很久，我才爬上那座小山，到了一栋宿舍楼下。那个人在楼下就对着二楼的一个单元大声喊："聂兵，有人找。"

过了一会儿，她清清的声音"哎"了一声，从阳台探出头，看见是我，她震惊极了，我想，她绝没有想到我真的会来。

她匆匆地跑到楼下，红着脸把我带回家。我也能感到，有不少双眼睛在看着我们，这里还是一个民风淳朴的地方。

"爸妈，这是我在复旦的同学。"她红着脸把我介绍给她的父母，"他……"

她犹豫地看了我一眼，才接着说："他来四川旅游，顺便来看看我。"

"噢。"她的父亲仔细地上上下下地打量了我一遍，才应了一声。可以看得出他是一个很严厉的父亲。

她的母亲却很热情，招呼我坐下，泡茶，准备水果。我客套了很久，才坐下来，她坐在我对面的沙发上，低着头，不说话。

她的父母说是出去做饭，走出去了。

过了一会儿，我才说：“不好意思，没打个招呼就来了。”

她抬头看了我一眼，说：“你写信告诉过我的，是我自己没有放在心上。”

我又没话找话地说：“一路上，就担心你不在家，白跑一趟。”

“嗯。你运气还挺好的呢。我本来今天要找我的几个中学同学去玩儿呢，我们约好了，要在几个好姐妹家里轮流地住几天。我想，我爸妈也不一定能找得到我呢。”她说。

“那……”我心里着急起来。

“我会和她们讲的，你来一趟也不容易，我会带你去看一看重庆附近的一些地方。”她又看了我一眼才说。

我心中一喜，心里冒起一个念头，忙说：“我想重庆这一带你一定也已经逛腻了，我们要不要去一下你没有去过的地方？”

她应该是很想去的，眼神一亮，可是，很快又黯淡下来，她低声说：“我想，我爸妈不会同意我去的。”

“不走远，成都、峨眉山你去过吗？”我问。

她摇摇头。

“那我们就去成都和峨眉山，就说我们还有同学一起走，在成都会合，他们一定同意。”我怂恿她。

她抬起头，吃惊地看着我。

我急忙说：“那么，不骗他们，就说我们两个人要去成都和峨眉山。不行，也只好逛重庆了。总得试试吧？”

“那好，我试一试。”她说。

饭间，她的父亲问了我的籍贯，住在哪儿，学什么的，父母都是做什么的，家里还有什么人，等等。我都一一地恭恭敬敬地作答。应该说，他还是满意的。

快吃完饭了，我拼命向她使眼色示意，她才用很低的声音问：“爸，妈，我们想要到成都和峨眉山去玩儿。”

“我们”两个字说得格外得低。

她父亲看了我们一眼，出乎意料地说：“嗯，出去走走看看也好，行万里路和读万卷书都要有。你们打算什么时候走？”

不知为什么，我觉得他口中的“你们”两个字说得格外得重。我未经思索地脱口而出：“明天。”

她父亲看了我一眼，很果断地说：“明天太紧张了，后天好了。明天让你妈帮你收拾收拾东西。”

“嗯。”她点了点头，答应她父亲，然后又很高兴、很感激地看了我一眼。

一上火车，我就笑眯眯地看着她，她不好意思地看着窗外。

我急忙找个话题：“你瞧，不是一试就成了，事情不做，光担心，什么用也没有。”

她转过头，说：“嗯。不过我也真的没有想到，我爸平时很严厉的，我还在担心他会不让我和你去呢！谢谢你，我挺想出来长长见识的。从小到大，除了重庆和上海，我哪儿也没去过。”

“也是我福大。”我笑呵呵地说，“你看我的耳垂多大，谁见了，都夸我福大命大。”

她扑哧一笑，好奇地看我的耳朵。

我支棱起耳朵，得意扬扬地说：“大吧？”

她收回了目光，轻声嗯了一声。

“哎，”我又问，“你为什么会有一个男生的名字呢？刚看见你信里头的署名，我还以为你把冰清玉洁的冰署成了当兵的兵呢。后来一想，没听说过有谁把自己名字写错的。”

她有些不开心：“我有一个姐姐，一个哥哥。生我的时候，我爸还想要一个儿子，名字都起好了。你的名字呢？有什么含义呢？”

我笑笑说：“姓吴最难起名字了，吴福、吴禄、吴寿都太惨了。吴自有、吴病之类的又被叫烂了。我父母起的是吴剑，自砺的意思。”

她点点头说：“嗯，这名字挺好的。”

我想了想又问她：“怎么不见你哥你姐他们？”

“他们都比我大很多，已经成家了。”她的目光又黯淡下来，“我姐姐很不幸的。所以，我的父亲就对我管得很严。”

我没有敢再问下去。

到了成都，我们找了一家街头的小餐馆。我打开菜谱，自以为自己很能吃辣的，大夸海口，叫了麻辣烫和麻辣火锅。

她好心地问我：“要不要改成鸳鸯火锅？”

我很喜欢那名字，忙问：“什么叫鸳鸯火锅呢？”

她警惕地看了我一眼，觉得我是真的不知道，才回答说：“我们这儿的火锅太辣了，好多外地人受不了，所以，不少人就会叫一半是清汤、一半是辣汤的鸳鸯火锅。不过，虽说是鸳鸯火锅，到时候，汤会混在一起，还是蛮辣的，你要是不行，还是叫清汤的吧。”

面子要紧，我豪气万丈地对伙计大声说：“来全辣的底料！”

她看着我偷偷地笑。

端上来，我才傻了眼。这里的麻辣火锅和北京、上海的完全不同，红得透油，堆满了辣椒和胡椒。我沾了一点儿，整个嘴里又麻又辣，完全失去了知觉，汗立刻就下来了。

她看见我的样子，忙捂着嘴，尽量不出声地笑。

过了一会儿，她才问我说："要不要冲淡一点儿？"

我本有此意，可是，她这么一说，我又只能硬着头皮继续吃。嘴巴麻木得连话都说不出来了。

过了一会儿，麻辣烫上来了，是一些木耳、肉之类的烧烤串，我以为这个会好一点儿，哪里知道，是更麻、更辣、更烫，我彻底放弃，用好几杯白水漱了口，才能讲出话来："我彻底投降了，这儿有没有不辣的菜？"

她这才大声地笑出来。

出了餐馆，她笑着轻轻地对我说："哎，还是跟你说了吧，你可千万别生气。我一直在有意地激你，让你尝尝吹牛的味道。"

说完了，笑着跑开。

我当然是高高兴兴地去追她。

到了乐山大佛前，她左看右看了半天，又看了我半天，一下子大笑起来。

我莫名其妙地看着她。

她看着我的样子，笑得更厉害了。

过了好一会儿，她才指着大佛的耳朵说："你的大耳垂好像大佛的。"

我借机又去追她，笑着说："他们都说，我跟刘玄德似的，大耳垂肩，福气巨大无比。"

她笑着说："不来了！不来了！再闹，我就要掉到江里面去了。"

我随口说："那我也下去。"

她的脸一红。过了好一会儿，她才用脚尖在地上画着，问我："你下去干什么？"

我也脸一红，忙说："救你。"我又补充说，"不过，我游泳不好，就会狗刨。我妹游泳特别好，她老笑话我的姿势，所以，我就特自卑，不敢练了。"

她笑了："得了吧。你还是别下来了，肯定得我救你。我游泳可好了，是校队的。没准儿我可以和你妹妹比一比呢。"

她说着说着，脸一红。我的心一动。

过了一会儿，她才又说："我的同学都说，我游泳挺好看的，像是，像是，"她脸一下子变得更红，最后才压低了声音说："像是一条鱼。"

我笑眯眯地说："他们说的是美人鱼吧？"

她红着脸，有点儿生气地说："不跟你说了，照相去吧。"

我赶紧收敛起笑脸，任她摆布着。她把我移来移去，一会儿让我上去，一会儿让我下来，摆了半天姿势。

一直到照完了，我才敢问她："照个相，这么折腾干什么？

"我要把你照在大佛的耳朵下面，像个大佛的耳坠！"她又笑着跑开。

我好想对她说："你的笑声真好听"，可是，我很怕她又生气。

我们到了峨眉山上。

她总是走在我的前面。

还没有到半山，我就已经累得不行了，支着腰，抬头看着她，我的眼前都是汗，眼镜片上也雾蒙蒙的。迷迷糊糊的，我仿佛觉得又回到了和馨儿一起爬泰山的时候。

她和馨儿一样，有着坚韧的一面。馨儿比她柔弱，她比馨儿爱脸红。

她在前面大叫："嗨，吴剑，怎么了，不行了？"

我赶紧摇摇头，止住自己的胡思乱想，忙说："咱们慢点儿爬吧，得保存体力，欲速则不达。"

她笑着跑下来，说："累了就说累了吧，歇一会儿好了。"

我赶紧跑上几步，在中间迎上她，说："快别往回跑了，走这种回头路多亏得慌啊。"

她笑着说："我可是越跑越有劲儿。你怎么跟个小老头儿似的，一步一喘的？"

我暗暗笑了笑，心里想着："看谁笑到最后，一会儿有你累的！"

谁知道，她一路上都是跑跑跳跳的，像个快乐的小孩子。

在一处休息的地方，我喘着气，问她："哎，你怎么这么有劲儿啊？"

她灿烂地笑着说："你忘了？我住在山城重庆啊，可能锻炼得多了吧？我又喜欢游泳。不像你们北京的娇宝宝，未老先衰的。"

我叹了口气说："这点，不服输还真不成。我还算是挺喜欢锻炼的，尤其是踢足球、打排球什么的，又常出去玩儿，爬山什么的。不过，跟你真是没的比。不瞒你说，刚才我还等着要看你累下来的笑话呢。现在，就剩四分之一的路程了，你怎么一点儿累的意思都没有呢？"

她大笑着说："我也看出来你的鬼心思了，就不让你得逞。"

我的心一动，定定地看着她。

她还是微笑着看着我，问："嗨，你怎么了？"

我脱口而出："你的笑容真美。"

她的脸一红，扭转身，不再理我，自己向山上爬去。

我懊悔着，呼哧带喘地跟上去。

才过了一会儿，我就被落下了好远。

她看见了，又蹦蹦跳跳地下来找我。

这一次，我实在没劲儿上去迎她，我停下来，抬头看着她。

“哎哟！”就在我前面的几级台阶，她可能是下得急了，脚扭了一下。她痛苦地蹲下来，揉着脚踝。

我忙跑上去，问她：“怎么样？疼吗？”

她蹙着眉，说：“还好。”

她努力地站起来，试着用伤腿着了一下地，一下子疼得叫了出来。

我把她扶到路边的一块大石头上坐下，她自己很费劲儿地挽起裤脚，褪下袜子，我看见她的脚踝已经红肿了。

自从那次和馨儿去泰山，买酒精和创可贴被人宰了一刀以后，我出门都会带齐各种常用的药品。

我找出伤湿止痛膏，递给她。

她好奇地问我：“这个你也带着啊？”

我说：“对呀，以前被人宰过一刀。从那以后，我出门都会带齐各种常用的药品，先贴上再说吧。”

她很努力地想贴上，可能是身上的大衣太厚了，她不太够得到，她想脱了大衣。

我想也没想就脱口而出：“别脱大衣了，山上风大，冷，我给你贴吧。”

我走过去，想也没想，一把拿过伤湿止痛膏，给她贴上。然后，我抬起头，看见她满脸通红。我这才回想起刚才她白皙的脚踝，我的脸也一红，忙说：“都是我不好。要是我还是像刚才那样，跑上来迎你就好了。”

她也掩饰着说：“哪里，都怪我自己跑上跑下的。”然后，她又一笑说，“我记得你说过欲速则不达的。”

我也笑着说：“我就知道我得笑到最后。”

她又试了试脚，又哎哟了一声，说：“我是爬不上去了。”

我忙说：“不上去，多可惜啊，就快到了。”

她也面露遗憾，点点头，没有说什么。

我犹豫了一下，还是说：“要不然，我背你上去吧？”

她一下子变得脸色通红。过了好半天，她才看着上面不远处卖纪念品的商亭，说：“还是我自己上吧，你能帮我买一根拐杖吗？”

我点点头，跑上去，买了根拐杖下来。

她自己站起来，挥挥手说："我自己能行。"

她拄起拐杖，开始一步一瘸地向上走。

这一次，她完全是凭着自己的意志在往上、往前了。

我只有在后面跟着她，看着她，我很想帮帮她，扶扶她，可是，没有她的允许，我又怕她生气。

走着走着，她的拐杖没有支稳，她一个趔趄。我冲上去，扶住她，我能感到她的身子震了一下。

我没有多想什么，把她的左手挎在我的肩膀上，我的右手揽住她的腰，托着她往上走。她犹豫了一下，没有拒绝。

但是，一开始的时候，她还是把自己的重量压在拐杖上。慢慢地，她才把她的身体更多地靠在我的身上。

我们走走歇歇地走了一段。我的腰要挺着，就着她，累得实在不行了。

她停了下来，看着我说："吴剑，我不上去了，你自己去吧。"

我摇摇头，看了看已经很近了的山顶，说："你不去我也不去了。都这么近了，让我再想想办法。"

正好有两个山民扛着一个滑竿往上走，里面坐着个大胖子，两个山民抬得呼哧带喘的。我叫住他们，问那个大胖子："师傅，您好，我的朋友受伤了，我给您点儿钱，您能不能把滑竿让给她用一下？"

"不成，给她用了，我用什么啊。"他一口回绝。

我嘟囔着："这么胖，还不锻炼锻炼。"

他没听清楚，问："你说什么？"

我懒得理他了，忽然灵机一动，问那两个山民："一会儿，你们把他送上去了，下来再接我们上去行吗？我付十块钱。"

他们两个一口答应。

大胖子不耐烦地催促着。

他们走了好一会儿，有好几个滑竿下来了，可惜都坐着人。终于有一个空滑竿下来了，我连忙招手，他们走过来，问我们："要用滑竿吗？"

不是刚才那两位山民。

她马上说："对不起，不用了，我们跟别人说好了的。"

我欲言又止。

那两个人看了看我们，下山去了。

又下来好几个滑竿都坐着人。

我有点儿生气地说："刚才应该用那个滑竿的。"

她很奇怪地看着我说："可是，我们跟人家说好了的呀。"

我反问她："如果他们载了别人下山呢？下一趟山可以挣个好几十块钱，为什么要挣我们的十块钱呢？"

她很肯定地说："不会的，我相信我的老乡，我们四川人是不骗人的。"

我笑着说："不能这么绝对吧？总得有那么几个不诚实的家伙吧？你可不能这么相信人，人之初，性本不善哪！"

我正唠叨着，她抬头看了看，然后笑眯眯地看着我。

我抬头一看，那两个山民正抬着空空的滑竿下来。我只好低下头，假装老老实实地认错："对不起，我错了。人之初，性还是本善的。"

她扑哧一声笑出了声。

我和那两个山民把她放到滑竿里。

他们抬起她，三个人用四川话聊起来。那两个山民看了看我，笑了。我听不太懂，应该是她在跟他们说我刚才不信任他们的事儿吧。我只觉得她的声音脆生生的，真好听。

也许是她轻多了，那两个山民走得飞快。我一边追，一边笑着说："嗨，在上面的感觉是不是特好，跟一大老爷似的。"

她笑着说："是啊，还跟着一跟班的。"

那两个山民听懂了，也笑了。

我们一路说笑着，路也觉得容易走多了，很快我们就到了金顶。那两个山民非要把我们送到旅馆，还是只收了十块钱。临走的时候，他们问我们下山的时候还要不要滑竿。

我看了聂兵的脚一眼，点点头问："多少钱？"

他们互相看了一眼，说："我们投缘，又有个老乡在这里，就收你们三十吧。"

上山前，我打听过，上一趟山要一百块，下山，怎么也得五十吧，这个价钱蛮好的。

我问他们："那你们怎么接我们呢？"

"明天中午在这个旅馆见，不见不散。小伙子，能做到吗？"他们开着我善意的玩笑。

我不好意思地笑笑，说："行，不见不散。"

晚上，我买了饭菜，送到她的屋子里。

住在同一个屋子里的还有两个女的，她们都没有出去，好奇地看着我们。

聂兵脸红红的，狼吞虎咽地吃完饭。

我笑眯眯地看着她，故意慢慢地吃着，享受着她害羞的小女儿样。

她明明知道我是故意的，又不好意思赶我走，又不好意思生气，只好拿起一本破杂志，把自己挡在后面，时不时地还瞟我一眼。

我总算吃完了，收拾好饭盒和垃圾，故意坐在她对面，一动不动地看着她。

过了一会儿，她憋不住了，扔开杂志，扑哧一声笑出声，说："你这家伙怎么这么可恶啊？还不快走，我们大家要休息了。"

我笑着说："I thought you will never ask.（我以为你永远不会提出来呢。）"

我看了她的脚一眼，接着说："那好吧，我帮你打一盆热水，你泡泡伤处，可能会有用。"

她的脸又一红，低声说："不用了。"

我拿起脸盆，一边往外走一边说："应该挺管用的，试试吧。"

打了水回来，我把脸盆放下，扶她到床边坐下。我等在一边，要帮她。

她很不好意思地看着我，红着脸说："我自己能行。没了大衣，我可以弯下腰了。"

我也有一点儿不好意思，忙说："对了，我得回去帮你拿新的伤湿止痛膏。"

我跑出门外，跑到自己的屋子，找到伤湿止痛膏，在屋子里坐了好一会儿，估计她泡得差不多了，才走回她的屋子。

我敲敲门，她轻轻地问："谁呀？"

我说："是我。"

她说："请进。"

她已经收拾好了，躺在床上。屋子里只有她一个人，那两个女人出去了。

我把伤湿止痛膏递给她，问："脸盆呢？"

"噢，那两个阿姨去倒了。"她高兴地说，"她们对我可好了，帮我搬这弄那的。"

她好像想起什么好笑的事儿，笑眯眯的。

我忙问她："什么事儿这么好笑？说出来听一听，分享分享吧。"

她笑着说："没什么啦。她们两个人问我，我们两个人是什么关系。我说我是你表妹，她们就没有再问。"她忽然想起什么，脸一红。

我也想起来，如果她们相信了，倒水为什么要两个人一起去呢？

屋子里一下变得静悄悄的。皎洁的月亮洒满了一地，沐浴在其中，有一种静谧出世的感觉。我们两个人很久什么也没有说，好像怕破坏这样美好的感觉。

最后还是我先说话了："我先走了，你也要早点儿休息，明天还要早起看日出呢。"

她笑着说："I thought you will never ask either.（我也以为你永远不会提出来呢。）你快走吧，要不然那两位好心的阿姨也不能回来休息。"

她的脸又是一红。

我点点头说："那好，我先走了。明天早上我来叫你。我这人的生物钟可准了。"

我把门关好，喜滋滋地走出去，还真的看见那两位阿姨一边在楼道的尽头聊着天，一边看着屋子的方向。我向她们招招手，她们也招招手，慢慢地走回她们的屋子。我想躲开她们，赶紧加快了脚步，跑到楼梯口，冲了下去。

上了自己的床，也许是累了，也许是开心，我一下子就睡着了。

第二天清晨，是住在同屋的人把我吵醒的。他们都已经吃了早点，收拾好了，要去看日出。我一看表，坏了，晚了。

我套起衣服就往聂兵的屋子那儿跑。她早就收拾好了，在等我。

我忙说："我背你。"

她摇摇头，想拄起拐杖。

我一边说着一边走过去："来不及慢慢走了，好在路不远。你也知道，路远了，我还真的背不动呢。"

她犹豫了一下，终于同意了。

我背着她，一路小跑着，找了一个差强人意的高坡。周围已经聚满了人。

我不由得想起来，我和馨儿在泰山看日出的时候，我起了一个大早，占了一个特别好的位置。"这一次的位置太差了。你小子怎么搞的，居然睡过了头。"我暗暗地骂着自己，挤了一个地儿，在一块大石头边上把她放下，我从裤兜里掏出一个塑料袋，垫在石头上，让她坐在上面。

也许因为雾很大的缘故，东方已经泛红了，可是，还是看不见太阳。

我侧过头，看了看她，想道个歉。她摆摆手，嘘了一声，目不转睛地看着远方。在她的眼睛里，我已经能看见一片火红。

我也急忙掉转头，太阳刚从云海里探出了一个头。

那一刻，我不由自主地伸出手，握住她冰冷的小手，她的身子一震，却没有收回。

和泰山相比，也许是云雾太大了，这里的日出更加秀丽，雄伟却不及。这里不像泰山，有一览众山小的感觉。在群山之中，太阳没有了喷薄而出的气势，却更像是红透了脸羞羞答答的新娘子，躲在云雾后面，半隐半现的，而红红的云雾就像是新娘子的红盖头。

我笑着摇摇头，看了看身边的聂兵，她还是在聚精会神地看着，我心里想："景由心生。同样的景，看的人的心不同，所感触的也不同。她眼中的日出又会是怎样的呢？"

大家开始欢呼起来，我也急忙扶起她来。她红着脸把她的手收回。她开始像一个小孩子似的和大家一起大叫着。我笑了笑，也一起忘情地扯破了喉咙大喊。

过了好一会儿，太阳升上来了，人们开始散去。她才坐下来，冲着我笑了笑，说："好棒啊！吴剑，谢谢你。"

我一愣，忙问："谢什么呢？"

她又看了看我，才低下头说："太多了，我一直没有好意思说。从大的地方，没有你带我出来，我是看不上这么美的日出的；到小的地方，你为我垫的这个塑料袋和这中间的许多，我真的谢谢你。"

我没有想到她会这么说，不知道应该怎么回答她。过了一会儿，我才岔开话题："别谢我了，我还想道歉呢。今天，我的生物钟就差点儿误了我们的大事儿。"

她抿着嘴儿笑了笑："对啊，以后，你一定要少吹牛，要吹，一定要事后再吹。"

我笑着说："绝对同意。哎，对了，你们屋的和你好像早醒了，怎么没让那两个阿姨来叫我啊？"

她说："她们要去叫你的，我没让她们去。我觉得你可能是累了。"

她脸又红了一下，赶紧补充说："主要的是，我不想耽误她们去看日出。"

我呆呆地看着她的样子，心里面暖洋洋的。

她低下头，低声说："我们得快点儿，中午和人家抬滑竿的约好了的。"

我一拍头，忙说："我都忘了，咱们赶紧去玩儿。"

我又要去背她，她坚决不肯："我其实好多了。只要你扶着我，慢慢走就好了。"

我只好同意。

我们四处走了走，照了照相。我求了她半天，她就是不肯和我照合影，我只好作罢。因为她走不快，所以，我们紧紧张张地转了转，吃了个早午饭，回旅馆收拾了东西，结了账，就快十二点了。

我们急忙赶到旅馆门口。她坐在前厅的椅子里，我跑到门口等。

从十二点差几分，等了十来分钟，我就有点儿等得不耐烦了。我是最没有耐心、最不喜欢等人的了。我先是不停地绕着圈子，过了一会儿，我就开始嘟囔。最后，我不耐烦地跑进前厅，坐在她边上，嘟囔着："怎么还不来啊？"

她看着我，笑了笑："别着急。人家要从山下抬了人上来，难免会晚一点儿的。"

我又唠叨说："再不来，我们可能会误了晚上的火车。要不要我去找另外的滑竿？"

她笑了："还早着呢，等到一点吧，好吗？"

我只好点点头。

过了一会儿，两个山民抬着滑竿气喘吁吁地来了，只有一个是我们昨天见过的。聂兵跟他们用四川话谈了一会儿，才跟我说："那一个人的家里出了点儿急事儿，特地嘱咐另一个人找了新的搭档，一定要来。因为是新的搭档，抬得不顺，所以上来晚了。"

她说完，转过头，把准备好的水和面包递给他们，说："别着急，我们也不急，先吃点儿喝点儿，我们再走。"

那两个山民感激地谢着她。

我看着她，深深地感受到她的善良和体贴。

一路下山，我摘了好多野果子，塞在嘴里，有苦有甜，还是苦的酸的多。碰到一串甜的，我就让给她。

她看着我手里的苦果子，笑眯眯的。

我挥挥手，说："是苦的，真的。"

她笑着摇摇头。

我笑眯眯地递给她。看着她嚼在嘴里，痛苦的样子，我大笑着说："快吐出来吧，别是有毒的。"

抬着后面的山民笑着插话说："毒倒是都没有，有的话，我早就叫了。你别看有的果子又苦又酸，可是吃了以后，再尝甜的，就会觉得甜的格外的甜。"

不知道他是不是话里有话，我和她默默地想着，不由得都有些痴了。

一阵"吱吱"的叫声把我唤醒，是有名的峨眉猴子把我们包围了。那两个山民把她放下，在一旁笑着，看着我们。

她赶紧拿出面包，喂给猴子们。猴子们拥向她，她尖叫着。我抢过她手里的面包，把猴子们引开。有两只小猴子还是围着她。她大声地叫我："这两只小猴子好可怜，你快扔给我一点儿。"

我使劲儿扔过去几片，都被大猴子们在空中抢走了。

过了一会儿，我的面包全喂完了，这些家伙还是缠着我，开始扑向我的背包和相机。

她笑着说：“快撤吧！”

我大叫一声，也笑着说：“你们先撤！我掩护！”

两个山民抬起她，笑着我们，我护着背包，一路狼狈地跑下来。

哈哈的笑声里，我看着她，很开心能让她快乐。

两个山民边抬边说：“我们特地找了一群比较不凶的猴子。有几群凶的，还真的抓伤过人呢。”

我和她吐吐舌头。她有点儿惋惜地说：“可惜，没有喂到那两只小猴子。”

还是走在后面的那个山民说：“不用担心，它们的妈妈会抢来喂它们的。最瘦的猴子都是猴子妈妈。”

我很注意地看了这个山民几眼，没有看出什么来。也许智慧，是不用和学历成正比的。他们的智慧来自大自然和生活的阅历。

到了一座大庙前，两个山民歇下来说：“这里你们应该去逛一逛，很灵的。”

我扶着她慢慢地走进去。

“我也听说这庙很灵的。”她说着，要我帮着她跪下来。她很虔诚地跪着，双手合十，闭着双眼，静静地说着什么。

我是不太信这些的，我只是看着她，看着她长长的睫毛和如瀑的长发，随着她慢慢地一呼一吸起伏着。我看得呆了，很久，很久。

一阵窸窸窣窣的响声，我抬头看去，是一个和尚在用一个夹子，把香炉里的一些杂物清理出来。然后，他把夹子放在香炉边。

不知道为什么，我由夹子想到了镊子，又觉得我应该叫她“聂子”。我很为自己跳跃性的思维而得意，不由自主地笑了出来。“聂子，多棒的名字啊！”我得意地想着。

“你不来跪一跪，求一求吗？”聂子站起来，问我。

我生平第一次跪在佛像前，默默地说：“如果你灵的话，就让她接受“聂子”这个名字，也让她接受我。”

我们站起来，走出庙门。

她问我：“你在求什么呢？煞有介事的。”

我笑嘻嘻地说：“我求什么，你当然知道。”

她的脸一下子红了，不再说话。

我忙问她：“那你呢？你求什么呢？”

她的脸更红了，说：“我不说。”

我只好说：“不说就不说吧。反正，我在这里有了一个重大的突破。”

她很好奇地问我：“是什么呢？”

我笑着说：“我想好叫你什么了。聂子。我就叫你聂子。”

她一愣，然后脸色阴沉下来。

“你不喜欢？”我也愣了。

她没有说话，自己拄着拐杖就往外走。

我忙跟上去，扶住她。走出庙门，扶她坐进滑竿。

一路下山，我们谁也没有再说话。

到山脚下，和山民们告了别，我们坐下来休息。

她看着我很久，最后才问我：“还想知道我刚才在山上的庙里说了什么吗？”

我忙说：“当然了，你说了什么？”

“我告诉大佛，这些天是我人生中第二快乐的事。”她低下头，红着脸，低低地说。

我先是很高兴，然后一想，为什么是第二快乐呢？难道她的那个老乡让她那么开心吗？我努力控制着自己不要生气，问她：“为什么是第二快乐呢？难道……”

她抬头奇怪地看了看我，然后笑了：“看你，想到哪儿去了？我第一快乐的事儿，和感情是没有关系的。我以后会告诉你的。”

那一刻，幸福的感觉真的是涨满全身，溢出来，只是想跳，想唱。我一下子跑得远远的。

想起聂子，我这才又喘着气跑回聂子待的地方。远远地，聂子微笑着看着我的样子，跑近了，我才默默地对自己说：“我一定要给她更多更快乐的日子。”

在她的面前，我看了她很久，才试探着唤她：“聂子？”

“嗯。”聂子低下头，轻轻地应着我。

“想知道我求的是什么吗？”我笑着问。

她点点头，然后又忙补充说：“不好的话，就别说了。”

我笑了笑说：“我求大佛，如果灵的话，就让你接受“聂子”这个名字。”我没有敢说我愿望的第二部分。

聂子抬起头看了我一眼，脸又一红。

不知道为什么，我突然想起馨儿，我想，出来玩儿，馨儿是更好的伴，馨儿更善解人意。和聂子在一起，总是要不时地去照顾她，爱她，让她开心。

我笑着又叫她："聂子。"

"嗯？"她抬起头，看着我。

我笑着说："没事儿，就是想叫叫你。"

她低下头，不再理我。

我连忙找到个话题："对了，什么时候能告诉我什么是你最快乐的事儿呢？咱也得有个盼头吧。"

她还是低着头说："到时候，我会告诉你的。我还要告诉你一些我的事儿。其实，我并没有你想象的那么好。"

我笑眯眯地说："你怎么知道我想象你很好的？"

她看了我一眼，又不理我了，过了一会儿，才说："我们赶紧去火车站吧，别误了车。"

我点点头，背起背包，说："我去叫辆人力车。"

她先是怎么也不肯坐，说："我差不多都好了，不用了。"

我笑着说："我可是越来越背不动你了。有的时候，扶着托着你都觉得沉，不知道是你才当了一天大老爷就重了呢，还是我已经是鞠躬尽瘁了。你还是好好养着吧，能让我歇一会儿，就歇一会儿，要是有个反复，我可受不了。"

她笑笑，这才答应了。

我们很顺利地回到成都。

在成都火车站的售票处前，我问她："要不要晚回学校几天，去三峡看一看？"

她视此为大逆不道，很严肃地说："怎么能这样随随便便就旷课呢？"

我想着自己从高中就开始的旷课记录，不以为然。

她看着我，想必以为我生气了，忙红着脸说："你以后再来，我们再一起去，好吗？"

我得此意外之喜，表面上还得叹着气说："唉，这次看不上三峡了，巫山的神女我也无缘见着了。"

她想说什么，欲言又止。

我忙问："有什么事儿吗？"

她脸一红，说："没什么。"

我没有往心里去，说："好吧，那我们买两张从成都到上海的票。"

她的面色一沉，低下头，什么话也没有说。

我突然想起来，她的四川老乡是成都人，她是怕在火车上碰见他。

我也很低沉。我们买了两张回重庆的票，一路上，我们都没有怎么说话。

快到了的时候，我问她：“要不要回家去看看？”

她摇摇头说：“如果来不及，就不用了，我不想回学校晚了。从成都到重庆，再从重庆回上海，可能已经耽误了一天的时间，我可不愿意旷课。”

我随口问她：“如果票紧张，买不到怎么办？”

她很懊丧地说：“我们也许应该直接从成都回上海的。”

我发现，她特别怕违反学校的纪律。我的心一动，这是不是和她说的过去的一些事儿有关呢？还是因为，她从一个小地方上了复旦这样的学校，特别珍惜呢？

反正，我挺后悔自己多了这么一句嘴，一路上，她都特别的担心。

我想了半天，才想起一个办法安慰她：“别担心，没票我也有办法。”

她看了看我，说：“又吹牛了。”

我说：“其实挺简单的，我们可以下了车不出站台，找到去上海的车，先上车再说，可以补票的。我以前就老这么干。”

我心里想着，逃票的事儿就先别和她说了。

她拼命地摇着头说：“不行，不行。”

我笑笑说：“那就出站，买张站台票也成，一样上车再补票。”

她还是摇摇头。

我又笑着说：“那就买黄牛票。”

她还是摇摇头。

我就逗她说：“那就只好旷课了。”

看着她愁眉苦脸的样子，我很坚决地说：“你放心，我一定会找到好办法的。”

她看着我很有信心的样子，问我：“你觉得会有问题吗？”

我说：“绝对没有。”

她信任地看着我，点点头。过了一会儿，她又问我：“刚才你说的那些法子，你都用过吗？”

我笑眯眯地说：“更绝的法子我都用过的。我也像你一样，以后再告诉你。”

她做了个鬼脸，笑着说：“哼，好稀罕吗，我还不要听呢。”

我第一次看见她这么可爱的样子，呆呆地看着她。

她脸一红，把头扭向窗外。

到了重庆站，我把她安顿在候车大厅，自己撒腿就往售票处跑。

好不容易排到了，我说：“买两张去上海的票。”

售票员说：“要哪天的？”

我问她："有明后天的吗？"

她说："没有，只有今天的了。"

我想着，大后天一定会回学校晚了，聂子一定会担心死。我连忙递上自己和聂子的学生证，说："买两张今天的好了。"

她看了一眼学生证说："没学生票了。"

我先是低声下气地求她："您给行行好，您看，我们赶不上这趟车，就会误了回学校的日期，要算旷课的。"

她摇摇头："没票就是没票。"

我有点儿着急："刚才你不是还说有吗？"

她说："有全票，没学生票了。"

我很生气地说："同样是一个票的座位，为什么不能卖学生票？不就是你们少卖几个钱吗？你们整天拿着票给票贩子，倒手卖黄牛票，赚了那么多钱，还在乎我们这些穷学生的钱？"

她愣愣地看着我，大概是没有想到我会和她吵起来。

后面的几个人，也嚷嚷着："你就卖给他吧。""就是，大学生嘛，别从他们身上赚钱了。"

她大概怕犯众怒，低下头，灰溜溜地卖了票给我。

我趾高气扬地拿着票，回去找聂子。

她忙问我："买到票了？"

我很得意地说："好不容易买到了。不过只有今天的了。你肯定回不了家了，要不要给家里打个电话？"

她点点头。

我扶着她到公共电话亭，她拨通了电话，我在外面看着她，看见她在里面边打边哭。

后面排队等电话的人敲了敲电话亭的玻璃门，我冲上前就要去拉开他，两个人差点儿打起来，周围的人都围上来看热闹。聂子看见了，赶紧说了几句，告了别，挂上电话。她推开门，一瘸一拐地想拉开我们，我只好松开手，扶住她。

离开了那里，她很不开心。

我故意把我刚才买票的事儿说得天花乱坠的。我最后说："我觉得啊，人就是得凶一点儿，马善被人骑，人善被人欺。我一凶，一大义凛然，慷慨陈词，她立马软了。"

她笑了笑说："我还是觉得这个世界上善良的人多。比如，刚才你说的，后面的人都支持你，恐怕没有他们，你也不一定能买得到票的。”

我看了看她，很为她的善良而感动。

她笑着说：“你是不是觉得我特别幼稚？不过，我还是觉得，如果我们每一个人都为别人多着想一点点，这个世界真的会好很多。”

我的心一动，我很清楚地记得馨儿说过类似的话。我陷入了沉思，拼命地要想起来她是怎么说的。

她的手在我的眼前晃了晃，笑着说：“你怎么了？在想什么？”

然后她又学着我说话的腔调，一本正经地说：“是不是我的话触及你灵魂的深处了？”

说到一半，她扑哧一声笑了出来，问我：“你们北京的男孩子好像都爱这么说话，开始的时候，我觉得挺贫的，挺没意思的；后来，我觉得挺逗的；现在，我挺喜欢的。”

我听着，心里乐颠颠的，笑着说：“你可别夸我，我这人不禁夸。夸我就是毁我呢，你得时时刻刻批评着我，督促着我自我批评，这样，我才能少犯错，乃至不犯错，最终健康地成长。”

她笑着说：“好了，好了，现在，我又觉得你太贫了，又绕回去了。”

正在这时，广播里开始通知我们的车次可以上车了。

我们笑着，进了站台，上了车。

我一直抱怨从北京到上海路程很远，回家不方便。从四川到上海，因为要绕很多的山路，比回北京要远上四五倍！

车里又乱又脏，人也多，比我以前去那些穷地方的火车有过之而无不及。因为这辆车是所谓的特快，站停得少了，可是人更多。想必是四川的劳务大军过完了春节，现在正是出川的高潮吧。

她睡着了。我看着她小小的身子，令人怜惜地蜷在她的座位上，只占了那么小小的一点点地方，那么的令人怜爱。

我突然很理解她为什么会同意和那个老乡交朋友。当这样一个柔弱的女孩子，第一次出这么远的门，看着满车厢的陌生人，又惊又怕的时候，有一个文质彬彬的大学生愿意帮助你，照顾你，然后，又发现居然去的是同一学校、同一个系，她还有什么选择呢？

我轻轻地向外挪了挪，让出一些位子给她。

不知道为什么，我一下子想起来刚才拼命要想起来的馨儿的话，那是在北戴河的海边，在沙滩上，在蓝天白云下，馨儿说，如果有神的话，如果神可以让她实现一个愿望，她希望她周围的人都能幸福。

我想着聂子和馨儿两个人的话，不由得痴了。

“嗨，又在想什么呢？”聂子醒了，睡眼蒙眬地看着我。

我看了看她，实话实说：“我有一个朋友，她跟我说过一句话，大意是，如果有神的话，如果神可以让她实现一个愿望，她希望她周围的人都能幸福。我觉得，你们两个人说得挺像的。”

我看着她，又笑着加了一句：“看着你们这些活雷锋，我特别的自惭形秽。”

她也笑笑说：“好了，别贫了。嗯，我也想一想，我应该要一个什么愿望呢？”

她低下头，想着。

我学着一休的样子，用手指划着脑袋，嘴里发着木鱼的声音。

她抬起头，笑着说：“你再这么乱闹，我不想了。”

我举起手，做出很无辜的样子，说：“我又没做什么，只是想帮你一把。好了，你想吧。”

她笑着，低下头。我也静下来，看着她嘴角边挂着的余笑。

过了一会儿，她抬起头说：“唉，我也想不起什么来。我想我做不到像你的朋友那样，我只能先希望我自己幸福，然后把我的幸福带给周围的人分享。”

我想了想，笑着说：“你这可不对。”

她诧异地看着我问：“怎么了？”

我说：“你这是两个愿望了。”

她一愣，想了想说：“嗯，也对。我不想了，再想头都大了。说说吧，你的愿望是什么？”

我笑着说：“我当时说希望自己永远心想事成。”

她看了我一眼，然后笑着说：“我看的一本书上有类似的答案，是说，希望有一百万个另外的愿望，你是抄的吧？”

我笑着说：“还真的不是。我好像后来也看见过那个答案。我现在特别恨我爸妈把我生下来太晚了。每想出一主意，都发现已经有前人用过了，说过了，整天被人冤枉抄袭，特别的苦恼。”

她笑着说：“想知道那书里对选择这种愿望的人的评价吗？”

我笑着说：“是不是特好？要是不好，就别说了。”

她笑得更厉害了，说：“是自私狡猾。”

我笑着说：“I take that as a compliment.（我觉得这是一种赞扬。）”

她笑着说：“还有你这样的人哪？褒和贬都分不清啊？”

正说着，她不知道想起了什么，一下子收起了笑容，把头扭向窗外。她呆呆地望着窗外，一言不发。

我看着她，不敢打搅她。

快到上海了，她越来越少说话，笑容也越来越少。

我尽量地逗着她说话："还记得我说过的一些逃票的绝招吗？要不要听？"

她看着我，勉强笑了笑，点点头说："好的。"

我本来就挺能侃的，何况这又是我挺擅长的，又是在心爱的人面前。我屁股往椅子后面一沉，开始唾沫星子乱飞地大侃起来："我上高中的时候，有一次特烦，兜里有四十块钱，我就随机地买了张二十块钱的火车票，就坐了上去。"

她插话问我："你那时候多大呢？"

我想了想说："高一的寒假。"

她很羡慕地说："你们男孩子真自由，多好啊。"

我想起馨儿，挺不以为然的。我赶紧笑了笑，掩饰地说："别打岔，还要不要听了？"

她也笑着说："要听，要听，我保证不打岔了。"

我接着说："那时正是北方的冬天，一路上都特荒凉。我心情特不好。后来，我碰上一个奇人。他跟我说，他特别喜欢坐着火车，到处漫游，没有目的地，只有旅途的过程，他特别喜欢那种漂泊的感觉。"

我犹豫了一下，没有说自己也很喜欢那种感觉。

聂子想问什么，但是欲言又止。

我笑着看了看聂子说："我就问他，你哪来那么多的钱去买车票呢？"

她不好意思地低下头。

我接着说："他说，他以前上访的时候，没有钱，又要到处跑去告状。那时候，他们一大群人，五湖四海的，三教九流，全都是为了上访，听说哪儿接受上访，哪儿的官儿肯拍板，就往哪儿跑，大伙一起琢磨出些逃票的经验。上访成功了，像是有了惯性，上了瘾，还是想在外面漂泊。"

我又顿了一下，看了一眼她。

她正听得津津有味，我接着说："他讲了几招。第一，一般来说，普通列车比快车容易一些，人多，层次又低，很多列车员都是犯了错误被'发配'下来的，他们自然不耐烦老查票，即使被查出来了，钱也罚得相对比较少。第二，上车时别在大站上，小站查得松多了，比如，丰台就比北京站松，郑州西就比郑州站松多了。第三，一般的站都有个通勤口，铁路职工出入的地方，尤其是小站，几乎没有人看，顶多是个年纪大的老工人，耳又聋，眼又花的，很好混。在大站，不容易混的地方，买站台票上车也是个办法。第四，是要多上厕所……”

我故意卖了个关子，顿了一下。

聂子也像我当年一样，忙问：“多上厕所，为什么呀？”

我笑着说：“列车员总不能老到厕所里查票吧？他还说，车刚离站到站的时候，尤其是大站的时候，要常躲。听说快到大站的时候，列车员怕有上级的人来抽查，特别喜欢装装样子，查查票。不过有一次，他还真被堵在厕所里了，一个特别认真的老大姐，嘭嘭地不停地敲门。”

聂子又像我当年那样问：“怎么办呢？”

我笑着说：“我当年也这么问的。咱俩怎么这么像呢。”

聂子瞪了我一眼，说：“他有什么好办法？”

我哈哈笑着，学着那人的语气：“开门认错交罚款哪，车开着，还能怎么办？往下跳?!”

聂子也笑了。

我收敛起自己的笑容，慢慢地说：“他特别善于察言观色，通常我的话还没说完，他就能接上，绝大多数的时候，我没有做什么，说什么，他就能猜到我在想什么。我问他为什么，他苦笑着对我说：‘我们那一代人，我们那种环境，能活下来的，现在，都是很能察言观色的。’我一直不能忘记他说的这句话。”

聂子悠然神往地一边想着，一边问我：“你以后还见过他吗？”

我遗憾地摇摇头说：“再也没有了。他走的时候，不愿留下名字和联络地址，只是说，有缘自会再见。我问他要去哪儿，他说，要去一个以前待过的地方看看，要好几天的路，先是汽车，然后只能坐马车，最后，还要走将近一天的路，是他一天的脚程。后来，有好几次，我又去坐同一列火车、同一条路线，有意去遇他，都没有成功。我们再也无缘再见。”

聂子叹了口气，没有说话。

我接着说：“我还忘记不了他说过的一段话，‘要了解真实的中国，就要先了解农村，要了解农村，就要先了解西北的农村。”

聂子说了一声：“啊，是你。”

我忙问：“怎么了？”

她红着脸摇摇头说：“没什么的啦。”

我逼着她说：“说啊，怎么了？”

她低下头，红着脸说：“那篇演讲稿是你的吧？我在学校的广播里听了，挺喜欢的。”

我想，没有比一个心爱的女人这样真心地称赞更令一个男人开心的了。我恨不得跳起来，把她抱起来，高高地抛起。可是，周围的人还是那么挤，她又是那么害羞的一个人。

我看了看她，她正看着我手足无措的样子，微笑着。

我又看了看周围的人，才注意到周围的人都在看着我们，很感兴趣地听着。

最糟糕的是，一个列车员也在那儿听着。

她冲我笑了笑说：“拿票出来看看吧？”

我连忙掏兜。

她笑着说：“不用了。这次，我估计你是买了。说吧，以前那么多次的逃票，应该罚多少吧。”

我尴尬地笑着，没说话。

她又笑了笑说：“开个玩笑，不过，说实话，这些招儿我们也都知道，以前，看那帮上访的人可怜，我们都是睁一只眼闭一只眼的。现在，可严多了，是不是？”

我连忙点点头，说：“那是，以前，那是人民政府放我们一马，还能老放了。”

她笑着说：“其实主要是因为以前，票卖多卖少，查不查票，跟我们没有什么关系。现在，承包了，我们当然得查得勤点儿。”

我笑着说：“我说呢。一直还蒙在鼓里呢，没明白怎么现在风声这么紧，敢情还是金钱万能。”

聂子拉了拉我，小声说：“你别贫了。”

大家都笑了，我也笑了。只有聂子红了脸，又看向窗外。

剩下的几个小时里，不论我怎么逗她，她都不怎么说话，在想着什么。我以为她是害羞，没有放在心上。

# 十一

I want to enjoy the life while I can. （我希望能在我还能够的时候尽情地享受人生。）

到了上海站，下了车。她还是老样子，低着头，脚尖在地上画着。她问我："我们可以谈谈吗？"

我有些莫名其妙，问她："我们先回学校不好吗？我帮你先把行李拿回你宿舍，我们再谈好了。"

"不。"她很固执地说，"我们在这里找个地方谈。"

我拖着行李，在火车站附近找了一个还算干净和安静的小馆子。

过了很久，她才抬头看着我，说："我不知道应该怎么对你说。"

我故作轻松地说："从头说吧。"

她轻轻地说："这件事我以前大约莫地告诉过你，我应该算是有男朋友的。他是成都人，来复旦的时候，他来重庆玩儿。然后，从重庆去上海。我们在火车上相遇，他对我很照顾，我们又同校同系，到了学校，他约我，我答应了。我们单独见过几次面……"

我忙说："这没什么……"

她看了我一眼，接着说："我慢慢地发现我们并不适合。新年夜前不久，我们大大地吵了一架，我要求分手，他怎么也不同意，在系里也搞得沸沸扬扬的，我的压力已经很大了。和你在一起的这些天，我很快乐，可是，如果有了你，别人会说我喜新厌旧。我不愿意这样，我怕我会承受不住舆论的压力。"

我很气愤地说："那你要我做什么？"

她很平静地说："离开我，我不愿意卷入是非中，被人流长飞短……"

我怒气冲冲地说："我做不到！"

她很急切地恳求我："那么，就算是我求你，起码，让我们大家都分开一段时间，让我们每一个人都好好地想一想，再做决定，行吗？"

看着她楚楚可怜的样子，我又能说什么呢？

我点点头，问她："只分开一段时间，是吗？"

她犹豫了一下，点点头。

我看着她，很诚恳地说："聂子，我不要求什么，只要求你给我一个机会，也给你自己一个机会。”

她很坚定地点点头。

吃了饭，我问她：“我帮你把行李送回你宿舍吧？”

她拼命摇摇头说：“还是我自己来吧。”

我又问她：“你的脚好了吗？”

她使劲儿点点头，脚在地上用了用劲儿，说：“早好了，这些天，我都被你给宠坏了，你以后就知道了，我可不是个娇气的女孩儿。我挺能干的。”

她说着说着脸又红了。

我知道再说什么也没有用了。

我们两个人吃完饭，我还是扛着两个人的行李出了饭馆，快步走向公共汽车站。她在后面快步跟着，离得远远的。到了汽车站，把行李给她的时候，我故意逗她，碰了她的手一下，她很生气地看了我一眼，又紧张地看了看周围。

看着她的样子，我不忍心再逗她。上了车，我很自觉地躲在远远的一个角落，看着她。她偶尔抬起头，看见我，歉疚地向我笑了笑。那一刻，我觉得一切的一切都很值得。

下车的时候，我跟在她的后面，看着她吃力地把行李往车下拖，那种只能远远地看着却无能为力的感觉真的很不好。

下了车，一个男生很主动地过去，要帮她，她看了看那个人，又回头看了看我，拒绝了。

我真的很想走过去，或者大声告诉她：“接受别人的帮助吧，我不在乎这些小事。不要总是在乎别人，多为自己想一点儿，多为自己活一些。不要总是怕这怕那，多一点点勇敢，多一点点坚强。”

可是我自己也只能是胆怯地远远地看着她自己拖着行李，走向她的宿舍楼。

她进楼门的时候，转过身子，向我挥了挥手。

我也把手放在身边，悄悄地摆了摆。

然后，她回转身，向上走去。我也回转身，慢慢地向自己的宿舍走去。也许是坐火车太久了，我的脚踩在地上，虚飘飘的，有一种飘浮不定的感觉。

接下来有好几天，我查了她们的课表，我都在她上课的一带转悠，有好几次远远地看见她。有一次，我坐在第一教学楼前的一张椅子上，她和她的几个女同学正从教学楼里走出来。我只顾着看她了，没有用书及时挡住自己的脸。她看见了我，先是一愣，然后，她故意落后了她的同学几步，转过头，很生气地向我挥了挥手。然后，她又快步追上她的同学。

傍晚，我收到她给我的信：

吴剑：

我知道你在做什么。求你了，再给我一点点时间。我真的不知道我能不能再开始，如果可以，我也希望能好好结束以前的，再好好地重新开始。

如果你真心地对我好，就不要来找我，起码是现在。

聂子

我决定听她的，暂时不再去找她。

晚上，李钢来找我，一见面，他就大声问："你小子这些天跑哪儿去了？"

我忙问："有什么事儿吗？我寒假去了……"

他大声地说："打住吧。我知道你寒假干吗去了。这两天干吗去了？我找了你两次了，估计你们寝室的人也忘了跟你说了吧。其实，你小子不说，我也知道你干吗去了。我算是明白了什么叫只闻新人笑，哪闻旧人哭啊。"

我有点儿来气，说："你有事儿说事儿，行不行？汪馨怎么了？我正打算这两天去看看她呢。"

李钢也有点儿生气地说："你小子倒生气了，我还气儿不打一处来呢。人家汪馨整天想你，上个学期没好好用功，有两门课当掉了。寒假回来补考。她春节一过就回来了。是我、白雪，还有几个女同学送的她，她人整个儿都瘦得脱相了。你小子倒是逍遥自在的，反正你的光辉事迹是传开了，这么说吧，在我们的圈子里，你是臭大街了。"

我忙问："她现在怎么样了？你回上海以后见过她吗？"

李钢说："我一直想找到了你，一起去的，你小子又一直不在。"

我从床上抄起衣服，就往外跑。

李钢说："要我一起去吗？"

我大声说："不用了。"

李钢追着我，大声说："也好，你们两个人谈清楚也好。"

当馨儿打开门的时候，尽管李钢已经给我打了招呼，我还是被她的憔悴给吓了一跳。她的脸已经瘦得颧骨都突出来了，更重要的，她已经不再有那种洋溢着的神采，她的脸上不再有那种淡淡的春风般的微笑，取而代之的，是一缕淡淡的苦涩。

"坐。"她说着，请我坐下来。

我坐下来，低着头。她坐在我的边上，手靠在桌子上，拿起一个杯子，看着，把玩着。

我转过头，捕捉着她的目光。她一直回避着。

我只好说：“都是我的错。”

她苦笑着说：“你也知道了？我让李钢白雪他们不要讲的，不及格又不是什么光彩的事儿。”

我坚持着说：“是我的错。”

她还是苦笑着说：“都是我不用功，和你有什么关系呢？你看，我当掉的两科，一科是微积分，一科是电脑，没想到上了文科大学，也躲不开要命的理科。如果，你有错，也就是没有给我补课。不过，你是一个糟透了的老师，我是一个糟透了的学生。你看，寒假里，我请了一个学姐做 tutor（补习老师），补考总算考过了。我没事儿了。”

我问她：“真的吗？”

她还是没有看我，说：“真的。”

我郑重其事地叫了她一声：“馨儿。”

她抬起头，看了我一眼，又低下头，看着她手里的杯子。

我说：“馨儿，抬起头，看着我的眼睛好吗？”

她慢慢地抬起头，努力地想笑一笑，缓解一下气氛，她的手里还是把玩着那个杯子。

我还是很严肃地说：“馨儿，放下那个杯子，好吗？”

她收起那一丝笑，放下杯子，侧过身子来，看着我。

我一字一句地问她：“馨儿，我们两个人有可能在一起吗？”

她一笑，转开头，说：“木头，你说呢？你不是自己也回答过这个问题吗？”

我还是一字一句地问她：“馨儿，看着我，回答我。我要你最后一次亲口告诉我。”

馨儿转过头，看了我很久，才很慢很慢地说：“木头，我们只能是朋友。只有这样，才最好。”

我点点头，问她：“无话不谈的、最好的朋友？”

她也点点头。

又过了好一会儿，她又拿起那个杯子，在手里转着。然后，她似乎不经意地问我：“你和那个女孩子怎么样了？”

我迟疑地看着她。

她抬起头，笑了笑说：“忘了吗？我们是无话不说的朋友。”

我还是犹豫着，不知道从何说起。过了好一会儿，我才开口说：“她是一个善良的女孩子，像你一样。”

接下去，我又不知道说些什么了。

又过了一会儿，她才停下手里转的杯子，问我：“瞧我，忘了问你了，喝水吗?”

我一路骑车过来，还真的是又冷又渴。我点点头。

她站起身去倒水。

看着她，我想着聂子和馨儿相像的地方，心里一动，脱口而出：“还记得我们那次去北戴河吗?”

话一出口，我马上就后悔了。我清楚地看见，她背过去的身子一震。

我只好硬着头皮接着说下去：“还记得那次说愿望，你说你希望周围的人都能幸福。她说，她只能先希望她自己幸福，然后把她的幸福带给周围的人分享。”

馨儿回过身来，端着水，递给我，笑着说：“当然记得，我还特别记得你的狡猾的答案。”

我心里咯噔一下，聂子也是说我狡猾的。我接过水来，喝了几口，趁机没有说话。

等馨儿坐下来，我才一边喝着说，一边看着前面，想象着聂子的样子，说着：“她很爱害羞，特别爱脸红，有的时候，她也爱低着头，用脚尖在地上画圈。又特别的保守，特别的正统，稍微出格的事儿都觉得是大逆不道。为了不旷课，连家也没来得及回，就从重庆往上海跑。”

我说着说着，突然觉得这会涉及我们在四川的行程，决定还是转一个话题。我接着说：“她有一个四川老乡，上个暑假来上海的时候，挺照顾她的，他们见了几次面，她觉得不合适，想分手，那个男孩子不同意。这次从四川回来，她对我说，她现在不能见我，她一定要和那个男孩子好好分手以后一段时间再见我，她不愿意担上喜新厌旧的名声，她不愿意卷入是非之中……”

我就这样不停地絮絮叨叨着。也许馨儿是一个最好的听众，我可以尽情地倾诉。不像谭志强和李钢他们，会不停地发表意见和批评我。

过了好一会儿，我才意识到自己一个人讲得太多了，这才停下来，看了馨儿一眼。她还是在看着手里的杯子，脸上没有什么表情。我不好意思地说：“我一个人唠叨了半天。”

她摇摇头说：“没有关系。”

我说：“那我先走了，你要好好休息。过几天，我和李钢一起来找你，我们一起出去玩儿，他一直嚷嚷着要咱们几个人一起把江南玩个遍。”

馨儿点点头。

我站起来，慢慢地往外走，她也站起来。

在门口的时候，她叫了我一声："唉，木头。"

我回过头来，看着她，她没有说话。我说："别送了。"

她点点头，然后说："好好待她。"

我也点点头。

回来学校后，我一连过了几天正常的上课下课的日子，倒也很有一些新鲜感。

在去年刚入学的时候，我们有一次英语分级考试，分了高、中和初级班。我侥幸进了高级班。从一开始，我们高级班就用的是外教。不过上学期是个英国老头儿，极其死板，大家都觉得烦死了，除了他的一口牛津腔，其他的可以说是一无是处，比中国教授还中国化，整天让我们念教材、背单词，很无聊。后来听说，他在中国已经待了十几年了，已经完全地被中国的教育方式给同化了。

这天，又是他的课，我和同学们无聊地坐在教室里等着他，我趴在桌子上打着哈欠。像往常一样，大家都挤在教室的后面。在后面，我们可以他上他的课，自己做自己的事儿。尤其是靠近后门的一带，便于逃跑，更是挤满了人。

这时候，一个年轻的外国女孩走进来，也就是二十三四岁的样子，又瘦又高，皮肤晒得黑黑的，很健康，运动型的样子。

她一路跑到讲台后，问我们："Is this Professor Jackson's class?（请问这是杰克逊教授的课吗?）"

"Yeah, unfortunately.（对，很不幸的。）"有一个坐在后排的同学开着玩笑。

她笑了笑说："He just accepted a position in another school. I will replace him from now on.（他刚刚接受了另一所学校的工作，我将取代他。）"

我们敲着课桌，大声地欢呼起来。

她笑着说："Thank you for your warm welcome. Let's get right into your material.（感谢你们热情的欢迎，现在让我们开始读你们的教材吧。）"

我们大家都夸张地大大地长长地叹了口气。

她笑着说："Just kidding. Like you guys, I find the material boring too. I feel you guys do not need more grammars and reading, you need more listening comprehension and communication skills. From now on, we will just talk in our classes. Let me know the topics you are interested in, we can talk just about anything.（开个玩笑，像你们一样，我也觉得你们的教科书太枯燥了。我觉得你们并不需要更多的语法

和阅读，而是需要培养听力和沟通的能力。从现在起，我们上课就是聊天。让我知道你们所感兴趣的话题，我们几乎可以无所不谈。)”

“Ok, let us know more about you. Forget about normal introduction, name is just a name. Let us know more serious or fun stuff. For example, do you get a boyfriend?（好啊，让我们知道一些你的情况。不要说那些通常的自我介绍，名字叫什么无所谓。告诉我们点儿深层的和有趣的事儿。比如说，你有男朋友了吗?)”来自香港的男生周捷笑着说。

我们大家都笑了。

她也笑着说：“Well, you did not let me finish, I said almost anything, but not the most private stuff. Anyway, I felt the information you just asked is not that private. If you really want to know, I am available right now.（你没让我说完，我是说几乎什么都能聊，但是最私人的不行。不过，我不觉得你问的属于那最私人的一类。如果你真的想知道的话，我现在是单身。)”

周捷又笑着举起手，要说什么。

她笑着说：“To answer your question, no, I am not interested.（回答你的问题，我不感兴趣。)”

“Why?（为什么?)”周捷装出一副委屈相。

“First of all, you are my student, it will be unethical for me to date you. Secondly, you are too young for me.（首先，你是我学生，约会你是不合适的。第二，你对于我来说，太年轻了。)”她还是笑着说。

周捷做出了一脸的伤心相，我们大家哄堂大笑。

过了一会儿，她才说：“Ok, a name is a name, I still need to give it to you though. Ruth York. I graduated from University of Pennsylvania two years ago, English Literature major. Taught in a community college for two years, I got bored. I like travel and adventure. This opportunity seemed to be able to provide me with both. I remembered I read it somewhere ‘how many miles of undiscovered caves are there? How long is a one - day pass good for?’ I am not sure I make myself clear, basically, what I am trying to say is I want to enjoy the life while I can.（虽然名字就是一个名字，可是我还是要告诉你们。我叫 Ruth York。我两年前从宾夕法尼亚大学毕业。在社区大学里教了两年书，我觉得挺无聊的。我喜欢旅游和冒险，这次的教书的机会应该能给我带来这两者。我曾经在某个地方读到，‘到底这世上还有多少没有被发现的地下岩洞呢？有效期一天的门票能长过一天吗？’我不知道我讲清楚了没有，我其实只想说，我希望能在我还能够的时候尽情

地享受人生。)”

她停下来，看了我们一眼，笑着说：“Now it is time for you to introduce yourselves.（好了，现在，该你们介绍你们自己了。)”

我们又长长地叹了口气。

等我们都介绍完了，她说：“Ok, most of you had an English name. I need a Chinese name. My first assignment to you, I want you guys to find a good name for me in a week。(好，你们绝大多数人都有自己的英文名字，我需要一个中文名字。我的第一个作业就是，你们一个星期之内要给我取一个好名字。)”

我们又夸张地叹着气。

她笑着说：“Today, I want to talk about American colleges. Has anybody heard about my Alma Mater?（今天，我想讲一讲美国的大学。有谁听说过我的母校?)”

最铁杆的托派田凯回答说：“I think University of Pennsylvania is one of the Ivy League schools.（我想宾夕法尼亚大学是常春藤盟校之一。)”

她点点头说：“Pretty good. Can anyone name all the Ivy League schools?（很不错，有谁能说出所有常春藤盟校的名字呢?)”

我们开始说我们知道的名校的名字：“Harvard!”“Yale!”“Columbia!”“Cornell!”“Stanford!”“Princeton!”“MIT!”

她笑了笑说：“You are pretty close. A few schools like Stanford and MIT are top schools too, but they are not Ivy League member. In the order of the latest undergraduate school ranking, Ivy Schools are: Harvard, Princeton, Yale, University of Pennsylvania, Columbia, Cornell, Brown and Dartmouth. I guess University of Pennsylvania, Brown and Dartmouth are less known in China.（你们挺接近的了。有两所学校像斯坦福和麻省理工也是最好的学校，但它们不是常春藤盟校的。以最近一年的大学本科排名，哈佛、普林斯顿、耶鲁、宾夕法尼亚大学、哥伦比亚大学、康乃尔大学、布朗和达特矛斯。我想，在中国，宾夕法尼亚大学、布朗和达特矛斯的名气会小一点儿。)”

“How come University of Pennsylvania is Ivy League member? It sounds like a state university. I thought Ivy League schools are all private schools.（为什么宾夕法尼亚大学是常春藤盟校的呢？这名字听起来像个州立大学。我好像听说常春藤盟校都是私立学校。)”一个同学问。

“Good question. It really sounds like a state university. In fact, I think it may be the only private university with a state name in it. Oh, New York University is another. I thought you guys are computer science major, you should know the school, the first computer was invented in Penn.（好问题。它是很像一个州立大学的名字。实际上，我觉得它是唯一一所用州名的私立大学。噢，对了，纽约大学是另一个。我觉得你们是计算机科学系的，你们应该知道我们学校啊，第一台计算机就是在那里发明的。）”

“Oh，really？（真的呀？）”我们都很惊讶。

她接着说：“Sometimes，its business school，Wharton，has better name recognition. Wharton is the oldest business school in the U. S.，consistently ranked top three in the country.（它的华顿商学院可能名气比整个儿学校都响。华顿是最古老的商学院，一直在美国排前三名。）”

田凯大声说：“I knew Wharton before，I do not know it is part of the University of Pennsylvania though. Thanks for letting us know.（我以前就知道华顿，但不知道华顿是宾夕法尼亚大学的。谢谢你告诉我们！）”

她笑着说：“No problem. By the way，does anyone know what is the original mission for organizing Ivy League？（不用谢。有谁知道当初为什么这些学校会组成常春藤盟校吗？）”

我们大家互相看着，都摇摇头。

她说：“In the U. S.，college sport is very popular and a huge money generating machine. Lots of school，even top schools like Stanford，Duke and Notre Dame accept top athletes purely based on their athletic ability without too much consideration on other merits. These eight schools got together，they decided to admit student athletes based on all the merits，not just athletic ability along. They formed their own league，called Ivy League to compete in sports with each other. Somehow，this became the perfect marketing and recruitment tools. By the way，IVY league schools normally offer full financial aid package based on need. Supposedly，the schools will not discriminate based on financial situation. In another word，if you got admitted，they will try to help you financially based on individual need to let you attend the school.（在美国，大学体育运动是特别受欢迎和赚钱的。很多学校，甚至一些最好的学校像斯坦福、杜克和赖斯也只凭着运动水平而录取学生运动员。常春藤盟校的八所学校，组织在一起，决定对学生运动员也要综合考虑，择优录取。它们组成了常春藤联盟，学生可以在一起互相比赛。不知道为什么，常春藤盟校这块招牌后来成了最好的招生和推销的工具。对了，常春藤盟校通常会根据学生的需要，给予财政资助。理论上说，常春藤盟校不会因为学生的财政状况来做录取决定。换句话来说，如果你被录取了，学校会尽量根据你的需要，帮助你上学的。）”

田凯又问："How do Ivy League schools make money then?（那这些常春藤盟校怎么赚钱呢?）"

她笑了笑说："Great question. Supposedly, most of the colleges in the U. S. are non profit organization. However, more and more colleges are run like corporations. They are more interested in making money, and offer less and less scholarships. Ivy League schools are no exception, if not worse.（很棒的问题。从理论上讲，美国绝大多数的大学都是非营利组织。但是，越来越多的大学像公司一样运转。大学对赚钱更感兴趣，奖学金越来越少。如果没有变得更糟的话，常春藤盟校也不例外。)"

一个同学问："What is a legacy student?（请问什么是世代学生?）"

她很惊讶地说："Wow, I am impressed. It is not a myth, but a known truth now. In Ivy League schools and other top schools, if your parents or grandparents have attended the school before, and they donate money regularly to the school, you are called a legacy student. For example, in certain school, if your parents donate at least twenty thousand per year for at least five years, you are put in a legacy pool, you can get admitted much easier than rest of the applicants. It is true, privileged kids can get in much easier. The rich get richer. The privileged get more privileges.（哇，你们给我留下了很深的印象。这已经不是一个传说，而是一个众所周知的事实。在常春藤盟校和一些最好的大学，如果你父母、祖父母上过一所大学，如果你父母又常捐款给学校的话，你就被叫作世代学生。比如，在某些学校，如果你父母每年至少捐两万美金，起码持续五年以上，你就会被放进一个世代学生圈，会比其他的学生容易被录取得多。这是真的，特权学生是比其他人容易得多。有钱的人更有钱，有特权的人得到更多的特权。)"

我们大家都听得津津有味的。

她看了看表，然后说："We do not have that much time left. I want to ask you one question my favorite professor asked us in his first class. By the way, he is a psychology professor. If the world ends in three days, in another word, if you only have three days to live, what will you do?（快下课了，我想问你们一个问题。我最喜欢的教授在他的第一节课上问过我们。对了，他是一个心理学教授。如果，这世界在三天后就毁灭了，换句话说，你只有三天可以活了，你要做什么?）"

同学们有各种各样的回答，我们大家互相嘲笑着。

"Get drunk.（喝醉酒。)"

"Try to find a way to live longer.（找个办法活得更长一点儿。)"

“Get married right way.（马上结婚。）”

“Spend all my money.（把钱全花光。）”

轮到我了，我想一想说：“I will just watch everybody else.（我只想看着大家。）”

大家都愣了一下，连我自己都惊讶于我的回答。

老师看了我一眼说：“That is the coolest answer I have ever heard.（那是我所听到的最棒的回答。）”

正在这时，下课铃响了。

“So quick?”“The class is over?”大家都嘟囔着，觉得这堂课下得太快了。

回到宿舍，李钢正站在那儿等着我，他旁边还站着个小伙子。

他一见我，就大声嚷着：“你小子又去哪儿了？”

我笑着说：“上课去了。”

他也笑着说：“你？上课？别开玩笑了。”

我笑着说：“真的。咱也得做好本职工作吧。得，有话快说吧，有什么事儿？”

他一拍脑袋，赶紧介绍说：“这哥们儿我在火车上认识的，也北京的，在上海工专念。他有几辆旧自行车要出手，价儿没的说。我家里有点儿事儿，我得回北京一趟，没法帮他了。我想你没准儿能有点儿什么路子。”

我先是一口答应下来，然后问李钢：“没问题。李钢，你家里有什么急事儿，我能帮得上忙吗？”

他摇摇头说：“我奶奶癌症晚期，可能不行了。我们家里人让我回去。”

我忙说：“有事儿说一声，点名的课我还帮你去点。”

李钢笑笑说：“你小子是走野路子惯了，这是正经的事假，不用你那招儿了。”

我也笑了。

那人也挺热情的样子，说：“我叫齐畅，见面就是有缘，走，咱们喝两杯去。”

我伸出手说：“吴剑。李钢知道我，对酒过敏，烟我可是要叨扰你的。”

他笑笑，握了握我的手。我觉得他的手湿冷湿冷的。

李钢挥挥手说：“那我走了啊，还要回去收拾东西呢。”

我们两个人都冲着李钢挥挥手。

席间，我问齐畅：“你都有什么车要卖？”

他笑笑说：“都是些进口和合资的高档跑车、山地车。尽是八九成新的。

你看，现在就剩这两辆了，有两张照片，这辆五百就卖，那辆六百五。帽子费你随便拿。”

我摇摇头说：“帽子费我绝对不拿，就当是交朋友了。”

他笑笑说：“行。你这朋友我交定了。”

我边想边说：“不过，这样的车，一般的大学生也买不起啊。还得另找人。”

我突然灵机一动，对他说：“我没准儿有办法，你听我好消息。”

在下一节的英语课上，大家伙起哄着按照 Ruth York 的音，叫她“妖螺丝”，她听了我们的解释，是 demon（妖怪）和 a kind of oyster（一种吃的小小的贝类），居然接受了：“I like it. I like both demon and oyster（我两个都喜欢。）”

然后，她先给我们讲解了美国的国歌，给大家印象最深的是歌词的最后一句话。接下来，她又教我们唱：

Oh, say can you see, by the dawn' s early light,
What so proudly we hailed at the twilight' s last gleaming?
Whose broad stripes and bright stars, through the perilous fight,
O' er the ramparts we watched, were so gallantly streaming?
And the rockets' red glare, the bombs bursting in air,
Gave proof through the night that our flag was still there.
Oh, say does that star - spangled banner yet wave,
O' er the land of the free and the home of the brave?
On the shore, dimly seen through the mists of the deep,
Where the foe' s haughty host in dread silence reposes,
What is that which the breeze, o' er the towering steep,
As it fitfully blows, half conceals, half discloses?
Now it catches the gleam of the morning' s first beam,
In full glory reflected now shines on the stream:
' Tis the star - spangled banner! Oh long may it wave,
O' er the land of the free and the home of the brave.
……

我们怎么也唱不上去，到最后，她笑着说：“I admit, our national anthem is tough to sing. Actually, I heard somebody is proposing to lower the key.（我承认，我们的国歌很难唱。事实上，我听说有人在提议把歌的调子调低。）”

我们也都笑了。

下了课，我马上跑过去问她：“Hi，professor York，my friend had two used bikes for sale，will you and/or your friends be interested in purchasing them?（York 教授，我朋友有两辆旧的自行车要卖，您或您的朋友有兴趣买吗？）”

她看了看照片，说：“Great，both my roommate and I want to buy bikes. It is so inconvenient to walk around the campus. We are not used to the Chinese style bikes. Brand new imports are too expensive after tariff. How much?（太好了！我的同租者和我都想买自行车，在校园里走来走去太累了，中国式的自行车我们骑不惯，进口的车加了关税又太贵。这车你卖多少？）”

我告诉她价钱。

她大声叫着：“What a steal! We got a deal，Ok?（这么便宜啊？我们就说好了。）”

我说：“How about you contact my friend directly? I do not think you need me to be in the middle.（要不然你直接和我朋友联络吧？我想，没有我这个中间人更好。）”

她说：“Ok，thank you，Jim.（好的，谢谢你。）”

我开开心心地说：“No problem.（不用谢）。”

这件得意事儿我做完了以后很快就忘了。

生活又归于平淡。我对聂子的思念与日俱增，有好几次，我写信约她出来，她都没有来。

有一个晚上，我实在忍不住了，我躲在她的宿舍楼前的大树下等着她。

看见她的时候，我下意识地想迎出去，一下子想起她的警告，急忙闪在树后。我的心里怕急了，我怕她生气，怕她再也不理我。

我不知道她是不是看见我了，她似乎停顿了一下，然后又慢慢地向楼门走去。看着她俏生生的背影，我真的有点儿控制不住，要冲过去找她。等到我下定决心冲过去的时候，她已经消失在楼梯口。

我颓然地拖着脚步走回自己的宿舍。

同寝室的人正在议论系里刚刚公布的奖学金名单。

“唉，对面宿舍的郑勋拿了一等奖第一名，那真的是没话说。考试是一水儿的 A，还有两个 A+。”

舍友王彬问我们：“那是，我跟他是复旦附中的同学，你们听说过他的传奇吗？”

“没有，说来听听？”我无聊地躺上床，问道。

王彬说：“他的父亲在安徽的上海监狱工作。”

我忙问：“什么叫安徽的上海监狱?”

另一个上海同学孙维回答说：“就是关上海犯人的监狱，盖在安徽，属于上海编制，工作人员都是上海户口，他们的子女也是上海户口，可以考上海的中学。”

王彬咳嗽了一声，接着说：“他们那儿的学习是特别的差，别说考上大学的了，十来年里，就两个人考上过中专。虽说他们能考上海的中学，可从来就没有人考上过的。他在初三的时候，参加了他们那儿的气象小组。有一天，他们那儿的气象杆子被暴风雨给吹歪了。他们气象小组的老师就领着他们一起去扶，老师在最前面，他前面还有一个同学，他是第三个，后面还有三个同学。一个扶着一个，连成一串。没想到又来了一个闪电，一下子把他们全电着了。老师和他前面的那个同学死了，他和他后面的那个同学变得异常聪明，最后的那两个同学没什么变化。后来，他们两个人一个考上复旦，一个考上交大，听说在交大那人也得了一等奖学金。同一届的学生里，还是没人考上大学，连一个上中专的也没有。”

我问：“会不会他们两人原来学习就特好?”

王彬回答说：“没有，原来也就是中不溜的。再说了，他们那儿通常都是第一名都上不了中专。这回，一下子出俩上复旦交大的，真跟放了卫星似的。”

另一个舍友问：“是不是他们家遗传好?”

王彬回答说：“也不是，他的姐姐和那人的老哥也就是普通人一个，哪儿也没考上。”

我又问：“会不会他幼小的心灵，看见了生与死之后，决定发愤图强，头悬梁、锥刺骨什么的，所以才金榜题名?”

王彬问我：“那后面那两人怎么没这样呢?”

我笑了笑说：“看来，一定量的电估计能激活脑细胞之类的吧。”

王彬说：“我们也这么觉着。可惜那老师和第一个同学成了个调电压的电阻了。后面那两个同学白被电了一场。听说，郑勋比那个同学还聪明一点儿。看来，这电量的学问真的大了。高考前那一阵，有好几个同学听说了郑勋的事儿以后，不停地去摸电门。”

“这事儿够奇的。要说奇人，咱们系还有一个人。”孙维说。

“谁啊?”王彬问。

“汤兰有印象吗?”孙维问大家。

“没有。”“没听说过。”大家异口同声。

“难怪你们不熟。她跟吴剑似的，三天打鱼，两天晒网，只有点名的课才来。长得胖胖的，不起眼儿。不过，人不可貌相。吴剑，人家可比你狂，上的课比你少，最后人还拿一三等奖，你成吗?”孙维说着。

我一向对自己的脑筋还是挺自信的，尤其是在高中的时候，有一次做了Stanford IQ test，我居然过了天才线。自打那以后，我是谁也不服，谁也不吝。不过，这次考试，我有两门基础课差点儿没及格，让我谦虚了许多。我口里面说着：“我没脾气，我绝对服气。”心里还是有点儿嘀咕，我犹豫了一下，还是说出来：“没准儿她暗地里用功呢？女生就爱这样。”

孙维说：“可能吧。不过，就算她一点儿也不用功，得了三等奖，这也不奇。大不了是小聪明罢了。她的来头才真的是奇。还记得咱们小的时候，邓小平同志在上海摸着两个小朋友的头说，电脑要从娃娃抓起吗？那两小娃娃，一男一女，女的就是她。”

我们大家都惊叹着。

孙维接着说：“男的比她大一岁，去年上了清华计算机系，听说，今年已经开始修研究生的课了。听说，她还特别擅长做Hacker（黑客）呢。对了，他们两人都跳了两班。所以，她比我们小两岁。”

我有点儿抬杠地说：“我想，当时，一定是选了两个特优秀的特聪明的小孩儿让邓小平同志摸的，后来，组织上也一定对他们两个有各种的关怀和照顾，比如保送加分之类的。”

孙维笑着说：“吴剑，你就爱抬杠，那么点儿小孩儿，谁知道以后能有多聪明？男的我不知道，女的我听说高考是全上海的前十名，不至于高考委漏题给她吧？这次咱们系里也不至于特地漏题给她吧？听说，她还是考得特好，就是平时老不交作业，平时成绩太差，要不然，郑勋和她有得一拼。”

王彬笑着说：“郑勋可真的差了一筹了，他多用功啊。”

我想了想说：“那这么说，邓小平同志摸过的小朋友就会特别聪明？那他干吗不多摸几个呢？提高咱全民族的人口素质啊!”

大伙儿都笑了。王彬笑着说：“吴剑，你小子是真能胡说八道。”

孙维笑着说：“好像比电击管用，又安全。”

有个老成持重的舍友也笑着说：“别乱开玩笑了，赶紧睡吧，明天早上还有课呢。”

大家又说笑了一会儿，就都睡了。

那一夜，我梦见所有我认识的人，馨儿，聂子，单颖，谭志强，李钢，白雪，王宇翔，周兴海，爸，妈，小妹，大家都在，围成一个大圈子，大家默默地站着，然后一个巨大的球形闪电击在圈中，我们都晕倒了。我第一个醒来，我梦见，有一个声音告诉我，这些人里面只有一半可以活下来，另一半必须死去。由我来做选择。我必须在五分钟内做出选择，否则全部我关心的人都会死去。四分钟过去了，我还是无法做出一个选择。

我一下子吓醒了。我擦了擦冷汗，笑了笑，真的是日有所思，夜有所梦啊。

第二天，我去接李钢。从小一直带他长大的奶奶去世了，他的心情很不好，我陪着他喝了一晚上闷酒，然后，又把他连拖带扛地送回他的寝室。

我疲倦地走回我宿舍楼的时候，已经过了熄灯的时间。夜已经深了。

"嗨，你好吗？"我听见了聂子清清的声音。

我以为是我在做梦。我仔细地看了看。没错，是她，怯怯地站在楼后的阴影里，眼睛里映着星光。

我跑过去，站在她的面前。

她久久地注视着我。然后，她开始哭起来，她用手捂着脸，肩膀抽动着。我真的好想抱过她来，让她靠在我的怀里。可是，我不敢。我的手伸在半空，虚悬着，空空地环绕着她。

她哭了好一会儿，才用手擦干眼泪。

我问她："聂子，怎么了？让我帮你好吗？"

她抬起头，抽泣着问我："为什么人言这么可畏呢？他们都说是我甩了他。有人看见我们坐火车从重庆回来了。我也不知道是谁。也有人看见你在等我。吴剑，我这次来，是来跟你分手的，我只想过平平淡淡、没有是非的生活，我不愿意这样子被人说，被人议论。"

我一把抓住她，摇晃着她说："那我呢？你自己呢？你为什么为了一些不相干的人，而放弃自己的幸福呢？你自己说过的，你跟我在一起，很快乐。我也是。"

聂子抬起头说："吴剑，我是一个很传统的女孩子。我是很胆小的，我渴望、需要平静的生活。我很后悔没有早一点儿多告诉你一些我、我的家庭和我周围的事情。我应该让你多了解我一点儿，也许，那样，你就会觉得，我根本不适合你。"

我抓住她，抓住她的这句话就像是抓住了一棵救命的稻草，我颤抖着说："那么，你就给我机会，告诉我，让我了解你。就像我说的，给我一个机会，也给你自己一个机会。"

正在这时，也许我们说话的声音大了些，宿舍管理员从他的窗口里探出头，大声问道："是谁啊？这么晚了，还不睡？"

她像是一头受了惊的小鹿，拼命想挣脱我。

我耍着赖："你不答应我，我就不放手。"

她看着我，不由得笑了，说："你耍赖的样子，真像是个小孩子。好吧，那再过一段时间好吗？还是我来找你？"

我点点头，放了她。看着她飞快地跑开，我的心里又充满了希望。

我开始每一夜都站在宿舍楼前等她，等到很晚。等待是痛苦的，也是甜蜜的。我开始学会了等待，开始多了一点点耐心。

白天却很难熬。唯一有一点儿意思的是，我和几个同学决定编一个模拟股市交易软件。大家都觉得书本上的东西太枯燥了，得玩点儿什么。"要玩就玩大的。"我们不知天高地厚地叫嚣着。

我开始和他们一起整天查资料、编程、上机、调试程序。那一阵子，忙忙碌碌的，还真学了不少的东西。

# 十二

From this moment life has begun. （从这一刻开始，生命真正地开始了。）

这天，我正在机房里待着。一个陌生人走进来，低声问在门口的老师："请问，哪位是吴剑同学？"

我听见了，忙举起手，说："我是。"

他走过来，压低了声音，对我说："吴剑同学，我是学校保卫处的，请你跟我们走一趟，有一些事情需要你的帮助澄清一下。"

我一下子有点儿蒙了，拼命地想自己有什么事儿会栽到局子里，怎么也想不起来。

他用手里的文件夹碰了碰我的胳膊，我才清醒过来。我胡乱抄起自己的东西，低头就往门外走。他紧紧地跟在我的后面，机房里的人都看着我们，我越发有犯了事儿的感觉，可就是想不起来犯了什么事儿。

我心里冒起一个古怪的念头："如果，他们就像电视电影里演的那样，就说，'坦白从宽，抗拒从严，你的情况我们其实已经掌握了，就看你能不能交代了。'我可真的得糊涂了，我这人大事儿应该没有，小错不断，不知道能让他们诈出多少东西来。"

我又想："自己最大的事儿也不过是那年球迷闹事儿，我跟着瞎折腾，被圈进了派出所一夜。不过，那时候，审我的警察可怜我年纪小，才初三，又是市重点中学里的好学生，又没干什么，就放了我一马，让我爸和我们校长把我领走了，没留案底啊？难道是不久前卖电脑给花店老板的事儿？真的话，那老板也太狠了。不至于吧？无冤无仇的。"

一路胡思乱想着，我低着头，跟着他来到保卫处。

他领着我进了一间小屋，里面摆着一张桌子，后面坐着个穿制服的警察。

我有点儿头晕，真的好像又回到了几年前派出所里的审讯室，还好，没有那时候的那种高光灯。

那个人领着我坐在桌子前的椅子上，介绍说："我姓李，保卫处学生科的，这位是咱们这片派出所的田同志。他有一些情况要向你了解一下。"说完，他自己走了出去。

我不由自主地低下头。

那个警察问我："你知道为什么找你来吗？"

我的心里咯噔一下，想了想，还是摇摇头。

他接着说："你最近有没有倒卖过自行车？"

我迷惑地抬起头，看了看他们，这才想起来，说："对，没错，我前一段是介绍一个人认识我的外教老师，那人有车卖，我的外教老师要买车。我给了外教老师那人的联络方式，就没管了。怎么了，出什么事儿了？"

他盯着我问："你不知道那些车是偷的？"

我的脑子立马就炸了，我结结巴巴地说："我真的不知道，我只是介绍他们认识，我真的跟那人也不熟。"

我犹豫了一下，没提李钢的名字，接着说下去："他们后来联络了没有，买没买车我都不知道。"

他又看了看我，说："好吧，你先回去，把情况前前后后地好好想一想。你也知道，我们的政策一向是坦白从宽，抗拒从严。而且，现在学校正在严厉打击刑事犯罪。你一定要想清楚。"

我使劲儿点点头。

走出保卫处，我的头昏昏沉沉的。已经过了晚饭的时间，我却一点儿胃口也没有。

我不知不觉地走到了聂子的宿舍楼前。我抬起头，心里面一惊。以前，每一次遇到挫折的时候，遇到了这样的情况的时候，我都是找馨儿的。我问自己："找聂子又有什么用呢？她是那么的柔弱，她瘦小的肩膀上又能担得起什么呢？"然后，我又模糊地想起不久前谭志强聊起的那件严打的事儿：他哥哥的第一个客户，一个偷了辆破自行车的十六岁的小男孩，因为严打，被判了三年。我是一个凡事都往最坏处想的人，而且越想越悲观。我的脑海里不停地回响着刚才那个警察的那句话："现在学校正在严厉打击刑事犯罪，现在学校正在严厉打击刑事犯罪，严厉打击，严厉打击……"我在想着，这两辆自行车可都是进口的好车，怎么着也得一两千一辆吧？那小孩儿偷的是辆破车。而且，那个人不知道偷了多少辆，要是都推到我身上？想着，想着，我头痛欲裂。

我找到一个地方坐下来，我的脑子突然一下子变得很明白。我告诉自己："我应该找到聂子，同她说分手。她是那么的小心谨慎，循规蹈矩。如果她不知情，还是来找我，让别人看见了，对她会很不好的。"

我抬头看了一眼星空，那一刻，我知道，我其实自私极了。我完全可以写信告诉她的。可是，我还是想再见她一面。其实，我自己也不确定，自己见她一面是不是只是为了分手，自己见了她的面，是不是能够亲口说出分手的话。

我只知道，我想要见她，发了疯似的想要见她。

我去了她常去的几个教学楼，楼上楼下地跑着去找她，到处都找不到她。我只好决定到她的宿舍楼前去傻等了，如果她一直都待在宿舍的话，我就白等了，因为，我并不知道她的寝室在哪里。

我从一教一层又一层地慢慢地下楼。在一层往外走的时候，我随便地瞟了一眼一间我已经看过的教室，她就在那里面。我不知道是我第一次没看清楚，还是她后来才去的。我抑制住想冲进去的念头，站在教室窗外的大草坪上，远远地望着她。

我努力地想着自己该说的话，我试着低声说了几次，每一次都是只说了聂子，就不知道该如何继续下去。我突然有一种想哭的感觉。我趴在草地上，用手捂着脸，使劲儿地忍住泪。过了好一会儿，泥土和嫩草清新的气息让我觉得好受了一点儿，我爬起来，找到一棵树，靠着等她。

教室里的同学们渐渐离去，我看了看表，已经快十点了。偌大的教室里已经只剩十几个人了，她周围已经没有什么人。我觉得她的同学和朋友应该都不在了，我又站得实在累了，我这才从后门走进去，坐在后面的座位上等着她。

我看着她低着头，长长的头发搭在椅子和后面的桌子上，小手紧紧地握着一支笔飞快地写着什么。我的心中不由得升起一股柔情，真的舍不得她。

晚自习结束的铃声响了，她收拾好东西，背起书包，站起来。她转过身，走向后门，一下子看见了我。

我紧张地笑了笑。

可以看得出来，她很不高兴。

她很快地转回身，走向前门。我也站起来，远远地跟上她。

我们走出教学楼。她回头远远地看了我一眼，然后默默地走向大草坪的深处，在一棵大榕树下停下来。

我跟上去。她转过身来，看着我。我慢慢地走过去，站在她的身边。

她先是轻轻地埋怨我："不是说过了不要来找我吗？……"

她一边说一边抬起头看我。也许是看见了我苍白的满是泥土的脸，她停住了。然后看着我的眼睛，问我："出了什么事儿吗？"

那一刻，我特别想哭。我拼命地点点头，忍住了。

她轻轻地用小手拉住我的手。

我把她的手握紧。我轻轻地叫她："聂子。"

"嗯？"她应着，低下头。

我狠了狠心，说："聂子，我们分手吧！"

她吃惊地抬起头，看着我。过了好一会儿，她才苦笑着说：“我不怪你。我知道，这样的等待对你很不公平。我没有资格这样要求你的。我，我祝你幸福。”

我真的想过就这样将错就错下去，让她一时地怪我、怨我，甚至恨我。但是，随着时间的推移，她会忘记我，她可以重新开始。

可是，我实在不愿意这样，我不愿意我在她最后的印象里是一个负心薄幸的男人。我松开她的手，一下子跪在她的面前，说：“聂子，不是这样的。我爱你。我现在比任何时候都更爱你，都更需要你。可是，我知道我不能够这样子，我惹上了一些麻烦。你是那么的好，那么的纯，我不配，也不能再和你在一起了。”

她低下头，紧紧地看着我，激动地说：“我相信我自己的感觉，我相信我自己的心。不管你惹了什么麻烦，我都相信你，我相信你是个好人，我相信你是被冤枉的。就像你说的，现在，是你最需要我的时候，我怎么能离开你呢？我一定要帮你，支持你洗清你的冤枉。”

她努力地想拉我起来，我流着泪，慢慢地起来。她把手环绕在我的腰后，抱紧我，把她的头靠紧我的胸膛。

我抱紧她，抽泣着说：“聂子，你真好。我……”

她仰起头，看着我，轻轻地摇摇头，示意我不要再说下去，她闭上眼睛，仰起唇。

我觉得我们两个人的身体里都充满了火热。我们十指相扣着，我更紧地抱住她，轻轻地吻住她的唇。

我开始贪婪地吸吮着她的唇。她的唇滚烫，颤抖着，回应着我。她的身子在我的怀里开始柔软，开始颤抖，像风中摇曳的秋叶。

在那一刻，时间，周围的一切，整个世界似乎都停止了，我们融化在定格在这长长的一吻里。

过了很久，很久，她才像是醒过来了一样，红着脸推开我。

我微笑着看着她，她更加不好意思了。我怜爱地看着她的样子，把她抱起来，转着圈。她闭上眼睛，长发飘洒着，任我胡闹着。

才过了一会儿，我就实在转不动了，我喘着气放下她来。这回轮到她笑话我了，她刮着脸，羞我：“这么没劲儿啊。”

我笑着说：“我还没吃晚饭呢。”

她马上不笑了，拉着我说：“啊？走，我们快去吃夜宵。”

我犹豫着说：“那儿有那么多人……”

她拉起我的手，红着脸，看着我说："傻瓜，我已经决定和你在一起了。"

我一激动，又过去抱她。

她笑着甩开我的手，跑开，说："我们还是先去吃夜宵吧。你吃饱了，再……"她顿了顿，明显地觉得话题不对，马上改口说："再说，我也饿了。"

我追上她，把她的书包背过来，揽住她纤细的腰。她的脸红红的，却没有拒绝。

我们要了两大碗重油炒面，坐在小摊子的椅子上。她把她的那一碗推到了我的面前，笑眯眯地看着我狼吞虎咽的样子。我一边吃一边把她的那一碗推回去。她象征性地吃了几口油菜，又推给我说："你吃吧，我不饿。"

我抓住她的小辫子说："你刚才可是说你饿了。"

她笑着说："我已经吃了好些油菜了，所以现在不饿了。"

我也笑笑，接着吃起来。我是真的饿了，把两大碗面都吃掉了。

看见我差不多吃完了，她才问我："能告诉我出什么事儿了吗？"

我点点头，把大致的情况告诉了她。

她问我："你为什么不告诉警察是你朋友李钢介绍你认识那个人的呢？"

我拼命摇着头，说："我可不愿意出卖朋友。"

她也摇摇头说："我觉得这不算是出卖朋友，从你说的情况看，李钢也不知情，你们两个人说的话在保卫处对上号，对你们两个人都有利。起码，你应该找他去谈谈。"

我想了想，点点头说："好吧。"

她看了我一眼，红了一下脸，然后低声说："明天这样好吗？一早你自己去找李钢，我就不陪你了。中午，我在保卫处门前等你，我们一起去说清楚。"

我陶醉在她害羞的样子里，没有听清楚她的话。我忙问："你说什么？"

她有点儿佯怒地问："真的没听见？"

我忙拍着胸脯说："向毛主席保证，没听清。"

她提高了一点儿声音，说："明天一早你先自己去找李钢，我就不陪你了。中午，我在保卫处那儿等你，我们一起去说清楚。你觉得这样好吗？"

我为着能和她在一起而高兴，有点儿明知故问地说："为什么不陪我去见李钢呢？"

她又低下头，红着脸说："我现在还不想见你的朋友。"

我笑着说："好吧。"

她低头看了看表，说："不早了，你早点儿回去休息吧！明天是关键的一天，要养足了精神。"

我试探着问她：“我送你回去好吗？”

她想了想，点点头。

我喜出望外地从椅子上跳起来，差点儿把桌子和椅子都撞翻。她笑着看着我，我心里一动，她的神态好像馨儿，也是那种大姐姐看着顽皮的小弟弟的那种宽容的笑。

我努力甩了甩头，止住自己的思绪，绕到桌子边上，揽起她，就往前走。

她回头看了几眼。我有点儿不高兴，正想问她是不是还怕人看见我们在一起。突然想起来，刚才是我背着她的书包，放在我椅子边上了，我走的时候忘了拿了。

我一拍头，赶紧往回跑。拿回来以后，我呼哧带喘地问她：“你是不是一开始就知道我忘了拿包了？”

她调皮地笑着说：“不是一开始，也差不多吧。我就想看看你这个忘性大的家伙什么时候能想起来。”

我笑着去捉她。

她笑着跑开。

也许是我太累了，也许她就是跑得快，我怎么也追不上她。她跑跑停停的，还不时地回过头来气我，一直到她的宿舍楼前，她才停下来。我老半天才到。

她看着我，笑着说：“你这个家伙，太缺乏锻炼了。以后，我们早上一起锻炼好吗？”

我喘着气，点点头。

她拿过书包来，低下头说：“我听说，心里不痛快的时候，运动一下会好很多。我就是这样，心里难过的时候，围着体育场跑几圈，把自己累得喘不过气来，心里就会好很多。”

她抬起头来，灿烂地笑着：“可是没想到，你这么不中用，太缺乏锻炼了。”

我感动地望着她。

她又害羞地低下头，避开我灼灼的目光，低声说：“那我先走了。晚安。”

我冲动地牵过她的手，拉过她来，要吻她。

她红着脸，很坚决地说：“不要，这里人太多了。”

我只好放开她，讪讪地说：“晚安。”

她拉着我的手说：“对不起，这里人太多了，我……”

我用手指嘘住她的嘴，低声说：“聂子，是该我说对不起的。”

我想起了馨儿说过的话，我顿了顿说：“你永远不需要对我说对不起。”

她感动地抬起头，犹豫了一下，还是低下头，说：“那我们明天见！”

我笑着点点头，松开她的手。

她回转身，慢慢地走向宿舍。她回头看了我好几次。

在宿舍楼的门口，她向我挥着手，示意我回去，我跳着、蹦着，向她挥手。

她笑着摇摇头，走向楼梯。

我突然很懊悔忘了问她的宿舍号了。

我可以看见她小小的身影，一层一层地在楼梯的窗口处出现。在第三层和第四层之间出现后，就没有再出现。我推断着，她住在四层。

正想着，我突然看见她小小的身影在一个寝室的窗前，探出身，向我挥了挥手，我又高兴地跳起来，挥着手。她很快就收回身体，消失在窗帘的后面。

我高高兴兴地离开，想着聂子刚才的话，不由得加快了脚步，又跑起来。

一路跑回宿舍，我累得气都喘不上来了，心里却真的开心极了。

一进寝室，王彬就说："你的朋友，叫什么来着，对，叫李钢的，找了你好几次。让你一回来就去找他。"

我可能太开心了，一下子没有回过神儿来，随口问了一句："说什么事儿了吗？"

他回答说："这倒没说，好像挺急的。"

我这才反应过来，是李钢！自行车的事儿！

我撒腿就往外跑，边跑边说："王彬，谢了！"

我跑到李钢的宿舍，正好碰见他往外走，他拉着我，一路快跑到楼下一个僻静的角落，劈头就问："保卫处找你问自行车的事儿了吗？"

我喘了半天气，才说："今天晚饭前找的。"

他连忙问："你怎么没有说是我介绍你认识那人的呢？"

我摸摸头说："我不想兜出你啊！"

他先是紧紧地握了握我的手，说："哥们儿，不多说了，谢了。"然后，他摇摇头，苦笑着说："他们晚上找的我。其实，你不说，那小子肯定也供了说是我介绍你们认识的。也不知道那小子胡说八道了没有，他要是硬说我知情，我就惨了。这回是我看走了眼了。本来，没你什么事儿，你偏偏这点儿细节上不说实话。要知道，警察是最爱查这些衔接上的细节的。"

我摇摇头说："这回，别真的栽了。听说正严打呢，还记得老谭讲的那个严打的故事吗？"

他点点头说："反正，咱们只能实话实说，咱得相信咱人民政府和人民警察能查清楚。那小子要是硬攀我，最不济的，你得说实话，咱不能两个人都折进去。"

我说："哪儿能让你一人全扛呢？"

他拍了拍我的肩膀，说："别说了，哥们儿，本来就是我惹的事儿。我当然得扛。而且，我以前也跟你说过，我爸的老同学是我现在系里的头，你是无亲无故的，估计同样的事儿，到了我头上，肯定得轻不少。"

我使劲儿忍住泪，也拍了拍他的肩膀，说："哥们儿，不多说了，眼泪汪汪的。"

我看见他的眼睛也红红的。他问我："这事儿跟汪馨说了吗？"

我心里面一紧张，没有说话，忙摇了摇头。

他没有注意到，接着说："我本来也要打电话给白雪的。后来一想，这种事儿，还得咱们大老爷们儿自己扛着，告诉她们了，跟着瞎担心，啥事儿也不顶。等事情过了，再和她们加把油、添把醋地吹吧。"

他又看了我一眼说："你小子看起来特别累，早点儿睡吧，明个儿，你去找政府说清楚。我到我爸的那个同学那儿去问问，看看有什么大问题没有。"

我点点头说："那明天，我还是在睡觉前到你们宿舍找你接头？"

他点点头。

我们各自回了宿舍。寝室里，舍友的录音机里赫然正在放着这样一首歌：

…

From this moment life has begun.

From the moment you are the one.

Right beside you is where I belong. From this moment on.

From this moment I have been blessed.

I live only for your happiness.

And for your love I' d give my last breath.

…

想着和聂子吻的那一刻，我不由得痴了。

那一夜，也许是运动得太累了，我睡得特别的好。

我一觉醒来，一看表，已经快十一点了。我赶紧跳下床，跑下楼。我想了想，还是决定不骑车了，照着聂子的话，多锻炼，我跑向保卫处。

我越跑越累，越累越后悔没骑车。可是，跑回去吧，不是白跑了这么一圈吗？我跑跑，走走，停停，想想，犹豫着。十一点半都多了，我才到那儿。

我抬起头，远远地看见聂子在那里，她坐在门前的一排长椅上，低着头，在看书。

我加快了脚步，跑过去。她抬起头，看见气也喘不上来的我，很吃惊地问：“我记得你是有车的啊？怎么跑过来了？”

我喘了口气，才说：“听你的，多锻炼锻炼。”

她笑着说：“傻瓜，锻炼也不在这一会儿啊。以后，我天天早上监督着你锻炼。现在，还是先办正事吧。”

我点点头。

她又问：“对了，你和李钢谈了没有？”

我点点头说：“谈了。哥们儿就是哥们儿，他说了，都怪他招惹了这事儿，有什么大事，他都扛了。”

聂子点点头说：“那太好了，我们进去说清楚吧！”

我很严肃地说：“聂子，我不愿意你进这种地方。让我一个人进去。你在这里替我祝祷好吗？”

她想了想说：“那好，我会在这里，一直等你出来。”

我点点头。

她红着脸，看清楚了四周没有人，才踮起脚尖，在我的唇上吻了一下，说：“我等着你的好消息。”

我想拉她入怀，她推开我说：“快去啦。”

我笑着，走向保卫处。

在门口，我的心开始紧张起来，我回过头，看着聂子，她朝我做了个V字手势。我攥着拳头，向她挥了挥。

走进去了，我的心倒坦然了。我走到接待处，说：“我要找学生科的李同志。”

一个女同志把我领到一间小屋子，说：“你在这里等一下，我去找他。”

我点点头，坐下来。

她关上门，走出去。我看了看周围，我猜不出这是干什么的地方，有一张挺大的办公桌，一把办公椅。可是，办公桌上空空荡荡的，什么也没有。我坐在墙边的一个长沙发上。

我安慰着自己：“管它是干什么的，反正不像是个审讯室。”

等待是最难熬的，尤其是在这种地方。

我开始看着表，一分一秒地数着。我意识到，他有可能是去吃午饭了。我想着聂子，她一定也急坏了。我犹豫了再犹豫，还是站起来，悄悄地打开门，看了看，大概大家都去吃饭了，整个办公室显得很冷清，只有几个交谈和打电话的。

我偷偷地从门缝里挤出来，蹑手蹑脚地跑出去，聂子赶紧迎上来，问：“怎么样？”

我嘘了一声，压低了声音说：“可能都去吃饭了，没碰上我要找的那个人。我怕你着急……”

聂子说：“我没事儿。我本来跟我自己说，如果你一点钟不出来，我就进去找你，和你在一起。现在才十二点多，我倒忘了午饭了。这样吧，如果你一点半不出来，我再进去找你。别担心我。你快回去等着吧。”

我点点头，偷偷地溜回屋子。

过了很久，门才打开，李同志走了进来。

他看了一眼我，迟疑地问：“你是？”

我心里有点儿高兴，要是我的事儿大发起来，他肯定记得住我的。我忙说：“我叫吴剑，关于那两辆自行车买卖的事儿，昨天您找过我。”

他又看了看我，才说：“对。有什么问题吗？”

我前倾起身子，很恭敬地说：“我想起来了一个新情况，想向您反映一下。”

他挥挥手说：“你等一下。我回去拿一下材料。”

我又坐回沙发，心里面七上八下地等着他。

他抱了一大堆材料回来。我的心都有点儿凉了，怎么也想不明白自己在哪儿犯了这么多的事儿。

他从材料里找出一个活页夹，翻了翻，然后，头也不抬地说：“你可以讲了。”

我清了清嗓子，小心翼翼地说：“昨天晚上，我忘了讲一个细节，也不知道有没有用，但是，我还是决定来讲清楚。卖车的那个人是我的哥们儿李钢在从北京到上海的火车上认识的，李钢介绍了我们认识，他就有急事回北京去了。我就问了我们外教，然后，让他们两个人自己联络去了。说实在的，连那人姓什么，叫什么，我都不记得了。”

我又想了想，突然又找到一根救命稻草，我忙说：“对了，我想起来了，我自始至终没有拿一分钱的好处。”

然后，我又加了一句：“我觉得李钢也和我一样，一点儿也不知情。”

他抬起头，看了看我，说：“讲清楚你自己的情况就行了，不要觉得，不要管别人的事儿。”

我赶紧点点头。

他又低下头，不停地翻着他那一堆材料。

屋子里静悄悄的，只有他翻纸的沙沙声。我觉得肺里面憋憋的，有一种喘不过气来的感觉，不知道是不是太紧张，最近，我常常这样。

我使劲地喘了几口气，才好了一点儿。

他抬起头，看了我一眼，还是没有说话。

也不知道过了多久，我一动也不敢动，连表也不敢看。我使劲地低着头，直着腰，又累又疼，我偷偷地抬头看了他一眼，见他还在读东西，我才敢稍微动了一下，换了个姿势。

又过了一会儿，他终于抬起头，看了看我，慢慢地说："你说的情况，基本上和其他人交代的是吻合的。"

他顿了一下，想了想，才说："本来，我是不该说的。因为我们还在调查阶段。但是，我看你也不像是经过这种事儿的，我想，我不说，你肯定是寝食难安的。"

我使劲儿点点头。

他接着说："这当然是我个人的看法，还要看最后调查和我们集体研究的结果。如果，你说的情况属实的话，应该不是什么大问题，顶多是你们系里点个名批评批评。"

我喜出望外地从沙发上跳起来。他看了我一眼，我忙坐下来，一口大气也不敢出地低下头。

他接着说："以后，这种悬事儿少掺和。现在这社会上，什么人没有啊？不认识、不了解的人少打交道。"

我不停地点着头。

他看了看表，说："好吧，我还有个会，你可以走了。"

我一看表，快一点半了！我犹豫了一下，还是慢慢地走出门，我轻轻地把门掩好，就再也忍不住地一路雀跃着，跑出保卫处。

聂子正站在门口向里面看，见了我的样子，她也笑了。

我拉着她的手，跑出来，坐在长椅上，喘着气说："没事了！"

她笑着看着我的样子，清清地说："别着急，慢慢说。"

我喘了口气，才很得意地说："我一进去，就先把李钢介绍我和那个人认识的事儿说了。然后，我又想起一特重要的细节，我在这当中，一分钱也没拿。"

她笑着说："这有什么得意的？这么重要的细节，你昨天怎么忘了说？"

我笑着说："我这人本来就忘性大，昨晚上不是把你的书包也忘了？昨天，我一进这儿，一见警察就蒙了，什么都想不起来了。"

她笑着说："好吧，情有可原。那保卫处的人怎么说？"

我笑着说："他半天不说话，就是看着他面前的材料，有这么老厚。"

我一边用手夸张地比画着，一边继续说着："我开始一见那么厚的材料，心都凉了，总觉得自己没犯那么多的事儿啊。现在，想明白了，肯定是关于这件事儿所有人的材料。他对了半天口供，觉得我的问题不大。"

聂子细心地问："他们的原话是什么？"

我想了想说："他好像是说，你的问题应该不是什么大问题，顶多是系里点名批评。"

聂子高兴地说："太好了。"

我拍拍肚子，笑着说："现在才觉得饿，肚子咕咕叫得厉害，你呢？"

她笑着说："我也是，刚才一点儿也不觉得。"

我突然想起什么，收敛起笑容，拉住她，很严肃地问她："聂子，我如果要是真的没事儿了，你还会和我好吗？"

她红着脸，低下头说："我其实一直都想和你在一起的。只不过，我想再等一段时间。现在，我不会离开你了，除非哪一天，你不想要我了。"

我很着急地说："我不会的，我……"

她笑嘻嘻地打断我说："先去吃饭吧？我可是真的饿了。"

我也笑了，大叫着："走，去撮一顿，庆祝庆祝。"

她忙说："以后再庆祝吧！咱们随便吃一点儿快的，我下午的课快迟到了。"

我点点头，说："那好。"

我看了看她的车，笑着，以退为进地说："可是，我们只有你的一辆车。要不你先去吧？"

她红着脸，看了看车，又看了看我，就是不说话。

我只好说："要不然，我带你吧？"

她红着脸，点点头。

我大笑着。她自己跳上后座，两只手抓住座位，就是不肯抱着我。

我骑上车，回头看了她一眼，她低着头，脸通红通红的。

我的心一荡，想起以前，我也骑车带过一次馨儿，她是大大方方的。

"小心点儿。"一个不注意，我的车子有点儿歪，她叫着，一只手揽住了我的腰。我赶紧定了定神，骑稳了。她的手没有离开我的腰，我骑得特别的带劲儿。

我们到了食堂，小食堂还有卖盒饭的。我们排在队里，她不停地看着表，我看着她着急的样子，笑着说：“那一会儿买完了，你自己拿着饭去课堂上吃吧。”

她低声问我：“你不会嫌我没有陪你庆祝吧？”

我笑着说：“当然嫌了，我会要你以后好好补偿的。”

她问：“你要我怎么补偿……”她说着，觉得中了我的计，红着脸不再说下去。

一直到买完饭，她也不再跟我说话。

买好了饭，我们边往外走，我边问她：“生我的气了？”

她摇摇头。

我只好问她：“今天晚上有空吗？”

她想了想说：“今天不行，我明天有个大考试，昨天和今天被你给耽误了这么多时间，我连书都没有看一遍，可能要熬夜了呢。”

我假装生气地说：“好啊，合着我就是白浪费你时间的一家伙。我纯洁的心灵真的受伤了。”

她笑了，说：“好了，别装了。明天考完了，我们再庆祝，好吗？”

我忙问：“什么时候？”

她边往外跑边说：“五点吧，我们在一教门口见。”

我忙说：“不见不散。”

她已经出了门，也不知道听见了没有。

我坐下了，觉得胃口特别的好，平时觉得特难吃的盒饭，我三口两口就吃完了。我又买了一盒，一边吃，一边想下午和晚上该干什么。课好像都挺没意思的。想着，想着，突然想起来后天有英语课，心里又有点儿七上八下的，不知道外教会不会生气，不知道该如何向她解释和道歉，挺后悔刚才没和聂子商量的。不过一想起来明天就又可以见她了，我就又开心起来。

我又接着想：“李钢晚上才见，馨儿……”

这个时候，我才想起馨儿，我突然怕极了见她。可是，我知道，我应该见她，第一个告诉她，我和聂子已经在一起了。

# 十三

希望我周围的人都能幸福。

我鼓足了勇气，回到宿舍，骑上车。

到了馨儿的宿舍，我跑上去，敲敲门，那一刻，我不知道是希望她在呢，还是不在。没有人来开门，我逃难似的跑开，好像是怕有人会来开门。

我跑到楼下，在车棚旁边的一个长椅上，躺下。初春的太阳晒得我暖洋洋的，有一种昏然欲睡的感觉。蒙蒙眬眬之间，我仿佛又回到了那一次和馨儿去北戴河的时候，也是这样躺着，什么也不做，什么也不想，看着蓝天，看着白云苍狗。

她那时候问我信不信有神。

我当时说，“应该有吧？如果没有，大自然怎么会这么美好呢？你看，这蓝天、白云和海鸥，这样美的图画，又应该是由什么进化来的呢？”

现在，我很想补充一些，如果没有神，世事为什么会这么奇妙，这么美好？

她当时接着问，“如果，神能实现一个你的愿望，你的愿望会是什么呢？”

我当时希望的是永远心想事成。

我很想告诉她，现在，我不再那么不切实际，不再那么贪心了。我只有像她一样的愿望，希望我周围的人都能幸福。

我居然真的睡着了。

我被自行车铃声吵醒，连忙从椅子上爬起来。看了看表，已经四点多了，不少人下了课，骑着车从教学楼回来，车棚里人多了起来。

我靠在椅子上，刚从沉睡中被吵醒，头还是昏昏沉沉的。我努力地想理顺思路，最重要的是鼓足勇气。

过了好一会儿，我还是没有准备好。

“嗨，你是吴剑吧？”我抬起头，一个女生站在我的面前。

我想了想说：“噢，你是范彤吧？汪馨的舍友。”

她点点头说：“我知道汪馨一下课就回宿舍了，你怎么不去找她？”

我红着脸说：“我来了有一会儿了，你们宿舍没人。”

她走向宿舍，我只好跟在她的后面，她奇怪地看了我一眼。

我低下头，默默地跟着她上楼。

上楼梯的时候，她看了我好几次。最后，在楼梯口，她才问我：“你们没事儿吧？”

我不知道说什么好，只好应付着摇摇头。

她没有再说什么，到了她们的宿舍，我远远地站着等着。她推开门，过了一会儿，馨儿走出来。

她问我：“我们出去走走吧？我们寝室的人都在。不好意思老让她们出去。”

我点点头，和她走下楼。

我们在校园里默默地走着，很久没有讲话。

最后，她看了我一眼，问：“最近好吗？”

我斟酌着，先把自行车的事儿告诉她。然后，我告诉她：“我把这件事告诉了那个女孩子。我说，我不想连累她，要离开她。她对我说，她相信我，她一定要同我一起去面对这件事儿。”

我顿了顿，看着馨儿，犹豫着，最后还是说了出来：“我们在一起了。我，我吻了她。”

从馨儿的脸上，我什么也读不出来。她看了一眼我，然后移开目光，看着远处说：“她真的是一个好女孩。难得她这么了解你、信任你。”

我慢慢地说：“我想，换了是你，或者是我任何的一个朋友，你们也会一样地信任我、和我在一起、支持我的。”

她微微笑了笑说：“我不同，我们在一起是多年的朋友了，我当然了解你不会做这种事儿的。可是，你们相识才很短。我记得有这么一种说法，有些人，只有一面之缘，就彼此相知，而有些人，一辈子在一起，也并不了解彼此。我很为你们高兴。”

我想了想，问她：“馨儿，你是有所指的吗？”

她看了看我，说：“木头，我只是感慨而已。”

她转过头，接着说：“走，去吃饭吧。”

我笑着说：“我两点钟才吃午饭，一点儿也不饿。”

她笑着说：“那你能陪我去吃吗？我中午没有好好吃，饿了。”

我点点头。

我们到食堂买了饭，坐下来，我坐在她的对面，仔细地看着她。

我觉得她又憔悴了些。她默默地低着头，慢慢地吃着。有一两次，抬起头，冲着我笑笑。那种涩涩的微笑，令我有一种心惊的感觉。

她又看了我一眼说：“真的只看着我吃啊？你一点儿也不吃吗？”

我撒了个小谎，说：“不了，我一会儿还要去找李钢，如果他也没事儿了，我们哥儿俩再好好撮一顿。”

她说：“那好，你快去吧，别忘了，到时候要告诉我结果。”

我点点头说：“那我先走了。”

她向我挥挥手。

离开了馨儿，我有一种如释重负的感觉，然而，这感觉又让我很 guilty（负罪感）。

想着聂子告诉我的办法，我拼命地骑回学校，跑上李钢的宿舍，让自己累得喘不上气来。

李钢正躺在床上，看见我，他跳下床，很严肃地说：“我找了你好几次。咱们找个馆子去好好聊聊。”

我的心里咯噔一下，不知道自行车的事儿是不是又出了反复。我紧张地跟着他，一起进了一家常去的小馆子，找了个清静的位子坐下。

李钢上上下下地打量了我一遍，递给我烟，点上，自己也点上，这才说：“我今天看见你们了。”

我莫名其妙地问：“看见什么了？”

他有点儿生气地说：“装傻是不是？我看见你骑车带着她。”

我噢了一声，不知道该怎么回答他。

他接着说：“本来想叫你来着，后来想还是给你留点儿面子，咱哥儿俩私下谈好了。”

我还是没有说话。

他问我：“你到底怎么想的？”

我抬起头看着他，很坚定地说：“我爱她，她也爱我。”

李钢很激动地问：“那汪馨怎么办？”

我压低了声音说：“我今天下午见过汪馨了。我告诉她了。我们真的只是朋友。我要怎么说，你们才信呢？”

李钢还是大着嗓门儿说：“我不知道你是装傻充愣呢，还是当局者迷？谁都看得出来，汪馨喜欢你。这事儿总得有个先来后到吧？还记得你当时怎么甩了单颖的吗？我看你特别喜新厌旧，多好的女孩儿，过一段儿，你也准甩。”

我也生气了，赌气地说：“这你就扯远了。单颖，你们当时也觉得我们俩不合适的。而且，我和单颖绝对是两相情愿地和平分手，谈不上谁甩谁。咱们现在只谈汪馨的事儿。我一遍一遍地问过汪馨，愿意和我继续下去吗？她一遍又一遍地说，她只想和我做朋友。要不，这么着吧，你去和她谈，只要她愿意继续，我也愿意。”

李钢看着我说："这可是你说的。我一会儿就打电话给她，约她明天见面谈谈，我也想让老谭和白雪都给她打电话，都好好劝劝她。"

我赌气地继续点点头说："好啊！我等你们谈的结果。"

他从椅子上跳起来，大叫着："好！"

他跑到老板那儿，借了他的电话，打了好儿通电话。

他跑回来说："好了，老谭和白雪明天中午和她谈，然后，告诉我结果，我明天和她吃晚饭，见面谈。你要不要去？"

我想了想，说："我不在场可能会更好，我等你们的消息。"

他看了我一眼说："一言为定。"

我点点头，突然想起来明天五点钟要见聂子的。我想了想，决定写封信给她，取消掉约会。我怕找她，她又会怪我影响她。更主要的是，在明天李钢告诉我结果之前，我不知道是不是应该见聂子。

李钢突然想起什么来，说："对了，忘了告诉你了，我问了我爸的同学，他打听了一下，说好像那个小子还没有乱说，估计我们两个的问题都不大。"

我也点点头说："我也忘了说了，我今天又去了趟保卫处，那儿的人也说我问题不大。"

李钢给自己倒上酒，喝了一口，说："你小子，我就是不明白你了，和汪馨两人在一地儿，多好。瞎折腾什么呢？瞧我和白雪，两地分居着，多痛苦。"

我苦笑着问他："早知今日，何必当初非要分开呢？"

他摇摇头说："当时真浑蛋。往事不堪回首，说现在吧。咱们年级还有另一个上南开的同学叫李海的，还记得吗？"

我想了想说："我不太熟，好像是你们四班的。"

他点点头说："对。我们俩还凑合。他跟我说，他听说，白雪他们班里，有人在追她。"

我大声说："谁啊？这么叫板。扁他。"

李钢摇摇头："白雪上礼拜刚写信给我，也说了这事儿。她说，是一个挺老实的农村生，家里特穷，特用功的那一类。白雪不是她们那儿的班长吗，就挺照顾他的。他就不老实。"

我忙问："白雪怎么说？"

李钢说："她说，她已经拒绝了他了。我一接了信，就打了个电话给白雪，我也说要教训他，没想到，白雪还挺维护他的，说不让打，说不是他的错。我们就吵起来了。要不是汪馨的事儿，刚才她还不接我电话呢。"

我忙问："这么大的事儿，你怎么也不跟我说？"

李钢苦笑着说："你小子自身还难保呢，等你过了河再说吧。"

我又问："老谭怎么说？"

李钢说："他和白雪通过电话，他说，白雪告诉他，我应该相信她。你说这什么事儿闹的？连这种话都得靠老谭来传。这是我们两个人第一次吵架，人家都说，第一次吵了，以后就不好了，就会不停地吵。"

我突然想，和馨儿在一起这么久，居然没有吵过一次架，不知道这是不是我们的问题之一呢？

李钢喝了一口酒，接着说："那天吵完了，特别后悔，这些天，特别想她。"

我问她："这些话干吗不跟她说呢？"

他苦笑着，摇摇头："好几次提起电话，犹豫了再犹豫还是没打，打了一次，听见她冷冰冰的话问我，有什么事吗？我就没好意思说出口。"

我问："那刚才怎么样？"

他说："什么怎么样，帮朋友她当然热情了。一句没提我们俩的事儿。"

我摇摇头，说："这阵子，也不知道怎么了，咱哥儿俩都闹这种事儿。"

李钢笑笑说："咱哥儿俩？老谭也没闲着。还记得那个特漂亮的饭店领班小姐吧？"

我点点头。

李钢接着说："她给老谭写了封信，春节过了以后，你一走，老谭就来了趟上海，说是挺受你鼓舞的，也要试一把。这阵子，我怎么问他情况，他都不说，说电话和信里讲不清楚，还是以后见了面再谈。"

我有点儿生气地说："这事儿，老谭怎么一点儿消息都不漏啊？太不够哥们儿了吧？"

李钢笑着说："是谁不够哥们儿啊？你小子整天忙两个女朋友，整个儿一重色轻友。老谭和我都说先别烦你了。先看看你能不能自拔吧。没想到，你是越陷越深，哥们儿再不拉一把，你是不行了。"

我不好意思地低下头说："什么时候我得找老谭好好谈谈他的事儿。"

李钢很兴奋地说："就春假吧。他一定要见面才谈。我们商量过了，老谭和白雪都来上海，咱们一起去杭州或者苏州玩。再加上你和汪馨。没准儿老谭的大美女也能来。正好凑成三对儿。咱们也上上天堂。"

我点点头说："应该没问题吧？"

李钢看了我一眼，不置可否地摇摇头。

我想，我明白他的意思，我也不知道我能说什么，只好咳嗽着，又点上一支烟。

李钢看着我说：“酒你是不喝了，这烟我看你是越抽越凶了。”

我苦笑着，点点头。

李钢灌下最后一口酒，站起来，说：“不喝了。明天和汪馨聊好了，再喝。”

我也站起身，和他一起走回宿舍。

那一夜，想着老谭、李钢、白雪，还有我自己的事儿，我一直到清晨才睡着。我一直觉得自己忘了做什么事儿，可就是想不起来。

早上醒来，已经十点多了，我突然想起来，忘了写信告诉聂子取消约会了。我连忙写了封短信，告诉她我有事儿，不能去了。我骑上车，飞快地冲到信箱室，塞在他们系的信箱里。

然后，我买了个面包，塞了下去，权当是早餐，百无聊赖地在校园里逛了逛，越逛我的心里越烦。我又试了试聂子的方法，在操场上跑得精疲力竭的。可是，这一次，我的心里还是乱乱的。

我决定去机房上机。编着编着，我有一个莫名其妙的故障怎么也查不出问题，我不停地想着各种办法调试着。我慢慢地忘记了烦恼，一门心思地沉浸在排错上。

直到一个同学问我：“吴剑，要不要一起去吃饭？”

我头也不回地说：“才几点啊，吃什么饭？”

他笑着说：“五点多了，吃晚饭啊。”

我看了一眼表，真的五点多了。这才觉得饿了，想起来自己的午饭也没吃。

我刚要答应他，突然想起来一个大问题：“我今天早上才投信，如果聂子没有收到我的信怎么办？她会不会在那里傻等？”

我急忙说：“今个儿不行了，我还有急事。”

说完，我就冲下楼，跳上自行车，冲向一教。

聂子果然还在那里。

她看见我，微笑着迎上来。

我跳下车，看着她满面的春风，我真的想留下来，和她在一起。我犹豫了一下，还是喘着气说：“聂子，我给你写了封信，告诉你，我有事儿，不能来了。你没收到吧？”

她一愣，摇摇头。

我说：“都怪我，寄晚了。我刚才想了想，就怕你没收到，在这儿傻等。”

她关心地看着我问：“是不是自行车的事儿又有了反复？”

我使劲儿摇摇头，说：“不是。”

我又看了她一眼，又犹豫了一下，还是说："我以后再告诉你。我现在要走了，明天，我会去找你的。"

她奇怪地看着我，想问什么，欲言又止。

我真的想告诉她一切，可是，她是那么的娇小而柔弱，我告诉自己："我不应该让她知道太多，承受不必要的负担。可是，如果她先问我，我就说。"

我期待地看着她，她没有问。她只是说："你去吧，我等你。"

我点点头，跳上车，飞速地蹬开，我觉得我的眼睛有一点点湿润。

我随便买了点儿吃的，先到李钢的宿舍，给他留了个条，告诉他，我会在我宿舍等他。

然后，我回了自己的宿舍。

坐下来，很饿，却又吃不下饭。那是一种很奇怪的感觉，我想着李钢和馨儿现在正在进行的谈话，心中涌起一种更奇妙的感觉，有一点点痛苦，有一点点期待，有一点点疲倦，有一点点激动。

我又有一点儿喘不过气来。我跑到窗口，呼吸了几口新鲜的空气。好受了一点儿。我索性找了一个凳子坐在窗口，看着楼下的同学们忙忙碌碌的，快步行走着，似乎都有着他们的目标和方向。我想起了外教问的那个问题，我还想起了那个最俗的问题，人到底为了什么活着？记得我前不久读到过这样一段话：We bring nothing here, take nothing away, we need to give more to other people during our life. We do not own anything, we just take care of things for the next generation on earth.（我们来到这个世界上，什么也没有带来，什么也带不走，我们的一生，应该给别人一些。我们不拥有任何的东西，我们只是为我们的下一代照顾他们的东西。）

我不知道这是不是就是人生的目的，我真的很想问一问每一个人的想法，如果记录下来，应该是很有意思的。

我笑了笑。在这样一个美好的春夜，在忙碌的校园里，我可以这么闲下来，想一些不相干的事，我突然有一种很奢侈的感觉。

我点上一根烟，让烟雾的感觉包围起我来。

李钢到九点多才来。从他的脸上，我已经读出结果。这本来是我所期待的结果，我的心里却很不好受。

他看着我，摇摇头。我问他："今儿晚上要不要醉？"

他点点头。

我努力笑着说："那去你们宿舍吧？今天，我扛不动你了。"

他也笑笑说："好吧。你去买点儿熟肉，我去买酒。"

我点点头。

在李钢的寝室里，他打开白酒，直接灌了一口，然后，推到我面前，问：“真的不试一口？”

我犹豫了一下，拿起来，放到嘴边，那一股浓烈的酒精味儿让我呕了一下，差点儿吐出来。

李钢看着我，摇摇头：“这回，我是真的信你了，你是真的对酒过敏了。”

我放下酒瓶，点着了烟。我问他：“她怎么说的？”

李钢叹了口气，说：“她就是翻来覆去地说，你们只能是朋友。要我们不要逼你和逼她了。”

我也叹了口气。

他接着说：“我算是服了你们两个了，我实在是搞不懂你们，我彻底 give up（放弃）了。老谭也是。白雪后来打电话来，你们家汪馨倒好，不停地劝我们两个和好，让我们两个人把话在电话里就说清楚。结果，我和白雪倒是和好了。挂了电话，才想起来，还没劝汪馨呢。白雪赶紧又打过来，再怎么劝，她还是那么几句话，我们是真的没辙了。”

我摇摇头说：“我不知道，是不是像你说过的，我和汪馨做了太久的朋友，已经有了惯性，就只能做朋友了。”

李钢又喝了一口酒，才说：“你小子也别太高兴了。反正，老谭我还不知道，我和白雪是商量好了，不管怎么着，我们绝对永远站在汪馨这儿边。你谈你的恋爱，咱们朋友还是朋友。但是，她在我们的圈子里不受欢迎。”

我看着他，深深地吸了一口烟，点点头说：“成啊，我能理解。”

李钢拍了拍我，没有再说话，低头喝起他的酒来。我咳嗽着，一支接一支地抽着烟。

李钢很快就醉了，吐了一地，我扶他上床，清理了地上的脏东西，开窗透风。一直忙到他的舍友们回来。

我累极了，拖着腿走下李钢他们的楼。

我突然想极了聂子，我不知道哪儿来的劲儿，一路跑到她的宿舍楼前。我一直等到熄灯，才垂头丧气地往回走。到了我们宿舍门口，我好像听见她清清的声音：“嗨。”

我以为我听错了，抬起头，她就俏生生地立在我的面前。

我一把揽过她，紧紧地抱住。

过了好一会儿，她才从我的怀里抬起头，问我：“出什么事儿了吗？”

看着她倚靠在我怀里的样子，我的心中涌起一股柔情，我告诉自己：“从今以后，绝不让自己那些过去的事情来烦扰她，一定要好好地保护她、照顾她、爱她。”

她又问了一句：“能告诉我出了什么事儿了吗？”

我想了想，犹豫了一下，还是撒了个谎：“没什么，编程上出了个问题，怎么也弄不出来。心里特别烦。”

她还是关心地看着我问：“真的吗？”

我努力笑了笑，说：“真的。我们这些搞电脑的，每编一个程序，都像是一个自己的baby似的，要是出了点儿什么毛病，饭不吃，觉不睡，也要把它改好。”

她笑着点点头说：“这我倒听说了。听说你们计算机系的人都是干起项目来没白天没黑夜的，饭也顾不上吃，尽是得胃病的。做完了，又可以睡好久，生活特别不规律。所以，我也不打算逼你早上起来锻炼了。不过呢，你一定要自己注意身体。”

我点点头。

她又问我：“你的问题解决了吗？”

我想了想，回答她说：“算是解决了吧。尽管办法不是很理想，但是，这是我力所能及的最好的办法了。”

她点点头说：“别太苛求自己了，尽了力就好了。”

我突然想起来明天英语课的事儿，我问她：“聂子，你说，明天我英语课，要见那个外教，自行车的事儿，我怎么向她道歉呢？”

她想了想说：“实事求是吧。就说你和那人根本不熟，也是别人介绍的，你实在抱歉。诚恳一点儿。”

我问：“她会不会以后给我穿小鞋啊？”

她笑了笑说：“你就爱瞎想，不会的啦。好了，不早了，我该回去了。你也早点儿休息吧。”

我点点头，松开她。

我又想起了一件事儿，问她：“聂子，今天五点的约会，如果我后来没有去，你会等多久呢？”

她想了想，眨着大眼睛说：“这个，我倒真的没有想过。你说过的，不见不散，我想，如果不出什么事儿，你会来的。”

看着她惹人怜爱的样子，我伸出手，想再拥她入怀，吻住她。她一笑，避开我说：“太晚了。”

我讪讪地说：“好吧，明天我去找你。”

她看着我的样子，笑着走过来，仰起脸。我低下头，吻了一下。她就又避开我，笑着说："你的烟味好重。真的太晚了，我要走了。"

然后，她一边推着自行车，一边说："要不然，我们明天在曦园见吧，我很喜欢那个园子。还是五点钟，不见不散。"

我说："好。不过，聂子，以后，我只要你最多等我半个小时，我不要你等得太久了，等累了。如果我以后不能去，一定是事出有因。"

她点点头，骑上车走了。

我呆呆地立在原地，看着她远去的身影，想着自己刚才的话，我自己都不明白自己为什么会说出那样的话："我真的还会再爽约吗？如果会，又会是什么原因呢？"

## 十四

You will know he is the one if you two can dance together without music. （**如果你能和一个人在没有音乐的情况下，一起跳舞，那他就是你的那个人。**）

第二天，我破天荒地早早地就来到英语课堂，正好碰见外教从另一边楼梯口走过来，我鼓足了勇气，走过去说："Professor York，may I speak to you privately?（教授，我能和您谈一谈吗?）"

她看了看我，认出我来了，笑着说："Certainly，you are Jim，right?（当然了，你是吴剑，对吧?）"

我点点头。

她开玩笑地说："The bike guy，how can I forget?（我怎么能忘呢，卖自行车的人。）"

我红着脸说："I am really sorry for all the trouble and inconvenience I have caused.（我对我引起的不方便和麻烦而道歉。）"

她马上说："I am just kidding. You do not need to apologize. Actually，I should thank you for what you have done.（我刚才只是开玩笑。你不需要道歉。事实上，我应该谢你的。）"

我是彻底地 lost（糊涂）了，忙问："Why?（为什么要谢我?）"

她说："Do you remember? I came to China for adventure and experience. I would say the time I spent with police is quite an adventure as well as experience. And somehow，they allowed me to keep my bike，maybe I am a foreigner or something.（你还记得吗？我来中国就是为了历险和经历一些事儿。我觉得，这次和警察在一起是一个很有趣的历险和经历。而且，不知道为什么，他们让我留下了自行车，可能因为我是个外国人?）"

我喜出望外地问："Really? No hard feelings?（真的吗？你不记恨我?）"

她笑着开玩笑说："Of course not. In fact，if you got another similar bike for sale，let me know.（当然不了，实际上，如果你还有这样的自行车要卖，一定来找我。）"

我有点儿不好意思地笑着，跑进教室。

那一堂课，我特别的开心，主动回答了好几个问题，同学们都奇怪地看着我。

到了自由提问的时间，我突然想起什么来，问："Professor, how can one know for certain if the person he or she is seeing now is the one.（教授，请问，一个人怎么才能确定他现在见的那个人就是他命中注定的爱人呢？）"

同学们哄堂大笑。

外教也笑眯眯地看着我说："First of all, there is no certain thing in life. The only thing certain is uncertainty. Secondly, I am not an expert on love. But my mom once told me, 'you will know he is the one if you two can dance without music together.' My parents are high school sweetheart. They are in their sixties now, they are still dancing together.（首先，人生中没有确定的事儿，唯一确定的就是不确定性。第二，我不是爱情专家。但是，我母亲告诉我，'如果你能和一个人在没有音乐的情况下，一起跳舞，那他就是你的那个人'。我的父母从高中起就在一起，到现在，六十多了，他们还是在一起。）"

我们大家都为她的回答鼓起掌来。

周捷腾的一下站起来。

外教笑着说："No, I am not going to dance with you.（我不会和你跳舞的。）"

周捷问："Why?（为什么？）"

外教还是笑着说："I told you the reasons before.（原因我告诉过你了。）"

周捷很委屈地坐下。

我们大家看着，都笑弯了腰。

那天晚上，我早早地就来到曦园。没想到聂子早就来了。

我跑过去，笑着说："这么迫不及待地想见我了？"

她笑着说："你想得美。我好喜欢这个园子，我下午常来这儿看书的。我觉得在这儿看书效率更高。"

我笑着说："你怎么这么用功啊？整天都是书啊书的。"

她的脸色黯淡下来，慢慢地说："我是从一个小地方来的，不好好学怎么行呢？而且，我们系的分配又不好。我的成绩当时其实可以上复旦的任何一个好系的。我觉得国际政治系的名字挺响亮的，就报了第一志愿。没想到，分配的尽是中学的政治老师，还分不出去。我现在啊，就想好好学，以后好考研。"

她又回忆着说："那时候多傻啊，一看见国际政治，还以为是要去做外交官的呢。也没个人、没个地儿可以问。"

我还是笑着说："想那么远干吗？以后，实在不行，我养活你好了。"

她也笑着说："别吹牛了。你拿什么养我啊？"

我忙说："其实，我挺能干的。什么时候，我得好好告诉你我辉煌的过去、美好的现实和充满希望的未来。"

她笑笑说："又来贫了。不过，我们也应该多了解一点儿彼此。"

我举起手说："我先说好了。"

她笑着看着我，说："好啊。对了，被你一打岔，忘了问你，你们外教怎么说的？"

我拍了拍脑袋说："这么件得意事儿倒忘了说了。"

她好奇地看着我说："这事儿有什么得意的呀？"

我得意洋洋地说："外教一上来就说，不需要道歉，她还要谢我呢。"

聂子难以置信地说："你又神侃了吧？"

我摇摇头说："她说，她来中国，就是想历险和经历一些事儿。她觉得，这次和警察在一起是一次很有趣的经历。而且，不知道为什么，他们没有没收她的自行车，可能因为她是个外国人吧。她还说，if you got another similar bike for sale, let me know."

聂子笑着说："真有意思，真的是不按牌理出牌。"

我笑着说："人家是按外国的牌理出牌，可能跟咱们的规矩不同吧。"

我看了看表，说："该吃饭了。今天想吃什么？我有点儿想吃辣辣的四川家乡菜了。"

她笑着说："四川怎么成了你的家乡菜了？"

我笑眯眯地说："我是四川的女婿，自然是我的家乡了。"

她瞪着我，很凶的样子。我看不出来她是不是真的生气了，忙说："好了，好了。去吃我们聂子的四川家乡菜好了。"

她扑哧一声笑出声，我愣愣地看着她的笑脸。她的快乐，让我觉得春意洋洋的。

她又瞪了我一眼，说："走吧，去吃饭吧。"

我们骑上车，找了一家四川风味的馆子。

这回，我比较保守，先是要了中等辣的调料，没想到，一点儿也不辣，我大叫："老板，上你们最辣的调料。"

放进去以后，我豪气万丈地一边吃一边说："真的是不够辣，不够过瘾。"

她看着我的样子，笑着说："你呀，也就在这儿，敢这么吹牛。老家给我寄了两瓶特别地道、特别辣的辣酱来。到时候，我给你试着做做，看你还敢不敢叫……对了，你老爱说的那个北京词儿是什么来着？"

我想了想说："是叫板吧？"

她笑着点点头说："对，看你还敢不敢叫板，你们北京话好可爱。"

我笑笑说："是爱屋及乌吧？"

看着她又一副不高兴的样子，我忙岔开话题："对了，你是说给我试着做饭吗？"

聂子的脸一下子红了，她低下头说："我只是想着要学一学，试一试。我们对门寝室有一个人有一个煤油炉子，她常给她的男朋友做饭。"

我高兴地说："什么时候？"

她红着脸说："我在学做菜，还挺难的呢。等学好了，我再告诉你吧。"

我催着她说："给定个大概日子吧？我好有个盼头。"

她无可奈何地摇摇头说："唉，真不该先跟你说的。等期中考试完了以后吧？"

我摇摇头说："那太晚了，春假前后吧？"

她想了想说："那我快点儿学吧。不过，我可不能保证一定能行，也不能保证一定好吃。"

我笑着说："我们外教今天说了一句特别棒的话，There is no certain thing in life, the only thing certain is uncertainty.（人生中没有确定的事儿，唯一确定的就是不确定性。）"

聂子听着，点点头，又问我："你春假有什么安排吗？"

我心里一动，想起李钢他们的安排。

我犹豫了一下，还是摇摇头。

她兴冲冲地说："那我们出去玩儿吧？苏州啊，杭州啊，我都好想去。"

我很想说不去，可是，又不忍心扫她的兴。我想了想说："要不然去南京吧？春假大家都往苏杭挤，咱就甭凑热闹了。以后，咱们有的是机会出去玩儿，何苦现在和人家去挤呢？"

我说得很不自然。

幸亏她并没有注意我的神情。她还是高高兴兴地说："好啊，我听你的，就去南京。"

看着她高兴的样子，我觉得很内疚。一顿饭剩下的时间，我都很少说话。

吃完了饭，我问她："我们现在去哪儿？"

她瞪大了眼睛，说："当然是去上晚自习啊。"

我笑着说："晚自习？在复旦，我还真的没上过呢。你看，我连书也没带。今天就算了吧，你陪陪我。"

她很坚决地说："不行，今天我还有好多计划没完成呢。要不然，你回去取书来吧？”

她看着我不高兴的样子，仰起脸求着我说：“就算是我求你了，好不好？”

看着她的样子，我只好答应：“好吧，你去哪儿？我去找你。”

她高兴地说：“我一般都在一教，一楼最靠东边的那间大教室里，你上次找到过我的。”

我笑着说：“坐后面靠门一点儿成吗？我实在待不住了，咱们就早点儿走，也不至于影响别人。”

她点点头。

我骑回宿舍，顺手抄了几本书，放在书包里，就匆匆地赶到一教。

她很认真地看着书。我蹑手蹑脚地坐到她旁边的一张桌子上，她都没有注意到。过了好一会儿，我移到她的桌子上，坐在她旁边的椅子上，她才抬起头，冲着我笑了笑，把她的东西移开一点儿，让了一些地方给我，然后又用起功来。

我百无聊赖地翻了翻自己的书，又翻了翻她放在桌子上的书。她看了我一眼，宽容地笑了笑，没有说话。我看见前面的同学有好几个人在一边学习，一边转他们手里的笔，我觉得挺有意思的，就开始学着。没想到，看着容易，做起来难，我不停地把笔掉在桌子上和地上。不停有同学扭转头看我这里。聂子红着脸，用胳膊肘捅了捅我，我只好停下来。又翻开书，看了一会儿，觉得无聊，我就索性趴在上面。过了一会儿，我又侧过头，目不转睛地盯着她。

聂子过了很久才注意到我的样子，她看着我，叹了口气，无可奈何地笑着说：“好吧，今天就看到这里吧。”

我如获大赦地从椅子上跳起来，看着她收拾好东西，提起她的书包就往外走。

她追上来，有点儿遗憾地说：“唉，今天又完不成计划了。”

我笑着说：“以后计划订得低点儿不就行了。别老那么高标准严要求自己。”

她笑笑说：“你就一点儿也不用功吗？”

我笑着说：“有啊，考试前我比谁都用功。”

她问我：“那细水长流、平时努力一点儿不好吗？”

我笑着说：“我喜欢干什么都痛快，把什么浓缩起来，平时玩得痛快，考试前抱佛脚也拼命抱。”

我本来还想说爱也要爱个痛快的，怕她又生气，犹豫了一下，没说。

她想了想，笑着说：“嗯，其实，你这样也挺好的，干什么都淋漓尽致的，不像我，有的时候，把自己绷得太紧了，什么都想顾上，什么都想做好，结果，人挺累的，还总是什么也不尽如人意。”

我高兴地说：“就是，人生得意须尽欢，下一句是什么来着？”

她笑着说：“莫使金樽空对月。”

我接着说：“对啊，其实，我觉得人生就是为了能和自己爱的人好好地在一起。”

我突然想起来，前一阵子我不是在想人生的目的吗，没想到答案这么不费吹灰之力。

聂子很深沉地看着我。

我得意地说：“怎么样，深刻吧？”

她点点头。

我笑着问她：“你怎么想的呢？”

她想了想说：“我还真的想不出什么好的答案来。让我想想，以后再回答你吧？”

我点点头，笑着说：“别看这问题又俗又老，还真的挺难回答的呢。”

我们从车棚里推出车，聂子问我：“我们去哪儿？”

我笑着说：“去你最喜欢的地儿，我们鸳鸯蝴蝶派的一大重镇，曦园。”

她先是有点儿不解地念着：“鸳鸯蝴蝶……”

然后笑着说：“你们男生怎么就那么多词儿呢？”

我心里一动，想着唐红军的那些话。

聂子已经骑上车，向前蹬去，大声说：“追我来啊。”

我赶紧跳上车，追上她。

我们到了曦园，可能情侣们还在上晚自习，园子里没有几对人。我揽着聂子，在园子里，静静地走着，我们谁也不愿意讲话，破坏这美好的静谧。

在“旦复旦兮”的校训石边上，我们坐下来，月光映在那一潭小小的池水里，一漾一漾的。我痴痴地看着水里姣好的聂子和快乐的我。

聂子靠在我身上，抬起头，问我：“看见什么了？”

我抱紧她，有点儿答非所问地说：“幸福。”

她笑了笑，把头也靠在我的怀里。我们又都很久没有说话。

我突然想起了外教的那句话。我扶起聂子，问她：“聂子，我们跳个舞，好吗？”

聂子又好奇又好笑地说：“在这儿？”

我很严肃地点点头。

聂子笑着说：“我记得你的舞可是跳得很差啊？”

我还是很严肃地说："所以要跳嘛。"

她还是笑着说："这儿怎么跳啊？又没有音乐。"

我固执己见地说："我想跳。"

她迁就地站起来，伸出手，说："好吧。"

我觉得我的心跳得厉害急了，我又有一种喘不过气来的感觉。我颤抖着手，揽住她的腰，握住她的手。我却不知道如何开始。

聂子看着我的样子，扑哧一声笑了。

我有点儿生气。

看见我的样子，她忙说："我其实音乐挺好的，我的歌唱得也挺好的。我来哼个调子，我们就跳最简单的三步吧？"

我犹豫了一下，心想："哼调子，应该不算是有音乐吧？"

我点点头。

她哼起来，很清亮、很美的声音。我又痴了。

过了好一会儿，我才注意到聂子停了下来，在看着我。

我笑了笑，拥她入怀，她又开始哼起调子来。我们紧紧地贴在一起，慢慢地轻轻地移动着，"跳"了一会儿。

我生怕久了会出错，很快地停止了。我笑逐颜开地看着聂子。

她莫名其妙地看着我问："怎么了？"

我乐呵呵地说："以后再告诉你吧，可能是很久以后。"

聂子笑着说："不说就不说，很稀罕吗？"

我想了想说："对了，明天是周六了。你答应我的，要放松一点儿的，把明天都给我吧。我想告诉你一些我的事儿。"

她想了想说："下午吧。"

我点点头："也好，要我早上起来也挺困难的呢。"

她笑着说："你怎么这么懒，生活这么不规律呢？不上机、不搞项目也这样吗？这样，对你的身体也没有好处。"

我笑着说："现在就开始管上了？"

她装出很生气的样子，凶巴巴地说："我是说真的。"

我吐了吐舌头说："好，好，我一定往好里改。"然后嘟囔着："怎么这么凶？"

她先是努力忍住笑，佯怒道："你说什么？"

最后还是忍不住笑了，她笑够了，才接着说："好吧，就从今天做起，我们都早点儿回去吧，早睡早起身体好。"

我不情愿地点点头问："那我们明天什么时候见？"

她想了想说："下午三点吧。我想今天晚上和明天早上抓紧点儿，把我的计划补完。"

我不高兴地说："又是你的学习计划。"

她低下头说："其实，我也好喜欢和你在一起。我这个人喜欢先苦后甜，我想先把书看了，再和你快快乐乐地在一起。"

我的心里喜滋滋的，表面上还是装出不高兴的样子。

她又红着脸问我："想不想来我的宿舍？明天，我的舍友们都不在。我好想有一个二人世界的感觉。"

说着，她看了看周围下了晚自习、越来越多的情侣。

我笑着说："好啊。"

她说："那我先走了。晚安。"

我笑着说："聂子，问你个事儿，你爱看金庸的小说吗？"

她点点头，说："当然喜欢了。怎么了？"

我接着问："《鹿鼎记》看过吗？"

她点点头，说："看过。可我最不喜欢这一部了。"

我笑着说："我只喜欢小宝和双儿的大功告成。"

她这才明白我说了半天要干什么，红着脸，瞪了我一眼，骑上车，一句话也不说地走了。

我哈哈地笑着，骑回自己的宿舍。

那一夜，我真的早早就睡了，睡得也特好，一觉起来，一看表，还是快十一点了。我笑着摇摇头。

吃了个早午饭，回来洗脸刷牙的时候，发现自己的头发和胡子都太长了。想了想，决定去理个发，刮个胡子。

到了理发室，才暗暗叫苦。里面坐满了等着的人。大概都是像我一样要在约会前收拾光鲜一点儿的人吧？

我是越等越后悔，走了又觉得亏得慌，白等了老半天了。快两点了，才轮到我。老师傅手脚倒麻利，三下五除二就给我剃好了，刮了胡子。还非要给我洗头、吹风。吹完了，我戴上眼镜一看，傻眼了。他老人家给我吹了一个弯弯曲曲、其丑无比的头型。我苦笑着交了钱，忙到隔壁的学生商店买了顶帽子戴上。可能是复旦人会做生意，货源充足吧，居然还有红玫瑰卖，我忙买了一束。我不由得想起给馨儿买花时的情景。我努力地让自己不再想下去，看了看表。快三点了。我骑上车，来到聂子的宿舍楼。

爬楼梯的时候，我的心里面突然有点儿紧张，心跳得越来越快，走到她寝室的时候，我又有一点儿喘不过气来。我把玫瑰放到面前，深深地吸了几口花香。我觉得好一点儿了，这才敲敲门。

聂子来开了门，她扭转头，避开我的眼睛。我一边进门，把玫瑰放在桌子上，一边问她："聂子，怎么了？"

她摇摇头，关上门。

我转到她的面前，才发现她的眼睛哭得红红的、肿肿的。我忙问："聂子，出了什么事儿了？"

她看了我一眼，然后一下子扑到我的怀里，哭了起来。

我抱紧她，轻轻地拍着她的背，怜爱地看着她像一个小孩子一样在我的怀里尽情地哭着。

过了好一会儿，她才慢慢地停下来，肩膀耸动着，啜泣着。

我轻轻地问她："聂子，能告诉我怎么了吗？"

她拿出手绢擦了擦眼泪。头低着，靠在我的怀里，过了一会儿，才说："我的那个老乡昨天晚上来我们宿舍了，他骂了我很多难听的话。"

她仰起头，看着我，泪水又流下来了，她哭着说："我和他，我们两个人就一起吃了几次饭，连手都没有拉过。我为什么不能离开他呢？他为什么要那么骂我？"

我抱紧她，恶狠狠地说："你告诉我，他叫什么？住哪个楼的？"

聂子推开我，惊恐地问："你要干什么？"

我不理她，接着问："你别管了。只要告诉我就好了。"

聂子拉住我，说："你不要乱来。"

我大声说："你不告诉我，我也很容易就查出来的。"

她紧紧地抱住我说："你不要这样，我求求你，我不希望将这件事闹大。我不希望你介入，我知道他说的都是气话。我们都刚刚离开父母和家，在这个陌生的地方，大家都不容易。"

我大吼着："我不管，我要去找他说清楚！"

聂子一下子跪下来，抱着我的腿，断断续续地说："求求你，为了我，不要去。"

我傻了，抱起她，扶她坐在床边。我坐在她身边，让她靠着我。

她又哭起来。

过了好一会儿，她才止住了哭，我问她："聂子，为什么？"

她转过身，看了我一会儿，把头靠在我的怀里，一边擦眼泪一边说："你还不了解我。上了大学，我就想好好地学习，毕了业，好好地找一份安定的工作，过一辈子安安稳稳的生活。我不愿意惹进任何的是非里，我怕……”

她顿了顿，接着说：“记得第一次，在地下听音室，你盯着我看的时候，我就有一种莫名的怕的感觉。我当时还不明白为什么。后来，在新年晚会上，你请我跳舞，我还是怕，还是不明白。再后来，你到我们家来找我。那阵子，就我们两个人，远离了我们认识的人，我觉得好快乐，这种怕的感觉渐渐地淡了，甚至都没有了。可是，在回复旦的火车上，我越来越怕。一路上，我就拼命地想要 figure out（想明白）我为什么要怕，在怕什么。就在火车进上海站的时候，我突然想明白了，我是怕你打破我平静的生活，我是怕爱与被爱。所以，一下火车，我就求你离开我，你不同意，我只好说，先分开一段时间。其实，我是不想再见你了。可是，我的心里已经有了你的影子。其实，我也去偷偷地找过你好几次，只是远远地看着你。你偷偷地来看我，我也知道。我努力地克制住自己的感情，我努力地想过理智的、平静的生活。一直到前一段自行车的事儿。我真的好怕你会出什么事儿，那两天，我总是被噩梦吓醒，每一次不是你被抓走，就是你被判了刑。我真的好不习惯这样的生活，每天都有太多的担惊受怕，太多的未知数。但是，我也更确定我爱你，因为，我最怕的不是别的，而是怕失去你。我想，如果你真的被抓了，被判刑了，我也要等你。我甚至想，那样也许更好，我可以一个人，平平静静地过着日子等你。”

我感动地紧紧抱住她。

她抬起头，看着我说：“现在，多好啊。我们就要可以两个人在一起了。所以，我不希望你去找他打架或者什么的。我怕那样，你会又有什么事儿，我不想再陪你去保卫处了，我很怕那种地方。我不希望再有什么人或事儿破坏我们。答应我，不要去了。”

我用力地点点头。

她接着说：“答应我，永远不要离开我。”

我刚要说话，她用手嘘住我说：“如果，有一天，你真的想要离开，不要一下子告诉我，我怕我会一下子受不了的。慢慢地离开我，疏远我，让我自己明白，自己慢慢地伤心，好吗？”

我觉得她的话很荒谬，马上说：“你在乱想什么呢？”

她努力地笑着说：“有的时候，我觉得我和你好像是完全不同的人，不应该在一起，不可能在一起……”

我忙打断她：“聂子……”

她打断了我，接着说："可是，我就是喜欢上你了，我也不知道为什么。有的时候，我都觉得我不再是我自己了，想想都怕。"

我想了想，问她："聂子，你为什么会这么的怕这怕那呢？"

她想了想说："以后吧，等我准备好了的时候，我会慢慢地告诉你的。"

我看了看她，努力想缓和一下气氛说："你说了那么半天，我本着引蛇出洞的原则，一直没打断你的话。现在，有好几笔账需要好好地算一算了。第一，原来那次下了火车，你说只分开一段时间，是骗我的。第二，原来，我这么有魅力，你居然也来偷偷地看我。第三，原来，你不安好心，盼着我被抓，被关起来……"

聂子笑着说："好了，好了，你再这样，我以后再也不跟你说心里话了。"

我笑着说："好吧，所有的账，都先记下来吧，秋后再算。"

我们两个人再也没有说话，笑盈盈地看着彼此。聂子扭过身，轻轻地吻在我的唇上。我抱紧她，深深地吻住她。

我的帽子沿碰到了她的头，我们两个人分开，她笑着说："怎么想起来戴帽子了？"

我笑着说："噢，进屋忘了脱外套和摘帽子了。我一摘你就明白了。不过，你得答应不笑，我才摘。"我说着，先脱下外套，手却按在了帽子上。

她好奇地点点头，伸手去摘。

我往后躲了躲说："你可是答应了不笑的了啊。"

她又点点头，我才慢慢地摘下来。

她先是拼命地捂着嘴笑，然后是捂着肚子，最后还是扑哧一声笑了出来。

我也笑着说："哈，哈，very funny（很好笑）。说话不算话，看以后我怎么报复你。"

她揪了揪我的头发，笑着说："对不起。我不是故意的。实在太可爱了，我乍一看，还以为是假发呢。"

我笑着说："没办法，咱们学校的理发师傅就这水平。就这，还排长队呢。一到周末，男生们都抢着去理这种约会头。"

她笑着站起来，把我的外套和帽子挂在衣帽架上。她回身的时候，看见了桌上的玫瑰，她拿起来，放在面前，深深地吸了一口，很灿烂地冲我笑着说："谢谢你。"

我点点头。

她抱着花，拿起窗台上的一个花瓶，里面有一束快枯黄的玫瑰。她想了想，把手里的玫瑰解开，一枝一枝地插在那束玫瑰的周围。

她插着花的样子，真的有点儿像馨儿。我努力止住自己的思绪，站起来，走到她的身边。她抬起头，看见我的样子，可能是误会我了，她忙解释说：“这是我的一个舍友的，她男朋友送她的，先借用一下她的花瓶。”

我点点头，看着她低着头，小心地避开着花茎上的刺，慢慢地整理着。我觉得就这么一夜，她就憔悴了很多，眼睛下面青了一圈，我抱住她说：“聂子，你瘦了。”

她的身子一震，手被刺破了。她甩了甩手，用嘴吸了吸，要接着弄。我忙说：“我来吧。”

她笑着，把我推到床上，坐好。然后说：“你又不知道我想要怎么插。你只要好好坐着，不添乱就行了。”

我问她：“你是不是没睡好？”

她一边弄着，一边点点头。

“也没有吃好吧？”我又问。

她还是点点头，没有说话。

过了一会儿，她很高兴地拍着手说：“好了。漂亮吗？”

她把花一枝一枝地斜插着，别起来，从水里看过去，绿绿的，一格一格的，映着红红的玫瑰，格外的美。

我点点头说：“很美。”

她坐下来，远远地欣赏着。

我看了看表，已经快五点了，我忙说：“聂子，我看你很累了。这样，你先躺一会儿，我自己去打饭。吃完饭，你就先休息吧。”

她看着我，撒娇地说：“不嘛。我还要听你讲你的故事呢。”

我笑着说：“明天吧，我们有的是时间，我不想你累坏了。”

她想了想，点点头。很可爱地躺上自己的床，靠在被子上。

我急忙拿了饭盒，跑下楼去打饭。

我回来的时候，聂子正在打哈欠。

我笑着说：“看，困成这样。快点儿趁热吃了，早点儿休息，睡个好觉。”

她端过饭来，一边吃，一边笑着。

我也一边吃，一边问她：“什么事儿这么好笑？”

她笑着说：“我在笑我自己，昨天晚上，我催着你要早睡早起，没想到，今天，变成你催我了。”

我也笑着说：“对呀，真是现世报，来得快。我都不敢相信我这人会催别人早点儿休息呢。”

我们吃完饭，我去刷了饭盒，回来的时候，聂子已经把被子铺好，自己哈欠连天地坐在床边。

我逗着她说：“聂子，我想看着你入睡。”

她红着脸，使劲儿摇头。

我大笑着说：“逗你的，那我先走了。明天，我还是三点来找你吧？”

她点点头。

我看着她，说：“聂子，晚安。”

她关了大灯，打开床上的台灯，说：“晚安，明天见。”

我关上门，三步并作两步地跑下楼梯。到了楼前，我看上去，聂子的台灯已经熄了。我看着那扇窗口，轻轻地说：“聂子，祝你有个好梦。”

我骑上车，在学校里飞快地蹬了一圈，春夜的风，吹在脸上、身上，有些许的寒意，我的心里面却暖洋洋的，被幸福和快乐溢满了。

然后，我骑回宿舍，把车停在车棚里，高高兴兴地往回走。

# 十五

True love is worth fighting for. （真正的爱是值得打的）。

五个人从黑暗里走出来。

其中一个人站在前面，他问我："你是吴剑吧？"

我点点头问他："你是？"

他问："你管我是谁？聂兵认识吧？"

我一下子明白他们是干什么的了。我点点头。

以前在北京军队大院打群架的经验告诉我，寡不敌众，就得快跑。可是，现在，我不愿意聂子知道我逃跑过。

我撸起袖子，做好了应战的准备。

他们倒是一愣，也许他们早就做好了我要逃的准备，没想到我真的一个人要打。他们可能以为我是身怀绝技的武林高手吧。

过了一会儿他们还是上了，我很快就不行了。两个人揪着我，其他三个人拼命地打着。我低着头，大喊着："照规矩吧，别打头，别打那儿，打身子好了。"

他们也还算上路，打了一阵子，停下来，那个人说："我叫姚继军，国政的。不服，就来找我吧。"

我点点头，说："我记住了。"

他们互相看了一眼，走开了。

我浑身疼得直哆嗦，一步一步地挪到李钢的寝室。可能是周末，现在又还早，大多数同学不是在上晚自习，就是出去玩儿了，一路上，居然没有碰上一个人可以帮我，扶我一把。

那三层楼，我几乎是爬上去的。我趴在李钢寝室的门上，大口喘着气，捶了捶门。

李钢打开门，看见我的样子，忙问："怎么搞的？"

我没好气地说："摔的，像吗？"

他忙说："我是想问，是谁搞的。"

我没说话，低头看看自己伤的情况。可能是还穿着厚外套，也可能他们没下狠手，除了胳膊上有一个大口子，其他的都是青青肿肿的瘀伤，疼得不得了。

李钢说："走吧，我看胳膊上的口子得缝。可能还得看看有没有内伤。"

他背起我，我哎哟哎哟地叫着。

下了楼，我说："别去校医务室，还是去我爸的那个同学那儿。"

他点点头，跑出了宿舍院子，截了辆出租来。坐进车，他才又问："是谁这么叫板？"

我犹豫了一下，看了看前面的司机，低声说："是她以前的男朋友。"

李钢先是愣了一下，然后明白了。他没有说话。

下了车，我先给我爸的同学打了个电话。他关照了急诊室的人不要问这问那。

我缝了五针，可能是我爸的老同学关照过了，急诊室的人非要给我做各种的检查。

最后一个 X 光片的检查结果半天没出来。等着的时候，李钢抬头看了看我，说："你和汪馨，还有那个女孩的事儿，我说过，我是站在汪馨一边儿的。"

我点点头。

他接着说："我想过了，这事儿跟汪馨无关。这帮四川人是跟咱们北京人叫板呢，是跟咱哥们儿叫板呢，咱不能松。明个儿我就去找人，你也去找人。咱们就明晚上，怎么样？"

我低下头，想着昨天晚上聂子跪下来求我的样子，不知道为什么，她是那么的胆小怕事，我犹豫着。

他看了我一眼，有点儿着急地说："这有什么好想的？"

我抬起头说："这样吧，明天晚饭的时候，咱们找齐了人，一起撮一顿，先商量一下怎么办。"

他又看了我一眼，说："商量什么呢？不过，先撮一顿，聚一聚倒也行。"

正在这时候，医生走出来，叫我一个人进去。李钢想扶我进去，医生示意旁边的护士扶我进去他的办公室。我坐下来。护士走出去了，随手关上了门。

医生怪怪地看着我。我看着他，又看了看白幽幽的灯上挂着的 X 光片，心里慌慌的，又有点儿喘不上气来，我试探着问："大夫，是不是我的伤……"

他打断我说："你的伤没什么。"

过了一会儿，他又问："你是不是最近老喘不上气来？"

我忙点点头说："是，我还以为是紧张的呢。"

他又问："你是不是抽烟抽得挺凶？"

我点点头。

他说："你的肺里有一点点阴影。"

我忙问："要紧吗？"

他说："现在还不要紧，但是，你还这么年轻，根本不应该这样的。以后不要再抽烟了。"

我还想再说什么。

他挥挥手，看了一眼我的病历说："上了这么好的大学，别整天打架抽烟的，要珍惜。缝针的伤口要注意消毒，我给你开点儿止痛药，还有点儿镇静的作用，可以让你睡个好觉。"

我谢了医生，走出他的办公室。

李钢迎上来，一边扶住我往外走，一边问："什么事儿，这么神秘，是不是你的伤？"

我苦笑着说："没什么，说我抽烟肺里抽出了点儿小阴影，让我戒烟。"

李钢笑着说："你这人怎么事儿这么多呢？高中的时候，我觉得你体育啊、打球什么的，还成啊！怎么现在病病歪歪的？再说了，我酒比你喝得多，烟也比你抽得凶，对吧？"

我点点头。

他接着说："怎么我就没这么多的毛病呢？"

我笑着说："没准儿你一查，肺里有个大阴影呢，赶紧查吧。"

他笑着摇摇头："我不查，就算是有，我也不戒。没烟没酒的日子我还不如不过。"

我摇摇头说："我可比你贪生怕死，我是准备慢慢地戒了。"

他看着我，大笑着说："就你？戒烟？你没那份恒心和毅力，没多久你就得回到我们组织温暖的怀抱里来。"

我笑着说："那赌一把吧？"

李钢笑着说："行啊，就赌一条 Marlboro 吧。"

我笑着说："还是赌一顿饭吧，要不然，我赢了，要条烟，还不是便宜了你小子。"

他说："行，行。"

我又问："这样吧，就定半年吧。我可不想等老了再吃上你这顿饭。"

他笑着说："甭半年了，就一个月吧。"

我笑笑说："我没这么差吧？三个月好了。"

李钢点点头。

我们取了药，我先吃了止痛药，回了李钢的宿舍。

他说："你今个儿睡我们宿舍得了，有空床，我还能照顾你一把。"

我点点头，突然想起来，马上对李钢说："医生说我的止痛药有镇静作用，我明天和她三点钟有约，如果我没醒，别忘了叫我。"

李钢沉下脸说："我这儿有个闹钟，你自己调。"

我苦笑了一下，接过闹钟，自己调着。

他又加了一句："别忘了，明天晚上要吃饭商量事儿。"

我点点头，不知道是药劲儿上来了，还是太晚了，真困了，我一倒下就睡着了。

感觉着没睡多一会儿，闹钟就响了。我迷迷糊糊地睁开眼，天黑乎乎的，我急忙先伸手把闹钟弄不响，四周看了看，想了想，才明白，我定的是两点钟的响铃，现在是夜里两点钟！我打开台灯，还好，李钢和他的另一个舍友都睡得呼呼的。

我忙调好闹钟，关了灯，心里想，好悬，要是李钢被吵醒了，还不得臭骂我一顿。

不知道是不是刚才起来又碰了一下，还是药劲儿已经过去了，我浑身开始隐隐地痛。我坐起来，又吃了一片止痛片。小心地躺下，那种想翻身又怕碰着的感觉真不好受，我硬绷着身体，过了好久，等药劲儿上来了，才睡着。

第二天，我被李钢他们聊天的声音吵醒，看了看表，已经十二点多了。我动了动，很多的地方已经没有那么疼了，年轻真好。我从床上爬起来。

李钢把饭盒推到我面前，说："有胃口吗？我听说吃了有的止痛片就会吃不下饭。"

我点点头，一边吃一边有一点儿想哭。

李钢看了我一眼，趁着他的舍友出去刷碗的时候，笑着说："吴剑，我觉得你好像泪腺比哥儿几个都丰富，在女生面前是不是挺管用的？"

我笑着说："我尽在你们几个面前哭了，谁让你们老是磁得让我感动呢。闹得我在女生面前倒没什么眼泪了。"

李钢笑着说："我发现最近你的嘴变甜了，是不是……"

他顿了顿，没接着说下去，换了个话题："晚上咱们几点见啊？我下午去找人。"

我想了想，说："五点半吧。"

他点点头说："你可别忘了，误了。"

我一边吃着，一边点头。

他站起来，说："你先吃吧，我去同济看看林峰他们能不能来。还有不少人要找呢。我再给交大的一哥们儿打个电话，不知道他能不能带人过来。”

我忙说：“这次先算了吧？光复旦里，我就能找个六七个人，你肯定比我还多。足够了。不行，咱下一轮再扩军到外校。”

他点点头说：“也好。就怕是周末，有些人出去玩了，找不到人。不过，咱哥儿俩一块儿找十几个人打架应该还不成问题。”

他一边往外走，一边接着说：“我还是先去找好了人再说吧。咱们五点半在小餐厅见吧？不见不散。”

我也说：“不见不散。”

吃完了饭，我回了趟宿舍，路过几个熟人的宿舍，除了有两个人不在，大家都一口答应，有两个人还要再去拉哥们儿，我笑着说，这次人足够了，下次用得着再说。

没想到这事儿这么容易就办好了。我心里挺高兴的，回宿舍给伤口换了药，看了看自己身上的衣服，有好几处血，我脱下来，想换一件。没想到衬衣脱到一半，我的腰伤扭到了，我卡在半截，脱也脱不下来，穿也穿不进去，一动就钻心地痛。我挺着腰，费了半天劲儿，才找了一个姿势，把衬衣脱下，又想照着同一姿势把衣服穿上，没想到，这回怎么也不行，一动就疼。幸好王彬推门进来了，他一看，吓了一跳，问：“吴剑，在练什么呢？”

我苦笑着说：“打架打的。衣服都穿不上了。快帮帮忙，还真挺冷的。”

他帮我穿上衬衣。

我苦笑着说：“送佛送上西天吧，帮我把外套也套上。刚才还没事儿呢，不知道怎么就扭到了。”

他笑着说：“你这整个儿成了一生活不能自理了。”

我苦笑着说：“这滋味真不好受。”

正说着，我看了一眼表，忙说：“哟，快两点半了，我还有事儿要出去呢。”

他说：“你这样，能走路吗？”

我试了试说：“走路还行，上午好像好多了，刚才不知怎么了，腰扭着了。”

他问我：“去哪儿？我骑车带你去得了。”

我想了想说：“行，五号宿舍楼。”

他笑着说：“女生楼啊。行啊。听说你最近换了个女朋友，什么时候带来见见啊。”

我笑笑，没说话。

下了楼，没想到我怎么也上不了他的后座，一动，腰就疼。我只好苦笑着说：“只好安步当车了，谢谢你。”

他摇摇头说："爱情的力量真伟大，就这样还要去啊！"

我苦笑着点点头。

他摇摇头回宿舍去了。

我慢慢地走向聂子的宿舍楼。不长的路，我走了半个多小时才走到，走得满头大汗。楼梯又爬了十多分钟，我不停地看表，却一点儿也走不快。

到了聂子那儿，一进门，我就赶紧道歉："聂子，对不起，我来晚了。"

她有一点儿不高兴，但还是低下头说："没关系。"

我犹豫了一下说："我一会儿有事儿要走。"

她有些吃惊地抬起头，说："出了什么事儿吗？"

我特别后悔自己一路上一心想着早点儿来，居然没有想好走的理由。

我想了半天，才说："没什么事儿，有几个北京哥们儿早就约好了要聚一聚，我给忘了。昨晚上，李钢提醒我了，我才想起来。"

聂子满腹狐疑地看着我。在她和馨儿面前，我总是撒不好谎。

我低下头，不敢看她。

她说："你要什么时候走呢？"

我想了想去小餐厅的路程，说："五点吧，我们约好了五点半。"

她说："那好吧，你坐一下，我给你倒杯水。"

我慢慢地走到她的床边，很小心地挺着腰，避着伤处，慢慢地坐下。越小心，就越碰到了一处，我疼得龇牙咧嘴的，忍住没有出声。

聂子倒水回来，她看在眼里，把水放在桌子上。

她蹲在我面前，问我："告诉我，出什么事儿了？"

我摇摇头，说："真的没有。"

她站起来，说："那抱抱我。"

我努力地尽可能自然地伸出手臂去抱她。

她退后一步说："站起来好吗？"

我还是努力地尽可能自然地站起来。

她摇摇头说："你受伤了是吗？"

我只好点点头说："没什么了，上上铺的时候，扭了腰了。"

她怀疑地看着我说："我看看好吗？"

我忙下意识地飞快地一扭身，避开她，笑着说："不用了，快好了。"

这一扭，好几处伤都被牵着疼。

她看着我的样子，很坚决地绕到我的背后，说："我一定要看。"

我放弃了，慢慢地坐回床上。

她慢慢地小心地揭开我的衬衣。她如雨的泪。她伏在床上，看着我背后的伤，抬起头问我："是他做的吗？"

我点点头。

她用手轻轻地摸着每一处伤口，轻轻地吹着，她的泪水滴在我的身上，凉凉的，痒痒的。她问我："还有吗？"

我摇摇头。

她又绕到前面，揭开衬衣。她呜呜地哭了起来。

过了一会儿，她蹲下来，轻轻地吻我的每一处伤处。然后，她吻上我的唇。身体的痛刺激着我，我疯了一样地回吻她。我紧紧地抱着她，揉着她。她闭上眼睛，默默地承受着。

我胳膊的伤处不小心拉了一下，我忍不住哎哟了一声。她离开我，看着我的胳膊，问："还有是吗？"

我只好点点头。

她轻轻地挽起我的袖子，看见我伤口上缠着的纱布，她的泪水又流下来了。

我故作轻松地笑了笑，东拉西扯地说："这点儿小伤没什么。小的时候，我们军队大院的小孩打起群架来，可比这厉害多了，尽头破血流的。你看，我头上还有个疤呢，缝了八针。我爸就是脑外科主任，可是给我缝针这点儿小事，他愣是犹豫了半天，下不了手，最后，还是不放心别人，自己动手了。"

聂子看着我，似乎没有在听我说话。

我接着说："后来，他跟我说，做的时候，他的手不停地哆嗦。"

"看，我这儿还有点儿疤呢。"我一边指给她看，一边接着说，"我老爸常说，这是他最差的手术了。他还说，他一直后怕得厉害。"

聂子还是看着我，等我说完了，才问："你是不是今天晚上找了你的朋友要去报复？"

我一愣，避开她的目光，没有回答她。

她跪下来，一句话也不说。

我使劲儿要拉她起来。

她倔强地跪着，说："答应我，不要去。我们一起去找校保卫处，请他们处理。"

我求她说："你先起来好吗？我们慢慢商量。"

她坚持说："你不答应我，我就不起来。"

我想了想，想出了一个办法，点点头。

她不放心地说："那我们现在就去保卫处。"

我拉着她起来，说："我不想去保卫处，那样我太丢脸了。但是，我答应你，我一定会用自己的方式解决好的。我会让你为我而骄傲的。你相信我吗？"

她看着我，点点头说："当然了，我当然相信你了。"然后又好奇地问："能告诉我你打算怎么做吗？"

我笑着说："你不是老说我没办好事儿就爱事先吹牛吗？我决定了，从今往后，都要做成了一件事儿以后再告诉你。"

她也笑着说："知错就改就是好孩子。"

我笑着说："该怎么奖励我啊？大功告成一个吧？"

她躲开去，笑着说："伤成这样还不老实。"

她把水杯拿给我，然后坐在我的身边，牵着我的手，看着手臂上的纱布，问："还疼得厉害吗？"

我摇摇头。

她想靠在我身上，一下子碰疼了我，我皱了一下眉。她连忙说："对不起。嗯，现在，你靠在我身上吧。让我来支撑你。"

我笑了笑说："好啊。"

我躺在她的腿上，闭上眼睛。聂子一只手轻轻地挽在我的脖子上，轻轻柔柔地哼着摇篮曲。我的心安静下来，轻轻地随着旋律呼吸着，居然睡着了。

聂子轻轻地摇醒我，我迷惑地睁开眼，看着她。

她轻轻地说："五点了。你睡得真像个小孩子，好甜。我犹豫了半天，真不想叫醒你。可是，我知道，我如果不叫你，你肯定会生气的。"

她扶着我，我慢慢地坐起来，说："那我去了。"

她拉住我的手说："记住，你答应过我的，不做出格的事儿。"

我拍了拍她的手说："你就放心吧。"

她追着我，大声说："我是认真的，如果你做了出格的事儿，我就再也不理你了。"

我挥挥手，没有回头。

我到了小餐厅的时候，李钢和绝大多数的人都到了。我向大家拱拱手，说："哥儿几个来了，就是看得起我，一定吃好喝好。李钢知道我，我这人酒精过敏，不好意思，在这儿，我就以茶代酒了。"

大家轰然地喝着。一个哥们儿大叫着："你的事儿我们都知道了。让我们看看伤吧！"

我笑着说："那就不必了，反正是栽到家了。"

另一哥们儿叫着说："没想到反动势力这么猖狂，咱们得顶住。"

有人附和着："对啊，这是跟咱们北京人叫板呢。吴剑，说吧，怎么上，我们听你的。"

我拱拱手说："我这儿先谢了。一会儿求大家听我的，如果能不打就不打，算了。"

大家轰然地说："不打？那哪儿成？""不打，找我们哥儿几个干吗？"

我忙说："我想能镇住他们就成了。打起来，都没好处。我不想为我一个人给大家添麻烦。大学里，尤其是复旦可能管得挺严的。现在，不又是严打的口上吗？多一事儿不如少一事儿。"

李钢看了看我，站起来说："要是搁了我，我是非打不可的。"

他转向我，接着说："可是，吴剑，这是你的事儿。我想，我们大家得听你的。"

大伙附和着。

我大声地说："那我再谢了！"

李钢站起来说："那咱们也先甭吃了，先去把事儿解决了再回来吃，怎么样？"

有人大叫着："对呀，有点儿温酒斩华雄那劲儿。"

大伙儿笑着，拥着我冲向那人的宿舍。

我们推开门，那人不在，我问他的一个舍友："姚继军跑哪儿去了？"

他的舍友看着我们一堆人堵在门口，有点儿害怕地说："他，他去吃饭了。"

正说着，后面传来了他的声音："我在这儿。"

我的哥们儿让开一条路。他也还算有种，没有害怕的样子，和另两个人一起走进来，平静地问我："是在这儿呢，还是出去？"

我看了看他，说："就这儿吧，我先说两句话。能不打咱们就不打了。要打，咱们还是出去找地儿。这儿地儿太小，打不开。"

他好奇地看了我一眼，把手架起来，没说话。

我接着说："咱们要打，今天你肯定得输。我也相信，过几天，你能找更多的人来。然后，我再找更多的人来。我也不知道到最后，谁找的人多，打架打得狠。反正，我估计打到最后，都够惨的。没准儿我们俩正主儿都不在了，大家打到最后，都不明白为什么打起来了。"

我看了他一眼，又接着说："咱们上复旦甭管怎么说都是件挺不容易的事儿。前两天，我为了点儿别的事折进去保卫处一把，知道他们正等着严打呢，要杀几只鸡给猴看。咱们俩正主儿栽进去也就算了，这帮哥们儿来，是他们有义气，我是不忍心硬把他们往局子里推。我反正人是带来了，打不打，一句话，你看着办。”

他看着我，问：“那你……”

我打断他的话说：“我是挨了一顿揍。不过，我自认倒霉好了。我们两个人心里也都有数，我们就算是扯平好了。”

他想了想说：“今个儿我是人少，你就不怕我来个缓兵之计？”

我说：“说实话，我觉得你还上路，昨个儿没打我头脸和要害部位。你就撂下话吧，我就信你一把。”

他又想了想说：“那好吧，我们俩就算两清了。”

我点点头，扭头就往外走。

他在后面说：“如果不是那事儿，我们没准儿能成朋友。”

我挥挥手，没回头，也没说话。

大伙簇拥着我下楼，有个哥们儿说：“你小子太便宜他了，怎么着也得打他一顿才算扯平啊。”

李钢笑着说：“我们这位老兄啊，觉得赢得美人归，再挨几顿打也是值得的。”

大伙儿笑着。另一个哥们儿说：“吴剑，你别说，你小子还真挺有大家风范的，也够义气。”

我乐呵呵地说：“都是哥们儿，就甭捧了，再捧，我可就晕了。咱还是喝酒去。”

大家笑着闹着，又回到小餐厅。

大伙儿倒上酒，点上烟，吃着，聊着。一个哥们儿递给我一根烟，我随手接过来，夹在嘴上，他把打火机凑过来。

李钢大叫着：“慢着！”

大家都转过头，看着他。

李钢笑着说：“怎么着，吴剑，打算输我一顿饭是不是？”

我想了想，才想起来，求着他说：“明个儿开始行不行？今个儿高兴。酒我是不能喝了，哥们儿一场，不至于把烟也给掐了吧？”

他笑着说：“这烟可不是我掐的。赌了可没往回缩的。要不是哥们儿一场，我还不提醒你呢。”

大伙儿七嘴八舌地问：“怎么了？”“吴剑成一大圣人了？烟酒不沾了？”“没看出来。”“是不是那女的特厉害啊。”

我笑着摇摇头，把烟搁下。

李钢笑着解释说：“我们这位吴兄啊，特娇气，昨天去医院查伤，一照 X 光片，说是他老人家抽烟抽得肺里有了点儿小阴影，他就吹牛要戒了。”

大伙儿都笑着说：“吴剑，你就吹吧。”“就你，戒烟，没戏!”

李钢又笑着说：“你说，他怎么事儿就那么多呢？酒和烟，他都算是用得少的吧？怎么我们都没事儿，就他事儿多呢？”

大伙儿附和着：“没错啊。”“就是。”

我笑了笑，没搭腔，拿起桌子上的烟，放在鼻子前闻了闻，又叼在嘴里，假装吸着。然后，又把头伸在众人吸出的烟雾里，尽情地吸了几鼻子，笑着对李钢说：“怎么着，这么着，不算犯规吧？”

李钢看着我，笑着摇摇头。

大伙儿也凑着热闹，笑着，闹着，使劲儿朝我这个方向呼烟。

那一夜，我们聚到很晚才散，就我和另外三个人没醉。后来，他们跟我说，那晚上，把十几个醉鬼扶回各自的宿舍，把他们累了个半死。

## 十六

Never say never.（永不言败。）

第二天，我一起来，想着自己昨天做的得意事儿，就急着想去见聂子。我试了试自己的身体，比昨天又好多了。我爬下床，看了看表，一点多了。我拿出从电脑里打印出来的聂子的课程表，记好了教学楼和教室。下了楼，在小卖部买了点儿面包和汽水。试了试自行车，觉得还是不能骑，就索性一边吃，一边往聂子上课的地方慢慢走去。

到了的时候，刚刚开始上课，是一间很大的教室。我站在后面的窗口里远远地看过去。没想到先看见了那个人。我暗叫倒霉："原来这是他们系里不同专业合上的大课。连着两堂课，下课就得是三点多了。"

要是以前，我早就不管三七二十一地进去了。现在，我先找到了聂子坐的位子。想了想，决定还是等他们下课了再说。我在同一层找了一间小教室，坐下来。我没带任何读的东西，又懒得走回去了，只好趴在桌子上，闭着眼睛又睡不着，可能是睡得太多了吧，想出去抽根烟，又不能。

过了一会儿，不少人走进这个小教室，估计是一会儿有课在这里。我索性走出去，在教学楼前的草坪里找了一个长椅坐下。

我眯缝上眼睛，远远地看着聂子的教室。

下课铃响了，有些同学跑出教室来休息，我很希望她也能够出来，可以看见我。我使劲儿地直起脖子，让自己容易被发现。

可惜，一直没有看见她。

过了一会儿，上课铃响了，我才垂头丧气地靠回椅子背儿。心想："得，起码又得等个四十五分钟了。"

我正想着，突然听见她的声音："嗨。"

我忙回头。

她很快地说："我还要回去上课呢。我一直等你的消息。怎么才来？昨晚上怎么样？伤还疼吗？"

我忙说："伤还好。昨晚上挺漂亮的……"

她打断我说："好了，漂亮就行了。你呀，一吹起自己的得意事儿就没完没了的。我先回去上课去了。一会儿，我们曦园见，好吗？"

我无可奈何地点点头。

她看着我的样子，抱歉地说："对不起，我一定下课就来。"

我只好慢慢地走向曦园。到了那儿，我坐在复旦校训石的边上，看着那一小潭水，看着里面慢慢变换着的蓝天白云，想着这些天来发生的种种，感慨着世事的多变和难以预料，更感激着上苍能让自己这么幸运和幸福。

下课铃响了，我站起来，眺望着聂子来的方向。

很久了还没有人，我不停地看着表。过了十几分钟了，我有点儿累了，刚要坐下，远远地看见聂子飞快地骑着车过来。

我挥挥手，示意她骑慢一点儿，

她可能是误会了，骑得更快了。

她到了草地边儿，把车撂在地上，就跑过来。

看见她这样，我也不好意思生气了。

倒是她一上来就喘着气道歉："对不起，老师就是不下课，我也没有办法。"

我逗她说："难道你就不能为我翘几分钟的课吗？"

她想想，笑着摇摇头。

我又笑着问："那你不是刚才上课的时候跑出来了吗？"

她佯怒着说："还说呢？你伸着个脖子，在我们教室楼底下站着，好几个舍友来告诉我说你来了。"

我笑着问："那你怎么不课间的时候就下来呢？还让我等了一个长长的课间。"

她还是板着脸说："当着全系的同学下来找你？我才不呢！"

我又问："那你为什么又下来了呢？"

她看着我说："我想知道你出事儿了没有啊。怎么那么晚才来找我，还以为你出事了呢。我看见我的那个老乡还好好的，要是你一直不来，我就只好去问他了。"

我笑着说："你也知道的，我们男生聚在一起，就会胡吹海喝的，一定得到第二天。我又能睡懒觉。醒了就来你们教室找你，一看见你们在上大课，他也在，我就没进去。"

她看着我，点点头，然后脸红了一下说："我一回教室，几个舍友就坐到我旁边来，故意当着我的面低声谈论你昨天晚上的英雄事迹。"

我摸摸头，莫名其妙地问："她们怎么知道的？"

她想了想说："好像是说他的舍友当时也在场，就传出来了。"

我心里面得意极了，表面上却装出很难过的样子："唉，还等着当面跟你吹呢，没想到都成了旧闻了。”

她扑哧一声笑出声，说：“好吧，说吧。给你一个吹的机会。”

我摇摇头说：“不用了，你已经知道了，再讲就没意思了。等着我再做了什么漂亮事儿再吹吧。”

她笑着说：“真的不吹了？多好一表现机会啊？这可不像你啊？”

我笑着说：“不了。”

她收住笑，低下头，靠在我的怀里，低声说：“真的，我真的好为你自豪。”

我轻轻地揽住她。我们彼此倚靠着，很久没有说话。

然后，我笑着看着她说：“最近，我读到一篇文章，说夫妇在一起的时间越长，就会越像，最后，连长相都会像。我觉得挺对的，比如，我就发现，你最近讲话尽是京腔京味儿的。”

她笑着说：“对呀，我觉得和你在一起，开心多了，开朗多了。”

我笑着说：“可我怎么没觉得我有一点点朝你的方向，朝好的方向发展呢？别闹了半天，你学坏了，我一点儿也没变好。难怪别人说，学好难，学坏容易呢。”

她收起笑容，低下头，犹豫了一会儿才说：“如果，我没有你想象的那么好，你还会爱我吗？”

我不假思索地说：“那当然，你要是个坏女孩，我就觉得我更配了。”

她笑笑，没有说话。

过了一会儿，她抬起头，很严肃地说：“答应我，不要轻易地离开我，好吗？现在，大家都说是我甩了老乡跟了你。”

我马上说：“聂子，我不会的。”

她苦笑着说：“我刚读了一句英语叫‘Never say never’，是不是可以翻译成，永远不要说‘永远不’之类的话，有的时候，真的挺难翻译的。那个意思，用英语就能明白，可是，就是翻不成中文。”

我问她：“聂子，你想说什么呢？”

她接着说：“我以前说过的。但不知道为什么，也许是我的经历，也许是我的个性吧，一下子有了这么多的快乐、这么多的幸福，我很患得患失。如果，真的有一天，你想要离开我，永远不要告诉我实话，不要让我在同学和朋友面前太难堪。慢慢地离开我，疏远我，我自己会明白的，我已经学会了自己慢慢地伤心，慢慢地治愈自己的心伤。可是如果你离开得太快太猛了，我怕我会受不了。”

我好奇地看着她说：“聂子，你前天晚上就已经说过类似的傻话了。”

她抬起头，看看我，问："噢，是吗？"

我还想说什么。

她用吻打断我。我感到她的泪水，咸咸的，涩涩的。

过了一会儿，她离开我，擦干眼泪，努力笑着说："对不起，我又搞糊涂你了吧。跟你商量个正事儿，咱们能不能改成隔天见一次？"

我忙问："为什么？"

她笑着说："你太影响我学习了啊。你看，我们才在一起没多久，我上次的考试就得了个B。我可不愿意就此滑坡下去。"

我忙说："我可以跟你一起去上晚自习啊。"

她笑着说："算了吧你。你在那儿活受罪，我也跟着受罪。"

我笑着说："我改还不成吗？"

她摇摇头。

我想了想，犹豫了一下，还是说："有一件事儿，我需要天天见你，要你帮我才行。"

她看了看我，问："什么事儿？"

我又犹豫了一下，才说："我前天去查伤的时候，医生给我照了X光片，说我肺里有了点儿小阴影，要我戒烟。我想要你帮我，好吗？"

她马上点点头说："当然好，我怎么帮你呢？"

我笑着说："我想抽烟的时候，和你大功告成就行了。"

她瞪了我一眼。

我忙说："说真的，和你在一起就行了。"

她看着我，低声说："你需要我的时候，我一定会在的。为你，我什么都愿意做。"

我感动地搂过她，低声说："为了你，我也要改好。我要跟你一起上晚自习，身体好了，我还要跟你一起早锻炼。"

她笑着抬起头，看着我说："你又忘了你自己说过的话了。"

我疑惑地问："我说什么了？"

她笑着说："你说过，不再先吹牛，做成了再告诉我的。怎么一下子就吹了这么多牛。"

我笑着说："好，不吹牛，今天晚上我就和你一起上晚自习。"

她想了想说："不用了，你浑身是伤的，坐那儿两个小时，肯定累死了。你知道我一般都在哪儿上自习的，你要是想我了，就来找我。晚自习完了，我习惯来曦园走一走，如果你想我了，也来找我。早上，我一般在食堂旁边的操场上锻炼，六点半左右。”

我吐吐舌头：“那么早啊。那白天呢？”

她犹豫了一下说：“白天还是算了吧？”

我笑着说：“我怎么觉得我像是个金屋藏娇的二爷呢？好像白天不能见人似的。”

她诧异地看着我问：“二爷？”

我笑着说：“女的不是叫二奶吗？男的该叫二爷吧？”

她笑了半天，才止住笑，低下头说：“我只是不想太刺激我的老乡。你要是实在太想我了，就来吧。”

我又问：“我们可以在一起吃饭吗？”

她笑着说：“别一样一样地问了，想来就来吧。”

我摇摇头说：“我是想让你当管家婆，学校里的饭票、粮票，每个食堂还尽是不同的，我实在是懒得弄。以后，我把每个月的饭钱都交给你，行吗？”

她的脸一下子变得通红，过了一会儿才说：“我想一想再说吧。”

看着她的样子，我有一点儿好笑地说：“好吧。不过今天晚上一起吃晚饭总可以吧。”

她点点头说：“可以，不过，得快点儿，我晚上还有选修课要上呢。”

我说：“这你放心，我在中学里训练出来了。我们学校号称是食物结构合理搭配，所以，十个人一桌，一起分十个菜。吃得慢的人什么也吃不上。”

她笑着说：“我怎么也没见你吃得有多胖啊？是不是你老抢不到菜？”

我笑了笑说：“遗传吧，我老爸老妈都跟竹竿似的。我好像怎么吃也胖不起来。干着急，没办法。”

我一边说着，一边看了看表，说：“得，我吃得快，但现在走得慢。咱们得赶快了。去晚了，就没肉菜了。”

她扶着我，走到她的自行车前，笑着问我：“要不要我带你？”

我使劲儿摇着头说：“那可不成，太有损形象。”

她笑了笑，没有说话，推着自行车，慢慢地走在我的身边。

我尽可能快地走着，但可以看得出来，她还是挺着急的。

我忙说：“要不你先去买菜吧，去晚了，就没大排了，我就好那口儿。”

她感激地看着我，问我：“你自己行吗？”

我笑着说：“我不是自己走来走去，到处找你吗？”

她点点头说：“那我在第一食堂等你。”

我摇摇头：“第二食堂。第二食堂的大排，尤其是周一到周五的大厨子的大排特别好吃。”

她笑着摇摇头，一边跨上车一边说：“你们这些男生，怎么尽注意这些了呢？”

看着她骑远了，我继续努力地向前走。

到了食堂，聂子站在门口，拿着饭盒，向我挥着手，她的小小的两个饭盒，打了两份大排饭，塞得满满的。

我们坐下了，她又跑到卖饭的地方给我拿了一双一次性的筷子，把她的那份大排要夹给我。

我笑着说：“我可吃不了两块大排。”

她笑着说：“我是真的不爱吃这个。给你一半好吗？实在不行，你给我一些青菜好了。”

我点点头。分好了菜，她开始飞快地吃起来。

我目瞪口呆地看着她，半天才问：“我还觉得我吃得快呢。和你比，真的是小巫。聂子，你平时就吃得这么快吗？”

她点点头说：“是啊。所以，我们在一起吃饭的时候，我总觉得你太浪费时间。”

我叹口气说：“可是，吃饭是一种享受啊。”

她叹了一口气说：“对我来说，现在，还不是享受的时候。我想利用在复旦的这几年，多学一点儿，多掌握一些东西。我选了好多贸易啊、金融的选修课。对了，我还选了一门计算机选修课，你可以教教我吗？”

我笑着摇摇头：“我可能是最差的老师了，特别的没有耐心。我倒是可以给你找一个功课好的同学当 tutor（导师）。”

她摇摇头说：“那先不用了，现在还挺简单的。等我有不会的了，再找你或者你同学帮忙吧。”

过了一会儿，她接着说：“也许是我这个人生性太悲观了吧，我总是很担心我的将来。我想多学一点儿，多打一点儿基础总是好的吧。”

我突然想起来一个我们刚学的 deadlock（死机）问题。我想让她高兴起来，就问她：“考你一电脑问题吧，你要是能解答出来，肯定对你的电脑课有点儿帮助。”

她说：“你讲吧。”

我找了张纸，一边画着，一边说：“我画给你吧。有五个哲学家，坐成一圈，吃饭。他们中间各放了一把勺子，他们一定要同时左手右手都拿着勺子才能吃饭。他们拿勺子的时候，一定都是先拿左手的勺子，拿到了，再拿右手的勺子。请问，他们会不会因为同时拿不到两个勺子而有人会被饿死？如何才能避免这种饥饿问题呢？怎么用电脑程序来模拟和解决这个问题呢？”

她看着图，想入了神。

我看着她，又有点儿后悔，忙劝她说：“先别想了，你还剩一口饭没吃呢。快吃了，别凉了。”

她一边想着，一边看也不看地把饭往嘴里塞。

我苦笑着，摇摇头，只好自己先吃完饭。

一直到我们两个人吃完了饭，她还在想着。

我看了看表，快到晚上上课的时间了，我忙提醒她：“快到时间了。”

她抬起头，迷惑地问：“快到什么时间了？”

我笑着说：“你的选修课时间。”

她这才从桌子后跳起来，飞快地拿着饭盒去草草地洗了洗。然后，跑回来，抱歉地对我说：“对不起，我不能送你回宿舍了。”

我笑着说：“你就别管我了。”

然后，又拍了拍她的手说：“别把自己绷得太紧了。”

她感动地点点头，转身向外跑。

我回到宿舍，觉得伤处又有点儿疼，我吃了一片止痛片，很快就睡着了。

第二天，我又是十一点多才醒，伤处不太疼了。也许是前几天吃了止痛片，尽睡了。也许是出了那么多的事儿，直到今天，我的烟瘾才犯。真的是难受极了。说实在的，我真的不能算是抽烟抽得太凶的，真的难以想象那些抽了几十年的老烟鬼是怎么戒的烟。

我小心翼翼地骑上车。聂子下午没课，我到了几处她常去的地方，她都不在。我先是在曦园坐下来，使劲儿喘着气，揪着头发，不行。然后，又去了机房，可怎么也安不下心来编程。

正好系里面的教授领着一帮外国人来参观机房。我们几个上机的同学忙站起来，拘谨地看着来的人。

他们看了一会儿，我们大家都觉得挺无聊，有的人又回去上机了。我想了想，决定出去走走，再去找聂子。

一个外国人跟着我走出来，他冲着我笑笑，Hi 了一声。

我看着他，想不起来他是谁，以为他也就是表示友好吧，我也 Hi 了一声。

他看着我的样子，笑着说：“You do not remember? In that steakhouse, you and your girlfriend had a big fight.（你不记得了？在那个餐馆，你和你的女朋友大大地吵了一架。）”

我一下子想起了："Of course, I remembered. （我当然记得）。"

他笑着说："Are you two still together. （你们两个人还在一起吗?）"

我不知道怎么回答他，只好随便点点头。

他笑着说："My wife and I thought you are a perfect couple. （我太太和我觉得你们是很完美的一对。）"

我苦笑了一下。

他接着说："I never thought we are working in the same field. Anyway, one of the professors of the department mentioned to us some students are working on a prototype for stock market trading system. We are interested in sponsoring it. （我没想到我们都是干计算机的。你们系里有个教授告诉我们，有些学生在搞一个模拟股市交易管理程序，我们有兴趣赞助这个活动。）"

我高兴地说："Actually, I am part of it too. （我也参加了。）"

他说："Great. You still have my card, right? （很好。你还有我的名片吧?）"

我点点头说："Yes."

他挥挥手说："Ok, I got to go now. Feel free to call me if you need any help. See you later. （我要走了，如果有什么需要帮助的，打电话给我。再见。）"

我也挥挥手说："Talk to you later. （再见。）"

也许是注意力分散了一点儿的缘故，我的烟瘾好像过去了。我又回到机房，和几个同学打了一阵儿三国的电子游戏。

不知不觉就到了吃饭的时间，我拿起饭盒就要走，一个同学拉着我，非要继续决战："别走啊，我正要截你粮道呢，你快没戏了，就这么溜了?"

我笑着让位给另一个同学，说："还是真的军粮要紧。"

他还是不放手说："没这样的吧? 玩了一半就开溜?"

我笑着说："我禅位了还不成?"

他笑着摇摇头，只好让我走。

我看了看表，加紧步伐下了楼，骑上车，来到第二食堂。

一进去，我就看见聂子坐在我们昨天坐的那一个位子。我没有叫她，自己先去打了一份大排饭。然后，走到她的身边，笑着说："May I join you? （我可以加入你吗?）"

她抬起头，看见是我，也笑着说："Can I say no? （我能说不吗?）"

我笑着坐下来，看见她也是要的大排饭，半块大排已经整整齐齐地分开在一边，我笑嘻嘻地问："你什么时候也爱上大排了?"

她的脸红了红，把半块大排夹给我，说："快吃吧。你的伤怎么样了?"

我夸张地动了动身体，笑着说："几乎没事了。"

我一边把我碗里的一些青菜夹给她，一边接着问她："下午躲到哪儿去了？到处找你没有找到。"

她抬起头，高兴地说："我们的系主任，叫张天海，不知道你听说过没有，反正挺厉害的，好像是咱们学校最年轻的正教授和正系主任。他找了我们班几个同学要帮他搞研究工作，查资料什么的，我也被选上了。我们先开了一个小会，然后，今天下午就开始工作了，挺有意思的。我想，对我以后也许挺有好处的。"

不知道为什么，我的心里有点儿酸，笑着说："噢，想起来了。刚来学校的时候，就看见他在那大橱窗里，挺年轻的，倍儿帅。"

聂子没听明白我话里的意思，接着说："对啊，他好像年纪不大。好像留学过，拿了个博士回来。"

我犹豫了一下，还是问："是不是他找的同学尽是女生啊？"

她愣了一下，笑着看着我："你想到哪儿去了？"

我努力地笑着说："甭管我想到哪儿去了吧，还是女生多吧？"

她想了想，还是笑着说："他找的都是成绩好的同学。我们这种系本来就是女生多，考试又尽是死记硬背的，女生当然比男生厉害，当然找的女生多了。"

我想起我刚进校门时对李钢说他是"整个儿一个，待到山花烂漫时，俺在丛中笑那感觉"。我苦笑着摇摇头，没想到我的话现在比当时更应景了。我想着，没有说话。

她看着我的样子，不再笑了，低着头说："你要是真的不喜欢我去，我就不去了。"

我忙笑着说："我逗你玩儿呢。"

她看着我问："真的？"

我点点头。

她又开心地说："那太好了。我其实挺想去的。对了，我一直也想找你呢。你昨天给我出的那个哲学家吃饭的问题，我一直想不出来怎么解答。我问了几个一起上电脑选修课的同学，大家都想不出来，托我问你呢。"

我笑着说："对啊，这是挺复杂的死机问题。首先，要用合适的数据结构把问题在电脑里模拟出来，下一步要 detect（发现）死机现象。然后，可以用信号法，或自动放弃，再随机拿起勺子的方法。可以再推广到 N 个哲学家吃饭。这种死机问题，在电脑操作系统之类的设计上可是很有用的呢。"

她摇摇头说："一点儿也听不明白。我彻底放弃了，看来电脑我是学不好了。"

我笑着说："别担心。这种问题肯定在你们的电脑基础课里是不会考的。"

她点点头说："那我就放心了。昨天晚上，我想不出答案，又担心会当掉这门课，怎么也睡不着。对了，你找我干什么？"

我笑着说："没事儿就不能找你了吗？"

她低下头，不说话地吃了几口饭。

我忙说："今天，有一阵子特想抽烟，特别想你。唉，在我最需要你的时候，你在哪儿呢？"

她扑哧一声，把饭从嘴里吐出来，笑着说："好了，别贫了。怎么样，抽了没有啊？"

我摇摇头说："幸好系里有点儿事儿，转移了点儿注意力。后来，又打了半天电子游戏，才熬过去了。今晚上，你可得陪陪我。"

她低下头，轻轻地点点头。

我高高兴兴地吃起饭来。

吃完了饭，聂子问我："你想去哪儿？我陪你。"

我想了想说："我陪你去上自习吧。"

她看着我，拼命忍了一会儿，还是笑着说："你？上自习？算了吧。"

我也笑着说："也得允许咱追求进步吧？"

我指了指自己薄薄的书包，接着说："瞧，这回，书我都带了。"

她笑着点头说："好啊，没人拦着你。那咱们走吧。"

我假装叹口气，跟着她走出食堂。

她看见我推着自己的自行车，惊喜地说："你可以骑车了？"

我笑着说："对呀。我胡汉三又回来了。"

她笑着摇摇头，骑上车。

我也骑上车，追上她。

到了教室，发现我们到得太早了，教室里只有我们两个人。我们找了最后面的位子坐下来，聂子很认真地看起书来，我开始练在手上转笔。我的笔不时地啪嗒啪嗒地掉在桌子上、地上。她侧过头来，宽容地看着我，笑笑，帮我捡起掉在地上的笔。

过了一会儿，有同学进教室上自习了，我只好停下来，也从书包里拿出书和作业来，一边看书，一边写作业。

也许是注意力集中的缘故吧，我一点儿也没有觉得闷或者要抽烟什么的。

第一节自习课的下课铃响了，我还是一动不动地写我的作业。我可以感到聂子在诧异地看着我，我心里暗暗笑了笑，没说话，接着写下去。第二节自习课上了有一会儿，我才写完了作业。我挺得意的，开始抓耳挠腮的，一会儿趴在桌子上，一会儿侧着头看着聂子，倒不是特别想抽烟，但是，特别想玩转笔。转了几下，有所进步，居然成功了几次，但最后还是一不小心掉在了地上。我吐了吐舌头，没敢捡。

她瞪了我一眼，捡起笔。然后，默默地收拾起自己的东西。

我忙收拾好自己的东西。

她走出教室，很生气的样子。我忙跟上去。

她走到自己的车边儿上，也不说话。

我忙走过去，拉住她的车头，说："聂子，别生气。"

她这才回过头，笑着说："逗你的，我的书看得也差不多了。今天，你表现得这么乖，奖励一下吧。"

我有点儿夸张地说："好啊，吓坏我了，还以为你真的生气了呢。说吧，怎么奖励我？"

她笑着，骑上车，飞快地骑向曦园。

到了那里，我们一起在小树林里走了一会儿。我拥过她来，她闭上眼睛，轻轻地依偎在我怀里。我紧紧地吻住她。我们吻了很久。我觉得她的唇好甜好香。

周围有了一些人声。应该是下了晚自习了，是另一些情侣来了。她红着脸推开我。我恋恋不舍地离开她的唇，看着她的样子。

我突然问她："聂子，你爱我吗？"

她看着我，反问我："你呢？爱我吗？"

我不假思索地回答："当然，我，吴剑，爱你，聂子。"

她一愣，然后笑着说："你怎么这么容易就说了。我听说，坏男孩子说这三个字又容易，又快，又好。"

我笑着说："现在才知道我坏啊？太晚了。"

她笑着说："还不晚，现在跑还来得及。"说着，她跑开，找到自己的自行车，骑上了，就往自己的宿舍骑。

我忙骑上车去追她。

她到了宿舍，锁了车，笑着看着我赶过来。

我在她旁边下了车。

她笑着说："你来干什么？我困了，要回去睡觉了。"

我站在她的对面，笑着说：“来抓你的心。”

她看着我，好久没有说话。然后低下头，用极低极低的声音说：“I love you.”

我心花怒放，像所有老套的故事一样，我故意问她：“你说什么，我没听清楚。”

她笑着说：“噢，我是说晚安，明天见。”

我绕到她那边去追她，说：“你刚才说的不是这个。”

她灵巧地闪开，向宿舍跑去。我还想追，她停下脚步，走回来几步，对我说：“别追了，小心你的伤。”

然后，她张着大大的口型，但是不出声地“说”：I love you!

说完了，她一扭头，跑上了宿舍。

我兴高采烈地骑回宿舍。

# 十七

**无论如何，记住，我们是永远的哥们儿。**

接下来的两周时间，我过得很充实，上机，看书，做作业，和聂子在一起。戒烟似乎容易了些，我忍不住想抽烟的时候，如果我们在教室自习，她总是让我紧紧地攥着她的手；如果在馨园，她会让我紧紧地抱着她；如果她不在，我就到处找她。看见她，有她在身边，我的心就会平静下来。

几个一起做股市交易模拟管理软件的同学一商量，决定索性自己开个公司，用HP赞助的机器和资金搞软件开发。因为我逃课多，白天有空，公司注册的事儿我只好当仁不让，倒也让我白天不会太无聊。后来有人说，让自己忙起来，是最好的戒烟方法，我深以为然。当时，大学生开公司还真麻烦，我想想在高一的时候，一帮同学就嚷嚷着要开公司，搞进出口贸易，真的觉得挺好笑的。后来，几个留在国内的同学，把公司继续搞了下去，真的成了上海软件业的大哥大之一，这自然是后话了。

这天，我公司的事儿总算是告一段落了，我正准备去找聂子，李钢推开宿舍门，大喊一声："吴剑，你看都谁来了？"

我拉开门，是谭志强、汪馨和白雪。

我使劲儿拍了拍谭志强，高兴地说："你们怎么来了？也不告诉我一声。"看着馨儿，点点头，她也点点头。然后，又和白雪招了招手。

李钢大声说："我哪儿找得着你啊，你现在可是大忙人一个……"

谭志强忙打断他，插话说："下周是春假，我和白雪是来看看江南的春天的，真的是不错，一路上，一过长江，就觉得绿得好舒服。"

我一拍脑袋说："哟，我都忘了下周就是春假了。"

李钢又讽刺了我一句："真的是忙人多忘事儿。"

谭志强笑着说："再忙，这几天你也得给我们几个，对不对？"

我忙点点头说："那是，那是。"刚一说完，我突然想起来答应聂子去南京的事儿。

李钢看着我的样子，又笑着说："你确定吗？我可跟你说过，我们只要你。"

我看了一眼馨儿，她低着头，脸上没有任何表情。

白雪看见我们快搞僵的样子，忙笑着说："得，咱们先别在这儿罚站了，先给我们供应点儿粮食吧?"

我看了一眼馨儿，犹豫了一下，说:"我约了人。我先去和她说一声，再来找你们，李钢，你们去哪儿?"

李钢看了我一眼，笑着说："忘了你还没请假呢。"

白雪拉了他一把，李钢忙说："就那个北方家常菜的馆子吧。"

我又看了一眼馨儿，她还是低着头。我点点头说："那好，我马上就去。"

李钢又说："Take your time. （别着急，慢慢来。）"

我看了他一眼，想发火，又觉得是无名火，只好忍住，跑下楼去。

到了聂子的宿舍，她开了门，先是问："怎么才来啊?"

看见我一脸不高兴的样子，就忙改问："怎么了?"

我只好实话实说："我的两个中学同学春假来这儿玩儿，这几天我可能要陪他们。"

她点点头，如果她有不高兴的话，起码没有显现出来。她笑了笑说："你怎么一脸不高兴呢？你应该多陪陪他们的。"

我想着李钢的话，但还是问:"聂子，你要来吗?"

她红着脸，使劲儿摇摇头说："是你的同学，我去干吗？我说过，我现在还不想见你的朋友呢。"

我笑笑说:"好吧。"

看着她可爱的样子，我犹豫了一下，还是问她："我们还是按原计划自己去南京吧?"

她喜出望外地说:"真的？我还以为去不了了呢。"

我很坚决地点点头说:"我答应你的事情，我一定会做到的。"

她高兴地点点头说："那我去买点儿东西，准备准备。你快去见你的同学吧。"

我笑着说:"就这么点儿路，还是轻装上阵吧。"

她笑着推着我出门说："你就别管我了，快走吧。去晚了，没准你的同学会怪你的。"

想着李钢有可能要说的话，我忙下了楼，赶向餐馆。

出乎意料的，李钢并没有怎么为难我，也许是白雪和谭志强跟他打了招呼。

李钢问我："怎么样，有没有破戒?"

大伙儿好奇地看着我们两个。

我挺自豪地摇摇头。

李钢笑着说:"行啊，我倒是小瞧你了，居然坚持了好几周了。"

谭志强问："怎么回事儿？"

李钢笑着说："他前一阵子照了个X光片儿，说是抽烟肺里出了个小阴影，就声称要戒烟，我们赌了一把。三个月内，他要是能忍住，我就得请客。听人说，头几个星期是最难的，没想到，小子还有这毅力。"

我乐呵呵地说："对啊，少抽点儿烟吧。省着点儿钱等着请客吧。"

李钢笑着说："鹿死谁手，还未可知。老谭、汪馨，咱们会抽烟的，今个儿使劲儿抽，馋馋他。"

我笑着说："行啊，白雪可是最烦二手烟的，只要她不反对，我又可以过二手烟瘾，又不算输，我绝对赞成。"

大家笑了一会儿，李钢、谭志强和白雪开始热烈地讨论起明天去苏州和杭州玩的计划和行程。我听着，发愁着该怎么和他们说我和聂子去南京的计划。我看了一眼馨儿，她脸上还是带着那种常有的淡淡的微笑，她看着他们三个人，慢慢地吃着菜，有的时候，点点头。她就是没有看我。

我想了又想，还是只有横下心来直说了："实在对不起，我突然想起来了，我和她先约好了的，我不能和你们去了。"

大家停下来，一起看着我。

李钢摇摇头，看着谭志强和白雪说："你们看，不是我说他吧？"

谭志强也有点儿生气，说："这就是你的不对了。你小子怎么变成这样了？刚才你不是还答应我了吗？我和白雪来一趟也不容易。"

我低下头，努力辩解着："我真的先答应她了，刚才我确实是忘了。"

馨儿突然插话说："吴剑，你别听李钢瞎说，你可以带你的女朋友加入我们的。如果，你或是她觉得不方便，我可以不去的。"

我忙抬起头，看着馨儿说："不是，我们真的约好了要去南京的。我们和她的一个在南京的同学约好了的。"我只好撒了一个小谎，脸有点儿红。

李钢看着我，想了想说："不对吧？我就记得我挺早就和你说春假一起出去玩的事儿，你怎么没提南京的事儿？你当时，好像也答应我了？"

我只好接着撒谎说："我当时也忘了，我真的早就答应她了。"我的脸更红了。撒谎这东西，真的是一开始了就止不住，当小谎不管用的时候，就只能撒更大的谎。

白雪看了看我，又看了看馨儿，才解围说："算了吧，别强人所难了。老谭，怎么没有见你的那个大美人？"

我感激地看了白雪一眼，她点点头。

馨儿也忙笑着说："对啊，老谭，怎么没带来？"

谭志强喝了一口酒，苦笑着说：“吹了。”

我们忙问：“怎么回事儿？”“什么时候的事儿？”

他接着说：“才不久前的事儿。她给我写了一封长信，错别字不少，意思到了。她说，她喜欢和我交往，因为大学、大学生活、大学生、知识、知识分子一直都是她向往的、喜欢的。尽管她一直学习不好，尽管她有的时候觉得和我不是一个层次，尽管有的时候她听不懂我们的谈话，但她还是很愿意和我在一起的。另外还有一个原因，她的父母觉得我们一个在上海，一个在北京，几乎没有可能在一起。她问我，如果，我不怕这两个难关，她愿意和我一起努力。我想了又想，就 chicken out（胆小退缩）了。”

李钢笑着说：“你也太胆小了吧？”

谭志强摇摇头说：“两地分居的事儿李钢和白雪你们也有体会，我不多说了。不过你们俩应该都很有可能回北京的，我和她，一北京，一上海，太困难。最要命的是，不同层次的事儿，我体会特深。平时怎么也聊不到一块儿，没话题，没什么可以一起做的共同喜欢的事儿，待在一起，挺闷的。寒假的最后几天，我在这儿的时候，我都有点儿怕见她。见了面，没话可说，无事可做。”

我抬起头，看了一眼馨儿，她也正抬起头，看了我一眼，我们两个人急忙避开彼此的目光。

李钢举起杯，说：“来，为这种见了面没话可说、无事可做的感觉干一杯。”

白雪拉了他一把。

谭志强笑着站起来，说：“白雪，你不用拉他。我的伤心劲儿早过了。这种事儿，真的是陷得越深，断得越痛，还不如像我这样，在太深之前，就早断早了，长痛不如短痛。”

他说着，看了一眼我，大声说：“干。”

我们都站起来，一起说：“干。”

碰到馨儿的杯子的时候，我看见她的杯子里盛满了酒。我想劝她，终究还是没有说。

那一夜，李钢、谭志强和白雪都醉了。

我看着馨儿，她的酒量大大地惊讶了我。

我问她：“我送你和白雪回你们学校吧？”

她笑着说：“你对付这两个醉鬼就不错了。”

我很坚决地摇摇头说：“不行，这么晚了，我不放心你……”

我很明显地改口说：“你们，两个女孩子。”

她看着我，摇摇头说：“好吧。有的时候，你真的很倔，很难对你说不的。”

我笑笑说：“那好，我先把他俩一个一个地送回去。你可要等我。”

她点点头。

我先把李钢送回他的宿舍。我又回来，扶起谭志强，有点儿不放心地对馨儿说：“你可不许走，要不然，我可真跟你急。”

她笑笑说：“我不会的。我什么时候说话不算话了？”

我不知道她的话是有心的，还是无意的。我们两个人都有一点儿尴尬。我忙扶着谭志强，一边走，一边说：“那好，我先走了，马上就回来。”

馨儿点点头。

我把谭志强扶回我的宿舍，交代了我的舍友，就急急忙忙地跑回来。

馨儿趴在桌子上，我蹑手蹑脚地走过去。

她听见了，抬起头，笑笑说：“可能还是喝多了点儿，有点儿困了。”

我笑着说：“看，如果我不送你们，你没准儿在路上就睡着了。看来，我不喝酒也有好处，成了你们的Designated driver（送人司机）了。”

她笑笑说：“好吧，司机，快送我们吧。”

她站起来，扶起白雪。

我要去帮她，她摇摇头说：“不用了，我行。”

我犹豫了一下，还是问她：“你真的可以吗？”

她看了我一眼，淡淡地说：“真的。”

我在后面跟着她们，手远远地虚扶着，怕她们万一摔倒，别扭极了。

我们叫了一辆出租车。她们两个坐在后面，我坐在前面。我偷偷地通过后视镜看馨儿。她打开了车窗，支着颐，看着窗外，风吹散了她的短发，撒在她的脸上，我看不清她的表情。

过了很久，她打了一个喷嚏。我忙说：“关上窗吧，夜里头还是有点儿冷。”

她一边慢慢地摇上窗，一边说：“嗯，挺冷的。”

然后，我们一直都没有再说话。

到了馨儿学校的门口，我跑下车，到了门卫那儿，指了指车里面躺着的白雪，毕恭毕敬地说：“同志，您看，车里的那个同学喝醉了，您能不能让车开进去呢？”

门卫看了一眼车里面，问：“有学生证吗？”

我忙跑到馨儿那边，要了她的学生证。门卫看了一眼，挥了挥手。我忙点头哈腰地道了谢，上了车。

馨儿笑着说：“我还一直担心从校门到宿舍这么长一段路怎么办呢。刚才那么点儿路，我都有点儿累残了呢。”

司机也笑着说：“对啊，我以前也来过你们学校，从来没让进来过。唉，你们可别忘了指路啊。”

馨儿一边指路，一边笑着说：“瞧你刚才点头哈腰那劲儿。”

我笑着说：“不恭敬点儿不行，要是坐在车里跟他说，肯定公事公办。咱越说得可怜点儿，越装得可怜点儿，人越有同情心。”

司机也笑着说：“这主意高。”

我们下了车。

这次，我坚持要扶白雪上去。

馨儿说：“都熄灯了，那老太太肯定不让你上的。”

我笑着说：“那你去问问，说得可怜一点儿。”

她笑笑，走过去。过了一会儿，那个老太太过来了，馨儿说：“吴剑，王老师要和我一起扶白雪上去，你别管了。你等我一会儿好吗？我想送你到校门口。”

我点点头。

那位王老师警惕地看了我几眼，和馨儿一起扶着白雪走进大门，把大门锁上，还推了几下。

我不由得莞尔。

过了一会儿，馨儿出来了。我一边向外走，一边笑着问她：“那王老师警惕性那么高，你怎么说服她在熄灯后再让你出来的？”

她的脸稍微红了一下，然后笑着说：“像你一样，往可怜里说吧。”

我没有说话。

馨儿停下脚步，看着我，问：“木头，你们幸福吗？”

我点点头。

她低下头说：“那就好。还记得我以前说我希望我周围的人都能幸福，你笑我是个活雷锋。可是，我真的是这么想的，尤其是你，尤其是现在。”

我真的很想问她，那你呢？可是，我不敢问。

她笑了笑说：“太晚了，我该回去了，你也早点儿回去休息吧。如果老谭醒了，别和他聊得太晚。大家都累了，早点儿休息。晚安。”

我木然地点点头，看着她离去，慢慢地消失在宿舍楼的黑暗里。我转过头，慢慢地向校外走去。在那一刻，我突然觉得自己有一点点理解馨儿的心，有的时候，祝福自己关心的人也是一种幸福吧？

我回到宿舍的时候，已经很晚了。一个舍友被吵醒了，他看了看表说：

“这么晚才回来啊。”

也许是深夜的孤独，也许是太累了，我的心情糟透了，没好气地嗯了一声，爬上床，一头倒在床上，蒙头大睡。

第二天早上，我起来的时候，谭志强已经不在了。他留了一张小纸条：

吴剑：

听你同宿舍的人说，你昨天去送汪馨和白雪，回来很晚了。我和李钢决定不吵醒你了。我们先走了。

无论如何，记住，我们是永远的哥们儿。

老谭

我一边默默地念着：“永远的哥们儿。”一边打开窗帘，明亮的阳光照进来，我的心情一下子好起来。这也是年轻的好处之一吧。我对自己说：“我健康，有这么好的朋友，又有一个我爱着的女孩儿。这么美好的春天，我有什么理由不高兴呢？”

可是，不知道为什么，下楼的时候，我不由自主地想：“聂子呢？她爱我吗？”

我努力地甩甩头，把这个念头抛开。一出楼门，我抬起头，看见阳光被云给遮住了。

我愣了一下，笑了笑自己。快跑了几步，进了车棚，推出车来，骑上了，飞快地骑向聂子的宿舍。骑到半路，才想起来忘了带出门的衣服，忙折回去，跑上楼，塞了几件衣服进包里，提起来就往楼下跑。

## 十八

Is life determined by choice, chance or destiny? （人的一生是由自己的选择、机遇还是命运来决定的呢？）

到了聂子那儿，我已经快喘不上气儿了。

她笑着看着我说："跑什么啊？"

我上气不接下气地说："怕你又嫌我来晚了啊。"

她看看表，笑着说："别的不知道，你睡懒觉的能耐我还是知道的。"

我笑了笑说："走吧，上了火车再数落我吧。"

她答应着，去拿她准备好的包。我一看就乐了："聂子，你这是出去玩呢？还是搬家呢？"

她笑着说："我也觉得准备得太多了。可是，觉得出去了，反正都得买，肯定比这儿买贵。"

我笑着说："以后，我肯定不用愁过日子了，有这么会精打细算的管家婆。不过，咱们穷家富路，出去玩儿就别省了。背这么多东西，还不够累的哪！"我不由得想起来以前和馨儿出去"穷"玩儿的经历。看着聂子的样子，我就是舍不得让她也那样。

她点点头说："好吧，我听你的。"

我忙帮着她往外拿东西。

她一会儿问："啊，这个也不带啊？"一会儿又问："这个也没用吗？"

我笑着说："都有用，不过咱们是轻装上阵，除了吃的，怕坏的东西，咱们没办法，得带上，其他的都不带了。剩下的就是衣服和应急的药品。我不想让你背包，我自己又不想背太沉的包。"

她看着我，感动地说："其实，我挺能吃苦的。你不要太宠坏了我。"

我拍拍装好了的包，说："好了，走吧。再不走，真的太晚了。"

我们正好误了一班车，等我们坐上下一班车到了南京的时候，已经快六点了。我们忙着找旅馆，可是，找了好几家，不是客满，就是条件实在太差了。

天渐渐黑下来，我们有点儿着急。好不容易找了一家门脸还凑合的旅馆进去。我把包撂在台子上，喘着气问一个老板模样的中年人："老板，有房吗？"

他彻底地误会我了，压低了声音问我们："没结婚呢吧？现在公安正查这种事儿呢。”

聂子的脸唰的一下子就红了。

我忙喘上一口气，说：“不是……”

他打断我说：“不要紧，只要你多付点儿钱，我可以让管片儿的警察睁一眼儿闭一眼儿。”

说实在的，我其实挺想这样的。可是我看了一眼聂子，忙说：“您误会了，我要住男房，她要住女房。”

“噢。”他恍然大悟的样子。

他看了我们的学生证，收了押金，把钥匙递给我。我把聂子的钥匙递给她，说：“你先上去，休息一会儿吧。我先填完表，一会儿，我去找你吃饭。”

她点点头，红着脸向楼梯走去。

老板看着我们的样子，笑嘻嘻地说：“要不要调成一间房？我这儿来的大学生这样的多了。”

可能是他的声音太大了，聂子停下脚步，转过身看着我们这边。

我忙说：“不用了。”

我胡乱填好了表，追上聂子。她低声问我：“那个家伙又说什么怪话了？”

我想想好笑：“他的怪话还真的不能跟你说。”

我只好摇摇头说：“没什么了。”

她有点儿生气地说：“哼，今天晚了，只好凑合一夜了，明天一定换个旅馆。”

我笑着点点头。

说实在的，我对南京挺失望的。人文堆砌的东西太多了，自然的美太少了。

聂子却很开心。

在南京长江大桥的时候，她先是要迈步子，一步一步地丈量桥有多长。我就不停地给她捣乱，讲话，逗她，直到她忘了数了几步了。她看着已经走过的距离，叹了口气说：“你好可恶。”只好放弃了。

她看了看前面说：“我们两个比赛吧，看谁先跑到最高点。”

结果，是我先跑到了，我得意扬扬地对她说：“哈，我居然赢了你了。”

她笑着说：“太短了，路长一点儿，我肯定赢你，我的耐力比你强。再说了，赢了女生有什么可得意的？”

我笑着说：“赢你可真的不容易，有什么奖励啊？”

她有点儿生气地看看周围的游人。

我笑着说：“中计了吧。我只是想照张合影。行吗？”

她不好意思地点点头。

照完了相，看着桥下滚滚的江水，我不由得想起了和馨儿在黄河时候的情景。

聂子推推我，问："想什么呢？"

我一怔，忙说："没什么。"

我掩饰着，忙拉起她的手。

过了一会儿，我们开始慢慢地往回走，我轻轻地叫她："聂子。"

她抬起头，应我："嗯？"

我问她："还记得在峨眉山吗？"

她点点头。

我接着说："那时候，你就是不肯和我合影。现在，特别后悔吧？"

她看着我，笑着跑开："哼，谁稀罕和你合影啊。"

一直到了桥下，她才停下来。等我也跑到了，她看见周围没人，才走近我，红着脸，低声地说："等以后，我们再去那里，我们再……"

我笑着问："再什么？"

她抬起头，笑着说："再比赛爬山。对了，明天去中山陵，我们就比。"

第二天，在中山陵我是彻底地比残了，输惨了，我差点儿没有劲儿下山。聂子一路上笑话着我，令我只好迁怒于南京和中山陵。

相比之下，我还是蛮喜欢最后一天去的夫子庙的。

那里的民俗、民风、民情、小工艺品和小吃让我们流连忘返。本来说好赶下午一点的火车的。走过一个小面摊的时候，我们被面香吸引着，我笑着看着聂子。

她也笑着看看我。

我说："晚点儿回去吧？总得填饱肚子吧？"

她笑着点点头。

摆摊的是一对面目和善的老夫妻。老头儿热情地招呼我们坐下。老太太给我们盛了满满的两大碗，还压了压，又各添了一小勺菜。没有什么顾客，老太太就坐下来，笑眯眯地看着我们。我和聂子都有一点儿不好意思，埋着头吃着。

老头儿也坐下来，看着我们笑了笑说："我小的时候，学过看掌相，要不要试一试？"

我不太信这些，摇摇头。

聂子使劲儿点点头，伸出手掌说："好啊！"

老头儿拿过她的手，看着，看着，面色渐渐地凝重起来，聂子的脸色也越来越难看。

我正想插话，老太太忙嘘住了我。

又过了好一会儿，老头儿才抬起头，说：“姑娘，你这相我参不透，我只能送你四个字，先苦后甜。”

聂子的身子一震。

我有点儿生气地说：“聂子，我们走吧。”

她抬起头，恳求地看着我说：“你也来试试吧，挺准的。”

我看着她的样子，只好坐下来，伸出手。

老头儿看了看我的手掌，又抬起头，看了看我们两个人，伸出了三个指头。

聂子忙问：“是什么意思呢？一波三折吗？”

老头儿摇摇头，招呼我坐近点儿，附在我的耳朵上说：“小伙子，你命中注定有三个女人。”

我不解地看着他，他摇摇头，对我们说：“别问了。我也就只能算出这么多了。”

聂子看着我们，有点儿不高兴的样子。

告别了老夫妇，我一边走一边想着老头儿的话，一点儿也没有注意聂子。

过了一会儿，我们走远了，我才止住思绪，停住了脚步，回头看了看。也许是人太多了，太远了，我好像已经看不见老夫妇的面摊了。

聂子也停下来，问我：“怎么了？”

我笑着说：“没什么，不知道怎么了，总觉得老头儿老太太挺怪的。你看，好像从这儿看，他们的面摊已经看不见了。要不要回去找找看。”

聂子很疲倦的样子说：“不要强求了。我们还是走吧。”

这是我第一次看见聂子很累的样子，我问她：“聂子，你没事儿吧？我们打的去火车站吧？”

她努力笑了笑说：“不用了，公共汽车站不就在前面吗？”

一直到上了火车，她都不怎么高兴，在想着心事。

我也在一直想着那个老头儿说的话，没有再说话。

车厢里空空荡荡的，只有车轮的声音咣当咣当地响着。

我苦苦地想着：“三个女人，馨儿，聂子，还有谁呢？”

我突然一下子想起了单颖，我高兴起来，抬起头看着聂子的样子，笑着说：“还在想刚才老头儿说的话呢吧？”

她点点头。

我安慰她说：“先苦后甜。这也没什么啊。我记得你说过你做事就喜欢先苦后甜的。你总是不肯告诉我你的过去。我想，你以前一定过得挺苦的。现在，是你的以后了，我们两个在一起，多甜蜜啊。知道什么叫蜜里调油吗？我们这就是。”

聂子一下子笑出声：“你啊，就剩一张嘴了。”

她顿了顿，接着说：“我其实也这么想过。可是，我总觉得命运不会一下子待我这么好的。”

我想了想说：“其实，可能命运待人都挺公平的，有的人一辈子都挺平淡、挺一般的。你呢，可能是先苦后甜吧。我呢，好像一直都过得挺滋润的，没准儿要苦起来了，到时候，你在蜜糖里可得拉我这苦大仇深的一把。”

聂子笑着摇摇头说：“你别老瞎说了，还有这么自己咒自己的哪？”

她又顿了顿，靠在我的怀里，低声说：“我愿意跟你在一起，同甘共苦。”

我笑着看着她说：“同甘是可以的，我不会让你共苦的。我会让你很幸福的。”

她想了想，抬起头，好奇地问我：“对了，老头儿的三个指头是什么意思啊？他跟你嘀咕了什么呢？”

我犹豫着，看着聂子。

她支起身子，看着我。

我吞吞吐吐地说：“我说了，你可别生气。”

她好奇地看着我，点点头。

我又想了想，只好实话实说：“老头儿说我命中注定有三个女人。”

聂子睁大了眼睛看着我。

我忙补充说：“我想过了，我以前有过两个女朋友的。”

聂子扭开头，没有说话。

我从椅子上站起来，跑到她的眼前，小心地问：“生气了？”

她还是没有理我，向窗口坐了坐，把头扭向窗口。

我只好坐到她的对面，目不转睛地看着她。天还没有太黑，我又不太敢把头探得太近了。从玻璃里，我看不清她的表情。

一直到下了火车，回到学校，她都脸上不带一点儿表情，想着心事，一言不发。我们默默地走回她的宿舍。

她关上门。我放下东西，看着她说：“聂子，对不起……”

她走过来，抬起头，把手指放在我的嘴唇上，嘘住我，然后用手揽住我的脖子，紧紧地看着我的眼睛说：“我真的很嫉妒她们，我好想做你的第一个和最后的一个。”

我忙说：“聂子，我只爱……”

她又止住我，脸红了一下，说：“我想好了，我就做你最后的女人吧。”

我高兴地抱起她。

她忙说：“放下我，我还没说完呢。”

我忙放下她。

她看着我，很认真地说：“以后，不要告诉我你以前感情的事儿，我怕我会嫉妒得很难过的。”

我点点头，抱起她，抱紧她。我有一种失而复得的感觉，我不愿再失去她。

也许是因为有了这种共同的感觉吧，我们两个人都觉得彼此之间更近了一步。

## 十九

Why Ride bicycle? ...Because you are free to go where ever you want to go and the wind feels incredible on your face!（为什么要骑自行车呢？……因为你可以自由地去你想去的任何地方，因为风吹在脸上的感觉很棒！）

下一个星期，星期五，她又要准备一个考试，晚上我又有一个老乡的生日会。我们星期四和星期五都没有见面，我很想她。

好不容易熬到星期六，我们约在聂子的宿舍见面。

上次理发那位老师傅没给我理短，现在头发又长了，我在镜子里照了照，犹豫了一下，想想那令人后怕的长队和卷发，还是决定不去理了。

进了聂子的宿舍，她就笑着说："怎么头发这么长了，也不去理个发?"

我笑着说："上次那种卷发，队又长得吓人，不理也罢。你看，我有没有John Lenon的风采?"

她看了看我，笑着点点头："有点儿吧。可惜，你实在是五音不全。我有点儿担心……"

她脸一红，忙止住了话头。

我知道她又想到了什么害羞的话题，忙追问她："你担心什么?"

她红着脸，使劲儿摇摇头。

我只好作罢，随便扫视了一下屋子，看见聂子的桌子上放着一封信。我开玩笑地说："该不是谁给你写的情书吧?"

她笑着摇摇头说："不是啦，是我中学的姐妹写给我的。"

说着，她的脸一红。

我有点儿狐疑地看着她，问："那给我看看行吗?"

她赶紧摇摇头说："那可不行，这可是我们姐妹俩之间的悄悄话。"

我不依不饶地说："我就要看，我要看看你有些什么秘密，看你为什么脸红。"

她笑着摇摇头说："好吧，拿你真没办法。你可以看第一页，是她在笑话我，谈论我和你的事儿。第二页，是她告诉我，她男朋友的事，我可不能让你看。"

我有点儿奇怪地说："她笑你什么啊？"

她红了一下脸，才说："她一直叫我阿聂的，我以前每次写信给她，都是署阿聂的。这次给她写信，我一不小心，写上了聂子。被她笑话重色轻友什么的，气死我了。"

我接过信，一边看，一边笑着说："对啊，她说得好，你典型一个重色轻友。"

她笑着说："那好，我马上写信给她，告诉她，我一定改，一定，重友……"

她说着说着，觉得不对了，忙红着脸，顿住话，低下头。

我尽情地享受着她的小女儿样儿。

过了一会儿，她抬起头，想说什么，脸又是一红。

我忙问："又怎么了？"

她红着脸，低下头，犹豫了一下才说："没什么。我想起来，在中学的时候，我们班的男生给我起了另一个外号。"

我忙问："是什么啊？"

她想了想说："还记得我们在四川的时候，你挺后悔没去看三峡的吗？"

我有点儿奇怪地点点头。

她接着说："还记得吗？好像是中学语文课本里有一篇关于三峡巫山的文章。"

我还是莫名其妙地点点头。

她说："学了那篇文章以后，他们就叫我神女。"

我乐呵呵地说："嗯。他们还挺有眼力架的。我明白了，那时候，你在四川的时候就吞吞吐吐的，想告诉我。后来，脸一红就没好意思说，是吧？"

她低下头，半天没说话。然后，看了看窗外，转移话题说："天气好棒，要不要骑车出去转转？"

我问："去哪儿啊？"

她摇摇头说："我也不知道。兴之所至，随便骑吧。整天待在校园里，闷死了。"

我笑着说："你还真的是越来越像我了，我是最喜欢随便出去瞎逛了。"

她笑着说："那就走吧。我可不要像你，最喜欢光说不练。"

我们笑着跑下楼，骑上车，出了校门。

我们两个人几乎是异口同声地问："去哪儿？""往哪边？"

我笑了笑说："我们猜拳吧，我赢了，往左，你赢了往右。没输没赢就往前。”

她笑着问：“为什么不是反过来呢?”

我笑着说：“男左女右嘛。”

她笑着点点头，又问：“那什么时候回头啊?”

我笑着说：“天黑了再说吧。”

于是，每到一个大的路口，我们就嘻嘻哈哈地猜个拳。

过了一会儿，她笑着说：“我希望你认得回去的路，我可是绕糊涂了。”

我笑着说：“啊，我还指着你认路呢。”

她一下子停下来，有点儿担心地看着回头的路。

我忙跳下车，笑着说：“逗你的。我尽赢了，我觉得咱们尽绕圈子了，没离学校多远。我看前面是个挺乡村的地儿了，没想到在上海，离我们学校这么近，也有这样的地方。咱们也甭猜拳了，就往前骑得了。”

她点点头说：“好啊，来吧。我和你比赛。”

她跳上车，弯下腰，低下头，飞快地骑起来。

我忙追上去。

每一次我快追上的时候，她都一下子加快，远远地超过我。我终于明白我根本不是她的对手，她是在逗我呢。我索性慢慢悠悠地骑起来。

她远远地看见了，只好也慢下来，等着我。等我追上了，她才一边骑一边好笑地看着我说：“你怎么跟撒泼耍赖似的？这么轻易就放弃了？输给女生也不害臊?”

我嬉皮笑脸地说：“咱有自知之明，你练过游泳，又天天锻炼，咱们不是一个级别的。再说了，你又不是外人，输给你又不丢人。”

她喜滋滋地看了我一眼，脸红了一下，又飞快地骑起来。

我不太明白地追着她，还是追不上。

直到她停在一个农民的小摊前。

我看了看，是卖草莓的。我还真的从来没有吃过，只是在书上见过。我问她：“买点儿吧？我还从来没吃过呢。”

她吃惊地看着我：“我也没吃过。我还以为你们北京肯定有呢。不过，好像太贵了。”

我笑着说：“我还以为你们南方一定挺多的呢。我们北方除了苹果就是鸭梨、柿子什么的，老三样。既然这样，我们俩都没吃过，多贵都得买了尝一把了。”

她点点头，对卖草莓的人说：“您给来一斤吧。”

我看了看，一斤实在少得可怜，那人的秤肯定有问题，我也懒得理论了，和他说："您看，天也晚了，您这儿也没多少人来买了。您给称个三斤，算个两斤的钱得了。"

他想了想，点点头。

我们小心翼翼地把草莓抱到车筐里。我看了看天，说："天也快黑了，我们撤吧？回去好好享受草莓去。"

她点点头，我们上了车，往回骑。也许是草莓的动力吧，我这回骑得挺快、挺有劲儿的。风拂着我们的笑脸，惬意极了。

到了学校，我们随便买了点儿饭，就跑回聂子的宿舍，三口两口地吃完饭。然后，我们一起到水房，嘻嘻哈哈地洗了草莓。

我们跑回宿舍，两个人各自拿起一个草莓，放到嘴边，我数着："一，二，三。"

我们一起咬下第一口。"好酸！"我们一起大叫着。

我笑着说："真的是希望越大，失望也越大。"

她想了想说："我的舍友喝咖啡有糖，我们加一点儿吧。"

我点点头。加了糖的酸草莓还真的好吃多了。

吃着吃着，我想起一个大胆的"计划"，犹豫了一会儿，我还是决定付诸实施。我叼起一个草莓，笑着看着聂子。

她先是奇怪地看着我，然后脸色通红。我们僵了好半天。我正开始后悔自己的莽撞，出乎我的意料，她低着头，慢慢地走近我。我也有一点脸红，不好意思。

我还真的有一点儿想打退堂鼓。

她咬住了草莓的另一边，我们两个人一点一点地咬着。到最后一点的时候，我使劲儿往她的嘴里顶，她使劲儿往外顶，我们两个人几乎同时笑了，草莓一下子掉在了地上。

我笑着又拿起一个草莓。聂子赶紧摇摇头。看着她被草莓染得微红的唇，我的心一动，揽过她来，紧紧地吻住。

她的手紧紧地箍着我的腰。我们紧紧地贴在一起，摩挲着，抚摸着彼此。我们的呼吸火热，喘着气。我的手颤抖着伸进她的衣服里，她的身体好烫。

她的身体一震，突然推开我，她很生气地看着我。

我低下头，说："对不起，我实在是控制不住自己，我好想要你。"

她低下头，过了一会儿才说："我想和你讲一个我经历过的故事，想听吗？"

我的心里面一惊，抬起头，看着她。

她看着我的样子，笑了："不是我自己，是我姐。但是，这是我亲眼所见的，我好为她难过。"

我长长地舒了一口气，点点头说："你说吧。"

她给我倒了一杯水，然后慢慢地说："这种故事也许听起来挺平常的。可是，发生在自己的身边，就觉得特别的深刻。我姐姐一直是个好学生。她从小就比我聪明。到了高三，老师们都觉得她是上北大清华的料。直到有一天，她遇到了我们城里最帅的小伙子。她疯狂地爱上了他，不顾所有人的反对，她把自己的一切都给了他。像所有人的预言一样，他无情地离开了她。她躲在自己的屋子里不出来，不再去上学，也不参加高考。我的父亲是很严厉的，可是，任凭他怎么打，我姐姐也不说一句讨饶和认错的话。后来，我父母给她说了一门亲，我见了，男的又老又丑。可是，那男的说了，不嫌弃我姐姐。我姐姐从始至终一句话都没说，也不表态。好像这一切都与她无关，好像嫁人的不是她。嫁的前一天晚上，我偷偷地问她，为什么要这个样子。她说，她的心早就死了。我问她，难道一个女人的贞操就这么重要吗？她很可怕地笑着说，在中国，永远是这样。但是，她不怕别人的白眼，她最难过的是自己付出了全部的爱，却所托非人，她对爱和生活已经丧失了信心。婚后，她过得很不好，她的男人老是提她过去的事情，骂她、打她。我高三的时候，她怀了孕。来上海前，她挺着肚子送我，她跟我说，一定要好好学，为了我自己，也为了她。她说，我成功了，她会觉得，就像是她成功了一样。"

我愣愣地听着，过了很久，我才说："聂子，我明白你的意思。我现在明白了，你为什么会那么用功了，你是在为两个人学啊。"

她看了我一眼，低下头说："这应该是其中很重要的一个原因吧，其他的事儿我还是没有 ready（准备）告诉你。现在，不要逼我。"

我很好奇地看了她一眼，想了想，说："好吧。以后，等我们两个人老了的时候，一起坐在秋千椅上的时候，你再告诉我吧。"

她笑着问："哪儿来的什么秋千椅啊？"

我笑着说："忘了小时候在哪部电影里见过的了，我一直特想要。我想好了，以后我们家里的花园里一定要有大树，然后，我们就挂上那种秋千椅。我们就坐在上面，摇啊摇的、聊啊聊的，一直到我把你的秘密全部都挖出来。"

她笑着说："家里的花园，又开始吹牛了。"

我笑着说："这不是吹，而是人生的梦想、理想。"

她接着说："就算实现了吧，那么老了，摇啊摇的，骨头不也散架了？"说着，说着，她的脸又红了。

我想我明白她为什么脸红，我笑笑，转移了话题，学着她的语气说：“要不要听我讲一个我经历过的故事？”

她又吃惊又有点儿生气地看着我。

我有点儿懊悔，忙说：“不是我自己，是我的同学。我记着你说过的话，我不会讲自己的事儿的。”

她这才恢复了平静，说：“那好，你讲吧。”

我严肃地说：“她是我高中的同学。从农村来。她考高中的时候，是他们县里的状元。平时，她并不十分引人注目，是个清秀、安静的女孩子。给我印象最深的，是她常常挂在脸上的甜甜的笑。后来，她怀孕了。”

我说着，看了聂子一眼。她手支着额，认真地听着，脸上没有任何的表情。

我接着说下去：“在讨论处理意见的时候，我也在校长办公室。学校还挺照顾她的，初步定了只给她一个内部记过处分，还不在学校内公开。但是，对那个男的，要严厉处分。你猜她怎么说？”

聂子摇摇头说：“我不知道。”

我接着说：“她刚进校长办公室的时候，平静、苍白的脸上带着一种可怕的漠不关心的表情，仿佛周围发生的一切都与她无关。当谈到那个男孩的时候，她像是完全变了一个人，她的眼睛里充满了希望、回忆、热情、眷恋和憧憬。她说，‘他是一个好人，我不能说出他的名字，我不能害了他。我爱他’。”

我停下来，看着聂子。她也看着我。我们两个人很久没有说话。我拉住聂子的手，她轻轻地说：“她真勇敢。”

我点点头，接着说：“她真的很勇敢。她还告诉大家，‘我爱他，我要生下他的孩子。’”

聂子抬起头，瞪着大大的眼睛看着我。

我点点头说：“那是她的原话。”

聂子紧张地问：“那她后来怎么样了？”

我接着说：“后来，学校的处理意见是让她病休一年，把孩子生下来。然后，再回来复学。但是，她再也没有回来，我再也没有见过她。”

聂子的眼睛看向窗外，深深地吸了一口气说：“她真的很伟大。人们都说，怀了孕的女人都会变得很坚强，也许是母爱的缘故吧。可是，她为她未出生的孩子所付出的牺牲真的是太大了。”

我点点头说：“为了保住她的孩子，她是那么的坚定和勇敢。我一直很羡慕她能够有那样的爱。”

我顿了顿，看着聂子，问她：“我们也会这样吗？”

聂子点点头，把她靠在我的怀里。

过了很久，她才抬起头，看着我，眼睛里和脸上都挂着问号。

我笑了一下说："是不是一直想问我为什么会在场啊？"

她不好意思地点点头。

我回答说："当时，我是班里的班长。所以，校长和老师要我参加了处理意见的讨论。"

她有些好笑地说："你？班长？"

我笑了笑说："看不出来吧？别看我现在吊儿郎当的，咱也辉煌过。我上的是顶尖的高中，特前卫。班长的竞选特激烈，我是高票当选，当得也不错。别老以为只有你有过去。咱的故事也挺多的呢，待我娓娓与你道来。"

她撇了撇嘴，笑着说："真的看不出来。"

我忙说："你有没有觉得我这人主意挺多的？"

她想了想说："嗯，好像是吧？"

我得意地说："我这人挺适合当参谋长的，主意多得堵也堵不住，就是没耐心和恒心把主意执行到底，不适合当一把手。后来，我就辞了班长，专门给后来的班长出主意。"

我停了一停，接着说："得，扯远了。那天，病休一年的主意还是我出的呢。当时，她一说要把孩子生下来，校长、副校长、教导主任、年级主任、班主任、她的父母，一大屋子的人，包括我都傻了。在我们想来，是否要生下这个孩子，似乎从来就不是一个问题，不需要讨论。甚至没有人想到过这种可能性。在每一个人的心里面，打胎是唯一的选择。后来，我也不知道怎么冒出这么个主意。大家都觉得还可以。我清楚地记得，她走的时候，对大家说，'明年我一定会回来的'。一年以后的那一天，她没有回来。第二天，我坐上了去她家的公共汽车。她的家离学校实在太远了，路上往返大概要一天的时间。我想，周末的时候，她因此只好常常一个人孤独地待在宿舍里。经过了半天的跋涉，在她家村子的前一站我下了车。我觉得，我真的没有必要再去找她。她不回来一定有她的理由。她比我们绝大多数的人都勇敢得多。每一个人都有自己的路，我相信她会过得很幸福。当我又等了半天，才等到了同一辆破旧的公共汽车折回头，颠簸着，深夜才回到城里的时候，我又多了解了一点点她当年那颗孤独的少女的心。"

聂子深深地看着我说："你真好。"

我们又深深地吻在了一起。

正在这时，响起了钥匙开锁的声音，是聂子的舍友。

我们连忙分开，脸红红的，呼吸急促。她的舍友进来一看，忙说："哎哟，对不起，我先出去一下。"

聂子忙说："不用了，他正要走呢。"

我忙点点头说："对，对。"

一边往外走，一边示意聂子送送我。

她的舍友看见了，笑笑说："还不送送？"

聂子红着脸，一边推我出宿舍，一边说："你快走吧，好烦人。"

我苦笑着，离开了她们的宿舍。

那一夜，我想着聂子的唇，诱人的女儿香，滑腻的身体，做了我不该做的事。

第二天起来，我很羞愧，可是更加渴望她了。

我洗了个澡才敢去找她。我离得她远远的，我怕离得太近了，我会受不了，忍不住。

她看着我的样子，笑着问："昨天晚上是不是生我的气了？"

我心里一动。

她笑着说："你也知道我害羞，当着我舍友的面，我只好赶你走了。你知道我舍不得你走的。"

我舒了口气，笑着说："好吧，还是老规矩，给你记一过，秋后再算账。好像，你已经欠了我老多的债了。"

她调皮地说："我也学会像你那样耍赖了。反正我就欠着，就是不还，反正欠多欠少都是欠。"

我追着她说："好啊，我现在就让你还。"我抓住她，吻住她。她热烈地回应着我。

过了一会儿，我突然止住，离开她。

她奇怪地看着我。

我看着她说："聂子，我们还是讲故事吧。"

她明白了，感激地看着我说："嗯，谢谢你。"

我想了想问她："你想听什么？"

她想了想说："什么都行，我都喜欢听，我好想多知道你一些。我每知道你多一些，就多爱你一些。"

她顿了一下，脸色黯淡下来，补充说："只要不是你感情方面的。"

我忙尽量笑着，逗她说："我可是尽拣好的说了，贴得自己金光闪闪的，连自个儿都不认识自个儿了。"

她也笑了一笑，学着我的语气说："你还是要相信人民群众的辨别能力的嘛。"

我大笑着说："看来，我是快说不过你了。还是人民群众提问题吧，我一定如实回答。"

她歪着头想了想，说："你说过，你的中学特棒，就讲讲中学里的事儿吧。"

我点点头，笑着说："我一侃起得意的事儿，就屁股发沉，眼发直，唾沫星子乱飞，一侃就是几个小时，你可要有思想准备。"

她笑着说："你就别浪费时间了，今天，我是豁出去了，浪费几个小时，舍命陪你一把。"

我点点头，故意问："得，我还当了把君子。对了，你想知道什么来着？"

她笑着说："别装了，快说吧。"

我笑了笑，开始说："我们学校叫实验中学。在北京应该是顶尖的中学了。应该有八九年都是100%考上大学，80%以上能考上重点大学。我们学校出名的是不出书呆子，学校要求学生不仅学习要好，还要体育、艺术、社会活动都好。我们校长老说，我们应该是风声、雨声、读书声，声声入耳。国事、家事、天下事，事事关心。从高一开始，我们就有选修课，有音乐、美术、体育、哲学等各方面的，每个学生都得选修够学分才能升级、毕业。"

聂子笑着说："嗯，像个大学似的。我记得，去年刚来复旦，第一学期的时候，我就不知道怎么挑选修课。"

我笑着说："Exactly（正是这样）。当时，我们学校搞了一个学校应该如何定位、如何前进的活动。我的口号是，'做中学里的北大'。我靠着这个口号，一举拿下班长，辉煌了一阵子。"

我喝了一口水，接着说："那时候，我们可真的是什么都敢想，什么都敢吹，什么都敢干。大伙儿都想着赚钱，有人吹他爸可以搞到进出口的批条，我们可以开个进出口贸易公司。结果，我们连开公司的年纪都没到。有个高干子弟吹他的爷爷可以帮我们搞到军火卖，结果，被他的爷爷臭骂了一顿。连卖西瓜这种事儿都因为没车而碰了一鼻子灰。"

聂子很有兴趣地听着。

我接着讲："后来，我们还是发挥了我们的优势才算有点儿小成。我们学校一直用自己出的实验教材，而且，一两年就出一版新的。整个儿拿我们当实验品，我们都叫自己'The experimenter'（被实验的人）。教材常常印多了，就只好当废纸卖。我们拿来了，卖到别的中学去，还挺受欢迎的。我们小赚了一笔。后来，老师们大受启发，大卖特卖自己的知识产权，大发了，是后话了。

后来，不少同学英语不错，就到麦当劳、肯德基之类的店里去打工。”

聂子有点儿向往地说：“嗯，真有意思。”

我继续说下去：“后来，我们就用赚来的钱组织免费旅游，买高级体育用品，设立班里自己的奖学金什么的。后来，还用来请人来搞沙龙啊、讲座什么的。”

她问：“搞沙龙、讲座还要花钱啊？我还以为咱们复旦里的讲座什么的都是免费讲的呢。”

我笑着说：“现在，什么不要钱啊？别的不说，车马费总少不了。有的时候，大腕名人请不来、请不起，我们只好请些上了北大的老校友回来讲课。”

她又问：“你好像特喜欢北大，怎么没报北大呢？”

我想了想，说：“有两个原因吧。第一，说来惭愧，自己高考没考好，分也就够上北大的一般的系的。第二，我老爸老妈是浙江人，想以后退休了，回老家，觉得复旦挺近的。”我犹豫了一下，没有敢提馨儿和另一个原因。

她想了想又问：“我记得你说过，你父亲是个很好的医生，你为什么没有子继父业，学医呢？”

我笑了笑说：“我老爸老妈可是软硬兼施地非逼着我学。可是，做医生要胆大心细，我是两个都不沾。我记得小时候，去我爸病房找他的时候，老看见脑外伤的病人，头盖骨掀开，里面红红白白的脑浆，就像是鲁迅笔下的血豆腐。当时小，还没什么，长大了，好像是越想越害怕，有点儿晕血，怎么着也做不到胆大了。我更是粗心，高考都漏做了好几道题。我有一个小学同学的父亲是个老主任，他一生细心谨慎，没想到临退休前粗心了一次，把一个病人该锯左腿的，锯了右腿，晚节不保。我跟我爸妈说，我肯定是早节都不保。他们只好作罢了。”不知道为什么，我没有讲那个更重要的理由。我不知道，如果我讲了，聂子会不会告诉我她的故事。她会不会对我打开心胸一点儿呢？更重要的，如果我们彼此之间多一些了解，我们以及其他一些人的命运会不会有所不同呢？

聂子点点头说：“嗯，有的时候，我觉得你是有点儿迷迷糊糊的。”

我笑着说：“我是真的迷糊了，没事儿讲自己的不好干吗？”

我试探着问她：“聂子，能给我讲一点儿你的事儿吗？”

她收起笑容，低下头，低声说：“还是以后吧。好吗？”

我点点头。

她抬起头，看着我说：“你真好。”

她靠近我，吻住我。

我紧紧地抱住她，疯了一样地吻她，吻她的唇、脸颊、耳垂、颈项，我的手颤抖着，抚摸着我吻过的每一处。她闭着眼睛，浑身战栗着，承受着。我轻轻地顺着她的脖子吻下去，她白皙温软的身子让我痴迷，她的女儿香让我疯狂。我想扯开她的上衣。

她一下子睁开眼睛，推开我。她没有说话，过了一会儿，才看了看表说："不早了，你先回去好吗？让我们两个人都冷静一下，好吗？"

我不假思索地说："不好！为什么在这样的时候，你总是可以这么冷静，理智地拒绝我呢？我承认是我不对，是我不好。可是，我控制不了自己，我就是想要你，我白天黑夜地想要你。我不知道你怎么可以控制得这么好，难道连感情的事儿，你也要用理智算好了、想好了，什么时候该做什么、什么时候不该做什么吗？"

她呆呆地看着我，眼眶里盈满了泪水。

我慌了，忙道歉说："对不起，聂子，我说的都是气话，你别往心里去。都怪我，你别难过了。"

她擦了擦眼泪说："不，我不怪你。让我们分开一段时间，让我好好地想一想，好吗？"

我忙说："不，聂子，我要见你。我保证以后不再这样了还不行吗？"

她拉过我的手说："你听我说，我的心里也好矛盾。我好喜欢你紧紧抱着我的感觉，我能感到你是真的爱我，我好舒服，好有安全感。你也许想象不出来，对于我，安全感有多么的重要。我真的好想都给你。可是，我又好怕。你让我好好想一想再答复你好吗？等我想好了，我会去找你的。"

我低着头，不知道该怎么回答她。

她拍拍我的手说："我送你下楼。"

我只好点点头。

下了楼，我们静静地拉着手走了一会儿。我停住脚步，看着她说："聂子，你回去吧。我等你。"

她努力点点头。

我回转身，慢慢地走开。

"剑！"她叫住我。

我回转身，充满希望地看着她向我跑过来。

她看着我，犹豫了一下，才说："晚安。"然后，扭转身，飞快地向楼上跑去。

留下我呆呆地站在原地。

# 二十

For better or for worse, I will love you with every beat of my heart. （无论是好与坏，我将用我每一个心跳来爱着你。）

接下来的两天，我一直默默地在一些聂子常去的地方待着，等着她。曦园，第二食堂，一教，都没有见到她，我不知道她是不是在躲着我。我很想去她的课堂或是宿舍去找她，又怕她生气。我好想告诉她，只要有她在我的身边，我就满足了。

第二天晚上，我垂头丧气地走回宿舍，突然听见她清清的声音："剑。"

她正站在我们宿舍楼后的阴影里等着我。我跑过去，去拉她的手。她的手缩回去，有点儿生气地问我："接到我的信了吗？"

我摇摇头，然后一拍脑袋说："我昨天晚上一直待在曦园，好晚才回来，又累又困的，倒下就睡了，好像觉得有个什么东西有点儿硌着，太困了，翻了个身就睡着了。现在想来，估计是你的信。"

她笑了笑说："你可真够迷糊的。早上呢？也没看见？"

我笑着说："早上一起来，我就跳下床，去曦园、第二食堂、一教坐着。我想，我不去主动找你，我就那么坐在那儿，让你见我，我不见你，应该不犯规，不会挨骂吧？"

她扑哧笑出声来说："我有那么凶吗？"

我郑重其事地点点头。

她笑着说："唉，拿你真没办法。我是写信告诉你，我这两天要在我们系里帮张教授赶着查资料，都在我们系里，你要想我了，就来我们系里找我吧。我总觉着，你第一天没赶上信，第二天总该来吧。"

她停了一下，看了我一眼，低下头，红着脸说："你不来，我还挺担心的。也不知道你是不是又出了什么事儿。"

她抬起头，看着我，慢慢地说："这两天，等你的时候，我更觉得，我不能没有你。我想好了……"

我止住她，说："聂子，我也想好了。只要有你在我身边，我就满足了。如果，以后，我再控制不住自己，你帮我，我不会再怪你了。"

她依偎在我的怀里，脸摩挲着我的胸，喃喃地说："剑，我好爱你。"

过了一会儿，她抬起头，抱歉地说：“这几天，我还要在系里忙，你会来看我吗？”

我想了想说：“你们系我还是先不去了。要是碰见你的老乡，还挺尴尬的。你们系不是离四教挺近的吗？我就在一层那儿自习吧，你想我了，就来找我。”

她点点头说：“对不起。我想这几天把资料都忙完了，这个周末……”

她停了一停，又看了我一眼，才接着红着脸说：“这个周末，我再补偿你。”

我点点头说：“你别太累着了。我太了解你了，你就是太要强，太要面子，什么都要做到最好，什么都硬撑着，结果苦了自己。”

她笑了笑说：“好吧，我要回去了，听你唠叨才是真苦呢。”

我笑着说：“那好，我打住了。送送你，总行吧？”

她给了我一个极灿烂的笑，说：“不用了，太晚了。你也早点儿睡吧，你答应过我的，要早睡早起的。”

我看着她的笑，有点儿痴了。

她的脸红了一下，说了声：“晚安。”就骑上车，走了。

我也忙说：“晚安。”一直看着她骑远。

那一夜，聂子那灿烂的笑容一直出现在我香甜的梦里。

那一周，我过起了相对早睡早起的挺有规律的生活。除了上课，我就跑到四教。聂子常常跑来，在我身边坐一会儿，看着我笑笑。我就可以平静下来好一会儿，读一会儿书。过了一会儿，我就又会盼着她来。

星期五晚上，我送她回宿舍，她一直想说什么。我一直挺担心地看着她。

一直到了楼门口，她才很不好意思地说：“我还剩一点儿没有做完。明天……”

我如释重负地笑着说：“嗨，我还当出了什么事儿呢。你知道我这些天像什么吗？”

她抬起头，看着我问：“像什么？”

我笑着说：“特像林忆莲那首歌里的等待一扇不开启的门的怨妇。”

她抱歉地说：“对不起。”

我笑着说：“我说过的，你永远不用对我说对不起的。其实这样也挺好的，在盼望中生活。而且，我发现，我现在越来越有耐心了，而且也看了不少的书。一举无数得。”

聂子点点头说：“好吧，我保证，星期天一定陪你。”

我笑着说：“还记得你老说我什么吗？”

她摇摇头。

我接着说："你老说我，事儿没做成，就先吹牛。"

她也笑了，说："唉，我也觉得，跟你在一起，尽学坏了。"

我抓抓脑袋说："可我还是一点儿也没学好啊。"

她笑笑说："我记得你说过的学坏容易，学好难。"

她看了看表，说："好了，好了，不跟你贫了。太晚了，我先回去了，还得加班开夜车呢。"

我看着她，心疼地说："要不你别开夜车了，明天，我就不去打扰你了，你跑来跑去的也挺累的，挺浪费时间的，你明天集中精力，好好做吧，我星期天再去找你。"

她想了想说："也好。"

我说："那好，你快去休息吧。这些天，你累坏了。"

她点点头，慢慢转过身，然后，她又回转身，看着我说："剑，谢谢你。"

我点点头，挥挥手，看着她走进宿舍楼。

也许是这些天早睡早起太累了，我星期六和星期天连着睡了两个大懒觉。星期天，我快十二点多了，才起来，跑到聂子的宿舍。

她开了门，笑着看着我说："又睡懒觉了吧？"

我不好意思地点点头，然后问她："要不要先去吃饭？"

她笑着摇摇头，看了看桌子。

我一看，桌子上摆着煤油炉，还摆着青菜、蘑菇、葱和几个鸡蛋。我喜出望外地说："聂子，你学会做饭了？"

她笑着说："试试吧，做得不好，你可不要笑我。"

我笑着说："不会的。肯定好吃，来，我来帮忙。"

她推开我说："不用了，你就看着，等着吃吧。我挺传统的，在我们那儿，男人是不该下厨房的。"

我笑着说："那我和你一起去水房洗洗菜总可以吧？"

她想了想说："好吧。也不知道你什么时候来，我也不敢准备。我怕洗了菜，你睡到晚上才来，菜就不新鲜了。走吧。"

到了水房，我自告奋勇地洗青菜。我仔仔细细地挑啊、拣啊。聂子把她的菜都洗好了，我还没洗完一半。

她笑着看着我，摇摇头说："你怎么洗得这么细呢？为什么这样的也要扔掉呢？"

我指着上面的小黑点儿说："你看，这上面有一点儿黑点儿。"

聂子凑上去，仔细地看了看，笑着说："唉，你是真浪费，这样的也要扔。

什么都粗心，就拣菜这么认真。还是我来吧，这么下去，不知道什么时候才能吃上饭呢。”

我只好让贤，在一边看着她麻利地做着。过了一会儿，我们端着菜回宿舍。

我笑着问她：“我们吃什么呀？”

她回答说：“我本来想给你做煎大排的，可是，我同学告诉我说，怕煤油炉子火不行，做大排怕不熟，尤其是第一次，没经验。只好先做容易点儿的，今天是青菜蘑菇和葱炒蛋。不好意思，让你吃素了。”

我笑着说：“没关系，我平时吃太多的肉了，吃点儿素的，调剂调剂。”

她又看了看我洗的青菜，摇摇头说：“唉，本来以为青菜太多了，我们的锅太小了，要分好几锅炒。被你扔得，我就怕不够吃的了。”

我笑着说：“那我就少吃菜多吃饭吧。”

她大叫一声：“啊哟，我忘了饭的事儿了。”

我忙说：“算了吧，我去买点儿面包得了，这个小煤油炉子烧米饭，还不知道得到猴年马月呢。”

聂子垂头丧气地说：“唉，我好希望一切都是 perfect 的呢。”

我笑着劝她说：“已经够好的了，我先去买了。”

她点点头。

我飞快地跑下楼，跑到小卖部，想了想，买了一大袋面包回去。

聂子已经炒好了青菜蘑菇，正在炒鸡蛋。看着她在油烟中满头大汗地忙碌着，我突然有一种家的感觉。

她抬起头，看见我在看着她，很温馨地向我笑了一下。我也笑还她。

她把鸡蛋铲碎，把火关小，然后，把桌子收拾了一下，把青菜蘑菇的盘子放好，把面包放在饭盒里。

我凑过去说：“我来帮你吧。”

她推开我说：“说过不要你动手的，我就怕你越帮越忙。”

正在这时候，蛋有一点点焦的味道，她忙跑过去，把火关了。

她看了看，点点头说：“还好。”

她一边铲起来，一边自言自语地说：“总算是大功……”

她马上停下来，警觉地看着我。

我笑着跑过去，说：“我来帮你说完吧。”

她笑着推开我：“别闹了，这还有热炉子和盘子呢。”

我等她把盘子放好了，还是从后面抱住她，吻了她的脸颊一下。

我们坐下来。我看着小小的盘子，想了想，笑着说：“真的有一种过家家的感觉。”

她笑着问：“你们男生也玩过家家吗？”

我脸一红，急忙否认：“没有，远远地看你们女生玩过。”

她笑得更厉害了：“玩就玩过吧，也没什么大不了的。”

我只好不好意思地低下头。

她笑着说：“有的时候，你好可爱，像个大小孩。快吃吧，菜要凉了。”

我忙说：“你得先吃第一筷。”

她笑笑说：“那一起来吧。”

我们喊着一，二，三，一起夹起第一筷。我闭上眼，塞进嘴里，我好怕菜太不好吃了，聂子会不开心。还没嚼呢，我就先说：“好吃！”

然后，我嚼了一口，出乎我的意料，很不错，我真心地夸着说：“真的好吃！”

她笑盈盈地看着我说：“我都看见你的样子了。这么对我没信心啊？”

我忙检讨说：“我检讨。我还真的特别的没信心。你看，我买了一大袋面包。我想啊，你要是炒咸了，我们就多就着点儿面包吃。炒淡了，加点儿盐和酱油，就着面包还能吃。要是实在吃不下去，光吃面包也能管饱。就是没考虑到做得好吃的可能性。”

她笑着说：“那我就罚你多吃点儿。”

我笑着说：“我认罚。这种罚还是多一点儿好。”

我们吃完了饭，我拍了拍肚子，笑着说：“这样下去，我非成个大胖子不可。”

聂子脸红了一下，低下头，收拾起碗筷。我要帮她，她说：“不用了，我的手已经油了，你就别沾了。”

洗完了碗，我坐在桌边，看着聂子细心地擦干盘子、碗筷，整整齐齐地放好，不由得说出了自己的感觉：“聂子，我真的觉得有家的感觉。”

她一边接着收拾，一边说：“我也是。好喜欢这种感觉，可以给你做饭、洗碗、照顾你，听你夸我，宠着我。不知道我是怎么了，我现在好烦看书、学习什么的，我就想和你在一起。”

我笑着说：“怎么了，跟我学坏了呀。”

她笑了笑，收拾好东西，坐在我对面，默默地看着我。

我隐约地知道她想要说的话。我好像有些怕，又有些期待。我犹豫了一下，还是提议说：“聂子，我们出去走走吧？”

她诧异地看着我。

我赶忙补充说："吃得太饱了，得消消食。"

她犹豫了一下，点点头。

春风已经很暖了，我揽着聂子，信步走着，任春风和柳丝拂我们的面。

我们来到曦园，坐下来。我看见周围有好几对情侣，明显是刚刚开始，走路的时候，中间还隔着老大一段距离。

我笑了笑，趴在聂子的耳朵上说："还记得我刚追你的时候吗？就这样，你连手也不让我碰。"

她低下头没说话。

我接着说："现在，真的好希望他们都能成眷属。"

聂子点点头说："我还记得你那个朋友说的话，希望周围的人都能幸福，说得真好。"

我想起馨儿，心里一震。忙掩饰着说："我现在倒挺像你说的，自己幸福了，想让大家都幸福。"

她点点头，靠在我的怀里。

过了一会儿，我有点儿开玩笑地说："咱们晚饭吃什么啊？"

聂子抬起头，吃惊地看着我说："啊？你又饿了？我可是还没学会做其他的菜呢。"

我笑着摇摇头说："没有啦。肚子还是撑撑的，我是在想，要不，晚上买点儿汤，把剩下的面包吃了得了。"

她想了想说："我倒是会做酸辣汤，就是没有蛋、调料、醋什么的。"

我忙说："我们一起去买。"

她笑着问我："你？去菜市场？"

我坚决地点点头。

她笑着答应了。

我们来到菜市场。她在前面走着、买着，我在后面紧紧地跟着，提着袋子。人们熙熙攘攘的，挤着，大声说着话，讨价还价。看着聂子和卖葱的小贩还着价、挑着葱，我有一种平淡而快乐的过日子的感觉。

买好了，出了菜市场的门，聂子一样一样清点东西："葱，蛋，豆干，醋。"

我突然想起来："酸辣汤，得有辣酱吧？"

聂子笑着说："你忘了，我说过我有很棒的辣酱。就看你敢不敢让我多加了。"

我忙笑着拍拍脑袋说："唉，忘了这茬儿了。你都说辣的东西，还是给我少来点儿吧。"

我们笑着骑回宿舍。

把汤煮上了，聂子坐下来歇了一会儿，才想起什么来，问我："刚才，在菜市场买葱的时候，你笑眯眯地看着我，是不是在笑话我在那儿讨价还价呢？"

我忙说："向毛主席保证，绝对没有。我只记得小时候去过菜市场，印象里是又吵又乱的。现在，和你一起去，有了一种平淡、快乐、热闹、过日子的感觉。"

她点点头说："我也是这么觉得。真的好想有个家，和你一起过安安稳稳的日子。"

她的脸一红，没有说下去。

汤滚熟的声音解脱了她的困境。

她搅了搅，加了一点点辣酱。

我忙说："再加一点好了，你不用太迁就我的。"

她一边往外舀，一边说："我先把你的舀出来，我再加辣。"

我尝了一口汤，是真辣，可是又真好喝。我急急忙忙地把汤就着面包往肚里塞。她笑着看着我："慢点儿不行吗？"

我一边吃一边擦着汗说："就这么又烫又辣地吃下去，才过瘾，好像又回到了四川，有了那股子吃麻辣火锅的豪迈劲儿。"

她笑着指了指锅里的汤说："那要不要再豪迈一点儿？"

我探了探头，汤红红的，一股辣味，我赶忙摇摇头说："饶了我吧，不敢再瞎逞能了。"

我们笑着，吃完了饭，洗了碗。回到宿舍的时候，聂子走在后面，她特地把门关好，插上插销。

我诧异地看了她一眼。

她红着脸，走回自己的床，坐下来，脸扭向窗子，看着窗外。

我坐在她的身边。

她看了我一眼，脸色通红，头压得低低的，用低得我几乎听不见的声音说："我，我想过你上个星期说过的话了，我想好了。"

我想止住她说："聂子……"

她看了我一眼，又低下头，打断我说："剑，听我说完，好吗？"

我点点头。

她接着说下去："我想好了，是我太理智了，因为我太怕了。"

她抬起头，看着我，很坚决地说："我愿意都给你。但是，我只希望我最后的和最美好的，我能在我们的新婚夜，在我们的婚床上给你。"

我激动地抱过她来，吻住她。

她激烈地回吻着我。

我拼命地把她抱着，捏着，贴向我。她的眼睛紧紧地闭着。我能感到她娇小的身子在我的臂膀里颤动着。

我喃喃地问她："聂子，真的可以吗？"

她闭着眼睛，头转向床里，几乎看不见地微微地点了点头。

我开始轻轻地解开她的上衣，把手颤抖着从下面伸进去，我慢慢地摸上去，解开她的胸罩，我把手停在她背后，抚摸着。

她喃喃地呻吟着，呼唤着我的名字："剑，剑。"

我的手慢慢地移向前面，她的身子震了一下，双手下意识地紧紧地抓住我的手臂。她睁开眼，我们彼此望着，期待着，渴望着彼此。她嘤咛一声，把头埋在我的怀里。我近乎虔诚地托起她的乳房，轻轻地摩挲着。我们都战栗着。

她红着脸，睁开眼睛，还是用几乎听不见的声音说："关了灯好吗？"

我说："我想看着你。"

她固执地看着我。

我只好去关了灯。

我慢慢地打开她的衣服。

月光下，她的身子闪着乳色的、圣洁的光。我几乎是虔诚地吻遍她的全身。我的双手抚摸遍她身体的每一处。她咬着牙，紧紧地默默地承受着。我压在她的身上，紧紧地扭曲在一起。

过了很久，她才像是从晕眩中醒来。匆匆地穿好衣服，到处找着表，看了一眼，就大叫："啊哟，这么晚了，我的舍友该回来了。"

我懒懒地爬起来，呆呆地看着她晕红的脸和散乱的长发。

她拖着我起来，说："快起来吧。"

我忙从床上起来。

聂子转过身，拿起梳子，对着镜子，梳起头来。

我走过去，从后面揽住她的腰，轻轻地问她："可以让我帮你来梳吗？"

她红着脸，轻轻地点点头。

我接过梳子，小心地轻轻地在她的长发上掠过。

她看见了，笑笑说："你这儿哪是梳头呢？太轻了，还是我自己来吧。"

我不愿意放弃，一边稍微又用了一点儿劲儿，一边问她："这样可以吗？我怕弄疼了你。"

她说："还得重一点儿，梳子还得梳得深一点儿。"

我又加重了一点儿，问她："这样行吗？"

她点点头。

我正得意着呢，可能是她的头发有点儿结在一起，我稍微用了一点儿劲儿。聂子疼得叫出声儿来。

我吓得忙把梳子递还给她。

她笑笑问我："这么容易就放弃了？"

我笑着说："我还是试那些不会弄疼你的吧，比如说画眉啊什么的。"

聂子假装生气地说："不跟你说话了，就知道贫。"

我只好坐在她的对面，看着她梳完头，又接着自己编辫子。我又有点儿跃跃欲试。

她见了我的样子，笑了笑说："我的头发太长了，辫子可是不好编呢。"

我忙伸出手说："让我试试吧！"

她点点头，把头发放在我的手里，开始教我怎么分成三股，怎么编。

拿着她黑黑的长发，嗅着淡淡的发香，我不由得想起来，第一次见她的时候，我就被她如瀑的长发吸引住了。

她看了我一眼，问："又在想什么呢？没听我说话吧？"

我一怔，只好告诉她："聂子，我好喜欢你的长发。从小到大，我梦中的女孩，都是长发飘飘的，那天，在地下听音室见你第一眼的时候，我就有一种 You are the one（你是那人）的感觉。"

聂子感动地看着我，慢慢地说："那我就为你留着它。除非你不要我了，不要它了。"

我一边摇摇头，说着："不会的，不会的。"一边把自己的头埋在她的长发里，尽情地呼吸着她的发香。

她轻轻地拍着我的头，呢喃着我的名字："剑，哦，剑。"

正在这时候，门外传来敲门的声音。我们两个人一惊，我忙松开她的头发。她飞快地跑到门后，拉开插销。然后，站在那里，用手理着头发。她的舍友打开锁，推开门进来。

我忙站起来，说："我先走了。"

聂子忙说："我送你下楼吧。"

我们两个下了楼，我牵着她的手，走到宿舍前的小草坪上，停下来说："你回去吧。good night，sleep tight（晚安，睡个好觉）。"

她点点头。

我突然想起唐红军说过的话，忙问她："记得我刚来学校的时候，我有个师兄跟我说，复旦的女生都谈恋爱，所以女生宿舍排期特别紧张。怎么你们宿舍我总能来呢？”

她想了想说：“都谈恋爱也不至于啦，你们男生就会夸张。我们宿舍只有六个人，有三个上海人，倒是都在谈恋爱，可是，她们一到周末就和男朋友回家。还有一个江苏人，上海有很多亲戚，周末她也老去亲戚家。另一个就是你总碰上的舍友，她一到周末就为了我躲出去，我觉得特别对不起她。”

我有点儿感慨地说：“什么时候，我们得好好谢谢她。可是，要是能有一个我们自己的家，自己的地方该多好啊。我真的好想和你一直在一起，不用分开。”

我犹豫了一下，看了看她，还是接着说：“夜里也不用分开。”

她脸一红，没有说话。

我大胆了一点儿，接着说：“我好想看着你入睡，看你睡觉的样子，看着你醒来。”

聂子也向往似的想了想说：“嗯，那该有多好啊？”

然后，她又笑着说：“不过，你这个大懒虫肯定看不见我醒来的。”

我笑着说：“我已经决定要争取早睡早起了，别老小瞧人。”

她笑着说：“好，好，我不小瞧你。那就从今天做起，早点儿回去睡吧，我们明天见。”

我又开玩笑地问她：“聂子，你还记得你以前说我太影响你学习了吗？你说过要隔天见的。”

她想了想，很一本正经地说：“那好吧，我们就隔天见吧。”

我忙说：“我投降了，再也不开这种国际玩笑了。”

她也笑了，摇摇头说：“不和你贫了，我可是要真的早睡早起的。晚安。”

我高高兴兴地又道了晚安，目送她上楼。

第二天，我编了个倒计时的小程序，下了晚自习以后，我拿着我打印的一串数字给聂子看：3 years 1 months 20 days 4 hours 10 seconds。

她好奇地看着我问：“这是什么啊？”

我笑着说：“我在倒计时我们结婚的日子。”

聂子红着脸说：“谁说要嫁给你了？”

我笑着抱着她说：“这可由不得你了，到时候，就是抢我也要把你抢上花轿的。”

她低下头，不再说话。过了一会儿，她才抬起头，问我：“你怎么算的那个日子啊？”

我笑着说："还是想嫁吧？"

看着她又有点儿要生气的样子，尽管知道她是装的，我还是忙说："那大概是我们毕业的时间吧，我想，我们一毕业就结婚。"

聂子低下头，把那张小小的打印纸小心地叠好，放进书包里。

我笑着说："我可以随时再打印的。"

她说："我知道，可是，我想留下最初的一张。"

我感动地揽她入怀。

接下来的日子，是平凡而快乐的。聂子和我都对我们的未来充满着希望和憧憬。周中间的时候，我们一起上自习，一起漫步在曦园。周末，我们会黏在聂子的宿舍。她会为我"改善伙食"，她的饭是越做越好了。我们都深深地沉溺于二人世界之中，好像切断了所有与别人的联系，龟缩在一起。有的时候，这种爱让我有一种窒息的感觉，我几乎没有空儿和朋友们在一起。可是，我又很喜欢这种窒息的狂热的感觉。有的时候，我甚至在想，如果这个世界真的只有我们两个人该多好。

有一个黄昏，我们吃完了饭，在曦园里漫步着。迎面走过来一对外教夫妇和他们的一双儿女。那两个小孩儿好漂亮，好可爱，就像是洋娃娃一样。聂子走上去，逗着他们。他们好像也和聂子特别的投缘，围着聂子跑啊、跳啊，叫着、笑着。

他们的母亲半开玩笑地说："We are really jealous, our babies have not been so happy with us for a long time.（我们真的很嫉妒，我们的小孩和我们在一起都很久没有这么高兴过了。）"

她跑过去，加入聂子和他们。

我和小孩儿的父亲在一旁笑着看着他们。

过了很久，他才看了看表，大叫："Honey, we got to go now, we are going to be late.（亲爱的，我们一定要走了，我们要晚了。）"

太太也看了看表，一边大叫着，一边去拉小孩："We got to go.（我们得走了。）"

小姐姐拉着聂子的手问："We got to go now, will you be here tomorrow?（我们现在一定要走了，明天你会来这儿吗？）"

聂子笑着说："Sure.（好。）"

小女孩叮咛着："Promise?（你保证？）"

聂子郑重其事地点点头："Promise!（我保证！）"

先生笑着摇摇头，握了握我的手说："It is very nice to meet you, see you later.（很高兴认识你们，再见。）”

我忙说：“Same here，bye.（我也是，再见。）”

看着他们走远，看着聂子和小孩儿恋恋不舍的样子，我笑着拉了拉她说：“没想到你还这么有小孩儿缘。”

她很自豪地说：“当然啦，我可喜欢小孩儿了，可会逗小孩儿呢。寒假回去，我姐姐的孩子，平时除了他的妈妈，连爸爸、爷爷、奶奶、姥姥、姥爷都不怎么让抱，我第一次见，就让我抱，一点儿也不哭，还笑。平时的时候，我们那儿的小孩儿老爱围着我转。”

我笑嘻嘻地看着她。

她有点儿警觉地看着我问：“干吗？”

我笑着问：“那你喜欢男孩子多呢？还是女孩子多呢？”

她想了想说：“嗯，想不好，男孩子调皮但很可爱，女孩子呢，听话，懂事，乖。”

我笑着说：“那就都生吧，两男两女好了。”

她这才明白，狠狠地瞪了我一眼，然后又忍不住笑出声。她努力地收起笑，一本正经地说：“瞎说什么呢？”

我笑着问：“如果可以，你想不想要呢？”

她想了想说：“嗯，我想。我好想做一个好母亲。我想要一个男孩、一个女孩。女孩子，我就好好地打扮她，让她天天穿漂漂亮亮的裙子，还给她梳很好看的头。男孩子，你就带着他打球，玩儿。”

我笑着说：“我怎么听着跟过家家似的？”

她也笑了，又想了想说：“我记得小的时候，在哪篇文章里读过，真正相爱的人的孩子一定是天才、王子、公主。我想，我们的孩子一定会很出色吧？”

她顿了顿，又想起什么，说：“不过，还记得有一次，我说你五音不全，说我就怕……”

我紧紧地抱住她。

过了一会儿，她从我怀里抬起头，看着我，问：“我最近老是觉得我们太好了，会不会遭天妒呢？”

我有点儿生气地说：“你整天瞎想什么呢？”

她淡淡地笑着：“我记得你说过命运待人都挺公平的。我印象挺深的。我好怕我们现在太好了，以后会很苦。我更宁愿过那种平平淡淡一辈子的生活。”

我突然觉得聂子现在的笑很像馨儿的笑。我迫使自己忘掉这个念头，抓住她的手说：“要苦，就让我一个人苦吧，我要你甜。”

她摇摇头，接着说："你说，人的感情是不是也这样？总量也是一样的。有些感情像水一样，可以细水长流一辈子；有些感情，像火一样，一下子太多了，燃烧光了，所以只能是火热而短暂。"

我突然觉得有点儿怕，我一直觉得馨儿像温柔的春水，难道我和聂子真的像火吗？我想起来校长在我们高中毕业最后的一次聚会上说过的话，我讲给聂子听，与其说是在说服她，不如说是在说服我自己："聂子，我记得我们高中的校长跟我们说过一句话，It does not matter how far you go，it matters how you get there.（你能走多远并不重要，重要的是你走过的过程。）有点儿像咱们说的，活过、爱过的感觉吧。我想，我更愿意有一份感情，老了以后，我可以说我活过、爱过！"

聂子看着我很久，然后依偎在我的怀里，再也没有说什么。

暑假快到了，有一天，我问聂子："要不要去我们家玩儿?"

她脸变得通红，使劲儿摇着头说："我才不去呢。"

我当时只好岔开话题，但是我觉得聂子还是挺想去的。

# 二十一

True love is worth waiting for.（真正的爱是值得等待的。）

第二天，我写了信，又把聂子的照片夹上，我好想把她融入我们家。

寄完了信，我又觉得等不及了，我去给我们家打了个电话，我的父母正好都在。

先问了问彼此的情况，我就迫不及待地告诉他们："爸，妈，我有了一个很好的女朋友，我们很好，我想这个暑假带她回咱们家。"

电话那边是很久的沉默。

我以为是电话断了，喂喂了几声，母亲才问："她是哪里人？"

我说："她是从重庆来的。"

电话里又是很久的沉默。父亲才说："我们不希望你们这样。"

我有点儿着急地问："为什么呢？"

母亲忙说："我和你爸的意思是，你们有没有考虑过以后两地分居的问题呢？"

我有点儿无言以对的感觉。尽管李钢和白雪的例子就在我的眼前，老谭也讲了他的事儿，可是，我从来没有想过这个问题。

母亲接着说："这也是我们不希望你在大学里太早谈恋爱的原因。你们的将来都太不确定了。我希望这次暑假，你能先自己回来，我们和你一个人先好好谈一谈，讲一讲我们老一代人的经历。然后，你可以再做决定。如果到那个时候，你还坚持，我们欢迎她来家里。"

我只好说："好吧，让我再想一想。"

母亲说："好的。"

挂断了电话，我的心里面很难过，空空荡荡的。我很想找个人说说话。这一次，馨儿是我最先想起的人。

事后，我曾经很多次地问过自己，为什么不是聂子呢？我找过各种各样的理由：也许是因为这件事关系到聂子，我还不想让她知道，我想先听一听别人的意见吧。也许是聂子太柔弱了，我不想让她分担这些烦心的事儿吧。也许是我曾经发过誓，只让聂子快乐，不让她烦恼。也许只是因为，馨儿比聂子更善解人意吧。但是，这些理由从来没有完全说服过我。

馨儿正在从宿舍楼里往外走，她见了我，一愣。

我问她："有空儿吗？"

她点点头说："要不要去找个地方坐坐？我们学校附近新开了一家咖啡厅，还不错。"

我们坐在吧台上，我要了一杯冰茶，她要了一杯 expresso。

我笑着说："喝这么浓的，晚上会睡不着觉的。"

她淡淡地笑着说："习惯了。"

我看着她，竟然不敢再问下去她习惯什么了。

我看着她，小心地问："最近好吗？"

她点点头，淡淡地笑着说："还好吧。我的功课还是跟不太上，我还是挺怀念中学的时候，你帮我补理科，我帮你补文科的时候。"

我的心一动，忙笑着说："可我是个糟得不能再糟了的老师啊。"

她笑了笑说："聊胜于无吧。你呢，你好吗？"

我低下头，慢慢说："我们很好。"

馨儿啜了一口咖啡，慢慢说："我听李钢说起过你们，他也说你们很好。"

然后，我们沉默了很久。

过了很久，馨儿才找到一个话题说："有时间，你要劝劝李钢，多关心一点儿白雪。"

我忙问："他们怎么了？"

馨儿摇摇头说："李钢不知道最近怎么了，好久没有和白雪联络了。"

她看了一眼我，然后说："我们女孩子，独自一个人的时候，特别需要爱和关心。"

我看了馨儿一眼，从她脸上，还是读不出什么来。

我犹豫了一下，说："对了，我刚给我父母打过电话，告诉他们聂子的事儿。"

她的杯子抖了一下。

我看着她。

她笑了笑说："你叫她聂子是吗？好美的名字。"

我点点头，接着说："我父母问我有没有考虑过两地分居的问题，我是真的从来没有想过。"

她有点儿吃惊地看着我："你从来没有想过这个问题吗？"

我点点头。

馨儿说："我们大家春假出去玩的时候还在讨论说，你们毕业以后可能会被分配在不同的地方。”

我摘下眼镜，把眼睛埋到手掌里，揉了揉，叹了口气说：“我现在真的很怕和她分开，哪怕是短短的一段时间。”

她过了一会儿，才轻轻地说：“别担心，我总觉得你们会很好的，会有情人终成眷属的。”

我抬起头，看着她，问她：“为什么呢？”

她笑笑说：“女人的直觉吧。”

我看了看表说：“谢谢你。每一次和你聊聊，心里都会舒服很多。我该回去了，我还要……”我没有说下去。

馨儿笑笑说：“Any time.（任何时间。）”

我问她：“我送你回宿舍吧？”

她摇摇头说：“我还想自己再待一会儿。”

回到学校，我在一教找到聂子。快下自习了，我们索性到曦园里走一走。

我可以看出来，她有些不高兴。

我实在不知道该怎么跟她说，说什么呢？

我们一直默默地推着车，走着。我们从曦园走出来，走向她的宿舍，一路上还是谁也没有说话。

然后，我们两个人几乎是同时要说话。这是我们第一次没有默契。

我忙说：“你先说。”

她看了看我问：“今天你有事儿啊？”

我点点头说：“嗯，有点儿事儿，找了个朋友聊聊。”

然后，我们又很久没有说话。

快到她宿舍的时候，她抬起头问我：“要订暑假的车票了，你订了吗？”

那一刻，我真的想告诉她我父母的话。可是，我没有。我不知道，如果我说了，结果会不会不一样。

我有点儿吞吞吐吐地说：“我家里有点儿事儿，你先回家吧。我解决好了，再写信告诉你。”

她迟疑地看着我问：“出了什么事儿吗？我愿意和你一起分担。”

我紧紧地看着她：“聂子，相信我，我能处理得很好的。还记得我答应过你的，事前不吹牛的，我一定要解决好了再告诉你。”

她点点头说：“我当然相信你。”

她又问我：“你们哪天考完最后一门？”

我想了想说：“星期四上午。”

她想了想说："我们星期三就考完了。那我就订星期五早晨回家的票了。有点儿想家了，不知道我的小外甥长成什么样子了呢。"

她停了一下，脸红了红，看着我说："你考完了，在我走之前，把所有的时间都给我好吗？"

我使劲儿地点点头。

那一晚上，我送聂子回去后，想起馨儿关于李钢和白雪的话，去找李钢。他的舍友告诉我说他现在整天倒腾买卖，还尽出远门，不知道这些天又去哪儿了。

我只好放弃。

接下来，我又找了他两次，他都不在。

再接下来，就是期末考试。

考完了以后，我就去聂子的宿舍找她。即将来临的分离让我们格外珍惜，我们一直腻在一起，不愿分开。

一直到天快黑了，聂子才推开我，起来说："我还要给你做饭呢。"

我从后面抱着她问："今天吃什么？"

她打开一个大盒子，里面是冰块和两块大排。

我吻着聂子的头发，叫着她："聂子，你真好。"

她笑着推开我说："给你吃大排就是好了？你啊，别捣乱了，一边好好坐着去。大排本来就慢，你要再捣乱，真不知道什么时候可以吃上饭了。"

我忙把手背到背后，坐到一边的椅子上。

她摇摇头笑了笑，戴上围裙，忙起来。

我突然想起来问："要不要我去买点儿主食？"

她拍了拍头说："你不说我倒是真的忘了，我借了电饭锅，这还有点儿米，你去洗了，插上，就可以了。能做吗？"

我笑着说："保证完成任务。"

我们一起嘻嘻哈哈地忙活着，做好了。吃之前我问她："为什么现在让我帮忙了？"

她笑着说："我喜欢一起做事情的感觉，尽管你尽帮倒忙了。"

我假装生气说："好，你不道歉，我就不吃了。"

她笑着说："别装了。"

我硬挺着。

她把大排夹到我的鼻子前。

我是真的饿了，大排的香气让我的肚子咕噜噜直响，我只好拿起筷子，夹过来，大口吃起来，一边吃我一边说：“这是我的肚子出卖我了，我还是强烈地严正地要求你赔礼道歉的。”

她笑着说：“行，行。是我不对，我不该说实话的，我应该说你帮了大忙了。”

我也一下子笑出来说：“聂子，我真的是越来越说不过你了。想想我以后漫长的暗无天日的日子，我就头皮发麻。”

聂子笑着说：“现在才知道啊，后悔也太晚了。”

我笑着说：“怎么这话我听着耳熟呢？”

她笑着说：“以子之矛攻子之盾吧。”

我们笑着，吃完了饭，洗了碗。就打开收音机，一起躺在床上，听广播里的《金曲排行榜》。

正在放的是周华健的《让我欢喜让我忧》。

我们静静地听着：

爱到尽头　覆水难收
爱悠悠　恨悠悠
为何要到无法挽留
才又想起你的温柔
给我关怀　为我解忧
为我平添许多愁
在深夜无尽等候
独自泪流　独自忍受
多想说声我真的爱你
多想说声对不起你
你哭着说　情缘已尽
难再续　难再续
……

一曲既毕，我也许是有感而发吧，说：“我很喜欢这首歌。”

聂子爬起来，看着我，问：“你是有感而发吗？”

我的心一震，忙掩饰说：“不是啦，我只是喜欢这歌的调子。”

正在这时，广播里放起了成龙和陈淑桦合唱的那一首歌：

**你有一双温柔的眼睛，你有一颗善解人意的心灵。**

我笑着说：“这才是我的感觉呢。”

她满意地躺在我的怀里。

一直到《金曲排行榜》节目完了，我们还沉浸在歌声当中。

过了好一会儿，聂子才坐起来，低着头，红着脸说：“我会唱里面的几首，要听吗？”

我忙坐起来，点点头。

她说：“我唱得不好，你可不许笑我。”

我又点点头。

聂子清清亮亮的歌声悠悠地环绕着我，我的心开始随着她的歌而起伏，因为她是用心在唱，在诉说。

一曲已毕，我震惊了。

她看着我，不好意思地问：“很差吗？”

我使劲儿摇头说：“聂子，你唱得真好。什么叫绕梁三日啊，今个儿我算是明白了……”

聂子笑着打断我的话说：“好了，别贫了。”

她收敛起笑容，低下头，红着脸说：“你要是真的喜欢，从今往后，我就只为你而歌。”

我紧紧地吻住她。

那一个晚上，是新月，我心爱的女人为我歌着。在她的眼睛里，我看到的是点点的星光和我的身影。

熄灯的铃声响了，我不情愿地站起来。

聂子看着我，脸一下变得通红。她低下头，吞吞吐吐地用我几乎听不见的声音说：“我们宿舍的人都走了，你想留下来吗？”

我不敢相信地看着她。

她点点头，把头扭向床里。

我坐下来，两只手轻轻地扶过聂子的头，轻轻地吻下去。

我们吻着，抚摸着，探索着彼此，都充满了渴望。我附在她的耳边，轻轻地唤着：“聂子，我好想，好想。”

她的身体战栗着，闭着眼睛，大声地说：“哦，剑，剑，拿去吧。”

我喘着气，抬起身，久久地望着她。

就在最后的一刻，她睁开眼，头转向床里，低声说：“剑，你真的等不及了吗？如果你真的想要，就拿去吧。”

我扶正她的头，看着她的眼睛，问她：“如果我真的要，你会后悔吗？”

从她的眼睛里，我已经看见了答案。我犹豫了一下，从床上坐起来，说：“聂子，我可以等。”

她也坐起来，从后面搂住我，叹息着：“噢，剑，剑，我好爱你。”

我转过身，躺下来，让她躺在我的怀里，我的右手轻抚着她的长发。

过了很久，我才问她：“睡吧，明天你还要一个人走那么远的路呢。”

她抬起头，看着我说：“不，我不想睡，我不想浪费和你在一起的每一点时间。”

我感动地抱紧她。

过了一会儿，也许是太累了，聂子的眼睛迷迷糊糊地闭上了。她努力地睁开眼睛，向我笑笑说：“别让我睡着好吗？”

我想了想说：“要不要到楼顶上去看星星？”

聂子睁开大大的眼睛，问：“怎么去啊？”

我回答说：“我们宿舍楼的顶楼上有个小楼梯，走上去，上面有个小门，没锁，天太热睡不着的时候，我们就跑到楼上去乘凉。我想你们楼上也有，就是不知道门有没有锁。”

她像个小孩子一样，很兴奋地说：“你先躲在屋里，我跑上去看一看。”

我点点头。

她又很小心地嘱咐我：“别随便开门，等我回来。”

我笑着，点点头。

过了一会儿，她很机警地摸回来，还小心翼翼地看了看门后，才关上门。

我笑着问：“有吗？”

她喘着气，点点头说：“门没关。”

我笑着说：“你不用这么紧张吧，特别像一个好可爱的国民党美女特务。一会儿跟我一起出去再紧张就行了。”

她也笑了，拉着我说：“好了，别贫了。快走吧。”

我站起来，和她走到门口，她止住我，然后自己先出去，她站在楼梯口向我招招手。我关上门，蹑手蹑脚地跑过去。

我们两个人使劲儿忍住笑，躲躲藏藏地跑上顶楼。打开门，关上门，聂子靠在门上，喘着气，用手扇着风，笑着说：“好紧张。”

我们爬上了屋顶上面的一个高台，坐下来。聂子把头靠在我的怀里。在徐徐如水的夜风里，我静静地眺望着沉寂的校园和远处明灭的灯火。我抬起头，看着天上的星星。突然觉得我们离着下面的尘世是那么的远，天上的星星离我们又是那么的近。

聂子看着我问："想什么呢？"

我告诉她我的想法。

她点点头说："能这样和你在一起真好。就我们两个人，谁也不理，什么也不管。真的希望能永远就这么待下去。"

她说着这话的时候，眼波蒙眬着，看着天上的星星，充满了憧憬。

我呆呆地看着她，心里暗暗地对自己说："无论如何，无论自己有多苦，有多难，也一定要让她快乐，让她幸福。"

她讲完了，看着我的样子，嗔怒道："你又怎么了？"

我笑笑说："我现在知道怎么可以数得清天上的星星了。"

她好奇地问："怎么数？"

我笑着说："看着你的眼睛。"

她脸红了红，更紧地靠在我的怀里。

我们很快发现了一个很不浪漫的现实，蚊子渐渐地多起来。而且，大多数向聂子展开围攻。

我一边和她一起用手赶着，一边问她："回去吧？"

她摇摇头。

我几乎是求她说："聂子，回去吧。南方的蚊子很厉害的。以后我们再来，可以买驱虫剂来用。"

她很不情愿地点点头。

我们跑回聂子的寝室。

我又求她："聂子，你睡会儿吧。你还要一个人走那么长的路。"说着，说着，我的眼睛有点儿湿润。

她看着我的样子，笑着安慰我说："好了，我睡。"

那一夜，我几乎没有睡着，看着身边熟睡着的聂子，我一动也不敢动，生怕吵醒了她。一直到清晨才睡着。

我是被聂子吻醒的，她不好意思地说："我本来不想叫你的，但我实在想你送我。"

我一边爬起来，一边说："你要是真的不叫我，我可真的要生气的。快走吧。"

她点点头。

一路上，一直到上了火车，我们都没有怎么说话。

聂子坐在火车上靠窗的座位上，我在站台上，拉着她的手。她的泪水一下子就流下来了。

我拼命地忍住泪。

汽笛响了，我的泪再也忍不住了，我对聂子说："你等等我。"

她好奇地看着我。

我跑到车厢口，乘务员拦住我，我拿出我的学生证，着急地说："您看，我是大学生。我的票在车上，我女朋友那儿，您让我先上车好吗？"

她看了看我的学生证，点点头。

我跳上车，跑进车厢，冲到聂子的座位。她惊喜地看着我。

我坐下来说："我要陪你回家。"

她像拍着小孩子似的拍着我说："你啊，真可爱。你不是家里有事儿吗？别耽误了。我等你的信。我会早一点儿回学校的。我们很快就会又见面了。"

我点点头说："那让我送你一程。"

她看着慢慢启动的火车说："我不同意也不行了，你下一站一定要下车。"

我点点头。

我们两个人紧紧靠在一起，谁都没有再说话。

刚才的乘务员走过来查票，我忙说："对不起，我没有票。补一张到下一站的票吧。"

她看了看我们两个人，笑了笑说："算了吧。"

等她走远了，聂子附在我的耳朵上，低声笑着问："你怎么没试你那些逃票的方法啊？"

我低声笑着说："我躲在厕所里，不是白上来了吗？再说，这是我的逃票新招。和女朋友在一起，装可怜，博取同情，以便逃票。"

我们一起笑着。

聂子点点头，又说："还是那句老话，这世界上，还是好人多。"

车似乎很快就到了下一站。聂子推着我下车，这一次是我先哭了。聂子站在车厢口，努力地笑着说："别哭了，又不是什么生离死别的，我们很快就会再见的。"

我努力地点点头。

车子开动了，我看见聂子也哭起来。我们使劲儿挥着手，直到彼此再也看不见彼此。

许多年后，我开始怀疑我们的决定。我开始怀疑"True love is worth waiting for"。我开始后悔太早要了馨儿，太晚要了聂子。

# 二十二

The smallest good deed is better than the grandest intention.（做成最小的一件事也比最伟大的计划好）。

我回到学校就去找李钢，他正拿着大包小包从宿舍往外走，他扔给我一大包，说："正好，帮我扛一个。"

我扛过来，笑着说："这大包小包的是去哪儿啊？给白雪买了这么多好东西？"

他大笑着说："没的事儿。里面倒尽是衣服，不过不是给白雪的，刚从广州那边倒饬过来的。我有一哥们儿家在安徽，衣服倒他们儿那卖，可以翻好几番。"

我笑着说："那你就这么自己扛着衣服从广州到上海，再去安徽啊？"

他笑笑说："那还不得累死？基本都走货运了。反正我人去看完货，空手回来也是闲着，就好歹背点儿。再说了，我扛的尽是些特新潮的能卖好价钱的女装，货运太慢，弄不好，再运丢了，就亏大发了。"

我们一边说着，一边出了校门。李钢伸手拦了辆出租车。

上了车，我说："行啊，李钢，真有点儿老板劲儿了。我和老谭一直就觉得我们里头就你适合下海。"

李钢摇摇头说："唉，总觉得下得晚了，什么都让人抢先一步。不说这个了。你最近忙什么呢？春假以后就再也找不着你了。"

他又笑了笑说："嗨，我问这干吗呀！"

我忙争辩说："我考试前可是找了你好几次，是汪馨让我找你的。"

他收住笑，看着我说："你见过汪馨了？那她的事儿你知道了？"

我的心一惊，忙问："什么事儿？"

李钢有点儿后悔地看着我，叮嘱我说："她可是再三嘱咐我别跟你说。你可别说是我说的，推在老谭身上吧。他不怎么犯错，错一回，汪馨也不会太怪她。"

我着急地说："你就别磨蹭了，快说吧。"

李钢只好说："听说，汪馨的成绩太不好了，他们学校正在考虑要她大本改大专。"

我着急地说："那一会儿，路过她们学校的时候，你让司机把我抛下来得了，我得去当面问问她。"

李钢不可置信地看着我："你不知道他们学校比咱们早考完一星期啊？她跟我说过，一考完她就回北京。"

我垂下头。

李钢看了看我，接着问："你什么时候见的她？"

我回答说："就不久前。"

他问："她就一点儿口风也没漏？"

我摇摇头。

他接着问："那你们都聊什么了？"

我木然地回答说："我们就聊了……"

我想了想，忙改口说："没聊什么。她跟我提到你和白雪的事儿，说你很久没和白雪联络了。让我找到你，劝劝你。"

李钢笑着说："我们都老夫老妻了，整个儿一牢不可破的万里长城。"

我说："听汪馨说，白雪可是对你不理她挺不满的。"

李钢还是笑着说："我是想开了。两地分居，除了想，还是想。与其整天写信、打电话地想，还不如做点儿事儿分分心。咱们大老爷们还是得先成点儿事儿，赚够了钱，好以后养活老婆。你说对不对？"

我听着"两地分居"这四个字，陷入了沉思。

李钢拍了拍我说："哥们儿，你又走神了。又想谁了吧？"

我摇摇头，问他："还是特后悔和白雪分开吧？"

李钢看着我，笑笑说："得，哥们儿，别哪壶不开提哪壶了成不成？"

我坚持地问他："是不是特别难？"

他收起笑容，看了我一眼，说："整个一非人的待遇。我明白你的意思了，千万别试。"

一直到火车站，我们两个人都再也没有说话。

送走了李钢，我顺便买了张回北京的票，匆匆回学校收拾了一下东西，就赶回车站，踏上了回家的路。

回了家，正好父母都在。

父亲走过来，一边接过我肩上的一个包，一边问我："有空儿谈一谈吗？"

我点点头。

母亲从厨房里走出来，擦着手，问我："累不累？要不要歇一歇，吃了饭以后再谈。"

我摇摇头。

我坐在父母的对面。应该说，我和父母的关系还是不错的，我们平时的谈话是挺平等的。不知道为什么，这一次，我有一种接受审判的感觉，也许是命运的审判吧。

还是母亲先开口了："电话里说不清楚，我和你爸都觉得我们是信任你的，我们相信她是一个很好的姑娘。信和照片我们也都看了好几遍。我们没有见过她本人，我们的话绝对不是针对她个人的。"

我点点头说："妈，我知道。"

父亲接着说："在你出生前，一直到你五岁，我和你母亲一直是两地分居。和我们的一些同代人相比，我们是幸运的，我们分开的时间算是短的了。可是，分开真的是很痛苦的，这是我们的亲身经历。所以，我们会这么强烈地反对你。"

我抬起头，抬杠说："你们可以忍受，为什么我就不行呢？"

母亲忧郁地看着我说："正是因为我们亲身经历过这样的苦，所以我们不愿意你再受同样的苦。而且，我和你父亲都觉得现在的情况比我们当时会更难更苦。"

我奇怪地问："为什么呢？"

母亲接着说："我们觉得现在周围的环境复杂多了，人际关系也复杂多了。人也浮躁多了，这么说吧，外界的诱惑多了很多。"

我无言以对。

父亲说："另一件事情我们也想提醒你一下。我托我的老同学打听了一下你在学校的情况。我们觉得，你的成绩跟你的能力是很不相称的，因为你分心太多了。作为一个男人，你还是要有自己的事业，要先立业再成家。我和你妈都觉得你人是聪明的，但是，你最大的缺点就是没有恒心、毅力去做好一件事。你也不小了，不应该再像个小孩子一样，随心所欲地过了。对女孩子，不应该只是整天卿卿我我的，而是要懂得男人应该负起的责任，你现在，有什么能力对一个女孩子负责吗？"

我低下头，把手埋在手掌里。

母亲忙说："也许我们说的话是重了点儿，可是，我们真的是为你好。"

我想了很久，抬起头，看着父母，很郑重地说："爸，妈，我知道你们都是为我好。我答应你们，我会先立业再成家。你们放心，我一定会做得让你们、让她都满意的。这一次，我一定先不吹牛，不管多苦多难，只要下定了决心，我就一定做到底。"

父亲拍拍我说："我们相信你一定能做好的。"

母亲关心地问我："你有什么想法吗?"

我摇摇头。

正在这时，小妹伸头进来说："吃不吃饭啊，我都饿死了。聊什么哪？聊那么老半天，吃了饭再聊不成吗?"

我们都笑了。围在饭桌边，吃着母亲做的我平时最喜欢的菜，我却怎么也提不起胃口。好不容易吃完了，我犹豫了一下，还是问父母："爸妈，我想出去找个朋友聊聊，行吗?"

母亲看着我问："你刚下火车，累不累?"

我摇摇头。

父亲点点头说："那就去吧。"

我慢慢地骑着自行车到馨儿家，已经很久没有来了。她屋子里的灯已经关了。我不知道她是不是在家，是不是已经睡了。我在楼下徘徊了很久，犹豫了很久，才从地上捡起一张报纸，团起来，按着我们以前的约定，朝着她的窗户扔上去，也许是很久没有做了，我扔了好几下才扔到。

过了一会儿，灯亮了，馨儿打开窗，探出头。看见是我，挥挥手，示意让我等着。

又过了一会儿，她下来。

我问她："不好意思，你是不是已经睡了?"

她笑笑说："刚躺下，听见你纸团的声音，我有点儿不确定我是醒着呢还是在做梦呢？犹豫了一下才爬起来。"

我忙说："真的对不起。真的挺想和你谈谈的。"

她笑着说："我说过的 any time（任何时间都行的）。去找个地方喝咖啡吧，我最近迷上了咖啡。"

我们找了附近的一家咖啡厅坐下来，馨儿马上问我："和你父母谈了吗?"

我反问她："还是先说你的事儿吧，那么大的事儿也不说。"

她怔了一下，然后笑笑说："你是说大本转大专的事儿吧?"

我点点头。

她还是笑着说："是李钢告诉你的吧?"

我低下头，没有回答。

她接着说："我就告诉了白雪和几个要好的女生，不知道怎么就传开了。也不知道都传成什么样儿了。我本来也要找你商量的，是我实在太不适合我现在的专业了，怎么也学不好。"

我抬起头问她："为什么不申请转系呢？"

馨儿苦笑着："在中国的大学里，太难了。"

我沉默了一会儿，问她："那你打算怎么办呢？"

馨儿说："我也不知道。我爷爷在帮我办移民美国的事儿。"

她抬起头，看着我的眼睛，问："你觉得我该去吗？"

我避开她的眼睛，问她："你自己觉得呢？"

她低下头想了想说："我也不太确定。有的时候，我觉得出去看看，换换环境也好。"

她抬起头，笑了笑，说："好了，该你了，和你父母谈了吗？"

我叹了口气说："谈了。他们不仅说了两地分居的事儿，还劝我要先立业再成家，嫌我太不用功了，说我没恒心什么的。这我倒是真的服气，从小到大，我还真的没有持之以恒地干成过一件事儿的。"

馨儿看着我说："我倒不这么看你。你平时好像嘻嘻哈哈的。那是因为你还没有找到你特别想要的东西。如果你找到了，我觉得你一定能很有恒心把它做成的。"

我笑了笑说："谢谢你这么信任我，我连我自己都不信任我自己呢。我当时一半赌气一半不服气地向他们保证，我一定好好做，让大家都满意。回过头来我一想，就算是我学得再好，最后不是还有可能被分配到两地吗？"

馨儿劝我说："你先别着急，慢慢想，办法总会有的。"

我大声问："比如呢？"

周围的人都看向我们。

我忙向她道歉。

馨儿摇摇头，过了一会儿才说："比如你们可以都考研。"

我想了想，摇摇头："上完研不是还得分配吗？我不愿意等那么多年。好像有被关在监狱里白白等几年才审判的感觉。不，更像是死缓，delay the inevitable（拖延那不可避免的）。"

我们两个人都低下头，想着各自的心事。

我突然想起我高中时的第一任班主任，我隐约地觉得她跟我的事儿好像有点儿关系。我拼命想抓住这个线索，忙问馨儿："你还记得我在高一的时候，我们三班的班主任吗？"

馨儿摇摇头说："你忘了？咱们不是一个班的。我听白雪说，你和她搞得挺僵的。"

我摇摇头说："那个时候，不懂事儿，是和她搞得挺僵的，算是代沟吧。

后来，她要出国了，我犹豫了半天，是不是要向她道个歉，老谭也劝我去。一直到她走了，我也没有鼓足勇气。”

我突然一下子想明白了。我高兴，又有点儿紧张地说：“馨儿，你说，我出国留学怎么样?”

馨儿好奇地看着我，没有说话。

我声音有点儿颤抖着说：“你听我说。班主任老师临走前，老谭跟我说，他才打听到的，她的先生是一个归国华侨，结婚没多久，先生因身份被怀疑而被下放到外地去了，分居了有将近三十年。实在等不下去了，他们只好决定到国外去团聚。”

馨儿看着我点点头说：“我明白了。可是，我觉得出国留学的路可能挺苦、挺长、挺难的。”

我很兴奋地说:“所以我才想试一试，看看自己到底能不能做成一件事儿。”

馨儿看着我，有点儿担心地说：“这么大的事儿。而且，这件事儿能不能成，很大程度不取决于你。你还是要好好想一想，和朋友们、父母，还有……”

她顿了一下，才接着说：“还有她，商量一下，再定。”

我有点儿不高兴地说：“我已经做出决定了。你不相信我能行吗?”

她使劲儿摇摇头，还想说什么，终究没有说。

就这样，我匆匆地做出了彻底改变我一生的决定。

我一路上想着自己的宏伟计划，有点儿心不在焉。

馨儿看着我，笑了笑说：“你是不是在想从现在就开始用功了?”

我笑了笑说：“我总是逃不过你的法眼。”

馨儿说：“那你走吧，我快到了。”

我犹豫了一下，说：“那好，我先走了。”

馨儿点点头。

我转身跑开去。

过了一会儿，我跑回来。

馨儿笑着看着我。

我喘着气说：“我的车还停在你们家楼底下呢。”

馨儿笑着说：“够迷糊的。”

我的心一动，忙掩饰着说：“好啊，你是做好了套子让我钻哪?”

馨儿笑着点点头，跑开。

我追上她，一边喘着气，一边不假思索地说：“馨儿，你这么开心地笑真好。”

她怔了一下，然后又努力地笑了笑，说：“好了，你也该回去休息了。今晚上就别用功了。不过，我知道，说了也是白说，对吗？”

我笑着，点点头，看着馨儿走上楼，听着她开门、关门，看着她拧亮那盏台灯。看着夜光下，那一抹温柔的灯光，我的心里充满了温馨，我向着窗口挥挥手，骑上车，信心百倍地向家里骑去。

到了家，我马上翻箱倒柜地找英语书。找不到什么合适的，只好找了本《新概念》读起来。

小妹看见我的样子，笑着问：“你是我哥吗？我哥可不这样啊。”

我笑了笑，做势要打她，看着她跑开，我又坐下来，看起来。

母亲走过来，说：“今天太晚了，又坐了那么久的火车，先睡吧。要看书，明天再开始吧。”

我看着她和她身后的父亲，看着他们关注的眼神，眼睛有点儿湿润。我很坚定地说：“爸，妈，这次，我下定决心了，我要出国留学。我听你们的，先立业再成家。这次，我一定要把这件事做成。”

父亲和母亲对望了一眼，父亲想了想说：“你想好了吗？为什么这么急呢？”

我点点头说：“像你们说的，我突然觉得自己真的是一事无成，最关键的，我真的是想看看自己能不能全心全意地做成一件事。”

父亲点点头说：“这样也好，哪怕最后走不成，或者不想走了，把外语搞好，把专业课搞好，尤其是锻炼了你的毅力和吃苦精神，无论你今后做什么，都会对你有好处的。”

母亲说：“我同意你爸说的。可是，还是从明天再开始吧。”

我笑着说：“妈，我的一个大毛病就是老说明天开始。今个儿，您就让我改改吧。”

母亲还要再说什么，父亲拉着她走开了。

关上门，我可以隐约地听见他们在兴奋而欣慰地低声交谈着。我知道他们在为我高兴。我的心里暖暖的，又读了一会儿，实在太困了，我才睡下了。那一夜，我睡得特别的香。

第二天起来，我就骑到王府井外文书店和新华书店买了一大堆托福和外文资料。外文书店里挤满了人。

买完了，想了想，犹豫了一下，我还是骑向老谭的家，我想听一听他的意见。

一见面，他就笑着说：“哟呵，开外文书店了。”

我笑笑说："就是来和你商量这事儿的。昨个儿刚和汪馨聊过。我老爸老妈不同意我和那个女孩子的事儿，说是怕我们两地分居。我不知怎么的，就想起来咱们高一班主任的事儿，你还记得吗？还是你跟我说的呢。"

他点点头："我明白你想做什么了。"

我问他："你觉得怎么样？"

他想了很久，才说："我倒看不出有什么不好。"

他突然想起什么来说："唉，你还记得咱们三班的宋晓港吗？他爸是教委的一副厅长。"

我想了想，点点头说："他爸好像是处长吧？他怎么了？"

他接着说："得允许人家往上升吧？大前天，他来找我玩儿，说起来，他也想出国留学。好像聊起来，听说教委对出国留学有新政策要出台。他说，要出得趁早了。"

我想了想说："成，你帮我打听打听吧，还是朝中有人好啊。"

谭志强点点头说："没问题。对了，忘了问了，你们家和汪馨的意思呢？"

我回答说："他们都不反对，你觉得我能成吗？说实在的，我挺怕我这个人真的是没恒心，连一件事儿也做不成。这一次，我是下决心了，要试一试自己。"

他看着我，毫不犹豫地说："你老说你做不成事，我是真的觉得，你这个人，要是真的想做一件事儿，成不成不说，你一定会尽百分之一百的力去做的。"

我笑着说："我怎么都不知道我还有这优点呢？汪馨也这么说。好吧，借你们吉言吧。别忘了替我向诸位哥们儿姐们儿告假了，我是不破楼兰终不还了。"

他笑着说："那我就等着送你西出阳关了。"

我们握了握手，告别。

回家以后，我做了一个托福的自测。平时总以为自己的英语还可以，没想到考下来连五百分都不到。大热天的，我的冷汗都下来了。也许是我们的英语教育和现代英语，尤其是最有用的美语太脱节了吧。

在暑假剩下的日子里，我开始很用功。我高兴地发现，我也是可以很专心很认真地做一件事的，如果我想的话。

只是我对聂子的思念与日俱增。我无数次打开信纸，写下聂子。可是，我又觉得有负罪感，我不知道这样做是不是就是分心了，没有一心一意地学习。不知道这样做是不是就是辜负了父母，辜负了自己的诺言。

聂子给我来了一封短信，告诉我她的近况。

我一遍又一遍地读着，给她写回信，我安慰自己："给人写回信，是礼貌问题，不算犯规。我写短一点儿就好了。"

我一遍又一遍地写我的回信，写了又撕。我不知道写些什么、说些什么才好。最后，我只好故作轻松地告诉她：

> ……
>
> 聂子，你肯定想不到，我已经下定决心要好好用功，出国留学了。千万别笑，我是认真的，我知道你一定还是要笑的。好了，还是见面再详谈吧。
>
> ……

我在信纸上画了一个大大的笑脸，可是，我笑不出来，我不知道见了面怎样详谈，我又怎么能告诉她我全部的理由呢？我知道，我只不过是在拖延罢了。

过了很久，她的回信终于来了，尽管她在信纸里画了好几个笑脸，我还是能感到她并不开心。

她告诉我，她会支持我的，她要回学校了，要我告诉她我回上海的车次，她会去接我的。

我回信给她在学校的地址，告诉她：

> ……
>
> 不要接我了，因为你知道的，我不喜欢计划，我最喜欢随心所欲地跳上火车。
>
> ……

我真的好想马上回上海，可是，我问自己："回去了又能怎么样呢？难道，我就能违拗父母，违背自己的誓言吗？难道这就是相见争如不见的感觉吗？"

最后几天，我忍不住好几次在白天，偷偷地趁着父母不在的时候打电话给她的宿舍，她都不在。每次打完了，我都很 guilty。

我尽可能地拖延着，直到父母催着我启程。

# 二十三

Our memory is selective. However, you can not bury memory, sometimes, they come back and haunt you. (我们的记忆是有选择性的。但是，你不能把记忆全埋葬掉，它们会回来缠着你的。)

当我走出出站口的时候，我不敢相信我的眼睛，俏生生地立在那里，向我微笑着的，是聂子！

我冲过去，紧紧地抱起她，在空中甩着她。

她微笑着看着我。

放下她来，我仔细地端详着她，说："聂子，你瘦了。"

她笑笑说："我们女孩子瘦了才好呢。走吧，累吗？"

我摇摇头说："我这点儿路，和你的……"

我没有说下去。

聂子笑了笑说："饿不饿？我不知道你什么时候回来，没办法准备，这回，可能要在外面吃了。"

我看着聂子，忙问："你怎么知道我是坐这趟车的呢？"

她想了想，笑着说："心有灵犀吧。"

我有些怀疑地看着她。

她笑了笑，才说："好吧，我是来等了好几天。不过，我确实有感觉你会这几天回来的。"

我吻住她。她睁着眼睛看着周围的人，过了一会儿才推开我。

我不由得笑了，叹了口气说："唉，难怪我打电话找不到你。看来，我们是没有灵犀。"

聂子捂着我的嘴，说："我真的挺有预感的，尤其是这趟车。"

我笑了笑，没有再说什么。

我们回到学校，吃了饭。回到聂子的宿舍，她红着脸，抱着一个纸袋说："送你的，你可不许笑我。"

我打开来，是一件毛衣。

聂子接着说："我好像没有织毛衣的天赋，到最后，我姐姐又笑又骂的，拒绝接受我这个学生了。我只好自己摸索了……"

我穿上毛衣，吻住她。

聂子笑着说："这么热的天，你疯了，脱下来……"

我吻紧她，不让她再说话。

激情过后，聂子轻抚着我的脸，在我的耳边喃喃地说："我好想你。"

我抱紧她说："我也是。"

我看着她，自己安慰自己："这是第一次见面，不算犯规。"

那个晚上，我回到自己的寝室，收拾东西的时候，看着一本一本的托福和外语参考书，我又不由自主地觉得很 guilty。

在接下来的几天里，和聂子在一起的时候，尽管我们是在一起看书、学习，可是我就是静不下心来，也许是一个暑假的压抑吧。我就是想着吻她，抱紧她。我惶恐地发现，每每与她在一起，我越来越不能克制自己，每每被完全拥有她的念头灼烧。那种 guilty 的感觉越来越强烈。

她很敏感，好几次问我。

终于有一天，她又问我："剑，你怎么了？"

我咬了咬牙，终于说："还记得我说过要好好用功，出国留学的事儿吗？"

她点点头。

我又犹豫了一下，还是接着说："我想一个人试一试。"

我把"一个人"三个字说得很轻。

聂子的身体震了一下，她扭转头，淡淡地说："我明白了。"

我把她的头扭转过来，说："聂子，你不明白。和你在一起，我发现我真的越来越不能控制我自己，我越来越想要你。我不能够做任何的事情。"

她晕红着脸，低下头。

过了一会儿，她抬起头，眼睛里还是带着问号。

我想了想说："聂子，还记得你总是说我爱先吹牛，要我先做再说吗？这一次，我想做出个样子，给你，给我自己，给大家看看。我从来没有自始至终地做成过一件事，这一次，我想证明给自己看，我是有恒心和毅力的。聂子，你能帮我吗？"

她想了想，迟疑着点点头。

我真的好想告诉她一切。可是，我没有。现在，我常常想，如果，我告诉她，这一生是否会不同。想来想去，应该不会。我这个人，生来什么都愿意自己担着，也太自信和自尊了。

记忆是有选择性的。对于那一段难熬的日子，我的记忆已经淡忘了。

我只记得，我心力交瘁。已经允诺了父母，先立业再成家。可是，聂子来了，我能控制得住自己吗？那一份压抑与爆发。馨儿居然在被学校劝退，又是一份内疚与煎熬。本来，我上机就上坏了胃，没日没夜地拼搏，这样三处不了情，常常让我的心飘忽不定。后来，我的心竟然有了阵阵的隐痛。我不得不去医院检查，在医院的椅子上，我还一直背着单词。是轻微的迷走性心律不齐。我安慰我自己，只是轻微的，我继续拼命。

我生日的时候，聂子写信约我出来，她的信好短：“剑，你生日那一天，可以下晚自习以后在曦园见一面吗？我不会占你太多的时间的。”

看着信，我的心觉得好痛。

那一晚，我早早就去了。

聂子已经在那里。

她递给我一张生日卡。在夕阳里，在秋风和落叶中，在南飞的大雁下，是一个女孩子瘦瘦的背影，她长长的辫子随风飘零着。

卡上印着：

多少怀念的盈笑，
多少淡忘的微风往事，
而我却时时惦记着……
默默祝福你……

我打开卡，聂子自己写的话令我心惊、心痛：

剑，
我——
所有的歌都因你而起。
所有的泪都为你而落。
——天天想你！
生日快乐！

聂子

我流着泪抱紧她，吻住她。

分开的时候，她递给我一绺长发说：“剑，保存好它们，好吗？我的长发永远是你的。如果哪一天，我们的感情不在了，我会剪去我的长发。”

我看着她，没有说话。我能感到聂子的痛苦，但是我太相信那一份承诺，太理所当然。可是，我又能说什么呢？告诉她，我父母不同意我们两地分居；告诉她，馨儿的痛苦吗？

接下来的日子，有的时候，我真的是想极了她，一遍又一遍地告诉自己，我是人而不是机器，只在远处看看她，不算是不守对父母之诺，不算是犯规。可是，远远地看着她，我的思念之心只有更强烈。她也有一次在地下听音室坐在我的对面，她的面前摆了好几本托福的参考书。

我的心里震动着，我只能向她笑笑，徒然地想要自己的心思回到书本上。我不时地看看她。她黯然神伤地离开的那一刻，我真的很想扑上去，不顾一切地抱紧她。

托福考试完了，我意识到用托福成绩去申请大学本科的奖学金是几乎没有可能的。我决定考 GRE。为了增加词汇量，我开始背字典。

圣诞节的时候，我约她一起去教堂。我希望在那个庄严的地方一起为我们的未来祷告。她很晚才来，我有一种人非伊人的感觉。她坐得离我远远的。弥撒完了以后，她匆匆要走的样子。

我拉住她。

她嘴角挂着淡淡的冷冷的笑，说："有什么事儿吗？"

我告诉她："我托福考得还可以，我想接着考 GRE。"

她还是那么冷笑地说："还有什么事儿吗？"

我松开手，摇摇头。

她犹豫了一下，回转身，看着我，一字一句地说："有些东西，是在失去了以后，才知道珍惜的。"说完，她就头也不回地走了。

看着她匆匆地离去，我的心阵痛着。

我不相信自己的感觉。我固执而可笑地安慰着自己，她的长发还在飘着，她对我的承诺应该还在。

在她生日的时候，我想了又想，犹豫了再犹豫，还是没有敢再见她。我只给她寄了一张贺卡。

我写着：

聂子：

我，

只为伊人憔悴。

Everything I do, I do it for you.

祝生日快乐，日日快乐。

你的剑

后来，李钢和唐红军都告诉我，他们看见她和另一个男生“走得很近”。我还是不信。是不愿意信，不敢信。

一直很自信的人，信念所集既垮，必然自卑。她后来写过一封信给我，想再见一面，我却不敢再见她，只能找借口，说我会等她。

# 二十四

It is you make me cry, until there is no tears in the eyes. It is you make me sad, until I can not feel the pain in the heart no more. There is no tears, for you have gone. There is no pain, for you have gone. (是你让我痛哭，直到眼睛里没有泪；是你让我悲哀，直到我的心已经感觉不到痛。不再有泪，因为你已经离开；不再有痛，因为你已经离开。)

我曾经无数遍地想过，如果我没有要出国，我一直和聂子在一起，哪怕一开始会两地分居，国家发展了，我们一定可以团聚的。这样子，我们会不会很好呢？

后来，我在一篇文章里读到“没有人可以改变自己的命运，如果你一定要改变它，就只有更不幸”。

我终于看见了那哀艳的一幕：

我考完了GRE，成绩很高。我觉得自己有了小成，我去找她。

我看见她和另一个男生手挽着手，在前面走。

我追上去，截住她。

她惊恐地看着我。

我盯着她，恶狠狠地说：“还记得你告诉我，你的外号是神女吗？你真的是个神女！(注：神女又有妓女、乱搞的女人的意思)。”

我看见了泪水从她的眼中淌下来。那个男生要扑过来，我也迎过去。

她紧紧地拉住他。

我好难过这一次，她拉的不再是我。

一直到她走了，许久许久，空空的心中，才一阵阵泛起隐痛，痛伤她之深，伤己之深。

我只觉得什么都碎了、烂了，没有一点点心力、思想和力气。我拖着身子，不知道过了多久，更不知道怎样回到了寝室。我木木地拿起笔，给聂子写信：

聂子：

这应该是我最后一次见你了。本来以为还会匍匐向你，跪下来求你，从来没有想到我还有勇气面对你。

总觉得是在自己骗自己。每每有人开口讲起你的坏话，我总是不愿意信，不敢信。

我一直在等你，一直以为你会来。

直到昨天晚上那一幕。原谅我的恶言相向，原谅我的失态。

如果你选择了，那么，珍惜你现有的。你是一个很好的女孩，但是你还不是一个好的爱人和妻子。有一天，你一定会学会的。你这个女孩，让人不由得去爱护你，去珍惜你，去喜欢你，去爱你。

写到这里，我真的不知道该不该写下去，告诉她一切，还是就这样，不要再让她难过。这个时候，送信的同学送来了我的一封信，我打开，是她写的，里面只有短短的一行字：

绵绵此恨无绝期！

我的心真的是悲愤极了，我继续写下去：

可是，聂子，你呢？你理解爱人的心吗？想过要去理解吗？你有没有想过你可能错了？当爱人最需要你的时候，你在吗？你知道我的父母并不同意我们吗？你知道我多么爱我的父母，多么不愿意违背他们吗？你知道我答应我的父母先立业后成家吗？你知道我为什么想出国吗？我是怕我们以后会两地分居，我想带你一起出去。你知道馨儿吗？因为我同你在一起，你知道我的朋友们、馨儿的朋友们都怎么骂我吗？相爱并不在长相厮守，我也有我的朋友、事业。我并不需要你能像馨儿那样加入我的朋友，那是个人的性情。不要让爱情占满一切，那样只会窒息（你为什么不愿意去认识我的朋友呢?）。你敏感，而不善解，你多疑而脆弱，让我不能、也不忍把担子与你分担。

坚强起来，你不是我的，也不是他的，是你自己的。当爱人累了，倒下的时候，也是他最需要你的时候。不要再多疑，说你想说的，问你想问的，只要你坚强起来，爱人会与你分担一切。学会善解，而不是敏感。

其实，我最想说的，你也知道。一旦认定，就要相信他，守住彼此的承诺。

看看我自己，已经不太认识。为你，被爱改变得太多。学会了避开你，默默地流泪与痛苦，学会了给你一份苦涩的笑。由莽撞变得软弱、寡断，自信而自卑，傲气逼人而内敛。完全没有了那一份不羁与随心所欲。

对你，我只有刻骨铭心了。好想能够重新来过，能够碎了你，碎了我，再重塑一个。

真的无言。

也许真的无缘?!

我把信放到她的信箱里，约她再见一面。

然后，整整一夜我不间断地把我和馨儿，还有我和她在一起的一些事写成了短短的“自传”，我是这样写的序：

二十岁写传者，不乏其人。然则以 women 为 theme 者，以为空前。

献给两位我生命中的女性。

其实，我也该写一写父母，写一写朋友，然而，此境，此情，此心……

其实，这篇东西更应该叫……epitaph……epitaph……

笑了，终于说出了口。

第二天，她来了，含着泪，手里拿着我的信：“难道真的是我错了?”

我没有回答她，静静地把我的“自传”递给她。

她读着，如雨的泪。上一次我见她哭成这样，是她见我被打伤的那一次。我更宁愿是那时候身体上的痛，远远好过现在这样的心痛。我好希望时光可以倒流，我们可以重新来过，不再犯我们犯的太多的错。

看着她读完，我静静地取回“自传”，点燃了久已不用了的打火机。我把刚才那一封信和“自传”点燃。

她一惊，竟然用手去扑火。我忙抢了火团，扑灭。

她一下子扑进我的怀里，任泪水流。

我紧紧地紧紧地抱着她，任泪水流。

我开始彻底地把自己龟缩起来，我怕见任何的人。同学，朋友，李钢，馨儿，还有聂子。

夜又深了，我又静静地走在校园里。太多的夜，太多的无眠，只是因为不停地想她。如果幸运的话，我一夜能有几个小时的睡眠，我的身心都已经累极，那种累得睡不着的感觉真的很难受。所以，我就这样，静静地想，静静地走，重新走过我们曾经走过的每一处。

地下听音室。我第一次见她的地方。景物依旧，仍然能感受到第一次的震撼，她的美于我的震撼。依稀间，她就站在那里，依旧那么俏生生地站在那里，吃惊地望着失态的我。

学生活动中心。我第一次邀她共舞的地方。我深深地吸了一口气，突然苦笑起来——这竟然也是我们最后一次在舞厅共舞！也许是因为我不太会跳舞，不太喜欢跳舞。也许是因为我和她都更喜欢静静地待在一起的二人世界。也许是因为，我们之间，一直有太多的事情。舞会还在开，舞会总是校园里最晚停止的一项活动。又有哪一对相爱的恋人会愿意离去，不一直舞到天明呢？从下面望上去，灯影里，人影幢幢，一对对的。舞会也快该散了，舞曲声还在响着，我想起那一次，聂子哼着舞曲，我们在一起跳舞。我的心一阵痛，也许，我们应该试着真的不用音乐跳的。

一教前的草坪。就在这里，在那棵大榕树下，我第一次吻了她。我闭上眼睛，随着心，轻轻地走到那一棵树下，轻轻地坐下来，静静地让那一刻的甜蜜，再一次溢满我的心。

这里是我们最喜欢来的地方了，曦园。有太多的回忆，欢乐与痛苦，每一次，我都会在这里，待很久。

我还以为是自己的眼花了，还以为是因为太想她了，还以为仅仅是幻影，还以为仅仅是幻由心生。可是她，真的是她，慢慢地向曦园走来。她憔悴多了。一双眸子还是映着星光，长发还是在飘，还是美得那么心醉。

在她身边走着的，是那个男孩子。

我捂住胸口，蹲了下来，不让她看见我。然后，我摸回自己的宿舍，一路上不停地安慰自己说："一定是那个男孩子纠缠她，一定是那个男孩子纠缠她，一定是……"

一直到我昏过去。

……

当我醒来的时候，发现自己躺在急诊室里。馨儿坐在床边，那么忧郁地望着我。我牵过她的手，紧紧地攥着。我没有像以往那样，不停地向馨儿诉说一切，诉说自己的痛苦与伤心。我的泪静静地流淌下来。

许久，许久，馨儿才慢慢地说："是李钢告诉我你在这里的。他看了你很久了，刚回去休息。你只是太累了，休息休息就会好的。"

我点点头。

又过了一会儿，馨儿才清清地问我："是不是该找她好好地谈一次了？"

许久，许久，我才闭上泪眼，说："是的。"

从急诊室打完点滴回到宿舍，送走馨儿和李钢，我开始写信给聂子。

我知道，有许多的话我说不出来，或者说不清楚，更怕自己没有心力、体力说完它们，也怕忘记说它们。所以，我把它们一点一点地写在信纸上：

聂子：

不论别人怎样说你，不论我的眼睛告诉我什么，不论怎样，我相信，我的心，我也相信你，相信彼此的承诺。

可是，我真的是不再有心力再这样下去了。我知道，你也痛苦。可是，以你之纯之弱，你永远不能做出这样的决定。我不该，也不能再给你柔弱的肩上再加荷了。还记得吗？我曾经说过，永远不让你难过。原谅我所有有意无意带给你的痛苦，尤其是这一段时间。

一直想说，你好美，你的心，你的人。还记得我以前的话吗？你还不是一个很好的爱人、妻子。当你爱一个男人的时候，更要相信彼此的承诺，不要太敏感，太多疑。当你爱一个男人的时候，不要太相信默契，心中有什么要彼此分担、分享。要知道，男人的心是远远不及女人的心细腻的。当你爱一个男人的时候，坚强起来，成长起来，让他放心地与你分担，分享一切。不要再伤人伤己，得一份你该得的幸福。

我相信，你能，你会成为一个最好的爱人、妻子的。

还记得我们说过的每个人可以有一个愿望的事吗？如果我还有一个可以实现的愿望的话，我愿意深深地祝福你。这真的是最真诚的祝福，接受它。

你的剑

我整整一夜没有睡，天明了。我默默地取出了我以前做项目赚的钱，尽管不多，可都是我自己的钱。我不想用父母的钱做这一件事。

我默默地到首饰店，默默地挑了一个我所能买得起的最贵的一个戒指，是聂子最喜欢的紫色的宝石。

我紧紧地攥着戒指，心里一阵绞痛。许久，我的脸上却又浮现起一丝苦笑——我突然发现最近自己常常苦笑，这像是最好的麻醉剂，可以让自己暂时忘记痛苦。聂子和馨儿都这样笑过，难道，我们只能这样苦着吗？

“Nie Wu，New World.”这是我早就想好了的要在我给聂子的结婚戒指上刻的字。我早就想好了，给聂子的结婚戒指一定要在我事业有成以后才买。这样，我可以买最好的戒指，请最好的工匠，刻上 N. W.，可是，现在……

我看了看自己的钱包，买戒指已经花光了。而且刻字还要等好多天才能取货，我等不及了。更重要的是，我觉得，这也许是我能为聂子所能做的最后的一件事了。

我慢慢地拿出一把水果刀。我要自己刻。

戒指是金子的，水果刀又不快，我又毫无经验，忙碌了半天，怎么也刻不上。我一下子心里急了起来，手上一加力，刀子在手上划了一个深深的口子。那一瞬间，肉体的痛和着心里的痛，我的泪一下子流了下来。我固执地拼命地更加用力地刻，又是一道口子，望着坚硬无损的戒指，望着上面的鲜血和泪，我的心中突然充满了痛苦、焦灼与暴躁。我一甩手，把戒指扔在了宿舍里。

就在出手的那一刻，我后悔极了，我疯了一样，拼命地开始找戒指。这是一个乱得不能再乱的男生宿舍，七个男生，一年多的东西。我疯了一样把东西扔开，飞快地把大箱子搬来搬去，有些箱子好重。在浓浓灰尘里，我不停地找，不停地摸。血、泪、土、重物，我不管，我一定要找到那戒指。

终于找到了。昏暗的灯光下，我仔仔细细地把它擦干净，上面竟然依稀有 N. W. 的痕迹，隐在淡淡的怎么也擦不去的血痕里。只有用心，或者是有心才能看得出来。我想，会不会是我太用心、太有心了，才看出了根本没有的印痕？可是我知道，无论如何，这印痕已经深深地刻在了我的心里……

过了很久，我才意识到手指上钻心的疼痛。我清洗包扎了一下手指上的伤口。搬出来的箱子却怎么也搬不回去了。

舍友们下课回来，看见我一头土、一身汗，还带着血迹，忙问：“吴剑，你没事儿吧？”

“没事儿。”

“没事儿你把东西都搬出来干吗？”王彬问，“大扫除？”

“找点儿东西。”我忙说，“帮帮忙，一起把东西搬回去，我一累一饿，还真一个人搬不动了。”说完，我才想起来，自己从昨天晚上到现在，一直没有吃饭。

“行。”“没问题。”“我们来得了，你歇着。”舍友们说着。

我感激地望着他们。

“吴剑，你吃饭了吗？”王彬说，“我去给你打一点儿饭？”

我说："好。谢谢你了。"

"对了，你要找的东西，找到了吗？"他一边往外走一边问。

"找到了。"我说。

我们最喜欢的曦园，依旧美得如诗如画。

很久很久，我们谁也没有说话。灵秀如她，一定已经知道我要说些什么。而我，只是呆呆地望着她蒙着泪的眼睛，那里面只有我。我很愿意就这样，永远下去。

"聂子，我们一起去死吧。"我竟说，我也不知道自己为什么会这样说，原先想好的话一句也想不起来。

"剑，我能。"我更没有想到聂子会这样说，"可你不能。你宁愿自己受苦，也不会愿意让你父母，让馨儿，让你的朋友们失望，痛苦一辈子。"

"不，我能。"我坚定地说。

她轻轻地摇了摇头。

"我真的能！"我又说。

"剑，你知道吗？"她笑了，拉起我的手，"你有的时候真的好可爱呢。你就像一个倔倔的小男孩儿！"

"那么，我们走，到一个没有人认识我们，与世无争的地方去。"我又急急地说。

"有这样的地方吗？"她苦笑着说，"即使有，你能舍得下你父母、馨儿和你的朋友们吗？"

我好想说有这样的地方，我更舍得为你舍弃一切。可是，看着聂子一脸的痛苦，我又想起了我的誓言，我那一个从一开始就立下的，不让她痛苦，永远欢乐的誓言。我已经太多太多地没有遵守这誓言了，难道我还要继续下去吗？聂子也有她自己的家人、朋友、生活与选择，我又何苦继续地苦苦相逼呢？

于是，我轻轻地取出那封"分手"信，缓缓地递给她。

她读过后，凄苦地摇了摇头，把信递还给我。我接过来，慢慢地撕成了碎片，放在了一边。她默默地望着我，一句话也没有说。过了一会儿，她才慢慢地说："剑，我知道都是我的错，可是，你愿意听我说我为什么会这么错吗？我知道再怎么解释都是徒劳的，都不能减轻我欠你的。可是，我还是想告诉你，也许可以减轻一点点我自己的负罪感吧。"

我点点头。

她慢慢地说："还记得我说过的话吗？如果，有一天，你想要离开，不要一下子告诉我。慢慢地离开我，疏远我，让我自己明白，自己慢慢地伤心。这些日子，我一直以为，你是在以你的方式，慢慢地离开我，慢慢地告诉我。我好恨我自己太自尊，没有勇气直接地问你。我只会自己苦着，为我自己，为你默默地唱着哭砂，那一段日子，我就是唱着哭砂过来的。”

我忙说：“我更可笑，我一直告诉自己，你的长发还在，你对我的承诺还在。我恨极了我自己，我为什么不直接告诉你所有的原因呢？”

她摇摇头：“就是在我最痛苦的时候，我也从来没有恨过你。在那一段日子里，我也一直在想，如果，以后，我能有一个女儿的话，我要叫她聂紫……”

我和着泪，吻住她。

过了很久，我才轻轻地取出ring来，跪下来，虔诚地抬着头问她：“聂子，Will you marry me?”

看着她吃惊的样子，我心中先是一阵甜蜜——她毕竟还是像原先的她，就像是一只受伤的小鹿，惹人怜爱。继之而来的，却是一阵钻心的痛。我只能用苦笑来掩饰，我自我解嘲道：“这一辈子总得求次婚不是？明知道没戏，不是也得硬着头皮试试吗……”

“求求你，别说了。”聂子的泪滚了下来，用手掩住我的嘴。

我再也忍不住我的泪了，我轻吻着她的冰冷的小手，深深地哭着。很久，我才哽咽着说：“聂子，求求你，收下这ring，不要破坏你在我心中的纯与脱俗，不要告诉我，我爱上的只是一个做作的女孩儿，你知道，我最恨做作。因为我在买它，刻它的时候，心中满是你，它就是你的，它就是你。你可以扔了它，可它是你的。”

“我配吗？”她低低地问。

“你明知道的。无论以后怎么样，无论发生了什么，我希望你永远戴着它。”我说着，把戒指戴在她的婚戒指上，又指了指我身上的毛衣，“聂子，就像这毛衣，当你织它的时候，心中只有我，我要永远穿着它。”

“太大了，戴不住呢！”她抬起头，雨打梨花般的脸上，带着顽皮、稚气的笑。

我一下子看呆了。她又是从前的她了，我所深爱的聂子，纯洁、迷人。为了这一刻，无论以后聂子做错了什么，无论她对我做了什么，我都原谅她。

她的脸红了，低下头，自己把戒指牢牢地戴在了中指上。

那一夜，回来以后，我借来了录音带，一遍又一遍地听着哭砂：

你是我最苦涩的等待

让我欢喜又害怕未来
你最爱说你是一颗尘埃
偶尔会恶作剧地飘进我眼里
宁愿我哭泣　不让我爱你
你就真的像尘埃消失在风里
难得来看我　却又离开我
让那手中泻落的砂像泪水流
你是我最痛苦的选择
为何你从不放弃漂泊
海对你是那么难分难舍
你总是带回满口袋的砂给我
难得来看我　却又离开我
让那手中泻落的沙像泪水流
……

一直到睡着。第二天醒来的时候，录音机已经没有电了。

“聂子。”像过去几周一样，我又是一见面就问她，“你同他说了要分手吗?”

聂子的眼里又噙满了泪。其实，我们两个人都知道，以她的纯善和柔弱，她又怎么能伤害别人呢？更何况他也是一个很好的人。更何况他在她最痛苦、最无助的时候，帮助过她。更何况他也一直深深地爱着她。

“剑，别逼我。一切都随缘，好吗？是你的，永远是你的。不是你的，强求也没有用的。”

死寂。

很久，她才又怯怯地说：“也许，你同她更合适?”

“聂子!”这是我第一次，也是最后一次对聂子发火，“到现在，你还不明白我的心，不了解我，不了解我和她吗？我们之间没有爱，以前没有，现在没有，以后更不会有！我们永远只是最好的朋友。别用世俗的眼光，侮辱我和她，也侮辱你自己!”

她惊恐地抬起头，望着我，大大的眼睛里满是抱歉，喃喃地说：“剑，对不起，对不起，剑，我以后再也不了，我以后再也不了……”

看着她惊慌失措的样子，我的心里又漾满了怜爱，我深深地拥她入怀，吻住她。

“剑，我能见一见她吗?”很久，她从我怀里抬起头，问。

我想了很久，点点头。

“馨儿。”

“嗯?”

“你说，聂子会不会在吃我们的醋?”我又像以往那样，每每在聂子那里伤心而归，就找到馨儿，喋喋不休地诉说着自己的心事。

“为什么你会这么想?”馨儿望着我问。

“她今天竟然说，也许我和你更合适!”我仍然有些愤愤然地说。

馨儿的身子顿了一下，她很快转过身。

我还是不停地唠叨着：“我当时很生气，连她也不了解我和你！我大骂了她一顿。”

过了一会儿，馨儿转过身来，她用手掠了掠刘海，淡淡地说：“木头，让我见一见她，可以吗?”

我一愣，然后努力笑着说：“她也想见你。”

我约了聂子在曦园。

很慢很慢地，我骑着自行车过去，馨儿坐在车后座，双手紧紧地扶着车座。渐渐地近了曦园，我感到我的心跳在加剧，我能感到馨儿也紧张起来。

“木头，快停一下!”馨儿忽然急急地说。

我停下车，见馨儿脸色苍白，额头上密密的汗珠。她蹲在地上，紧紧地闭着眼睛，紧紧地捂着肚子。

“馨儿，你怎么了?”我忙问，“要不要到我的宿舍里去休息一下?”

她使劲儿摇了摇头。

过了好久，她才睁开眼，看着不知所措的我，淡淡地一笑：“女人的事。过一会儿就没事儿了。你快扶我去见她，不要迟到了。”

我呆呆地扶起她，把车撂在路边，慢慢地向曦园走去。

进了曦园，馨儿一下子呆在那里，痴痴地望着远处，一动不动。

远处，在夕阳里，复旦泉边，聂子。她静静地跪在那里，双手合十，似乎在静静地祈祷。她没有编辫子，晚风掠过，发丝飘飘，夕阳在她的脸上、长长的睫毛上淡淡地抹上了一层淡淡的金色。她的身影长长的、斜斜的，拖到了我们身前不远的地方，依稀还可以看见泉里的她的倒影，一漾一漾的，也闪着金光。

周围的一切全都停止了，没有声音，没有外人，没有外物，没有尘世，甚至没有呼吸，似乎是永远地永远地停止了。

“她真美。”馨儿深深地吸了一口气说，“我要回去了。”

“你不想见她了？”我急忙问。

“不是见过了？”她又回复了往昔那种淡淡的笑容，“我自己坐巴士回去好了。你去告诉她我来过了，又走了。”

“可她……”

“她会懂的。”馨儿打断我的话。

“那我送你回宿舍。”

“不用，不要让她等急了。”

“那我一定要送你去车站！”我坚持着。

“好吧。”

待我送馨儿到车站，等她上了车，再赶回曦园，聂子还是跪在那里。

听见我上气不接下气，聂子没有回头，只是静静地问：“她不愿意见我？”

“她，她来了，又，又走了。”我喘着气，回答说，“她只是说，你会懂的。”

聂子猛地转过身，脸上挂着一行泪：“你呢？你真的是木头！你懂吗？”

……

一直到今天，聂子和馨儿也不曾真正面对面过，不曾谈过一句话。可是，这两个女人，彼此了解彼此，就如同了解她们自己。

## 二十五

谁都知道我在想你
风吹来的砂冥冥在哭泣

“木头，我要走了。”馨儿郑重其事地跟我说。

“嗯。”我其实根本没有听进去馨儿在说什么。

“爷爷奶奶要我去美国。”

“什么，什么时候?!”我这才听清楚，大声问。

“下个星期。”

“这么大的事儿，你为什么不事先告诉我呢?”我大吃一惊。

见我生气的样子，馨儿淡淡地笑着说：“我提过好几回呢，是你心不在焉，没听进去呀。”

我有些尴尬地笑了笑。

见我很窘的样子，馨儿又敛了笑，说：“我也就是随便提了几次，连我都没有把它当回事儿，大家都说签证难，我也没有想到这么顺利，这么快就下来了。”

她又看了看我，顿了顿才说：“这件事一直是我爷爷、奶奶和爸妈在张罗。我一直也没把这事儿放在心上，更不想再烦你了。爷爷、奶奶催着我赶紧去，刚替我买了机票。如果你希望我留下来一段时间，我想，我可以试着去改票。”

“不用了，改票还要收不少的手续费呢。”我说，“你去哪儿？我会选择你附近的学校申请。”

“New York.”

“馨儿，我们还会再见吗?”

“木头，你怎么这么说？除非你不想再见我了。”她还想缓解一下气氛，故作轻松地开着玩笑说，“又或者，她不允许你再见我了。”

“馨儿。”我心里忽然一阵阵地发紧，“世事难料。当初，又怎么想得到我和她会像现在这个样子呢？何况，去美国，对于像我这样，没有任何关系或者基础的人来说，肯定会很难的。”

“对了，你出国的事情怎么样了？你要抓紧了，听宋晓菲说，教委限制出国留学的规定就要出台了。要不要我帮帮忙？爷爷奶奶在美国还是很有一些关系的。”

“你知道，我最不愿意靠别人，更不要说靠你的关系了。”我有点儿生气地说。

“你呀，Still a kid（还是一个小孩）!”馨儿爱怜地望着我说，“不说这些俗事儿了，我们只有一周的时间了。这一周，全部都给我，好吗?”

“当然!”其实，我很希望我能说，我愿意给你我的一生、我的一切。

“去哪里?”我们会心地彼此望着，微笑着。

“说走就走!”我一把扯着她，猛地向火车站跑去。

响沙湾。我和馨儿的最爱。还是那无边无际的大漠，和上次来的时候一模一样。几千几万年以来，它又有什么变化呢？几千年几万年后，它还会这样，静静地一动不动地笑看人世的沧桑。

我们租了一顶帐篷，买了一些食物，向大漠的深处走去。不再看到游人，也不再有本地的牧人。不再有尘世的喧嚣，更没有人世间的钩心斗角、欺骗狡诈。有的只是百分之一百的纯净与空灵，百分之一百的大自然。在这里，你可以忘掉一切，可以疗满身的伤，可以感受到人类的渺小和自然的伟大。

我就是这样紧紧地揽着馨儿，她静静地倚着我。day and night，day after day，night after night（一日一夜，日日夜夜）。最美的是夜里，星光下，夜风清清的，一切的一切都是那么的静，你甚至不用伏在沙面上，也能听见呜呜的沙鸣，如泣如诉。

“听这里的老乡说，”馨儿轻轻地说，“是一个美丽的公主不能嫁给自己的心上人，殉情死后，埋在这沙丘下，每当月高风清之夜，这便是她的哭泣的声音。”

我轻轻地低下头，馨儿轻轻地抬起头，望着我。她的睫毛上挂着点点的泪痕，映着星光，荧光点点。我先是轻轻地一点一点地吻去她睫毛上的泪珠，再深深地深深地吻住她，拥住她。

馨儿走的那一天，北京的朋友大多都去送她了。我们没有找到李钢，馨儿就对我说：“见了李钢，你让他多和白雪联络。”

我没有搭腔，看着她穿着我送她的洋装离开家。

我终于没有去机场送她。我只是告诉她，我会去找她的，在美国。

我去找聂子，没有找到，就去找李钢聊天儿。一进他宿舍门，就见他忙忙碌碌地拿着个大哥大在打电话。过了半天，他才打完。那个时候，大哥大可是一个新鲜的玩意儿，一万多块人民币一个，我拿过来，看了看，尽量随便地说：“汪馨走了。”

“什么意思?”李钢神色紧张地问。

“你想到哪儿去了?”看到他大惊失色的样子,我也不禁笑了,“她去了美国,刚走。”

“对于你们两个,我是做了最坏的准备的,你们什么事儿做不出来?”他大大地喘了一口气,又开始笑眯眯地说,“汪馨也真不够意思,这么多年的朋友了,走之前也不先说一声。你们两个,度完了二人世界,机场上总也得让老朋友们去送一送啊!”

“还说呢!”我理直气壮地说,“走之前,到处找你,就是找不到。你跑哪儿去了?你们宿舍里的人也不知道你跑哪儿去了,只是说你一个多星期没回来了。老实交代,是不是寂寞难耐,跑到天津去找白雪了?”

“哪儿跟哪儿啊。”李钢哈哈大笑,“我出去倒点儿钢材。”

“呵,做上大买卖了。”我也笑着说,“倒自己名字里的东西,听说不吉利呀。”

“你少跟我这儿说丧气话了。”李钢拉着我,“吃没吃饭?一起去喝点儿。”

“你忘了,我早不喝了。”

“我怎么会忘?你不用喝,陪我。”

这应该是我当时到过的最好的酒店了。

我望着优雅的环境,再看一看昂贵的菜单,犹犹豫豫地点了一杯鲜榨的果汁。

李钢毫不犹豫地开了一瓶很贵的酒,他笑着说:“吴剑,你不用帮我省钱,我又不像你,女人身上花费大。”

“哎,说到女人,你媳妇怎么样了?”我急忙打岔。

“我们能怎么样,老夫老妻的了。就算是吵架吧,也是床头吵架床尾和。我还想像你们那样有点儿惊涛骇浪的呢。”他话锋一转,又问我,“听说你买了一个特贵的戒指送人?”

“是,是。”我只好点头承认,“你怎么知道的?”

“你别管我怎么知道的,我认识的人不少。”他一下子严肃起来,压低声音问我,“你知不知道,她的那个研究生还在追她?”

我感激地望着李钢,有这样一个朋友默默地关心着我,真好!我忙说:“我知道。”

“你的事儿真够乱的。汪馨怎么样?”李钢喝了口酒,又问。

“我们没什么事儿。”我回答道。

“你真是此地无银三百两。”李钢大笑,“我问你汪馨怎么样,你回答说你们没什么事儿!”

我忙又说：“她挺好的，临走的时候，托我问你和白雪好呢。”

“唉!”李钢又转为严肃，“你和她这么多年，本来我和谭志强一直以为你们两个铁定是一对，问谁，谁都这么说。现在，我也不明白你们唱的是哪一出了。你可真是个多情种子!”说完，他一口饮尽杯中的剩酒。

我突然也很想喝一杯。

不久以后，我收到了PENN的录取通知书。我兴奋极了，因为我记得York教授说过Ivy League学校应该会对所有录取的学生提供全奖的。我忙去找聂子。

终于找到了她。

我看着她说：“馨儿走了。”

她低着头应着：“嗯。”

“去美国。”我接着说。

她面无表情地应着：“嗯。”

“我留学的事儿也快有眉目了。”

她点点头说：“嗯。”

“我已经被PENN录取了。第一台电脑就发明在那里，那儿一直是我的第一选择。”

她抬起头，很诚恳地说：“祝贺你。我从来没有怀疑过你的优秀。”

“你呢？跟我一起走吧。一起到一个全新的世界，没有家人，没有朋友，没有同学、老师的舆论与压力，只有我们两个人。从头开始，重新开始。到那个New World，有一个我们自己的家，我们自己的全新的世界，不再为别人，而是为了我们自己而活着。”

她又低下头，面无表情地应着：“嗯。”

“聂子，答应我，好吗?”

“剑。”聂子淡淡地一笑，我发现聂子近来竟越来越像馨儿了。她不再有以往的那种热情如火了，有的更多的是这样无奈的浅笑，像一池吹不皱的春水。她说着：“你还相信我答应你的事情吗？连我都不相信我自己了呢。”

“答应我，哪怕只是一个幻灭，我也要那片刻的欢乐。”

“别再逼我，好吗？我真的好矛盾，我也不知道该怎么做。”

“可是，你心里是怎么想的呢？随心好了。”我又追问着。

我从来也没有想到过聂子会那样回答我，我也从来没有明白为什么她会那样回答我。我只知道，我永远也不会忘记她的回答。

“可是，我也不知道我心里是怎么想的。”她只是那么轻轻地说。

我只觉得胸口如受重击，然后是痛，真的是撕心裂肺般的痛。一向以来，我一直以为自己知道聂子的心，知道她内心的选择。我一向以为她爱的是我，只是不忍心一下子和那个男孩子说太绝情的话。可是，那一刻，就好像是一个人在经历了最惨痛的地震，失去了家人，失去了朋友，失去了家园，失去了一切，当他刚刚重新振作起来，刚刚掩好伤口，擦干了鲜血和泪，刚刚在废墟上重建自己的生命，刚刚重新建立起一点点的勇气与信心，刚刚打下地基里的第一根铁桩，一下子，一阵更残酷的余震把他的支柱全部摧烂。我只想就此垮下去，就此痛死过去。当一个你爱的人，一个曾经在你的心口刺过一刀的人，一个告诉你她错了的人，一个又用她的爱、她的忏悔慢慢地疗你的伤的人，一个你的生命的支撑与希望的人，又用同样的一把刀，在你原先的伤口上，在你未曾完全愈合的伤口上，又刺一刀，并且撒上一些盐的时候，生命便早已经没有意义了。

"我不信你的话！我不信！让我看一看你的日记！"我想起了馨儿的日记，我死死地坚持着，像一个行将溺死的人牢牢地抓住最后一根稻草，大声地叫道。我知道，灵秀如聂子和馨儿，我永远猜不透她们的心思，我一直想读一读她们的日记。

"剑，你又何苦，何苦这样，自己苦自己。"聂子抱着我，用她纤小柔弱的身子抱紧我。

"我要读，我一定要读你的日记！"我像疯了一样，拼命想甩脱她的拥抱，可怜我当年常常与人打群架的身子，竟然甩不开她。

这样挣扎了很久，聂子才一下子放开我，她冷冷地说："你真的要读？"

我也一下子顿住了，从来没有见过聂子这样，这样的冷若冰霜。可是，孩子气，不懂事，面子，再加上意气用事，我还是咬了咬牙，说："真的！"

"你不后悔？"

"不后悔！"我又咬了咬牙。

聂子一转身，飞跑开去。

"聂子……"我大叫。

"你等着，我去取！"聂子头也没有回。

那一段的等待，是我一生中最漫长、最黑暗的等待之一，没有一个人在我身边，没有父母，没有馨儿，没有朋友们，更没有聂子。似乎永无尽头。

聂子回来了，冷冷地把日记本交给我。

我捧着日记本，呆在当场很久，很久。

聂子扭转身，不再看我。也许是她的这个动作，也许是我实在不能再忍受那无尽的等待，我一下子翻开了日记本，翻到了最后的一页。

我永远也不会忘记我所见到的几行字：

> 我一直以为爱的是剑。可是，一个人同洋娃娃待久了，也会生情，也会舍不得，更何况，他也是一个人。是他在我最痛苦的时候，在流言蜚语中，在大家都在嘲笑我的时候，帮了我，爱护了我。是他给了我安全感。对于我来说，安全感实在是太重要了……

我再也没有读下去。如果是在今天，在经历了更多的风风雨雨之后，我也许可以理解，也许可以接受这一切。可是，当时的我，当时的情境，我绝不可能，我只是呆立在那里。

聂子一下子拧过身子，一把抢过日记本，气急地说："不，不能，我不能这样让别人这样子读我，这样活生生地解剖我、分析我！就连你也不能！"

我冷冷地说："我已经读够了。明天晚上，请你还来这里！"

整整一夜一天，我都在想，怎样结束这一切。世界本来已经很惨烈了，当你把生存的信念、爱的执着赋予一个人，那便宛如在一根支撑上放一块玉，支撑既然倒了，有些人本来就是玉碎的人。

我不停地对自己说："我一定要结束这一切，一定要！"像是一个梦游的人，又像一个木乃伊，我只是喃喃地自言自语地念叨着，目光呆滞地空空地望着远方，毫无目的地东游西荡着。

我不知道怎么来到了学校外的小摊贩市场。我目光茫然地走着。

突然，我在一个卖刀子的小摊停下来。我指着一把三棱刀，问道："这把刀怎么卖?"

摊主抬起头，看着我的眼睛，很强调地指着刀问我："你要这一把?"

我笑了笑，说："是。"

他紧张地说："这把刀子可快。"

我半开玩笑、半玩世不恭地说："废话，不快我买它干吗。"

他更紧张了，紧紧地抓住我，引我到铺子后面，压低了声音说："兄弟，你也像道上的人。出了事，可别说出刀子是哪儿买的。"

我一愣，然后苦笑着说："你瞧我这块头，像是能干什么杀人放火的事儿的主儿吗?"

"别的不说了，这刀可不便宜。"他又上上下下地打量了我一遍，舒了一口气，决定大大地敲我的竹杠。

“多少钱吧?”我本来想把自己身上的一百多块都给他好了，反正我留着也没有用。他既然要敲我一笔，我反而要和他讨价还价一番。

他犹豫了半天，才想出一个他觉得很高的数字：“五十块!”

我暗暗好笑，一本正经地和他周旋。

最后，我以三十块钱买下，交完了钱，他还不忘嘱咐我：“兄弟，咱俩从来没见过!”

我离开了铺子，想一想，连自己都觉得有些好笑，居然还和那样的小贩计较，在这样的时候。

我用剩下的钱去餐馆吃了顿晚饭，我叫了酒，没喝。只是倒在面前的杯子里，看着。又买了一包烟，抽了一口，咳嗽着，我只好苦笑着停下来。

晚上，我早早地到了曦园。从来约聂子，我都会担心她不来。因为，在一开始我追求她的时候，她总是不愿意理睬我，常常让我一夜空等。

可是这一次，我真的很希望她不来。

我紧紧地望着远处，她一向来的路。我的手紧紧地插在裤子里，紧紧地攥着刀。一阵风吹过，我打了一个寒战——我竟然已经出了一身冷汗了。

我闭上眼睛，抬起头，深深地吸了一口气，一阵心酸，我强抑着泪，静静地对着天空，深深地祈求：“不要让聂子来，不要让聂子来……”

我睁开眼睛，远远的，一袭黑衣，人影飘零，是聂子。

那一身黑衣，在聂子娇小的身子上，竟然是那样的冷艳、惨烈。她一头如瀑的长发，没有束起，随风飘扬着，黑黑的眼晕，更衬出她大大的双眼——这赫然是我第一次见到她时她的装束。可是，那黑衣，不再是清丽脱俗，而是充满了绝望与痛苦。而她也不再有年轻、热情，有的只是空空洞洞的一双眼睛。在她的眼里，我再也看不到她对生活、对生命、对人生的热望——我想，她一定也已经知道我要做什么了。

她静静地立在我的身前，长长的发丝拂在我的面上，甜香的气息环绕着我，深深的眸子里面漾满了我的身影。

我闭上眼，深深地吸了一口气，紧紧地攥住了刀，身子俯向她。我觉得我的过去、我生命的一部分在慢慢地消失。

我最后一次睁开眼睛，聂子竟也闭住了眼，迎向我的身子，一行清泪，迎风而落。

我轻轻地唤了一声：“聂子!”她也低低地应了一声：“剑!”

我们的身子紧紧地贴在一起，flashback（像电影画面一样的回忆）：和聂子的每一情每一景，每一桩往事全都一一闪过眼前，而耳畔，又是那一首《哭砂》，哀怨而悠远：

你是我最苦涩的等待
让我欢喜又害怕未来
你最爱说你是一颗尘埃
偶尔会恶作剧地飘进我眼里
宁愿我哭泣　不让我爱你
你就真的像尘埃消失在风里
难得来看我　却又离开我
让那手中泻落的砂像泪水流
你是我最痛苦的选择
为何你从不放弃漂泊
海对你是那么难分难舍
你总是带回满口袋的砂给我
难得来看我　却又离开我
让那手中泻落的沙像泪水流
……

我的手一紧，刀尖划破了我的裤兜，抵在了聂子的腹部。一切的往事还在闪过，哭砂还在悠扬。

突然，一切的一切全都定格住了，定在了我第一次吻聂子的那一刻，当我的唇触到聂子那发烧颤抖的唇的那一刻。我又想起了我发过无数遍的誓言："无论如何，永远不让聂子痛苦，永远不伤害聂子。"

我呼出那一口气，任泪水肆意地流出。我转过身，疯了一般地跑开。很久，很久，我的手才感到钻心的痛——我的手一直攥在刀刃上。

我默默地告诉自己："我一定要守住这个诺言，一个我最后唯一能守的诺言。我只有远远地离开她，到一个再也见不到她的地方。"

# 二十六

My days in prison are all the same, they are all gray, meaningless and joyless. (**我在监狱的日子都是一样的，灰色、毫无意义和没有乐趣。**)

从来没有这样地想出国，我只想着早一点儿离开这个伤心之地，早一点儿离开聂子，早一点儿到馨儿身边。我决定不再等PENN和那些Ivy League学校的消息了，我现在就要走。

像馨儿所说过的那样，教委的规定发布了，内容大约是：一、大学本科学生在四年级的时候，不得退学出国留学。二、在一、二、三年级退学者，每年需要交培养费二千五百元。三、退学后，因为不能出国而复学者，不发给学位证书。四、学生在大学毕业后五年内不得出国。五、有直系亲属如父母、祖父母的侨属关系者除外。……

一向为出国重镇的复旦，更是“根据国家文件的精神”，大加发挥，规定退学后，因为不能出国而复学者，将只能与下一届的同学一起念，一起毕业。而且只发毕业证书，不发学士学位证书。另外，退学只能一年，超过一年者，不予复学。想以此来扼制出国热潮。尤其是我们这一届，下一届的复旦学生正好要军训一年，这意味着退了学，而又走不成，就会耽误整整两年生命，才能毕业！而且还没有学士学位！一时间，“托派”大受打击，我的不少战友纷纷倒戈，转投“麻派”“鸳鸯蝴蝶派”，地下听音室一下子变得空空荡荡，我再也不用早早地去抢座位了。

我的一个同学不幸地做了这个政策的第一批牺牲品。他在大学二年级的时候退了学，可是，办了整整一年，没能走成，只好复学。

我正好碰见了他，忙问：“你怎么样？”

“还能怎么样？”他没精打采地说，“我的‘同学’们还在军训呢。我得等他们两年，才能有课上。”

“学校真的让你跟下一届的学生？”我吃惊地问。

“杀一儆百。我这个典型，他们如何肯放过？”他苦笑着。

“两年！”我同情地拍拍他，同时又想着自己的决定。

“说真的，吴剑，我听说你也要退学。”他平时同我并不是很close（走得很近），他却推心置腹地说，“千万别！不值得！风险太大了！尤其是在这个风头上！”

我感激地望着他说：“谢谢你了。”

出国，真的能把人带近。

“吴剑，你真的再仔细想一想！”李钢这样劝我，“和风险相比，那一点点收益真的是得不偿失！”

“你现在讲话真像生意人！”我笑着岔开话题。

“你别打岔。”李钢有一点儿生气，“为了一个女人，值得吗？”

我没敢再说话。

王宇翔、周兴海、白雪，所有的朋友都劝我三思而行。

谭志强在电话里急急地说：“吴剑，你再冷静地想一想！”

我没有说话。

他又说：“你还没有本科毕业，申请出国念研究生，把握并不是很大！万一不成功，两年啊！”

我固执地说：“我知道，可是，我想走。我想出去换换环境，重新开始。”

“唉！”他叹了一口气，“我从一开始就知道，我劝不动你。只有一个人还有希望。你有没有问过汪馨？”

“我会的。”我忙说，“她一两个星期会打一个电话来，我会问她的。”

“保重！”谭志强最后说。

“你也是。”

“馨儿，我想退学。”在电话里，我一上来就说。我知道，她是唯一可能支持我的人了。

“你知道政策吗？”

“嗯。”

“那为了什么？起码等毕了业，拿了文凭再说，你再有一年多就毕业了呀！”

“我等不及了，如果我再不退学，按照政策，四年级就不能退了。况且，我没有侨属关系，毕了业也要等五年才能走。”

“你和她没有什么事儿吧？”馨儿敏感地问。

“没有什么。”我模棱两可地说。

她过了一会儿，才低声地说：“那么，那么，我们结婚好了，我有绿卡。”接着又赶紧补充说：“假的，像很多人一样，带你出来。”

“馨儿，你知道我的！”我有些生气了。

“嗯，我就是太知道你了。”馨儿喃喃道。

“真的，我已经下定决心不再见她。”我打断她的话，“在这里，我真的是一分钟也待不下去了。我现在，只需要你支持我、理解我。”

“你知道我会的。”她低低地说道，“无论你做什么。”

那一刻，我真的很想哭。

办退学和护照需要全奖或者是担保的证明。我还没有拿到任何一所学校的全奖。我也不知道找谁去办担保。

我想来想去，我只好去问 York 教授：“Professor York, I got admitted to your Alma Mater. However, I just got a tuition fee waiver.（York 教授，我被你的母校录取了。但是，我只得到了免学费的半奖。）”

她很高兴地说：“Congratulations! Are you still studying computer science?（祝贺你！你还学电脑吗?）”

我点点头说：“Thank you. And yes.（谢谢。我还在学。）”

她有点儿惊讶地说：“Wow, I am pleasantly surprised that you can get financial aid in the computer science field. Since it is so hot in the states these days. It is much easier for international students to get financial aid in other fields such as biology, physics, and mathematics. Congratulations again!（哇，我很高兴你能在电脑系拿到奖学金。因为，现在在美国，电脑是很热的。相对来说，对于国际学生来说，生物、物理、数学就容易拿奖学金得多，再一次祝贺你。）”

我说：“I thought you have mentioned in the class that Ivy League schools will normally offer full scholarship to needy students? I thought I should be qualified.（我记得你在课堂上说过，常春藤盟校会给有需要的学生发全奖的，我想我就有这个需要。）”

她有些抱歉地说：“Sorry, I should elaborate more on the topic. Generally speaking, that policy only apply to domestic undergraduate students. Even for those students, they normally offer full financial aid package instead full scholarship, which includes tuition waiver, loan, on campus job, etc. Full scholarship is rare, especially for international students in hot subject areas. I think what you got is a very good offer.（抱歉，我应该再讲清楚一点。我说的那个政策只是对本国的本科生有效。就是对他们，学校也很少给全奖，而是用免学费、贷款、校园内的工作来帮助学生。对于国际学生来说，在热门的领域里拿到奖学金是很难的。我觉得你拿到的就很好了。）”

我很沮丧地说：“I guess it is not good enough. Without a full scholarship, to apply for passport, I need a foreign sponsor. Can you help me?（我想这还不够好。没

有全奖，我就一定要有担保才能拿到护照。你能帮我吗?)”

她很抱歉说：“I wish I could help, but my salary is too low to sponsor you. Let me ask my parents.（我真的很希望我可以帮你，可是我在这儿的薪水太低了。让我问一问我的父母吧。)”

我谢了她，又想起那个 HP 的副总裁。他一口答应：“I am too busy today. I will go to the consulate tomorrow to notarize the paperwork. You can come the day after tomorrow. I can also write a recommendation for you.（我今天太忙了，明天我一定去上海领事馆去办公证，我还可以给你写一封推荐信。)”

我谢了他。

后来，我居然有了两份担保，HP 副总裁的和 York 教授父母的。我又一次想起聂子的话，这世界上，还是好人多。

我终于退了学。

那以后的日子，就像噩梦一样。

有的时候，我喜欢独处的感觉。可是，我恐惧那样的孤独，我绝不愿再回到那样的日子。没有聂子，没有馨儿，没有父母，朋友们也在忙期末考试，只有我一个人独自苦苦地撑着熬着。

那一段日子，复旦的女生楼和女生连着出了几件不太好的事。学校研究决定把一个单独的学生宿舍院子改为女生宿舍，坚决不再允许男生进入那个院子。几乎所有的同学都在抱怨，对于我却有一个好处。聂子以前的宿舍楼有好几个门，自从我们没有在一起以后，我不知道她是不是有意在躲我，在她以前常走的、离她寝室最近的楼门口，我常常等不到她。现在，所有的四栋女生宿舍楼在一个大院里，只有一个院门。我实在想她的时候，在晚上，我就可以躲在院门前的树后，看着她独自一人走进去。我不知道我这样子算不算 stalking。可是，我只是远远地看着她，我永远鼓不起勇气去见她。

过了很久，我收到了一封聂子高中最好的朋友寄来的一封信，她说：

吴剑同学：

很冒昧地给你写信，我是阿聂中学里最要好的姐妹。

我们一向是无话不谈的。你们的事情，我也知道一些。我知道你很怪阿聂。可是，我想说，这都是命。我们四川人都很信佛的，世上人、事和情真的都讲究个缘法。

我知道我说这些话，阿聂会怪我的。可我还是想说。

她最先认识的那个老乡的父亲是个挺大的官，我们这些朋友当时都劝她，为了毕业以后的分配，为了以后的生活，不要同他分手。何况，他对她也挺好的，他也很珍惜她。

她还是决定和你在一起了。听说，在她的系里，尤其是在四川的老乡中，有很多人骂她三心二意。在我们四川人眼中，不忠贞的女子是最要不得的。后来，不知道为什么，她姐姐的事儿也被传到四川老乡在上海大学的圈子里，大家都说“这两姐妹一个比一个水性杨花”。也许，我们四川人对交朋友和感情上的事比你们北京、上海人看得重吧。

她一向是一个很柔弱的女孩子，我不知道这一次她为什么会有这么大的勇气，能够承受住这一切，也许是因为有你在她的身边，也许是因为爱吧。

后来，在你们有了误会这一段时间，你能想象得出她所承受的冷嘲热讽、恶言恶语和各种各样的压力吗？你能想象得出来她的痛苦吗？你能想象得出来她过的是什么日子吗？

有一次我写信问她过得好吗。

她的回信里只有八个字：以泪洗面，生不如死。

我接了信，马上就到上海去看她。

你见过什么叫活死人吗？你知道什么叫对生活失去了信心吗？我们抱着，哭了很久。我要求去见你，和你理论。她死死拉住我，不要我影响你学习。她那个样子了，还想着你，还想着要我赶紧回学校，准备期末考试。

后来，我们这些朋友都劝她出去打打工，让自己忙起来，不要整天自怨自艾地待在校园里。

后来，她去了你们学校学生活动中心打工，她还是不敢到校外打工。

她的老板，是一个物理系的研究生，爱上了她。

她一直不肯接受。

去年春假的时候，我们一群姐妹一起到上海，见了他，帮她参谋，我们一致要她和他好。

没多久，她就哭着打电话，告诉我你们的事儿。

她一口气讲了太多的如果，如果哪一条有任何的一点点不同，你们也不会像现在这个样子。

我们一起哭了很久。

我一直在想，连我自己都有好几个如果。

如果，我第一次去上海的时候，见了你，和你理论了。

如果，我们这群姐妹后来没有去上海。

如果，我们没有劝阿聂接受那个男孩子。

最后的结果都会不同。

所以我觉得，这都是命。

写了这么多，只是希望你不要总是怪阿聂。她永远不会为自己申辩，永远只会默默地自己哭泣。

不写了，写不下去了。祝你们，祝大家都好。

读完了信，我冲出自己的宿舍，到处找聂子。整整一天，我也找不到她，我已经不知道聂子现在通常去哪里了。当我在夜里才在她的宿舍院子外面见到她的时候，我的勇气早已经消失了，只能远远地看着她走进院门，我才低低地徒然地唤着："聂子，聂子……"

在我生日的时候，聂子给我寄来一张卡，里面是空白的，一个字也没有。

我实在忍不住了，找到她，高兴地问她："聂子，你是不是在告诉我，我们可以重新开始，重新写我们的未来。"

聂子苦笑了一下，摇摇头，说："剑，不是的。我实在有太多的话要说，又实在不知道从何说起。像崔健唱的那样，要说的话太多，不如相对沉默。"

我追问着："那你就从头开始一样一样地说吧。"

她看了看我，无奈地摇摇头说："我最想说的，当然是向你道歉，和我深深的忏悔……"

我大声说："我不要听这个。"

她苦笑着说："好吧，我还想说，你应该重新开始，但不是和我。"

我大声地说："不，我就要你！"

她低下头，叹口气说："你听我说完，我有太多的包袱。更重要的，和你在一起，我觉得欠你的太多，我没有办法面对你，我实在是怕见你，听你逼着我表态，感受你的爱。我觉得我不配，我实在没有办法答应你、报答你、补偿你。"

她抬起头，摇摇头说："我也不知道我都说了些什么。我只求你先让我一个人，平静地想一想，再答复你好吗？"

我看着她，只好点点头，让她离开。

我一向厌恶繁文缛节。可是那一段日子，我要在炎热、尘土和喧嚣中，从东办公室，跑到西办公厅，再到南局，再从北处拿着盖了章的文件回到东办公室。无数的公章，到处点头哈腰，到处说好话、赔笑脸。每一天，我回到宿舍，都累得动弹不得。第二天，又不得不爬起来。最可怕的是，没有一个书面的可靠的程序，而且常常“改革”，常常是某人“听说”要到东办公室，去了那里，他们说改在西办公厅了。跑到西办公厅，他们又说“谁跟你说在我们这里？明明归南局管”。当你费了大半天，挤公共汽车，挤了一身臭汗，到了南局，要么文件没带全，要么是今天不办公。更气人的是，有时候，又会把你指回原先的东办公室。听说，现在的出国手续简便了许多，但愿如此！

我更被学校“开除”出了普通的学生宿舍。因为学校又规定，所有退学想出国的学生，不得再住在普通的学生宿舍，而是必须住在昂贵的“收费宿舍”。学校里有一个很穷的山区来的同学，拿到了 Duke 的全奖，却交不起学校里的钱，更出不起机票。他想放弃了，我们这些同学，大家凑够了钱，又凑够了机票钱，送走他。

从送他的机场上回来，大家的“斗志”一下子高昂起来，我的心情也稍稍轻松了些。

与我同住的一位“战友”，也在办手续。于是，我们两个人同在一条战壕，互相安慰，互相交流“作战”经验，互相支持，倒也相安。可是他比我幸运，有大哥在国外接应，家又在上海，父母就在身边，更有一位贤惠的女朋友，常常令我羡慕不已，自怨自艾。

后来，那位“留级”两年的同学来找我，他的胡子好久没有剃了，头发也长长的，乱乱的，比以前更潦倒。看着他的一蹶不振，想想自己的未来，前途未卜，生平第一次感到了害怕，第一次后悔自己的决定。

他问我：“你还是退了？”

我说：“不好意思，还是想试一试。”

“唉。”他叹了一口气，又关切地问，“你办到哪一步了？”

“还在盖公章呢，烦死人了。”

“其实，国内的事儿，好多了。”他回忆着说，“虽然辛苦，可是每天跑下来，哪怕没有进展，总也不大至于会退步。每天做一点事儿，知道自己每一天都离目标近了一步，尽管累，那种感觉还是挺好的。而美国领事馆的签证……”

说到这儿，他顿了一顿，摇了摇头。

“听说特别难。”我忙插嘴问。

“难?!”他苦笑着，接着说，“我整天整天地在领事馆前转悠，询问、准备，找无数的‘前辈’咨询，资料准备了再准备，常问的问题，答了又答。可是，最后的一击，实在是全靠运气。太多的因素了，比如碰到的领事好不好，领事的心情好不好，自己临场怯不怯阵。最重要的，莫过于领事的心情了，而他或者是她的心情又和天气好不好、那天人多不多、那天是星期几、前一天饭吃得香不香、觉睡得好不好，甚至性生活顺不顺都有关。”

“你碰上的领事怎么样?”我忙问。

“倒霉透了，是最著名的老处女杀手，又老又硬，拒签率最高。在中国也待得最久，对咱们用来蒙混过关的技术和战术都特别熟，可以说是软硬不吃。”他丧气地说，“我一见是她，心就凉了半截儿。去之前呢，天天祷告别碰上她，怕什么来什么。”

“那你半年以后的第二次呢?”我知道当时美国领事馆拒签后，半年以后，才能再去签证，所以这么问，“你又碰到她了?”

“没那么倒霉。可是，一般来说，第二次很少有签过的，人家一看你拒签过，往往二话不说就让你走人。”他又叹了一口气，“唉，其实这全都是命!”

听着他长吁短叹，我也不由得问自己：“前面，等待着我的又将是什么样的命运呢?”

# 二十七

Life is fragile.（生命是脆弱的。）

暑假到了。

我终于拿到了一所一般学校的全奖，尽管 Penn 和 Ivy League 学校还没有音讯。无论如何，当你在无尽的等待中，有了一个 alternative（另外的选择），那等待便会好过得多。

可是，我的护照还没有批下来。

李钢又要去广州“倒钢材”，我送他去机场。他自己意气风发、雄心万丈，却又不停地安慰我。

我报之以苦笑。

聂子没有和我说，就自己回了四川。

我只好自己坐火车回北京。车站里，我呆呆地望着依依不舍的送行的人们，心里难受极了，通常，会有聂子，或是馨儿，或是李钢来送我的……

一路上，我默默地一个人坐着，呆呆地望着窗外，望着无尽的远方，想着我的前路，心里面空空的、飘飘的，我只觉得那一次的路好长好长。

幸好，一到北京，父母和小妹都来接我。我像是回家的游子，飘浮无依的心，一下子有了着落，一下子暖了起来。回家的感觉真好！

到了王宇翔家，去见他和周兴海。

吃着饭，不由得聊起了我这段日子感情的历程。

周兴海大笑：“大哥啊，大哥，都什么年头了，你老人家还这么纯情？现在，谁还有心思像你那样？像我，不合适，马上分手，换一个不就成了？再说了，现在谁还在感情上花那么多的精力？赚钱要紧。”

王宇翔看我有一点儿面子上过不去，马上说：“大哥，你猜最近周兴海在干什么赚钱？”

我听着现在最时髦的股市新闻，看了看周兴海，不太相信地问：“股票？”

“没错。”周兴海有些得意地说。

“你行吗？”我有些替他担心，“工商管理，会计，信贷投资，你学过吗？”

“嗨！没有是没有，反正我没赔过钱。”周兴海有些不服气，接着又说，“现在，这个市场想赔都不容易呢！”

我摇摇头说："那不是像没头的苍蝇，乱撞？"

王宇翔忙说："我们吃了饭，下午去看看。"

看见周兴海不大高兴的样子，我忙说："好！好！"

正吃着，王宇翔出去了一下，周兴海去上厕所，一个陌生的女孩子走进来。我低头吃着饭，看了她一眼，点点头。她也点点头，收拾了一下东西，就走出去了。我只觉得她气质挺好的，长得一般，猜不透她是做什么的。

等他们两个回来，我冒失地问："王宇翔，刚才那女孩儿谁啊？"

王宇翔说："大哥，不好意思，忘了介绍了，她是我新交的女朋友。她刚放了学回来。"

我吃惊得差点儿把嘴里的东西都吐出来，我觉得尴尬极了。可是犹豫了一下，我还是问他："我真的有点儿不明白，你小子本人这么帅，以前找的女朋友也一个比一个漂亮。她只能算是长得一般吧？"

周兴海也说："大哥，你知道吗，王宇翔刚被选进了北京业余模特队。他们队里的女的，那真的是没治了。我看着，尽是对我们王宇翔感兴趣的。所以，我也闹不明白呢。"

王宇翔想了想说："我也说不太清楚，我只觉得和她在一起，很舒服，很平静，很快乐。我不知道，找女朋友，找太太，是不是就要找这样的呢？"

周兴海笑着说："不是吧，现在就想着谈婚论嫁的事儿了？北京得有多少漂亮女生要为你这决定而肝肠寸断啊？"

我一下子想起了馨儿。我想了想，拍拍王宇翔说："这样的女孩儿可遇而不可求，既然让你有幸遇到了，那你就该抓住这幸福。"

王宇翔点点头，举起了酒杯，说："为可遇而不可求干一杯。"

周兴海也不笑了，举起了酒杯。

我用我的茶杯碰上去。

下午，我们到了股市交易所。我突然有回到当年地下赌场的感觉，当年，也是周兴海带着我和王宇翔去的。不同的是，这里是合法的赌场，赌的金额更大了，赌的人更多了。还是烟雾腾腾的样子，虽然是白天，整个交易所还是暗暗的，人们大声地喧哗着、叫嚷着。有老人，我想，他们也许把自己的退休金都押上了；有中青年人，这不是上班的时间吗？我想，对他们来说，上班已经是他们的副业了；有大学生，也有中学生，我不明白他们哪里来的钱。无数人在不停地传着某某人如何如何一笔交易定江山的传说，在我听来，不过是传说而已。可是，讲的人信誓旦旦，无不说致富的人是自己的某某亲戚或好友。我亲自看见一个人先讲了"自己的同学"的故事。大家好奇地听完了，不少人走开来，给后来的人讲，都是他们“自己的同学”的故事。我笑着摇摇头。在我看来，也许是受这疯狂的环境的影响，也许是被一夜致富的神话激励着，大家都红着眼睛，疯了一样，交谈着，找着最热门的股。平时谨慎极了的中国人，一个谣言就可以把自己的生命全都赌下去。有人说，中国人好赌，在美国的两大赌城，拉斯维加斯和大西洋城，按人口比例，中国人大大地超过了其他的任何人种。

有人说，中国人炒股就像是下赌场，美国第一大的网络股票投资公司就很精明，除了英文，电脑系统设立的第一种外国语就是中文，大力吸引中国人来赌。

记得在美国 Internet Hype（国际网络热潮）最红火的时候，不少美国人也这样子，当时有一位资深的股市分析师说：“Right now, the market is crazy. Everybody is buying regardless of value and price, and hope other ‘stupid’ people later will buy the stock at higher price. Stock price no longer reflects true value, and nobody care about and understand stock market fundamental anymore. Yet, there are not that many stupid people anymore, and anybody who is buying blindfold is stupid, and soon they will find out they do not have a lot of money left to buy stock, or anything for that matter.”（“现在，股市疯了。每一个人都在买入，根本不管股票的价值与价格，因为他们只是希望以后有傻人来出更高的价来买他们的股票。股票价格不再反映价值，没有人再关心和理解股市的基本原理。但是，傻人不多了，任何闭着眼乱买的人才是真正的傻子，他们将会很快发现，他们不再会有很多钱来买股票，甚至什么也买不起了。”）

我想，美国人清醒了，中国人呢？中国的股市，资金量太小，大户太容易操纵市场，到头来，总是小户和散户吃亏。

我当时却注意到周兴海并不是盲目地乱赌，他只是找当日变动比较大的股票，尤其是涨的股票，买进后，升值后，基本上是马上抛出。后来我在美国，觉得周兴海很像美国的 Day Trader（白天炒股个体户），这些人一般辞去本职工作，专心地以炒股为生。他们的战术就是炒热股，把股炒热以后，绝不贪心，迅速脱手，基本上股票不留过夜，如果股票跌了，也尽量马上出手，力求保本儿。我想，周兴海真的是很适宜这种战术。他就是这样：从不后悔，绝不手软，大进大出，不贪心，拿得起，放得下……

我问周兴海：“你炒了多久了？战果如何？”

“快半年了。”周兴海一边忙着递交一份交易指令，一边回答我说，“赚了几万吧。”

后来，我大约知道周兴海炒股也只做到了基本上不赔不赚。应该是一个了不起的奇迹。在美国，我知道，好多的 Day Trader 都回到原来的工作岗位上。一位股市大师说得最好："It is impossible to time the market.（股市不可测。）"

周兴海递完了单子，大汗淋漓地挤出人群，喘着气兴奋地问我："怎么样？"

"挺好的。"我不忍再多说，毕竟，这就是他的性子，"你以后也要小心点儿。"

"那当然。"他说。

谭志强神神秘秘地找到我，问我："你见到李钢没有？他怎么没有跟你一起回来？"

"噢，他没事儿。他说他倒钢材去了。"我没有注意他的表情，忍俊不禁地说，"我送他上飞机的时候，他信心特足，好像中国第一富的名号非他莫属了似的。"

"你有没有听说白雪的事儿？"谭志强表情严肃地说。

"什么事儿？白雪出了什么事儿？"我一愣。

"听说南开那人追她追得特厉害。"谭志强说。

"不会吧？他们俩在一起都这么多年了。什么事儿没经过？"我还是有一点儿不以为然。

"这才是问题的所在，李钢这小子，整天不理人家白雪，人家能没意见吗？"谭志强着急地说。

"没错，李钢整天嚷嚷老夫老妻的了，还亲自给我看白雪寄给他的信，他扬扬得意地说，他一封都没回！"我不由得想到自己的例子，也替李钢着急起来，"女孩子心细着呢。"

"咱们俩到李钢家去一下，一起告诉他，提醒他着点儿。"谭志强说。

"没问题！"我答应着。

到了李钢家，他正好刚往门外走。我们把他拉回家，我和谭志强他看看我、我看看他，互相示意了半天，还是我先开了口："李钢，你和白雪最近怎么样？"

"挺好的啊。"他一愣，"我不在这几天，听我爸妈说，她来了两三次呢。"

"那你也得找找人家吧。"我忙暗示，"别老让人家找你。"

"成，成！"李钢心不在焉地应付着。

我只好说："我们还是实话实说吧，听说那个农村苦娃子还在追白雪。"

李钢一愣，马上说："不会吧？还缠上了？"

我望望谭志强，他点点头说："我听说的，又找了个熟人去查了查。说是追得不屈不挠的。白雪拒绝了他好几次。”

李钢很明显地舒了一口气，他又笑呵呵地说：“我就知道我们白雪是经得起考验的。我们的感情，钢铁长城似的，牢着呢。”

我提醒他说：“女孩子还是需要人多陪陪的，你也知道我的事儿……”

“我们都老夫老妻的了，跟你们不一样！”李钢打断我的话。

“那人听说还不肯放弃呢！”谭志强又说。

“你说我怎么办？我想扁他一顿，白雪又要跟我急。我也想开了，他爱追让他追去！还说明我们白雪有魅力呢！”李钢还是固执地说。

最后，我们好说歹说，他才同意：“好吧，我过几天去看白雪。”

他突然想起什么来，大叫一声：“被你们两个一搅和，我倒忘了正事了。我还要去看卢颂文呢。”

我和谭志强都一惊，卢颂文是我们高中学校排球队的（我们校队在北京一直是前几名）。高考的时候，他被清华排球队看中，免试录取。他又高又帅，周围总是围满了女孩子。他的一手跳发球倾倒了无数的女生。有的同学开玩笑说，早晚，得有女生为他出事儿。难道真的出了什么事儿吗？我忙问：“他怎么了？出什么事儿了吗？要去我们一起去吧？”

李钢想了想说：“好吧，一起去也成。”

说着，他从沙发上站起来，一边拉着我们出门一边说：“不是像你们想的那样，我们一边走一边说吧。”

我们出了门，打了的，李钢告诉司机：“中日友谊医院。”

我和谭志强的心又一沉。

李钢看了看我们，接着说：“他跟我最磁了，他也昨晚上才告诉我，他不想让别的同学看见他的样子。你们可别给我乱传。”

老谭一反常态地着急地问：“到底怎么回事儿？别磨蹭了。”

李钢低下头，慢慢说：“就前不久的事儿，他参加全国的大学生排球联赛。对方的主力主攻手大力扣杀，他跳起来拦网。球砸在他的一只眼睛上。他戴着隐形眼镜。当时那只眼睛就出了血。昨天晚上，我又听说，有可能已经感染到了另一只眼睛……”

李钢再也说不下去了，他摘下眼镜，把头埋进手掌中。我和老谭坐在他的两边，手臂紧紧地搭在他的肩上。一直到下了车，到了病房，大家都没有再说什么。

卢颂文躺在一片白色中间，雪白的病房，雪白的床单、被子，他的脸也是苍白的，眼睛上也缠着厚厚的白绷带，只有黑黑的头发，太大的反差，给人一种惊心动魄的感觉。

我们轻轻地走进病房。

卢颂文动了一下，侧了侧耳朵。这个动作让我们都伤感不已。

李钢跑过去说："是我和吴剑、老谭他们。我说漏嘴了，他们非要来。"

卢颂文使劲儿支起身子，想坐起来，我们忙跑过去帮他。可以感到他在努力地想笑一下，他伸出手来，伸在半空中，想握我们的手。

我们都有一种想哭的感觉，忙抓住他的手，紧紧地握住，摇了摇。

他叹了口气，说："你们也明白了，我为什么不想见同学和朋友们了。"

他顿了顿，有些近乎残酷地开玩笑说："因为我见不了。"

我们都不知道怎么安慰他，沉默了很久，李钢才说："昨天你告诉我以后，我托我妈的一个熟人问了问，她在这院里上班。她说，你完全恢复的希望还是挺大的。"

我把枕头垫在他的身后，让他靠在上面。他笑了一下，说："医生都会那么说的。这些天，躺在病房里，我就在不停地想，如果……"

老谭劝他说："小卢，你以前挺乐观的啊？我想，不至于的。"

他说："可能是以前太不知道愁滋味，太盲目乐观了吧。现在，我才觉得人真的太脆弱了，不知道哪一天出了点儿什么事儿，就去了。我在急诊室等着的时候，不到一个小时里，就有两个陌生人去了，一个是才五十出头的人，没有任何征兆，就心脏病去了。另一个是初中生，早上还好好去上学，中午回家吃饭，就被车撞了，司机跑了。他们说，如果送得及时，可能不至于死的。"

他很明显的想哭。

我们只有拍拍他，不知道说什么好。

他突然说了一句："唉，忘了问医生了，哭对我的眼睛是好还是不好。"

他不等我们说什么，就接着说："那天在急诊室里，我的一只眼睛看着那两个人和他们家人的情况，我觉得自己幸运多了。所以，我一直对自己说，你没有权利哭。刚才，我突然不明白到底是我幸运呢，还是那两个人幸运。"

我们几个下意识地紧紧地攥着他的手，拉住他的身体。

他又笑了一下说："你们放心，我也就是一说吧。这些天，在医院里看见和听见的生老病死，比以前二十年的还多。真的是死者已已，生者何堪。去了以后，家人的伤心才令人难受，我可不忍心让我父母再受那样的罪。好了，不说这些伤感的事儿了。聊点儿高兴的吧？吴剑，前阵子听说，你可是闹得轰轰烈烈的啊？"

我心里面想起了一点儿什么，随便地应了一声："嗯。"

我抬起头，可以看见老谭和李钢都在瞪着我，我想他们误会我了。

李钢忙笑着说："吴剑那点儿事儿，风花雪月的，特没劲儿。我和你们侃侃我的生意经吧。最近，我是越做越上瘾，越做越顺手。"

卢颂文说："成啊，你不是上次跟我说，你都开始倒钢材了吗？"

老谭也插嘴说："是啊，眼瞅着，你小子就做大了。到时候，哥几个真的混不下去了，没准就得到你那儿打个工，混口饭吃。"

李钢笑着说："别价，咱们还是毕了业，一起干吧。"

老谭笑着说："行，先给哥儿几个介绍介绍咱们自己的企业，还有营业范围什么的。好像你小子的面铺得太大了吧？从钢材到服装，什么都揽着？"

李钢笑着说："是啊，咱贪婪着呢。什么赚钱来什么，咱通吃。"

听着他们聊着、笑着，我也笑着，应着他们的话，暗暗地想着自己的心事。

过了好一会儿，护士走进来说："探视时间快结束了。"

等她走出去，卢颂文笑着说："昨天刚换的小护士，声音挺甜的，长得怎么样？"

我们大家都笑了。李钢笑着说："真的是贼心不死啊。"

老谭看了李钢一眼，忙笑着说："挺不错的，人如其声，怎么样，上吧，我们全力支持。"

卢颂文笑笑说："成。"

然后，他话锋一转说："和你们聊聊真不错。你们把我的事儿告诉咱们那些哥们儿姐们儿吧。挺想大家的。"

我突然想明白了我的主意，我脱口而出："你说，我们成立个基金会怎么样？"

我一下子明白了自己的主意，接着说："像卢颂文说的，世事实在难料，一个人的力量又有限，如果我们大家凑在一起，每个人都出点儿力，从现在开始，应该会很有用的。"

卢颂文点点头说："吴剑，还是你点子多。我赞成。可是，别光为了我成立，我没事儿。索性就成立为实验中学我们这一届毕业生的基金会吧。以后谁家里出了什么大事儿，可以帮点儿忙。"

"成！"我们大家都答应着。

李钢又补充说："咱们学法律的同学可以起草个章程，学金融的同学可以把基金管起来，进行投资。真的蛮有得做的。"

这时候，小护士又探头进来说："已经过时间了！快走了，病人要休息了！"

李钢笑着说："哇，蛮凶的。好吧，我们先走了，留下你们二人世界了。"

我们笑着走出来。

那一个暑假，我常和同学朋友去看卢颂文。后来，他的两只眼睛全好了，尽管视力有所下降，他再也不戴隐形眼镜了。

我们的基金会也成立了。

两年前，我们的一个同学去世了，我们发放了第一笔抚恤金。并且决定，以后每年给他的遗孤一笔助学金。这些，又都是后话了。

暑假过去了，我回到了学校。护照还是迟迟不见踪影。

我已经渐渐地失去了信心。我在胡思乱想着种种的可能：是不是因为自己以前的政治表现不积极，以至在政审上卡住了？还是学校又在作梗？还是文件在哪儿丢了？

我决定不再想它了，整理好行装，想去响沙湾待上一段时间，想清楚是出世还是入世。我知道，出世，我的心还热，锐气还在，在这个世界里我还有太多的留恋、太多的牵挂。入世，我又不愿意勉勉强强地复学，勉勉强强地活着，更不愿意再面对聂子。我更知道，我必须尽快地做出一个选择。但是，我更宁愿拖到最后一刻。而且，我知道，只有在响沙湾，我才能静下心来，静静地思考，想清楚、想明白。

正巧那一天，学校卫生大扫除。我本想就去火车站了，转念一想，最后尽一次义务吧，就回到原来的宿舍，一起帮着舍友打扫。我干完了我的一份活儿，就去洗手准备赶火车了。一个舍友不经意地从地上捡起了一张邮件取件单，“吴剑，这是不是你的取件单？”“谢谢。”我谢了一声，漫不经心地接过来，是一张很旧很脏的单子。两个多月前的。大概是送邮件的同学塞到了地下，或者是被风吹到了地上，或者是有人故意地扔在地上，又或者是天意。这是我的护照取件单。

我在三个月的取件期限前几天取到了我的护照。我捧着护照，看着自己在上面贴着的照片。这是一张照得糟透了的照片，聂子和馨儿都笑过我，说照片里的我活像一个逃犯。我特意选了这一张，我要逃离这里，逃离这里的一切。

现在，每每想起来，哪怕任何一处，有任何一点点的不同，哪怕我那一天我没有去宿舍大扫除，或者我扫除完了，早离开一秒钟，我的，以及聂子、馨儿，甚至惜惜，还有很多人的命运都可能会有所不同，尽管我不知道是会好些还是坏些。

# 二十八

**出国，人生，一如围城。**

第二天，六点多一点儿，我就早早地到了美国驻上海领事馆——我自以为很早，可是领馆前早已经排满了人。我看见了在门前一条长龙般的队，就站在了队尾，心里暗暗埋怨自己为什么不早一点儿起，这回不知道要排到什么时候了。哪知道后面一阵喧嚷，“别插队!”“排队去!”我顺着声音，转身看过去，原来，在这条队伍的后面，街拐角那边，还排了好几圈的队，比街这边领馆门前的队还长了好几倍！我红着脸，向满脸怒容的众人鞠躬道歉，乖乖地走到真正的队尾，耐心地排起队来。

一位站在我前面的年长者回过头来说：“小伙子，是不是第一次来呀?”

我苦笑着说：“是，是，您老多多指教!”

“祝你好运!”他和善地回答我，“看你的样子就像是第一次。第一，看你排队闹的笑话。”

我的脸又红了。

“第二，你的护照和资料都这么薄。”他接着说。

我忙问：“这是什么意思?”

“你瞧他们，护照本子被拒签了太多次，只好加页，所以比你的新本子厚多了，而资料袋，每拒签一次，以前的资料不能扔，下一次再来还得再带着，自然比你这样的新兵厚得多了。”

听了老人的话，我一下子明白了，看着老人手里的新新的薄薄的护照本子，我自作聪明地问：“您这本子也挺新的?”

“第二个本子了，第一个不能再加页了。”老人的声音一下子低沉下去了。

我很不好意思，急忙岔开话题：“您这是去探亲吧？是探儿子还是女儿?”

老人的脸色更加难看了：“都不是。我是去留学。”

我一愣，想了一想，欲言又止，还是住口了。

这时候，身后一个款爷打扮的人突然插进话来：“小伙子，你出去干什么?”

我忙说：“留学。”

“学什么的?”

“电脑。”

“嘿!”他一拍大腿，从一个大皮包里抽出厚厚的一叠纸。他小心翼翼地打开，是很多张极大的表格和图表，上面画满了字母和符号。

“您这是?”我大惑不解。

他大声说：“规律图啊！你瞧，哪一位领事哪一天上班，每一天的天气，哪一位领事哪天签了多少，拒签了多少，签了多少旅游的，签了多少探亲的，签了多少留学的，留学里的有多少全奖的、半奖的、没奖的，签了多少男的，签了多少女的，多少个带小孩的……”

周围的人全都笑了，我也忍俊不禁地说：“您这还真是一门学问!”

他一本正经地说：“你别乐，我琢磨了好几个月，最近试着预测了好几个人能不能签过，都挺灵的!”

我还是笑着说：“那您怎么不给自己预测一下呢。”

他还是很严肃地说：“我当然试了。不过，我觉着把握还不是很大。这不是等到你这样懂电脑的，把这些输进电脑，给咱分析分析，把握再大些！这些日子，留学生倒不少，净是生物、物理和化学的了，今天好歹碰上一个学电脑的。”

听他这么一番话，大家都不笑了，都围过来看他的表格和图表。

我也对他“知己知彼，百战不殆”的战略战术有点儿敬佩。稍微想了一想，他这个东西也就是些简单的数据库和电脑做图，不太难，便拍拍胸脯，说：“没问题！包在我身上了，我一定给你设计一个特棒的程序!”

他极高兴，看了看腕子上的 Rolex 表，大声对周围的人说：“反正离领事馆开门还有两个多小时，咱们一起坐下来，好好聊聊!”

大伙哄的一声，不少人围着我们席地而坐。我本来也是一个爱侃的人，便也凑兴地坐了下来，大声地提议：“干脆咱们就聊一聊自己干吗出国，好不好?我先开个头，我在复旦电脑系念书，只因为情场失意，想溜出国。”

大家哄笑作一团。

款爷大声地说：“好！够意思，该你了。”他指了指我旁边的一个小女孩。

她的脸一下子红了，半天才说：“我是南大的，也是留学，因为是半奖，排了一个多星期的队了，也没敢进去签。”

“这是常事儿！没全奖，你就悬。”款爷指了指我们身边的一位少妇和小孩问：“你们是探亲吧?”

“嗯。”少妇接过话说，“孩子的爸爸走了四年多了，一直没有奖学金。几乎他一走，我们就开始申请去陪读，四年多了，一直没有签下来。现在，孩子肯定连爸爸都不认识了。没有奖学金，他也不敢回来看我们。”说着，她有些哽咽。

大伙儿全都静了下来，心里都有一些不好受。

我又指着一对老夫妻问："你们呢？"

"我们是探亲，看儿子、儿媳妇和孙子！"丈夫说着，口气里不无自豪，可是话锋一转，他又有一些沮丧地说，"这不是，我老伴签出来了，可是我怎么也签不出来。说是不能两个人一起去，居留倾向太严重！"

他的老伴插话说："我们都这么一把年纪了，英文又不懂，我们定居在那儿干吗呀？我们在国内也有儿有女的，不过是去看看。孙子都快两岁了，还没有见过呢！可是，我们两个人伴了这几十年，让我一个人去，丢下老头子一个人在家，我又怎么放心哪！"

过了一会儿，领事馆开门了。大家静静地排好队，很慢很慢地移向领事馆的大门。

过了将近一个小时，第一批进去的人渐渐地开始出来。绝大多数的人都是垂头丧气的样子。那位款爷低头在自己的纸上画了一点什么，自言自语道："今天不吉利！今天不吉利！"

可是，他老人家嗓门天生特别大，不少人都听见了，愤怒地瞪着他，他才止住了声儿。

"哗啦！"领事馆的门一下子被撞开，一个只有十四五岁样子的小男孩冲了出来。

"签了！签了！"他一路欢呼着、雀跃着，奔向他的父母和其他亲人。

"这么小就出国？"我疑惑地问我身边的老人。

"现在上海就时髦这样！"老人说，"听说，这样的小留学生出去特别好。我们的教育水平比美国高多了，他们出去了，数理化不用愁，英文又因为年纪轻，很容易学会，绝大多数的都能上很好的美国本科大学，一下子融入美国社会。再加上现在的政策，能出去的，谁不愿意让自己的孩子上大学前就走？"

"家长舍得吗？"我又问。

"你看。"

我顺着老人的手看过去，小孩的父母的脸上红光满面，洋溢着幸福、喜悦、激动、骄傲、自豪的笑，他们迎上自己的孩子，抱进怀里。

呼啦一声，很多人也一下子围了过去。"怎么签的？""哪个领事签的？""领事问了几个问题？都是什么问题？""领事用英文还是中文问的？"……

他的父母只允许他回答了几个问题，就拥着他，像一个得胜的大将军，凯旋还朝了。

“看见了吧？”老人充满智慧地说，“父母当然舍不得，可是，只要是为了孩子好，他们什么都舍得！”

我看到那群人不再排队，而是围在那里，议论，交换得到的仅有的一点点信息，我不解地问那位老人：“他们不排队了？”

“他们有些人连护照还没有拿到呢！来这儿，不过是探探消息，做做准备。他们排队，主要是想和队里要去签证的人聊聊，当然，也想体验体验。”他又接口说，“你该不会是今天就要进去签吧？”

我苦笑了一下说：“我恐怕是受不了再来这么一天了。反正，谋事在人，成事在天。”

老人轻轻地叹了一口气，这以后，谁都没有再说话。

日已近中午，我们也渐渐排到了领事馆的正面。大家的神色都变得紧张严肃起来。领事馆前面没有一片树荫，据说是为了防止刺客。这个时候，南方的骄阳直射下来，每一个人都已经暴晒了将近四个小时，绝大多数的人都是西装革履的，可以说是汗透重衣了，大家的心里都已经烦躁不堪。那一对老夫妻紧紧地互相搀着，互相扶着。我想，他们任何一个人，独自一个人，离开了另一半，他们都不可能再支撑下去了。

突然，领事馆出来一位工作人员说：“午休了。”

像我这样毫无经验的人大吃一惊，忙问：“领事馆还午休？”

款爷说：“那当然，他们这些领事老爷们还能累着了？”

后来到了美国，念书，工作，美国佬从来不知道什么是午休。难怪大家都说，美国人在中国当领事可真舒服，领很高的美国工资，按照中国的轻松的工作时间工作，受人尊敬，有一点儿作威作福的贵族大老爷的感觉。听说，中国是美国外交官们向往的美差，来了就不想调走了。

那位老人又说：“今天来晚了一点儿，人又比以往多。要不然，应该能赶在午休前进去的。唉，应该带些午饭来的。”

我们几个人四周看了看。有些带了干粮的人已经开始吃起了饭，而我们应该是比较尴尬的了。我们现在已经几乎在队的头里了，如果去吃饭，下午回来，又得重新排。可是，不去吃呢，那种又饥又饿又渴的感觉，可真不好受。

我数年后回国，帮岳父母办理出国探亲手续时，发现美国使馆的签证改成预约的了，这样不仅不再需要苦等，也让领事馆自己可以掌握每天签证的人数，可以说是一大改革。

款爷毫不犹豫地说：“我去买吃的给大家！”

大伙儿忙一边谢着一边掏钱给他，他一笑拒绝：“这点儿钱我还掏得起！”

我们吃着他买来的盒饭、包子和冷饮，感激地望着款爷，好受多了。我们又让那一对老夫妻到一家冷饮店去歇着，“到我们的时候，我会去叫你们!”我向他们保证着。

吃完了，款爷又抱怨这周围的餐馆全都是黑了心地敲我们这些出国的人的钱，他大声地说：“八块钱一斤包子!”

我们都咋了咋舌。

“我要是走不成，我一定把这周围的餐馆都买下来!”他又发奇论。

“是不是要大赚它一笔。”我大笑着说。

“哪儿！我只按成本卖，也算是为出国人员服务吧。”他笑着说。

“让我们看看你今天记的数据。”有人问款爷，“今天是哪几个领事?”

“据我的记录，今天上班的杀手特别多，有西亚杀手、白面杀手、老处女杀手，所以我今天又不进去了，全当是又收集资料了。”他一本正经地说。

“什么是杀手?”另一个人问道。

“就是那几个特爱拒签的领事老爷!”他有点儿不屑一顾地说，“今天，最容易签过的慈善家好像没有上班!”

说笑声中，领事馆开门了，我急忙去叫了那一对老夫妻回来。

轮到我们了。我们迈进了领事馆的小铁门，理论上讲，我们是在美国的土地上了，大家毫无表情地鱼贯而入。

突然，那个半奖不敢进去的女孩子，脸色苍白地大叫着：“我不进去！我不进去!”夺门而出。大家都神色黯然，我和老人紧紧地握了握手。

一走进签证厅，从酷暑下一下子走进这空调开得很足的地方，先是一阵惬意。然后，不知道是有一点儿害怕，还是真的很冷，一股寒意从胸头涌起，透体冰凉。而身经百战的老兵们，纷纷拿出长衣长裤穿上。以后，我不止一次地注意到，也许是美国人火力旺、怕热，他们的空调总是开得非常的足，所有的中国人都受不了。“给你。”那位老人递给我一件运动衣。我轻轻地接过，心中一热，忙说：“谢谢……”“嘘……”老人忙止住我，低声说，“安静!”

慢慢地，我明白了这里为什么这么安静，除了偶尔几句英文夹杂着中文的问答。因为美国领事可能太自豪他们会讲一些中文，他们叫人的名字，而不是叫号，而他们的中文发音又实在令人不能恭维。我几乎没有听见有几个名字他们发对了音。可是，如果你被叫而没有听到，等你赶到签证窗口，领事们就会很生气，他们可能觉得，“我的中文发音这么纯正，你们聋了是吗？气死我了!”领事们往往一句话也不说，一句话也不问，就不耐烦地盖上拒签的章。这样，一年半年的辛苦就全部付诸东流，按照当时美国领事馆的规定，又要再等上起码半年，才又有资格来上一次这样的 Ordeal（苦难与折磨），听说现在，不需要等这么久了，谢天谢地。

大家就是那么静静地坐在那里，等着轮到自己，轮到自己命运的审判。我悄悄地吞下一片镇静心脏的药。

“五简。”

我想这是叫我了。记得以前外教也这么发过我名字的音。

我慢慢地站起身，试图平息自己的心跳，可是，平时很灵的药这一次不再有效。我站在签证窗口前面，全身颤抖，心跳不已。我吃力地把材料塞给签证官。她看了很久，没有说话。我这才慢慢平静下来，端详起我的签证官来，不由得心头又一紧，按照我的同学和外面老兵们的描述，她应该就是最可怕的老处女杀手了。不过，这帮人起外号也够损的，其实，她还是很美的，风姿绰约，是一种成熟的美。我正想着，她抬起头，张口就问：“Why?（为什么）”

我一愣，结结巴巴地说：“What? What?（您说什么，我没有听清楚）”

她不耐烦地说：“Why do you want to go to U. S. ? You are attending Fudan, a top school, yet your school in U. S. is not a top tier school. Why?（你为什么要去美国，复旦是中国最好的学校之一，你要去的美国学校并不是顶尖的，为什么?）”

我当时恨不得打死我自己，所有的人都告诉我：“第一个问题一定是 Why，想都不要想，就该用现成的答案往上套。第一个问题回答一定要流利、顺畅，才能留下一个好印象，才会有希望。”

可是我！当时，我一紧张，脑子里一片空白，竟然把所有事先想好的，早已背得滚瓜烂熟的答案全忘掉了！那时候，真的是一片空白。突然，我想起了 York 教授教过我们的美国国歌，我大声说：“I want to go to a land of the free, and the home of the brave to experience for myself.（我只想到自由的土地，和英雄的家乡去亲身体验一下。”讲完了，我自己一愣，暗骂自己胡说八道。其实，连我也不知道，我为什么会那么说，可能是实在没词儿了。

女领事更是一愣，吃惊地望着我。可是，她很快地平静下来，淡淡地说：“You prepared pretty well. I know you Chinese, you even go to a school just to prepare for this. Did you go to the famous Forward School for this?（你准备得很好，我知道你们中国人甚至特地去上课来准备签证，你是不是上了上海著名的前进补校?）”

也许是太久的压抑，也许是听见、看见太多、太多了，也许是我想到了我和聂子的故事，也许是我想到了那位老人和火车上的中年人的故事，更也许是因为我不能忍受她轻蔑的样子，我大声地说："You know our Chinese? Do you know we may not be able to stay together with our loved ones in the same city after our graduation? Do you know even after marriage we may not be together for years simply because we worked in different cites? Do you know we may be able to stay together for only a couple of weeks per year? Do you know we may live separately to raise a family? And do you know, how many Chinese family, couples, and lovers are separated by you just by denying their visa application? You are inhumanely separating loved ones.（你知道中国人？你知道我们毕业后有可能分配不到一起吗？你知道即使结婚以后，我们也有可能两地分居多年吗？你知道一年里，我们只有可能在一起几个星期吗？你知道我们有可能会两地分居地抚养孩子吗？你知道，你不停地拒签，你分开了多少中国的家庭、夫妻和爱人！你是在不人道地把相爱的人强行分离!）"

所有的人都惊呆了，包括我、女领事，甚至旁边窗口的领事也停下他的工作，盯着我看。许久，她才很慢地说:"Tell me your story.（告诉我你的故事。）"然后，又赶紧补充说："By the way, you are approved.（噢，对了，我批准了你的签证。）"

"Realy?（真的?）"我喜出望外。

"Yes."她很愉快地笑了，"Now, tell me your story. You can use Chinese, if that is easier for you, I can understand most of it.（现在你告诉我你的故事吧，你可以用中文表达，如果对你比较容易的话，我能理解大部分。）"

于是，我简简单单地把我和聂子的一些事儿讲了讲，只是说了什么叫分配工作，什么叫户口，什么叫两地分居，为什么我要出国，然后带她，带全家出去。可以看得出她是深深地感动了。可是，我不知道如果她看到这全部的故事后，又会怎么想呢？难以置信，还是更感动？当时，她很慢很慢地说："Thank you. I want you to meet my son when you get to the States. I want you to teach him do not take anything for granted.（谢谢你。我希望你到美国后见一见我的儿子。我希望你能教会他不要把一切都当作理所当然，不珍惜。）"

"You have a son?（你有个儿子?）"我惊讶地问，想起了她的外号。

"Yes."她笑着说，瞥了一眼我的申请表，"Three years younger than you. But actually, I think he is much younger than you.（只比你小了三岁。但我觉得，他实际上比你小得多。）"

"Wow, you are too young to have such an old son.（哇，你看上去好年轻不像有一个这么大的儿子。）"我心情轻松地说。

"Thanks." 她笑着签完我的文件，"It is truly a pleasure to meet you. （我真的很高兴遇到你。）"

"Pleasure is mine. （我也是。）" 我也笑着说。

大伙儿拥着我走出领事馆。老人还是没有签出来，他很重很重地拍了拍我的肩膀，点了点头。不少人把我的"英雄事迹"传开来。款爷听了，冲过来，大声称赞我是条汉子，敢和美国领事顶。弄得我又是哭笑不得，又有一点儿伤感。以前打群架的时候，从来没有人说自己是汉子，现在，文弱书生，一副弱不禁风的样子，倒被人大捧特捧。不过，被众人众星拱月一般地拥着，倒真有了一点儿凯旋的感觉，一种英雄感，一种飘飘然的感觉，一种陶醉感。

很多的人一起挤向我，打听我的经验。那个不敢进去签的小女孩也在，她弱小的身躯也在拼命地向里挤。可是，慢慢地，她被挤到了外面、后面。就在那一刹那，一切全都平息下去了，世界一下子变得很灰暗，很淡，没有任何的色彩，芸芸众生的喧嚣也渐渐远去。我突然觉得，很没意思，出国很没意思，留下来也很没意思，活着，人生都很没有意思。当你历经千百万的磨难，经历了无数的痛苦之后，得到了自己梦寐以求的东西，却已经忘记自己一开始为什么那么想要这件东西。更或者，你发现，你竟根本不想要这件东西。何苦，这些人又都是何苦，这样挤来挤去，问来问去，夜不能寐，日不能安，只是为了这一纸签证，为了这样空空如也的心情。"也许，追求的过程才是最美的，目标不是。"我这样安慰自己。"不要说别人，不要说风凉话。签证之前，你不是也和他们一样，患得患失的吗?"我这样警告自己。可是，我真的是想要哭又想笑。我知道，无论哭或是笑，人们都会理解接受。可是，如果同时哭和笑，人们也许会说你疯了。我努力地抑制着自己，不厌其烦地把我的经验告诉周围的人。过了很久，我才可以离开，款爷在后面大叫："哥们儿，别忘了，今晚上，希尔顿!"我挥了挥手，尽量不回头，抑着夺眶的泪，没有让众人看见。因为，那一刻，我想起了聂子的一句话："失去了，才知道珍惜。"

我实在不想去赴宴，可是又觉得盛情难却，不好意思，只好硬着头皮去了。

可是去了，出乎我的意料，感觉竟然那么好。每一个人都那么热情、诚挚。大家祝福像我这样的幸运儿，安慰被拒签者。那一夜，我没有感受到世故。也许，是因为共同的目标、共同的追求、共同的命运，让每一个人都显露出自己最美好的一面，让每一个人都显露出人类最纯洁、最深刻的本性。仔细想一想，我们这一群人也真的很有意思，本来毫不相干的一群人，背景不同，学历不同，生活经历不同，职业不同，只是因为同是要出国，就这样聚在一起，坦诚相交，互相帮助，度过这样一个人生艰难的关口。也许，我们人生的交集只有这一点，大家还是尽情地享受着这样的温情。世人总是把出国的人看成势利、钻营、妒忌的小人，我实在不敢苟同。我们互相敬酒，一饮而尽。我还是没有喝酒，可我也醉了。我以为只有我想又哭又笑地疯，那一个晚上，我们一起落泪，一起笑，一起疯狂，和一群同你一样的陌生人在一起疯，感觉真好。也许人压抑久了，就需要宣泄。

后来，我同他们当中的许多人保持过联系。那位带小孩的妇女是和我一起签过的，可是，听说，最近她在和她的丈夫闹离婚，但愿只是又一个这样的传闻。那个小女孩终于去签了，好像没有签出来，以后就失去了联系。我和那位老人一直有联络，他一直是我的良师。他现在在一家美国移民律师事务所，他是那里最老的律师助理。他说，他一定要考下律师牌照，帮助那些中国来的非法船民申诉。

第二天，我醒过来，第一件想做的事就是重读我最爱的《围城》。

出国，人生，一如围城。里面的想冲出来，外面的想冲进去。可是，不出来看看，怎么知道那围城里的好呢？

本来以为，签好了证便是大功告成了，谁知道还有那么多烦琐不堪的手续：要学校开退学证明、政审证明、教育局证明、公安局证明，最后，是去注销户口。从此以后，中国无所不包的户口系统里就不再有我这个人了。那一刻的感觉很不好，毕竟故国生我养我二十年，要一下子割舍而去，真的很难。一下子，我想起了聂子日记里的那句话：“一个人，同洋娃娃待久了，也会生情……”我苦笑着，喃喃地自言自语：“更何况是自己的祖国呢？”

“你签还是不签？”办事员打断了我的思绪，大声嚷道。

我只好拿过笔，签下了自己的名字，用中文。

然后，我小心翼翼地问：“我的手续办完了吧？”

他又不耐烦地大声说：“卫生局体检，走个形式，然后，就可以来取出境卡，飞了！”

我忍气吞声地道着谢，走出门外，想着飞走的感觉。

第二天，我早早地到了卫生局，想赶紧走完这个最后的形式。一切的检查都很顺利，我的内心也很平静。甚至当我看到体检表里有心电图这一项的时候，我也只是心中一跳，并没有太在意。甚至躺在床上测心电图的时候，我心里也是一片空蒙，很平静。

我睁开眼。医生诧异地看着我：“小伙子，你的心脏可不太像年轻人的。我只能让你体检不合格，暂时不能出国，下周来复查，合格了才能走。”

我当时只是觉得好笑，只是觉得老天爷开的这个大玩笑真的太好笑了。我拼了那么久，拼坏了身体，只是为了这样的结果？一切都已经通过，竟然最后是在走走形式的体检上，因为心被熬坏了，而卡在这里！

我冷冷地笑着的样子，想是把医生吓坏了，他连忙安慰我："不太严重，好好休息，下周来的时候放轻松一些，不要有太大的压力，应该可以过的。"

我淡淡一笑，说了声："谢谢！"慢慢地走了出去。

我不记得那以后的一个星期，我做了什么，想了什么，也许，我什么也没有做，什么也没有想。我只是写了两封短信，给馨儿和聂子。告诉她们，我体检没有通过，不能出国了，其他什么也没有说。又买了一张去响沙湾的车票，这一次，我不想逃票了。

一周后，当我从心电图室再一次走出来，头也没有回。医生在后面大声嚷着："一个月后可以再来复查，最后一次机会了，好好静养！"

我走到火车站，投进两封信，登上了西去的列车。

我一直在想，如果，我能够让聂子再多了解我的感情生活一点儿，再多介入我的生活一点儿，我们现在的命运会不会有所不同？这以后，还会不会发生那么多的事情？因为，我给馨儿、聂子寄的是几乎同样内容的信，聂子只能疯了一样地到处找我，学校、宿舍、朋友家，只能给我家、宿舍发无数封信，说她要在我的身边，只求我能让她再见一面。可是，当我知道这一切的时候，都已经太迟了。而馨儿，她一接到信就从美国飞回来，赶到了响沙湾。

# 二十九

when everything has left you feeling forsaken …

sink not into despair.

You have always taken it for granted,

but there will always be a shadow by your side.

（当你觉得被世界抛弃遗忘了的时候，不要绝望。你一直把它当作理所当然，但是，那里永远有一个影子在你的身边。）

响沙湾。

当馨儿见到我的样子的时候，她哭了。

我满身满脸都是沙土，甚至眉毛、睫毛和鼻孔里也都是沙。头发蓬乱得像草，满鬓的胡子。沙土结成了痂贴在我的身上。我已经整整两个星期没有剃须、理发和洗澡了。我只是整日整夜地伏在沙上，用心听着。累了，我就静静地躺在沙丘上，目光呆呆地望着天。

馨儿跪下来，俯下身子，用脸贴着我满是沙尘的脸，泪水一点一点地滴在我的脸上。渐渐地，我才像是从梦中醒过来，她咸咸的泪水浸在我被风沙吹砺得粗糙的脸上，竟有些痛。

我猛地抱住她，拉开她的头，深深地望着她，她也深深地望着我。我吻向她，她也第一次那么热烈地回吻我。她那柔美的身子那样动人心魄地颤动着，她那美好的曲线那样美妙地迎合着我。我再也控制不住自己，疯了一样，我撕开她的上衣，喘着气，吼道："我要你！我要你！"她迎合着我，低低地呻吟着："噢，木头，木头……"

天堂般的狂欢。以前的我们，一直不由自主地下意识地把性当作不好、不洁净的事。在北戴河那唯一的一次，我们是在夜里，紧紧地盖着被子偷尝禁果，从来没有想到肉体的欢愉竟是这般的极乐。

"啊！"在那同一时刻，我们两个人同时大叫了一声。我很轻很温柔地射进她身体的深处，她很温柔地挺起身静静地承受着。然后，我紧紧地抱住她，我们谁也没有说话。

然而，也就在那一刻，我又深深地陷入懊丧与痛苦之中。我紧紧地闭住眼睛，默默地对自己说："我不应该这样的！不应该！"我感到馨儿在离开我。睁开眼睛，馨儿轻轻对我一笑，默默地拾起地上的衣服，默默地穿上。看见她的样子，我更加难受，急忙也站起来，静静地给她披上我的外衣，揽她过来，让她依偎在我的怀里。

"木头，别胡思乱想了。知道我现在最希望你做什么吗？"馨儿抬起头，轻轻一笑，淡淡的，恬恬的，却隐着一丝无奈与忧郁。这是我第一次见馨儿这样笑，比以前的苦笑，多了一丝欣慰，少了一点儿苦涩。在这以后，这样的笑，就常常挂在馨儿的脸上，伴着我，我就很少再看到她从前常有的开心的真正的微笑和不久前常有的苦笑了。

我打断自己的沉思，忙说："做什么？我真的什么都愿意！"

"我要你刮胡子，洗澡！"馨儿看着我一本正经的样子，大笑起来，转身而逃。我拼命追她。好不容易追上了，我们总算找到了一家有淋浴的旅馆。刮了胡子，洗过澡，真的是一身轻松，似乎也洗去了不少的忧愁与烦恼。

"你等着，我也得去洗一下。"馨儿摸着我的胡子，笑着说，"嗯。收拾一下，你也挺精神的，挺拿得出手的。"我想捉住她，她一拧身，钻进浴室，锁起门。

听着哗哗的水声，我不禁有些心思翩翩，想起刚才馨儿那姣好的身子，想着沐浴中的她。

"唉，木头！"她大叫着，"帮我把衣服扔进来！"

我一愣，暗骂了自己一句，忙问："在哪儿！什么样子的？"

"花衣箱里，挑你喜欢的。"

我找到衣箱，扔到床上，翻了起来。突然，我心里一荡，在箱子夹层里一个角落，露出那一件。还是我们在高中时，她最爱穿，我也最喜欢的那一件淡黄色的长裙。她刚去上海的时候还穿过的。早已经洗旧了，洗得褪色了。我揪出来，"啪"的一声，一个本子从包着的裙子里掉了出来。如果我刚才没有扔箱子，这件包着本子的裙子应该不会露出来的。

是馨儿的日记。

我慌忙拿了另一条裙子和衣服，敲敲浴室的门。"你不许进来啊！"馨儿开心地笑着，躲在门后，我急急忙忙把衣服递给她。她又插上了门。

我一下子想起读聂子日记的情景。可能是人类好奇的天性吧，我还是不顾一切地打开了日记本。

今天，本来是一个平凡的日子。像许许多多平凡的日子一样。可是，因为有了他，今天，就不再平凡。

他又来了。尽管他还是像以往那样不停地说同她的事情，不停地谈她，尽管他只能带来痛苦与伤心，尽管他还是不解我的心，我还是愿意他来，愿意这是一个不平凡的日子。

……

我颤抖着手继续翻着日记本。

我宁愿他永远也不知道我爱他，从一开始就爱。因为，我不愿意他做他不愿意的事。

……

我只是呆呆地坐在那里，忘记了读下去，甚至忘记了哭。这么多年来，馨儿就是这样一直淡淡地微笑着，和我在一起，帮我、安慰我、给我快乐，同我一起走过那么多的路！可是，我一直一直地把她当作我的朋友！记得，在高中时，我也曾经试探过她，我也曾当着朋友们和家人的面，问她："我们只是朋友，男女缘何无谊？是吧，馨儿？"现在，我一下子记不清她的回答，她应该是从来没有正面回答过！我只记得她每一次模糊的笑脸！上大学以后，她开始更直接地否认了。所以，一直以来，我就这样子不停地和她谈论我和聂子，请她帮我参谋，出主意！一直以来，在聂子那里受伤后，就找她喋喋不休地倾诉，而且竟然很少抬起头来看一看她的表情！

"啪"的一声，浴室的门打开了，馨儿还在开心地笑着，擦着头发，走了出来。我呆呆地抬起头，手里还拿着日记本。

那一刻，馨儿的笑容就是那样一点一点地收拢去，消失掉，泪开始一滴一滴地流下来。我永远也不会忘记，更永远也不会原谅自己，让这样两个美好的女孩子，为我如雨地泪。

她一转身，冲了出去。

像是整整一个世纪，像是永恒。我只是呆呆地站在那里，一动不动，日记本掉在了地上。

馨儿走了进来。她静静地蹲下身子，静静地拾起我脚边的日记本，静静地依旧用那条旧裙子包好，静静地把衣服收拾进衣箱。然后，她提起衣箱，深深地看着我。我还是呆呆的，目光呆滞地望着她。她一转身，走了出去。

望着她远去的身影，我竟莫名其妙地特别想知道："那条裙子，是她最爱穿，我也最喜欢呢，还是我最喜欢，她也最爱穿呢！”我默默地哭了出来。我冲出旅馆，冲向沙坡，向馨儿的身影追去。可是，追近了，我却没有再追下去，只是望着馨儿渐渐地消失在大漠之中。我伏下身，把头埋在沙子里，尽情地哭出来。我的脸在沙子里磨砺着，我只是觉得这样子，肉体的痛苦可以减轻一些我内心的痛。我什么也没有想，什么也不知道，我只知道，我将永远对馨儿负着债。对于聂子，我知道我一定是上辈子欠了她太多，而要这辈子还她，因为，我的心还是明明白白地告诉我：“我爱的还是聂子。”

这以后的几周，我像是僵尸一样，木木地活着。没有痛苦，没有快乐，甚至没有了感觉。我只是觉得没有感觉的感觉真好。

我回到学校，准备办理复学手续。我找齐了证件、证明、文件，到教育局去办第一步的手续。星期二，教育局的那个处不对外办公。我不再像以前那样，骂这些人懒，抱怨自己怎么忘了他们的工作日。我只是一声不响地走出来。莫名地，我竟上了去卫生局的汽车！现在，在信主以后，我更相信，一定有主，每一个人的一生都是主早已预定好了的。“God is watching us！（神在看着我们！）”

当时，我索性就在卫生局下了车，麻木地走进体检站，麻木地排队，进心电图室，躺下，拉起上衣，让医生帮我贴上 sensor。过了一会儿，那位医生静静地说：“很好，很平和！”

我木木地等他拿下 sensor，拉下衣服，向室外走去。

“唉，你等一等，拿你的合格证。”医生叫住我。

我回转身，接过合格证，然后，我的脑子告诉我的脸应该笑一下，我想我是笑了一下。脑子还告诉我的嘴，应该说谢谢。我勉强地挤出了“谢谢”两个字。

医生微笑着说：“出去了，好好闯！”

我点了点头，走了出去。我听见身后医生一声长长的叹息。至今，我也不知道是好心的医生同情我，帮我过了关呢？还是那一天，仪器出了故障。抑或是仪器根本测不出没有心跳的人？无论如何，这一切都是主的安排。

我回到学校，给馨儿、聂子各写了封短信，告诉她们，我体检合格了，将飞往美国。我还问聂子，能告诉我你的秘密吗？那个时候，聂子在南通实习（也许，这又是天意），我整整一天待在汽车站，去南通，一天有六个车次。我从第一个车次买到第六个车次。每一次我都排在最前面，每一次我都暗暗地告诉自己：“这一次，一定要上车！临走前，无论如何要见她一面，世事难料，也许这是最后的一面了。”

每一次，车来了，车门开了，我却又只能待在那里，一动不动。我后面排着的人焦急，甚至是愤怒地骂着“你小子干什么呢?”“上不上车？不上，别挡道!”“是不是脑筋拎不清?”，他们推开我，一拥而上。

曾经有两位司机和售票员好心地问过我：“你上吗?”

我呆呆地摇摇头说：“我等下一班车。”

他们摇摇头，关上车门，走了。

一位车站的工作人员好奇地问我：“你为什么不上车?”

我仍旧呆呆地说：“我等下一班车。”

“你已经等了好几班车了呀!”她又说。

“我在等一个人。”我说。

当最后一班车开走了的时候，我终于知道，我永远地知道了，自己是一个懦夫。因为害怕再一次受到伤害，我竟然没有勇气再见聂子。

我决定再重回和聂子去过的一些地方，带着聂子送我的那一绺长发。

我先飞到了重庆。在聂子家的宿舍楼下，我徘徊了很久，耳边似乎还萦绕着她清清的声音，似乎看见她从阳台上探出头来，满脸的惊讶。在回来的路上，我在必经的摆渡码头边，悄悄地埋下她的一根长发。

我沿着我们当年的旅程，在乐山，在大佛的耳垂下，我摸了摸自己大大的耳垂，想着自己的福气。在大佛的肩上，我看见一株小草，在风中摇曳着。我的心一动，把一根长发缠在上面。我盯着飘动着的长发很久。我知道，那株草，和缠在草上的长发，终究会被风吹走的，它们会缠在一起，飘到山下的江里，一路飘零。我希望它们能飘进长江，飘到聂子的家乡，飘到上海，飘进大海，飘进洋里面。

到了峨眉，我坐上滑竿，到了半山的那座大庙。我慢慢地跨进高高的山门，里面的一切都没有变化。我走近香案，那一支镊子，似乎还是在当年的位置，似乎，这么多年来，再也没有人用过。我拿起镊子，把聂子的一根头发缠在上面。我回转身，走到跪垫前，我犹豫了一下，回头看了一眼身后高高的佛像，我决定这次不跪了。我走出山门，抬我上来的山民抬着滑竿走过来。我突然觉得把聂子的头发缠在镊子上不好，我不希望别的人碰到她的头发。我和山民打了个招呼，跑回庙里。我解下来，捧在手里，四周找了找。最后，我把长发埋在了香炉的香灰里。我不知道这根长发会怎么样，也许会被燃烧掉，也许会被洒在或是埋在山上吧。我跑出山门，坐上滑竿，我对山民说：“下山吧。”他们好奇地问我：“不上山了?”我说：“我去过了。该去的地方都去过了。”

飞回上海，我又去了南京。我先去了夫子庙。我记忆中的那两位老人摆摊的地方，已经起了一座很富丽堂皇的餐馆。我怅惘着离开。我只能再去南京长江大桥，我像上次聂子一样，一步一步地数着。数着数着，我也忘记了数字。我抬起头，笑了笑，开始拼命地向桥上跑。在桥的最高点，我扔下聂子的一根长发。不知道，会不会有一天，它可以和从乐山飘下来的那一根相聚。

回到上海。有太多的记忆了。在火车站，在卖草莓的农田，在学校边上的四川饭馆，在曦园的校训石边，在一教前草坪上的大榕树下，在她以前的宿舍楼前，我都放了她的一根头发。

我把剩下的小心地包好，放在行李的最里面。我最后看了一眼复旦的校门，踏上了回家的路。

那一段日子，我只是尽可能地和父母、小妹、朋友们多待在一起，多尽一些义务。每天只睡很少一点儿时间，尽量笑着，陪着他们。我告诉自己："也许以后就再也没有这样的机会了呢！"可是，我一个人的时候，无论是在回家的火车上，在家里，还是出去散步，我就又是那样呆呆地、目光愣愣地直视远方。我想，在外人的眼里，我像是一个呆子。我却喜欢人们这样待我，这样看我。记得当年，York教授问我们，如果世界只有三天就要灭亡，我们将会怎样度过。我说过，我会冷眼看世人怎样过最后的三天。现在，因为我像一个呆子或者是白痴，我可以天天地看着世人，因为世人不会在白痴面前伪装，他们会把他们的本性和内心暴露无遗，或同情，或可怜，或讥讽，或取乐，人善人恶，一眼可知。

最后，我和朋友们去吃了一顿东来顺涮羊肉，物美而价廉。沐浴在友情的芳香之中，幸福溢满心房，友情总是一剂良药，可以缓解心头的痛楚。

学校报到的最后期限就要到了，我别无选择地踏上了飞机。机场里，爸爸、妈妈、小妹和朋友们都哭了。我却忍住泪。上了飞机，当飞机离开地面的那一刹那，我才掩住面，让泪水流出。直到最后一刻，我一直都在希望，聂子收到我的信，能赶到机场，送我。

后来，父母来信告诉我，在我走后的第三天聂子给我来了一份电报："来信收到，速告知家中电话，以便联络。"大概是因为我不知道聂子实习的地方的确切地址，我给她的信，她才刚刚收到。因为我的父母不同意我们在一起，我从来没有告诉过她我们家里的电话。而我们家又是军线，电话查询是查不到的。

父母还告诉我，他们马上回了这样一封电报："已送走剑儿，也许我们错了。祝你们幸福。"

再后来，聂子给我寄了这样一封信。聂子从前的很多信，我大多数都在愤怒或是痛苦之中烧掉了，而这一封，我一直保存着：

剑：

到底还是没能在你走前听听你的声音，有一丝怅惘，有一些不甘。那天，收到信后，打电话到上海，朋友说你已回北京了，发了封电报到北京问你的电话号码（电话查询查不到），却只收到你父母的回电："已送走剑儿……"黄昏后，执着这页纸，轻飘飘的，你父母的那句话："也许我们错了……"却重重地压在我胸口，我从头到尾就没有怪过你父母，我只怪我太对不起你，怪苍天无情。可他们这句话却使我不由得不想如果我们周围的环境对我们稍微有利些，是不是就不会今天这个样子？就是一些小小的阴差阳错酿成今天的大错，怎不令人痛心。

最恨还是我自己，如果当初，我成熟一些，信任你一些，或是抛开一些无谓的自尊……

外面很累，剑，你要当心一些。尤其是不要对自己的身体自暴自弃。你还那么年轻。人在异地，还需要精神上的慰藉，你不妨找个可心的人儿，尤其是异性，有时异性之间更易沟通、更易互助。我们都应成熟地认识到这一点，你千万不要在这上面背什么负担，我不再是大一时那个一点儿人情都不懂的小女孩了。宽容和克服把一切都占为己有的自私心理是多么重要。剑，你要相信，无论你做什么，我都会相信你，你不会在我心目中褪色一点。善待自己一点。

我知道你想知道我过去的事。我求求你，让我在你面前保留一点点秘密吧。和我们一起经历过的事相比，我的这些往事是太没什么意思了。

祝福一切都顺利。

聂子

从此以后，每当我很累的时候，我就会拿出这封信，每当读到"外面很累……"的时候，我就会有一种想哭的感觉。

生命还在继续……